*Für Pia
in Dankbarkeit für diese Freundschaft*

ANNE MÜLLER

Das Lied des *Himmels* und der *Meere*

ROMAN

Teil I

Prolog

Emma packte in ihren Koffer ein Nachthemd und ein Unterkleid, Zuversicht, ein Stück Kernseife, Vorfreude, ihre Klaviernoten, Unterwäsche, Strümpfe, Neugier, Strumpfbänder, Zweifel, Handschuhe, Talkumpuder, Befürchtungen, eine Haarbürste. Obenauf legte sie das gute Kleid und ein gerahmtes Foto von ihrer Familie, das sie vor Kurzem im Fotoatelier am Dom hatten machen lassen und auf dem sie alle sehr ernst blickten. Emma nahm wieder heraus: Die Bibel, es ließ sich dort bestimmt bei Bedarf eine neue finden, Amerika war ja kein gottloses Land, den Handspiegel, weil es mit großer Wahrscheinlichkeit auch in der neuen Welt Eitelkeit und somit Spiegel gab. Was war wichtig? Was entbehrlich? Wie sollte man, bitte schön, sein Leben in einen einzigen Koffer hineinbekommen?

Bertha, die im Lehnstuhl neben dem Bett kauerte, sah mit verweinten Augen zu, war ihr die letzten Tage nicht mehr von der Seite gewichen.

»Hier, den schenk ich dir.« Emma reichte ihrer Schwester den Handspiegel. Es klopfte an der Tür, der Vater steckte seinen Kopf herein. »Darf ich?«

Sie nickten, und der Vater trat ein, fast ein bisschen verlegen, schien es Emma, kam er auf sie zu, die Hände hinterm Rücken.

»Ich habe da noch etwas, was auf keinen Fall in der neuen Welt fehlen darf.«

Die Schwestern sahen gespannt auf den Vater. Dieser überreichte Emma eine der kleinen spitzen Papiertüten von »Konditorei Johannsen«, es duftete nach Karamell und Emmas Lieblingsbonbons, den Goldtalern. Jetzt traten ihr Tränen in die Augen.

»Das Gold aus Schleswig«, sagte der Vater.

»Oh, wie lieb von dir!«

Sie legte die Tüte mit den Bonbons ab und umarmte ihren Vater, drückte ihn fest an sich, und er erwiderte es, als wolle er sie festhalten, und Bertha erhob sich vom Stuhl und drückte nun ihrerseits das Menschenknäuel, und über sechs Wangen liefen Tränen. Nachdem sie sich wieder voneinander gelöst hatten, nahm Emma die Bonbontüte und stopfte sie in den Koffer, dann schloss sie den Deckel.

1.

Das Buggefühl

Der Wind konnte so zärtlich sein. Emma spürte, wie ihr der feuchtmilde Westwind über die Wangen und den Nacken strich, ihr in die Haare fuhr. Binnen Minuten hatte sich »der Windbeutel«, so nannte sie den eigens fürs pustige Deck gebundenen Dutt, aufgelöst, sobald sie an der Reling der *Borussia* stand. Und sie stand oft hier, bewunderte die Segel, roch je nach Windrichtung den Rauch und blickte zurück oder nach vorn, was seit ein paar Tagen egal war, der Ausblick war immer gleich. Wasser, Wasser. Und nochmals Wasser. Der Atlantik, der zwischen Europa und der Neuen Welt lag. Und kein geringeres Ziel hatte Emma Johanna Callsen. Insofern war es doch ein Unterschied, ob sie über den Bug hinweg in Fahrtrichtung des Schiffes aufs Meer sah, denn dort würde in wenigen Tagen die Küste von Panama erscheinen und sie an Land gehen, sie würde mit dem Zug weiterreisen, den Atlantik gegen den Pazifik tauschen und mit einem anderen Dampfschiff nach Kalifornien fahren. Der Bug war die Zukunft, das Heck die Vergangenheit und an Deck zu stehen und aufs Meer zu sehen, pure Gegenwart.

Wenn Emma über das Heck zurückschaute, dann sah sie wieder ihre Familie in Hamburg am Kai stehen, als unter lautem und langem Tuten des Nebelhorns und dem Kommando »Leinen los!« die Schiffstaue an Land von den dicken Eisenpollern gelöst wurden und das große Schiff langsam ablegte. Emma sah wieder genau vor sich, wie ihr kleiner Vater den schwarzen Hut lüftete und ihn schwenkte, seiner Tochter zu Ehren, und wie ihm seine grauen Haare dabei zu Berge standen. Daneben winkte die Mutter mit ihrem Taschentuch und war, so dachte Emma in dem Moment, vielleicht insgeheim ganz froh, die mittlere Tochter auf diese Weise elegant loszuwerden. Und da standen inmitten eines Meeres weißer, flatternder Taschentücher, Erika und Bertha, in ihren guten Kleidern, alle hatten sich herausgeputzt für die Fahrt nach Hamburg. Erika wahrte die Fassung, wie es sich für eine große Schwester gehörte, und Bertha winkte und weinte zugleich.

Zuvor, am Kai beim Verabschieden, war viel um sie herum geschluchzt worden, es gab regelrechte Dramen. Man wusste nicht, ob man sich jemals wiedersehen würde. Und während Emma und ihre Familie letzte gute Wünsche miteinander austauschten und sich dabei zu wiederholen begannen, wurde das große Gepäck ins Unterdeck verladen, Truhen, Schrankkoffer, sogar eine Klavierkiste war dabei. Vier laut fluchende Hafenarbeiter bugsierten sie gemeinsam an Seilen in die Ladeluke, es fielen unschöne Bemerkungen über das Musizieren an sich und wozu der Mensch, verdammig noch mal, ein Klavier braucht da unten bei den Hottentotten. »Guckt mal, da muss ein Klavier mit auswandern!«, sagte Emma, und ihr Vater antwortete: »Ich denke mir, dass es darüber sehr verstimmt sein wird.« Was hatten sie alle gelacht. Sogar die Mutter. Und dieses Lachen hatte um sie als Familie ein letztes Mal ein Band geschlungen.

Wenn Emma an Deck stand und zurückblickte, Richtung Deutschland, dann kamen unweigerlich die Gedanken an das, was sie ausgeschlagen hatte, kam das Bild vom hageren Hinrichsen. Emma musste an seinen Händedruck denken, als sie Hinrichsen das erste Mal begrüßt hatte. Krötenhaut. Da wusste sie noch nicht, dass diese Hand um ihre Mädchenhand, die Chopinläufe aus dem Effeff beherrschte, anhalten würde, um die zwanzigjährige Tochter des Professors an der ehrwürdigen Domschule, Herrmann Callsen. Die erste Tochter war in sehr guter Partie verheiratet mit dem Besitzer der Zuckerfabrik, und nun war Emma an der Reihe. Bertha mit ihren siebzehn Jahren hatte noch eine kleine Schonfrist. Bertha, Emmas Lieblingsschwester und Vertraute.

Es war ein verregneter Januartag, als Landrat Hinrichsen vorfuhr und bei ihren Eltern ganz offiziell um sie anhielt. Er fände sie allerliebst, reizend, auch ihr Temperament sei ihm nicht entgangen, und sie könne, wenn man sie erst etwas an die Kandare genommen hätte, sicher eine gute Mutter und treuliebende Ehefrau werden. So in etwa gab die Mutter es, nachdem Hinrichsen gegangen war, Emma gegenüber im Salon wieder, sichtlich stolz auf ihre Tochter und diesen Antrag. Emma war ganz mulmig geworden, vor allem aber bei dem Wort »Kandare« hatten sich ihr die Nackenhaare aufgestellt. Es war der Vater, der ihr in die Augen sah und fragte: »Emma, liebes Kind, kannst du dir vorstellen, die Frau von Landrat Hinrichsen zu werden?«

Und sie hatte, wie aus der Pistole geschossen, gesagt: »Niemals!« Es war ein Niemals, das aus ihrem Rückenmark kam, den Eingeweiden, aus ihrem ganzen Körper, und sie hatte noch nie in ihrem Leben etwas so ernst gemeint. Ihre Mutter war blass geworden, und ihr Vater konnte sich ein leichtes Schmunzeln nicht verkneifen. Ihr, Emma, jedoch war in diesem Moment vollkommen klar, dass sie nicht nur niemals Hinrichsens Frau werden wollte, sondern dass sie es auch keinen Augenblick lang abwägen würde und dass ihre Antwort, ihr Niemals, durch nichts auf der Welt zu revidieren war.

Emma hatte gewusst, wie ihr Leben ab der Hochzeit aussehen würde, Tag für Tag, Stunde für Stunde, sie hatte gewusst, dass sie genau so ein Leben führen würde, wie ihre Mutter es tat und wie ihre Schwester es seit der Hochzeit als Direktorengattin führte. Ein Leben, das für eine Frau vorgezeichnet war, das genauen Abläufen entsprach, voller Pflichten und Aufgaben und nur kleinen Freiheiten und Belohnungen, es war das Allerletzte, worauf Emma Lust hatte. Vor allem aber wollte sie dieses Dasein nicht neben einem hageren Beamten wie Berthold Hinrichsen führen, der zudem siebzehn Jahre älter war. Nichts, aber auch gar nichts zog Emma an ihm an, und es kam ihr falsch vor, eine Lüge, sich diesem Mann hinzugeben. Sie wünschte sich, zumindest in Maßen, eine gewisse Leidenschaft und Zärtlichkeit mit einem Mann, wenigstens eine gute geistige Verbindung, eine Freundschaft und Kameradschaft. Sie hatte andere Vorstellungen, »Flausen im Kopf«, wie ihre Mutter es nannte, die überhaupt nicht verstehen wollte, wie man eine so sichere und solide Partie wie den Landrat ausschlagen konnte. Ihr Vater dagegen brachte etwas mehr Verständnis für seine mittlere Tochter auf, aber das war seit jeher so gewesen.

Emma hatte ihren Eltern erklärt, dass sie lieber in ein Stift gehen und Jungfrau bleiben würde, als diesen Hinrichsen zu heiraten. Denn es sei besser, sich niemals einem Mann hinzugeben, als mit einem wie dem Landrat in die Federn zu steigen. Die Mutter bekam ihre roten Flecken, verstand wieder mal nicht, was dieses Kind sich nur dachte und woher all diese Ausdrücke kamen. Schmallippig sagte sie zu Emma: »Meine liebe Tochter, ich weiß nicht, ob du dir erlauben kannst, derart krüsch zu sein. Du wirst nie wieder so ein gutes Angebot bekommen, einen Antrag von allererster Güte! Bilde dir bloß nicht ein, dass noch ein Prinz dahergeritten kommt, denn für einen Prinzen lässt du es an weiblicher Anmut und Demut fehlen, du neigst zum Widerspruch und zum Aus-der-Form-Gehen, weil keine Cremeschnitte vor dir sicher ist, und du bist zwar ein hübsches Mädchen, aber bei Weitem keine Schönheit, für die ein Mann eventuell geneigt sein könnte, anderweitig Abstriche zu machen.«

»Ottilie, ist gut jetzt!«, unterbrach Herrmann Callsen seine Frau, die noch weiter Munition verschossen hätte. Doch all das, was die Mutter ihr gesagt hatte, wusste Emma selbst, und es kränkte sie nicht besonders.

Und so hatte sie das wochenlange Muckschsein der Mutter ertragen, in vielen Gesprächen mit Bertha alles erörtert und sich mit ihr gemeinsam unter Lachanfällen ausgemalt, wie Hinrichsen wohl in langen Unterhosen aussah. Ob er jemals in seinem Leben eine Kissenschlacht veranstaltet hatte? Einen Streich ausgeheckt? Beide Schwestern konnten es sich nicht vorstellen. Eher, dass er Krampfadern hatte und gelbliche, verwachsene Zehennägel und dass er hüstelte im Bett beim Vollzug des ehelichen Aktes. Emma musste schmunzeln. Sie vermisste ihre kleine Schwester mit dem tiefen Lachen schon jetzt so schmerzlich.

Eines war aber auch klar: Ohne Hinrichsens Antrag und ihre Ablehnung und die daraus folgende Frage, was nun aus ihr werden sollte, hätte sie nicht auf die Anzeige geantwortet, in der die Kieler Agentur »Matthiessen & Co« Bedienstete für Amerika suchte.

Wenn Emma über das Heck hinweg Richtung Hamburg sah, dann kamen die Gedanken aus dieser Ecke ihres Bewusstseins, und wenn sie in Richtung des Schiffsbugs blickte, dann sah sie die Zukunft vor sich, die ungewisse, die sie sich in den letzten Monaten während ihrer Vorbereitungen in Schleswig vorzustellen versucht hatte. Ihr Anlaufpunkt war Mrs. Thompson in San Francisco, eine gebürtige Hamburgerin, die ihr die Stellung als Gesellschafterin gegeben hatte und sie erwartete. Der Lohn war viel besser als in Deutschland, und Emma hatte gehört, dass in Kalifornien auf eine Frau fünfzig heiratswillige Männer kamen, sie würde also genügend Auswahl haben und sich in Ruhe einen passenden Mann aussuchen. Aber alles zu seiner Zeit. Erst mal wollte sie etwas arbeiten und Englisch lernen, sich mit der neuen Kultur vertraut machen. Ansonsten war die Zukunft eine unfertige Skizze, aber das machte Emma keine Angst, sondern löste in ihr eine freudige Neugier aus. Sie hatte bereits festgestellt, dass die Aufregung an Land eine andere gewesen war als die hier auf dem Schiff. Die Aufregung in Schleswig war mit dem Abschiedsschmerz vermischt, hatte melancholische Züge, aber die Aufregung hier auf dem Atlantik war die einer Aufbruchstimmung. Sie war unterwegs, eine Reisende auf der *Borussia*, einem stattlichen Dampfschiff mit drei Masten und beeindruckenden Segeln. Ein Schiff, dessen Dampfmaschine schwarzen Rauch ausstieß und manchmal auch »Heizerflöhe«, noch glühende Rußpartikel, die einem kleine Löcher in die Kleidung brennen konnten, wenn man nicht höllisch aufpasste. Sie musste also immer ganz genau Ausschau halten, von wo der Wind kam und wie der Rauch zog, aber inzwischen hatte sie darin Übung.

Und schon das Schiff selbst war eine Welt für sich mit seiner Dreiklassengesellschaft, zu der sich noch die unsichtbaren Maschinisten und Heizer unten im Bauch des Schiffes und die Seeleute mit ihren verschiedenen Rängen als eine eigene Gemeinschaft gesellten.

Emma war im Begriff, in ein neues Leben aufzubrechen.

Es war eine Mischung aus Lampenfieber, der hoffnungsfrohen Erwartung beim Öffnen eines Loses auf dem Jahrmarkt, der Angst, beim Äpfelklauen im Nachbargarten erwischt zu werden, dazu diese Art Kribbeln vor dem ersten Tanz mit einem Jungen, den man gern mochte, all das gemischt mit der kindlichen Aufregung am Weihnachtstag, welche Geschenke der Weihnachtsmann wohl bringen werde, so in etwa war das Buggefühl der auswandernden Emma Johanna Callsen an Deck der *Borussia* im Jahre 1872.

2.

Der Zauberer

Auf der Borussia *auf dem Atlantik,*
26. Juni 1872

Meine liebe Bertha,
ich bin nun schon vier Tage auf See, und allmählich kann ich kein Meer mehr sehen, es ist nämlich, musst Du wissen, in jeder Richtung gleich, und wenn Du mitten auf dem Atlantik bist, dann ist es ganz egal, wo Osten oder Westen ist, Norden oder Süden, ja an manchen Tagen auch egal, wo oben ist, denn der Himmel scheint mit dem Horizont zu verschmelzen. Du bist umgeben von einem einzigen Blau und sehnst Dich nach Farben, nach Grün, nach Gelb und nach Rot.

Zu Beginn die Elbe runter war ja noch was los, und es winkten auch immer wieder Menschen am Ufer dem Schiff zu mit ihren Taschentüchern, aber dann wurde das Getümmel immer weniger, und seit gestern haben uns nun auch die Möwen, Papageientaucher und Eisvögel verlassen, wir sind weitab jeder Küste mitten auf dem Atlantik. Die Tage gehen nur langsam voran, unterbrochen von passablen Mahlzeiten. Es gibt zum Frühstück frisch gebackenes Weißbrot, Milch (stell Dir vor, wir haben eine Kuh an Bord, die täglich für frische Milch sorgt. Das ist doch wirklich sehr nett von der Hamburg-

Amerikanischen Packetfahrt-Actien-Gesellschaft!), mittags und abends gibt es dann eine warme Mahlzeit. Die Kartoffelschäler werden liebevoll »Augenärzte« genannt. Köstlich, oder? Das musst Du bitte der lieben Gertraud erzählen. Zum Tee im Salon fiedelt jemand auf einer Geige herum, damit es stilvoll wirkt und die Leute das Gefühl haben, sie bekommen was geboten für das Geld ihrer Überfahrt. Nach dem Abendessen gehe ich dann meist mit einem Buch ins Bett (davon wird man wenigstens nicht schwanger, wie Du weißt). Ich schlafe herrlich, denn das leise Brummen der Maschinen wiegt einen in den Schlaf, und die Kabinen werden durch die Rohre der Dampfmaschine mit beheizt. Es ist also warm wie in einer Höhle und sehr kommodig.

Die 2.-Klasse-Kabine hat zwei Kojen übereinander, zwei schmale Mahagonischränke, einen kleinen Tisch an der Wand, an dem ich gerade sitze, und von der oberen Koje das Weinen meiner Kabinengefährtin, einer Dorothea Martensen aus Flensburg, höre, die als Dienstmädchen in Los Angeles eine Stelle antreten wird. Dorothea hat blonde Korkenzieherlocken, eine Stupsnase, ist eigentlich aus gutem Hause, aber wurde verstoßen, weil sie unehelich ein Kind bekommen hat, das jetzt in einem Heim lebt. Dorothea ist neunzehn, und sie sagt, mit dem Kind hätte sie nicht auswandern können, denn dort drüben sei sie auf sich gestellt. Ihre Familie habe ihr nur diese Fahrkarte gegeben, damit sie verschwinde. Immerhin 2. Klasse, es hätte auch die 3. sein können. Was für ein Abstieg, von der Tochter eines Flensburger Rumfabrikanten zu einem Dienstmädchen! Ich bin allerdings sicher, und das habe ich ihr auch gesagt, dass sie bei ihrem Aussehen und diesen Locken schon bald einen Millionär finden und dann selbst einige Dienstmädchen haben wird. Da hat Dorothea mich angelächelt, ungläubig, aber doch etwas zuversichtlicher. Jetzt malen wir uns immer wieder ihr Leben in Los Angeles an der Seite eines Millionärs aus. Ihre Kleider und ihre Hüte, ihre Zimmer in einem Riesenhaus, ihre verschiedenen Angestellten, die sie hat und über die sie sich ständig ärgern muss. Ach, es sind herrliche Spinnereien, mit denen wir uns die Zeit vertreiben.

Dann wieder fängt Dorothea auf ihrem Bett an zu weinen und ist stundenlang nicht ansprechbar, da rette ich mich an Deck, zum Glück spielt das Wetter bisher mit. Wir hatten erst einen kleinen Sturm, vor zwei Tagen, der ging auch nur ein paar Stunden, ein Zwergensturm, aber er war ein Vorgeschmack auf das, was einen so auf See erwarten kann. Das Schiff schaukelte ganz schön, und mir war sehr schlecht. Im Grunde war es nur im Liegen einigermaßen auszuhalten. Seekrankheit ist etwas, was nicht vergleichbar ist mit anderen Arten von Übelkeit. Manche Passagen müssen furchtbar sein. Sogar die Kuh scheint seekrank gewesen zu sein, denn am Tag nach dem Sturm gab es keine Milch, und wir ulkten alle hier beim Frühstück, dass vielleicht saure Milch aus den Eutern geflossen sei oder Quark die Zitzen verstopft hätte. Unsere Tischgespräche tendieren oft zum Albernen, neben Dorothea und mir sitzt noch ein junges Ehepaar am Tisch, Herr und Frau Johannsen aus dem Alten Land und die unverheiratete Cousine von Frau Johannsen, Auguste, die furchtbar schmatzt und schlürft und gemeinsam mit den beiden auswandert. Sie gehen nach Stockton in Kalifornien, um bei Verwandten auf einer Obstplantage zu arbeiten, und Auguste sagte uns, sie werde sich dann dort einen reichen Goldgräber suchen. Wir spielen manchmal gemeinsam Karten oder werfen an Deck Ringe über Flaschen, dabei gesellen sich oft auch andere dazu, seltsamerweise aber immer nur Passagiere derselben Klasse.

Du willst sicher wissen, ob ich hier an Bord schon irgendeinen ansehnlichen Mann entdeckt habe? Ich muss Dich leider enttäuschen. Die meist bärtigen, tätowierten Seeleute sind nicht nach meinem Geschmack und verhalten sich auch uns gegenüber so, als wenn es uns nicht gäbe. Es sind getrennte Welten zwischen ihnen und uns. In der 1. Klasse erinnern mich die Männer sehr an Hinrichsen oder an Schwager Alfred, als hätten sie alle einen Stock verschluckt. Auch zwischen 1. und 2. Klasse gibt es hier an Bord eine feine Trennwand, unsichtbar, als wäre sie aus Glas, und manch einer rennt dann auch mal dagegen und holt sich eine Beule. Kaum in Berührung dagegen kommen wir mit den Passagieren vom Zwischendeck, der 3. Klasse, all den armen Menschen, die dort recht beengt leben! Es kursieren, vielleicht zum Amüsement der insgesamt etwas gelangweilten bessergestellten Schicht, die schlimmsten Gerüchte über das Zwischendeck, dass es dort Raub und Schlägereien gäbe. Vor zwei Tagen wurde dort ein Kind geboren. Stell Dir vor! Auf einem Schiff mitten auf dem Atlantik zur Welt zu kommen, zwischen Horizont und Meeresgrund. Was steht dann als Geburtsort in den Papieren? Atlantik? Das würde doch kein preußischer Beamter akzeptieren. Normalerweise, so erfuhr ich von einem Decksteward, werden die Neugeborenen sofort vom Kapitän getauft, aber wegen des Sturmes wurde es auf den kommenden Sonntagsgottesdienst verschoben.

Gestern gab es eine kleine Ablenkung an Bord, ein Fest für die Kinder (der 1. und 2. Klasse, versteht sich), dem wir Erwachsenen aber beiwohnen durften. Ein Zauberer war zugegen und ein Clown mit roter Clownsnase (den ich sofort als den Schiffskoch identifizierte, der auch sonst eine rote Kartoffelnase hat). Sie haben die lieben Kleinen mit ihren Tricks und Späßen aufgemuntert. Es sind doch auch viele Kinder an Bord, die ebenfalls die große Reise antreten, gemeinsam mit ihren Eltern. Sie sind zu niedlich ausstaffiert, man hat das Gefühl, sie hätten alle zu Hause noch eine komplett neue Garderobe genäht bekommen für das neue Leben da drüben und um einen guten Eindruck zu machen in der neuen Welt. Ob aus diesen Kindern schon bald echte Amerikaner werden? Ob aus mir Schleswiger Deern eine Amerikanerin wird? Man kann es sich nicht vorstellen momentan. Ach, Bertha, ich bin so gespannt, wie es da drüben sein wird, was mich erwartet. Bei Mrs. Thompson und überhaupt. Wenn sie es nicht schon kann, werde ich der Alten schnell Kartenspielen beibringen! Erst mal lasse ich sie oft gewinnen, damit sie Freude daran findet, dann natürlich nicht mehr, auch wenn sie zehnmal meine Vorgesetzte ist.

Eine Szene gestern bei dem Kinderfest war zu drollig! Ein etwa sechsjähriges Mädchen sollte dem Zauberer assistieren und den Zylinder umdrehen. Die Kleine war erstaunt, darin ein weißes Kaninchen vorzufinden. Das Mädchen nahm das Kaninchen auf den Arm, streichelte es. Als der Zauberer es ihm wieder wegnehmen wollte, fing das Mädchen an zu weinen und lief weg, mit dem

Kaninchen auf dem Arm, der Zauberer hinterher. Es gab eine Verfolgungsjagd über das ganze Deck, zum Amüsement aller, irgendwann kam der Zauberer dann mit Kind und Kaninchen auf dem Arm wieder. Jetzt war es natürlich Teil der Nummer, das Kaninchen wieder wegzuzaubern. Vorher erzählte der Zauberer den Kindern aber noch, dass es ganz sicher wohlbehalten in der wunderschönen Kaninchenwelt landen und mit all den anderen ausgewanderten und weggezauberten Kaninchen leben werde und dass es dort sogar in der Verfassung ein Recht auf Glück für jedes noch so kleine Kaninchen gäbe, ob das nicht wunderbar sei. Die Kinder standen staunend da, und manche der Erwachsenen wischten sich verstohlen eine Träne aus den Augen.

Liebe Bertha, vermisst Du mich? Wirst Du mir bald schreiben? Tröstest Du unseren geliebten Herrn Papá ein bisschen? Mutter wird sicher nicht sehr traurig sein, dass ich weg bin, ihr störrisches Kind mit den Flausen im Kopf. Bei ihr hatte ich schon von klein auf das Gefühl, dass sie mich manchmal weit weg, auf den Mond und noch weiter, wünschte, verwünschte.

Ach, was würde ich darum geben, Dich durchzukitzeln, Dein Lachen zu hören! Stattdessen höre ich mal wieder die liebe Dorothea auf ihrem Bett schluchzen. Sie ist im wahrsten Sinne untröstlich und keine sehr aufmunternde Kabinengefährtin, aber sie hat auch wirklich ein hartes Schicksal und allen Grund zu weinen. So ist viel Wasser außerhalb des Schiffes, aber auch nicht gerade wenig hier unter Deck, in unserer kleinen Kabine.

Alles Liebe, Deine Schwester Emma

3.

Seemannslieder

Es war strahlender Sonnenschein, und das Meer lag friedlich da, große Stoffbahnen blauer, leicht changierender Seide. Die *Borussia* dampfte ohne Segel voran, da es windstill war. Es hieß, man werde Panama in drei Tagen erreichen. Emma stand wieder mal an Deck. Inzwischen konnte sie gar nicht genug davon kriegen, aufs Meer zu sehen, auf den Horizont. Diese Weite schien ihr Sinnbild für das neue Land mit seinen Möglichkeiten, die neue Welt, die sie schon bald mit ihrem Koffer betreten würde.

Emma fand das ewige Meer längst nicht mehr eintönig wie noch zu Beginn, vielleicht lag es am hellblauen Himmel, der Sonne, oder sie selbst hatte an Bord eine Wandlung durchgemacht. Auch die Tage erschienen ihr weit weniger langweilig, vor allem aber war unten in ihrer Kabine eine gravierende Veränderung eingetreten. Dorothea war vom Trauerkloß zum Plappermaul geworden, wollte von morgens bis abends schnacken, und nun ging Emma nicht mehr an Deck, um vor dem Schluchzen der Kabinengefährtin zu fliehen, sondern vor deren Wortschwall. Was hatte sie inzwischen nicht alles erfahren von dieser Dorothea, vom Vater, der nicht nur das große Geld im Rumgeschäft machte, sondern auch seine Sorgen im Grog ertränkte und dann sehr zornig werden konnte. Von der hübschen, aber schwachen Frau Mámá, oft von

Migräne geplagt; die fünf Kinder hatten gelernt, mucksmäuschenstill im Haus zu spielen und stumme Zeichen miteinander auszutauschen, weil die Mutter im abgedunkelten Zimmer wieder mal mit kaum zu ertragenden Kopfschmerzen darniederlag.

Dorothea hatte Otto auf einem Ball kennengelernt, er sah in seiner Uniform so adrett wie der Kronprinz Friedrich aus, und sie hatten getanzt. Und es war wunderschön. Er versprach ihr auch sogleich die Ehe, und dann war sie mit ihm, ein großer Fehler, einmal heimlich in einer Kutsche ausgefahren, an der Förde entlang, wo kein Mensch war, und dort am Ufer sei es dann passiert. Nicht, dass sie es wollte, aber er wollte es, und sie hätte es ihm nicht abschlagen wollen, und dann sei er gekommen, sie, Emma, wisse schon, er habe in ihr losgespritzt, und das dürfe eben an bestimmten Tagen einer Frau nicht passieren, wie sie jetzt wisse, denn dann werde die Frau schwanger.

Emma selbst wusste lediglich, dass Mann und Frau nach der Hochzeit nackt ins Bett gingen, und der Mann sich dann auf die Frau legte und in sie eindrang, wie genau, davon hatte sie nur eine grobe Vorstellung und wollte es auch gar nicht so genau wissen. Es würde sich schon alles finden, dachte sie immer. Und dass Mädchen schnell schwanger werden konnten, das wusste sie auch. Aber nicht von ihrer Mutter, die mit ihren Töchtern niemals über derlei Dinge gesprochen hätte, sondern von Gertraud, der Küchenhilfe, die, seit Emma denken konnte, in ihrer Schürze bei ihnen zu Hause in der Küche gestanden hatte, den Herd schürte, Kartoffeln schälte und Gemüse putzte.

Dorotheas Vater wollte, dass sie »den Bastard« bei einer Engelmacherin wegmachen ließ, aber da habe ihre Mutter sich durchgesetzt und gesagt, niemals. Die Frauen sterben dabei sehr oft.

»Und was ist aus Otto geworden?«

»Der liebe Otto«, sagte Dorothea bitter, »hat sich versetzen lassen. Von Heiraten war keine Rede mehr. So ist das, Emma, wenn es ernst wird, dann sind wir Frauen allein mit dem Malheur. Weil Otto seinen Spaß hatte, ist mein Leben ruiniert.«

»Aber vergiss nicht«, sagte Emma, »dass du ja da drüben einen Millionär heiratest, und später wirst du einmal sagen: Diesem Otto verdanke ich es, dass ich nach Amerika gegangen und stinkreich geworden bin!«

Sie mussten lachen. »Ach Emma, was würde ich nur ohne dich machen? Was für ein Glück, dass wir die Kabine teilen! Dich hat der Himmel geschickt.«

Emmas Gedanken wurden von einer Ansammlung auffällig stiller Menschen gestört, die aus dem Zwischendeck ans Tageslicht traten, einige Offiziere und vielleicht ein Dutzend Matrosen hatten sich in Reih und Glied aufgestellt. Das Schiff verlangsamte seine Geschwindigkeit merklich, um dann nur noch auf dem Meer zu treiben. Es war, als bliebe die Zeit stehen. Emma versuchte, einen Blick zu erhaschen von dem, was da vor sich ging. Sie trat etwas näher, stellte sich hinter eines der Rettungsboote. Der Kapitän hatte eine Bibel in der Hand, und Emma sah, wie ein Holzbrett auf die Bordkante gelegt wurde, auf dem etwas in ein Segeltuch Gewickeltes lag. Als Emma das verzweifelte Schluchzen einer Frau hörte, wurde ihr klar, was sich in dem Segeltuch befand, und sie bekam eine Gänsehaut. Es war mucksmäuschenstill an Deck, auch weil jetzt alle Maschinen stillstanden, und Emma hörte die Worte des Kapitäns: »Und so nimmt der Herr, der Allmächtige, die kleine Mathilde Kröger, der er doch erst vor vier Tagen das Leben geschenkt hat, sie heute zu sich ins Paradies, er möge ihr das ewige Leben schenken.«

»Nein!«, rief die Mutter. »Nicht das Kind da unten allein am Meeresgrund, sie ist doch noch nicht getauft!« Emma schossen Tränen in die Augen, ihr tat diese Frau unendlich leid.

Der Mann, starr vor Schmerz, legte den Arm um seine Frau und flüsterte ihr etwas zu. Dann wurde das Brett gekippt und unmittelbar danach hörte man das Aufklatschen auf dem Meer und ein Vaterunser, das gemurmelt wurde. Durch die vielen tiefen Stimmen der Männer an Bord klang es ganz anders, als wenn sie es sonntags im Schleswiger Dom gebetet hatten. Auch Emma faltete die Hände und betete halblaut mit, für die kleine Mathilde, die noch vor Tagen für eine so freudige Aufregung an Bord gesorgt hatte, durch alle Schichten hinweg. Und Emma war sich sicher, dass der liebe Gott auch die ungetauften Kinder zu sich nahm und hätte das am liebsten der fremden Frau gesagt. Diese hing schluchzend an ihrem Mann, der sie, das rührte Emma besonders, obwohl er selbst schwankte, zu stützen versuchte. Dann verschwand die Gruppe im Zwischendeck, und die Seeleute gingen wieder an die Arbeit, und nicht mal eine halbe Stunde später wurde die *Borussia* wieder unter Dampf gesetzt, nahm Fahrt auf und verbreitete ihren Rauch an Deck. Für einen Moment hatte das große Schiff stillgestanden mitten auf dem Meer, aus Ehrbezeugung für eine kleine unschuldige Heidin aus dem Zwischendeck. Der Tod, dachte Emma, vermochte den Lauf der Welt anzuhalten.

Am Abend gingen Dorothea und sie gemeinsam auf eine kleine Tanzveranstaltung, im jetzt umgeräumten Speisesaal der 1. Klasse, ein wunderschöner Raum mit gemusterten Seidentapeten, Wandmalereien und einem Holzparkett. Auf einem Podest in der Ecke stand ein Orchester, und Emma erkannte in einem der Geiger den Zauberer wieder, der mit dem Mädchen um das Kaninchen gerungen hatte. Der Raum war gut gefüllt, es roch nach teuren Parfums und Seifen und auch nach dem damit übertünchten Schweiß von Wohlhabenden. Alle hatten ihr bestes Gewand angezogen, auch sie und Dorothea, aber es waren eben nur die guten Kleider, die Mädchen in Schleswig und Flensburg trugen und die nichts waren im Vergleich zu den Abendroben aus Samt und Seide der feinen Damen der 1. Klasse. Sie beide fielen auf, weil sie ohne männliche Begleitung kamen, und Emma merkte sofort, dass viele der Männer verstohlen zu Dorothea blickten. Die blonden Locken, die blauen Augen, die Stupsnase. Es war ein Puppengesicht, allerliebst. Dorothea hatte eine besondere Wirkung auf Männer, und Emma sah das mit großer Zufriedenheit, denn sie war es, die sich am meisten über Dorotheas Wandlung vom Trauerkloß zum kecken Fräulein Flensburg freute, da sie diese Veränderung hautnah miterlebt hatte. Ein Mensch konnte todtraurig sein, aber ein paar Tage später dasitzen und frivol lächeln. Dorothea wird immer einen Schlag bei den Männern haben, dachte Emma, sie war dieser Typ Frau. Hoffentlich geriet sie da drüben wirklich an einen netten Kerl.

Dass sie selbst neben Dorothea eher unsichtbar blieb, war Emma gewohnt, auch ihre Schwestern Erika und Bertha waren hübscher als sie, und Emma hatte früh begriffen, dass ihre Schönheit nicht das Pfund war, mit dem sie wuchern konnte. Dass ihr eines Auge manchmal schief stand, wenn sie müde war oder angestrengt, dass sie nicht so eine Wespentaille besaß wie Erika, die nicht nur in der Hinsicht Kaiserin Elisabeth von Österreich nacheiferte, hatte sie bisher nicht groß gestört. Und dass es nun Dorothea war, die zuerst aufgefordert wurde, gab Emma keinen großen Stich, sondern es fühlte sich vertraut an. Sie, Emma Johanna Callsen, war nie als eine der Ersten aufgefordert worden, und das Einzige, was sie daran wirklich störte, war die Tatsache, dass sie, die doch so gern tanzte, nun auf dem Stuhl sitzen bleiben musste, obwohl ihr ganzer Körper bereits im Takt wippte. Ihr blieb nichts übrig, als den anderen Paaren beim Tanzen zuzusehen, wie sie sich abmühten, mal mehr, mal weniger erfolgreich. Aber Dorothea tanzte gut und stellte ihren Körper zur Schau, die kleine gefallene Tochter des großen Flensburger Rumkönigs. Wie grausam, sein eigenes Kind in die Neue Welt zu verstoßen. Dorothea hatte alles verloren, Otto nichts. Emma empfand das als himmelschreiend ungerecht.

Ein »Darf ich bitten, gnädiges Fräulein« riss sie aus ihren Gedanken. Emma staunte nicht schlecht. Der da vor ihr stand, war ein Mann, der ihr bisher entgangen sein musste. Dunkelblond, gepflegte Erscheinung, adrett gekleidet. Ein netter Mann, schien ihr, ohne verschluckten Stock im Körper, vielleicht zehn Jahre älter als sie, mit einem kleinen Schnauzbart und atlantikblauen Augen, die neugierig in die Welt sahen. Sie nickte, erhob sich, und er führte sie auf die Tanzfläche, wo ihr Dorothea fröhlich zuwinkte. Emma lächelte ihren Tanzpartner an, er legte seinen Arm auf ihr Schulterblatt, und dann ging es los, und weil das kleine Orchester, als könnte es Emmas Sehnsüchte lesen, soeben einen Walzer angestimmt hatte, schwebte Emma am Arm dieses Fremden über das Parkett, dass es eine Freude war. Sie drehten und drehten sich, bis das Muster der Tapeten verschwamm und Emma vergaß, dass sie auf einem Schiff war, mitten auf dem Atlantik. Ihr war leicht schwindelig, aber es war nicht der Schwindel wie bei einer Seekrankheit, sondern der des Tanzes, sich vollkommen in der Musik und den Schritten zu verlieren, ja, zu vergessen, dass es einstudierte Schritte waren. Es gab nur noch eine gemeinsame Bewegung, man verschmolz zu einem Wesen und vergaß nicht nur die Schrittfolge, sondern auch sich selbst. Vorausgesetzt, der Tanzpartner stieg einem nicht auf die Füße. Beim Tanzen, das war Emma schon immer so ergangen, vergaß sie, wer sie war, was sie war und was sie nicht war. Vergaß ihren Namen, ihre Mängel, ihre Ängste, ihre Sorgen. Vergaß ihr Geschlecht, ihre Vergangenheit, ihre Herkunft. Beim Tanzen war Emma nur in diesem Moment, ganz der tanzende Körper in der Musik.

Sie war erstaunt, wie leicht ihr das Tanzen mit diesem Unbekannten fiel. Als wären sie sich schon mal begegnet, irgendwo, vielleicht in einem anderen Leben. Auch er sagte zwischendrin einmal, dass es sich ja ganz prächtig mit ihr tanze. Nach einem weiteren Walzer führte er sie zurück zu ihrem Platz, stellte sich als Christian Grohmann vor und dass sein Ziel Los Angeles sei, wo er bei einer Zeitung arbeiten werde. Emma erzählte ihm, dass sie nach San Francisco gehe und meinte, ihm eine leichte Enttäuschung anzusehen, als wäre ihre Bekanntschaft für ihn plötzlich nicht mehr interessant. Gerade kam Dorothea gerötet zurück von der Tanzfläche mit ihrem Begleiter, den sie gekonnt verabschiedete, ja, abfertigte auf eine Weise, dass er sie nicht noch einmal auffordern würde. Sie schien darin sehr geübt zu sein. Emma stellte Dorothea ihrem Tanzpartner vor und sagte, dass sie ebenfalls nach Los Angeles ginge wie er. Christian Grohmann schien erfreut, lächelte Dorothea unter seinem Schnauzbart an, und sie erwiderte das Lächeln.

»Erlauben Sie, dass ich Ihre Kabinengefährtin zum Tanz entführe?«, fragte Grohmann und lächelte beide Frauen charmant an. Emma nickte und wandte sich an Dorothea: »Herr Grohmann ist ein ausgesprochen guter Tänzer, du kannst dich freuen.« Dorothea riss die Augen noch etwas weiter auf und sagte keck: »Na, da bin ich aber gespannt!«

Die beiden entschwanden auf die Tanzfläche, und Emma beschloss, einen Moment frische Luft zu schnappen. Sie zog ihre Stola über und ging an Deck.

Nachts herrschte auf dem Schiff eine ganz andere Stimmung. Es war dunkel, nur hier und da brannte eine funzelige Petroleumlampe, und oben am Nachthimmel stand der Mond, halb voll. Emma hörte das Plätschern der Bugwelle und das Knarzen der Taue, alles viel deutlicher als tagsüber. Es waren gerade keine anderen Passagiere da, vom Vorderdeck hörte sie ein Schifferklavier und eine Mundharmonika Weisen spielen, die sehnsüchtig und nach Heimweh klangen, nach verlorener Heimat und Heimatlosigkeit. Sie und Bertha hatten früher bei der abendlichen gemeinsamen Hausmusik mit dem Vater die Lieder in Lieder des Himmels und der Erde unterteilt. Dies hier waren Lieder der Meere. Doch trotz aller Melancholie lag in den Melodien etwas Tröstendes und Kraftvolles, als könne man sich durch das Musizieren über den Zustand der Welt erheben, ihn selbst nicht verändern, aber seine Haltung dazu. Emma musste kurz an die Szene tagsüber denken, an das Brett und das kleine Segeltuchpaket und den verzweifelten Aufschrei der Mutter. Sie hatte Dorothea nach ihrer Rückkehr in die Kabine nichts davon erzählt, das hätte diese nur wieder an ihren eigenen Verlust erinnert.

So stand Emma an der Reling, allein, blickte auf den Mond, der ihr wie ein alter Bekannter vorkam, da sie ihn auch aus ihrem Zimmer in Schleswig nachts oft über den Kastanienbäumen gesehen hatte, die wie Wächter vor dem Haus standen. Emma sah auf die vielen Sterne, deren Namen sie nicht kannte. Es gab so vieles, was sie gern noch lernen würde. Aber immerhin, sie konnte gut schreiben und rechnen, hatte die letzten Wochen auch ihr Englisch aufpoliert. Sie konnte Klavier spielen, Handarbeiten und Karten spielen, sie hatte zeichnerisches Talent, sie hatte in den letzten Jahren bei ihrer Mutter Kochen gelernt, die einheimischen Gerichte, die Grundrezepte, alles, was eine Frau wissen musste, wenn sie in

Stellung ging, als Gesellschafterin, oder wenn sie heiratete und einen Mann mit ihrem Essen beglücken sollte, sofern es keine Köchin gab oder wenn diese ihren freien Tag hatte. Zuhause hatte ihre Mutter meist gekocht, mit Gertraud als Küchenhilfe, die ihr vieles zuarbeitete und vorbereitete. Ihre Schwester Erika, die nie gern kochen mochte und es auch nicht besonders gut konnte, was sich zu bedingen schien, musste sich um derlei Dinge überhaupt nicht mehr kümmern, seit sie mit Alfred verheiratet war. An Personal mangelte es nicht. Emma dagegen hatte sich fürs Kochen interessiert, denn sie aß gern, und sie sah im gut Kochen mitnichten die Aufgabe, einen zukünftigen Ehemann zu beköstigen und glücklich zu machen, sondern vor allem sich selbst. Das hatte sie ihrer Mutter auch gleich bei den Lektionen in der Küche erklärt, und diese hatte ihr in die Wange gezwickt, schon das Höchste an Gefühlen bei ihr. »Gut, liebes Kind, dann lernen wir jetzt kochen, damit du für dich selbst immer gut kochen kannst.«

Emma hatte sich schnell für die schwierigen Dinge interessiert, den Brand- und Blätterteig und den Biskuit, für Pasteten. Und sie hatte sich gefreut, wenn ihre Kuchen und Torten, ihre Suppen und Aufläufe ihrer Familie geschmeckt hatten. Es war eine ehrliche Anerkennung. Und umgekehrt war es auch für sie selbst ein Zeichen aufrichtiger Liebe und Zuneigung, wenn sie für jemanden kochte. Sie konnte sich Hinrichsen zum Beispiel nicht als einen Menschen vorstellen, der genussvoll ein Essen zu sich nahm.

Dass der Landrat sie liebte, hatte Emma sowieso nicht geglaubt, sie kannten sich ja auch kaum. Er war vielleicht verzückt von ihrer Jugend, dem Frischen, dem noch etwas Ungebändigten. Emma war noch nicht verdörrt von endlosen Nachmittagen in Salons mit anderen Damen, von den Kaffeekränzchen, den Handarbeitszirkeln oder den Einladungen zu Hauskonzerten. Sie war noch nicht mürbe von den gesellschaftlichen Verpflichtungen, wie es sich gerade bei Erika anzudeuten schien, die nach zwei Geburten in vier Jahren und dem Führen ihres Haushaltes zu einer der ersten Damen der Stadt geworden war. Das hatte Erika viel ernster gemacht, strenger mit sich und anderen, und Emma hatte diese Wandlung ihrer großen Schwester in den letzten Jahren genau studiert, ja, sie hatte oft gedacht, dass ihr dasselbe blühte, wenn sie eine gute Partie machen und in die besseren Kreise hinein- und hinaufheiraten würde, ohne Zuneigung zu dem Mann, der diesen Schritt ermöglichte. Die Idee, sich der körperlichen Liebe ohne zärtliche Gefühle hinzugeben, erschien Emma vollkommen abwegig, ja auch gegen ein göttliches Gesetz zu verstoßen, die Schöpfung geradezu verhöhnend, und sie hatte es im Gesicht ihrer großen Schwester gesehen, wie schnell ein gewisser Glanz, der zu Beginn ihrer Ehe mit Alfred noch da gewesen war, aus Erikas Augen verschwunden und einer Abgeklärtheit gewichen war, die nicht unbedingt schöner machte.

Der Mond hatte eine gelb schimmernde Brücke auf dem Meer ausgelegt. Sonne, Mond und Sterne. Sie würden weiter ihre Bahnen ziehen, nach ihren ewigen Gesetzmäßigkeiten. Ihnen war es egal, ob sie, Emma Johanna Callsen, eine junge Frau aus dem Norden Deutschlands, aus einem Stück Land, in dem in den letzten Jahren je nach politischer Wetterlage mal die dänische, mal die preußische Flagge im Wind flatterte, ob eine Schleswiger Deern nun ihre Heimat verließ, in die Neue Welt aufbrach. Für Emma war es ein riesiger Schritt, sie veränderte die Koordinaten, die eigentlich für ein Mädchen ihres Standes vorgesehen waren. Sie war im Begriff, in ihr eigenes Schicksal einzugreifen, es zu gestalten, »herauszufordern«, würde ihre Mutter sagen. Doch hier an Bord taten alle das Gleiche. Emma war nicht allein, sie war Teil einer Bewegung. Viele andere machten es ebenso, gingen auf ein Schiff, fein sortiert nach gesellschaftlichen Klassen, und fuhren hinüber nach Amerika.

Emma wandte sich zum Gehen. Hinten an der Reling stand jetzt ein Paar, das gemeinsam aufs Meer schaute. Der Mann hatte seinen Arm um die Frau gelegt, und sie hatte ihren Kopf an seine Schulter geschmiegt, ein wunderschöner Scherenschnitt.

4.

Beruf Plaudertasche

San Francisco, 20. August 1872

Meine liebe Bertha,
ach, es war zu schön, heute Deinen Brief zu erhalten! Ich danke Dir, liebe Schwester, von Herzen. Habe mich amüsiert beim Lesen und sah Euch wahrhaftig vor mir, so gut hast Du alles beschrieben. Ich denke mir, dass Du, um mich zu schonen, auch einiges weggelassen hast, aber das musst Du in Zukunft nicht tun, wir wollen uns immer aufrichtig schreiben, wie es uns ergeht, und Du musst mir auch immer ehrlich schreiben, wie es der Familie geht. Wir wollen Freud und Leid teilen, und all die wichtigen Dinge dazwischen.

Ich schulde dir wenigstens noch kurz den Bericht meiner weiteren Reise mit einigen Wundern für ein Kind aus unseren Breitengraden. Je weiter wir südlich auf dem Atlantik kamen, desto öfter wurde das Schiff von Delfinen begleitet, die vor dem Bug aus dem Wasser sprangen und unter dem Schiff durchtauchten, dass es eine Freude war. Sie waren sogar schneller als das Schiff! Vor allem die Kinder an Bord kamen aus dem Staunen nicht heraus. Auch manch einer der fliegenden Fische landete an Deck als blinder Passagier. Nach der Ankunft in Panama schwankte das Festland unter den Füßen, es war, als ginge man auf einem Pudding. Im Hafen wurden wir Wankelmütigen regelrecht umlagert von der einheimischen Bevölkerung, die uns sehr geschäftstüchtig und kaum anders als die Marktfrauen oder Fischverkäufer bei uns zu Hause Apfelsinen, Bananen und Kokosnüsse anboten. Dorothea mit ihren blonden Locken wurde von ihnen angestarrt wie das siebte Weltwunder, und manche der Kinder begrapschten sie regelrecht, was sie ekelhaft fand und auch mit Flensburger Rumtochterflüchen vom Feinsten zum Ausdruck brachte. Sie ist im Kern nicht gerade eine Dame, sondern hat das Ordinäre, das ich auch an Bord bei manchen Geschäftsleuten beobachtet habe, meist ein Hinweis darauf, dass sie es zu schnell zu Geld gebracht haben und die innere Kultur dabei nicht ganz mithalten konnte.

Von der Hitze in Panama kannst Du Dir keine Vorstellung machen, es ist eine sumpfige Gegend, und es war unerträglich schwül. Wir waren heilfroh, als wir endlich im schattigen Zugabteil saßen und der Fahrtwind durch die Fenster zog, wenn auch ein heißer Wind. Und die Mücken überall! Wir hatten uns mit Schleiern und Tüchern über dem Strohhut so gut es ging verhüllt, sahen aus wie eine Reisegruppe von Imkern, doch die arme Dorothea wurde dennoch bös zerstochen, vor allem im Gesicht. Ich sah es als die gerechte Strafe Gottes dafür, dass sie die Kinder in Panama so beschimpft hatte. Unser neuer Reisefreund, ein Herr Grohmann aus Hannover, der in Los Angeles bei einer Zeitung arbeiten wird, machte sich Notizen in sein Büchlein, denn er wollte einen Bericht von seiner Überfahrt schreiben. Er war es auch, der uns immer wieder Dinge erklärte, zum Beispiel, dass beim Bau der Eisenbahnstrecke sehr viele Arbeiter gestorben seien und sie eine der teuersten Routen der Welt sei. Er wollte damit wohl vor allem Dorothea imponieren, die ihn aber nicht so recht erhören mochte. Er sei ihr, wie sie mir anvertraute, zu klug und studiert, neben ihm fühle sie sich dumm, sie bevorzuge starke Männer, zum Anlehnen, die sie beschützten, und dieser Grohmann habe was von einem Klookschieter. Und dann wollte sie von mir wissen, welchen Geschmack ich in Bezug auf Männer hätte, und ich wusste keine rechte Antwort auf diese Frage und kam mir vor wie ein dummes Mädchen, das bei einer Prüfung patzt.

Der Zug fuhr recht langsam durch Panama, sodass wir genügend Zeit zum Staunen hatten, und nach vier Stunden waren wir bereits auf der anderen Seite am Pazifik angelangt, wo wir auf ein weiteres Dampfschiff umstiegen.

Von der ruhigen Weiterfahrt nach San Francisco, die nur noch wenige Tage dauerte, gibt es nicht viel zu erzählen, außer, dass ich einmal einen Wal gesichtet habe! Stell Dir vor, ich stand an Deck, und plötzlich sah ich in vielleicht hundert Metern Entfernung eine Fontäne und ein großes schwarzes Tier aus dem Wasser stoßen und dann wieder verschwinden. Ich dachte erst, ich träume, aber dann war mir klar, dass ich den ersten Wal meines Lebens gesehen hatte und nun in einem Teil der Welt lebe, an dessen Küste es Wale gibt. Nicht die lütten Schweinswale wie bei uns oben, das Tier, das da aus dem Meer schoss, war bestimmt zehn Meter lang! Mindestens.

Seit vier Wochen bin ich nun hier in San Francisco bei

Mrs. Thompson im Haus. Wenn die hier für den Sommer typischen Nebel mittags weggezogen sind, dann genießen wir die wärmenden Sonnenstrahlen und sitzen oft auf der Veranda draußen und trinken einen Eistee. Der Nebel ist hier manchmal so dicht, dass ich verstehe, dass die ersten Eroberer schlichtweg an der Bucht vorbeigesegelt sind. Mrs. Thompson ist Hamburgerin und vor dreiundzwanzig Jahren mit ihrem Mann ausgewandert. Jetzt ist sie Ende sechzig und sieht auch nicht einen Tag jünger aus. Sie hat Falten, nicht nur im Gesicht, auch in der Kleidung, sie trägt immer schwarz, wie es sich für eine Witwe gehört, aber ich habe nicht den Eindruck, dass sie ihren Mann wahnsinnig geliebt hätte, geschweige denn, dass sie ihn vermisst. Er ist jetzt fast zwei Jahre lang tot, manchmal sagt sie sogar »der alte Thompson, der Mistkerl« über ihn, dann ermahne ich sie scherzhaft, dass man so aber nicht über einen geliebten verstorbenen Gatten reden dürfe, und sie muss laut lachen. Dass sie Humor hat, ist natürlich schon mal ganz wunderbar, verhindert allerdings nicht, dass sie uns alle ganz schön herumscheucht, mich aber im Vergleich zu den anderen Bediensteten am wenigsten. Vielleicht ahnt sie, dass man eine Emma Johanna Callsen nicht den ganzen Tag herumkommandieren darf, weil diese dann ganz gnaddelig wird und keine gute Gesellschafterin mehr sein kann. Natürlich, sie bezahlt mich, und ich bin ihre Angestellte. Ihre Untergebene aber nicht! Eine Gesellschafterin muss meiner Meinung nach mit Respekt behandelt werden, wie ein Biskuit. Ich bin ja viel in ihrer Nähe, wir handarbeiten zusammen, spielen Karten, ich lese ihr vor, wir unterhalten uns. Sie hat einen wunderschönen Flügel, *leicht verstimmt, und ich soll ihr des Öfteren vorspielen. Sie selbst kann nicht mehr spielen, weil sie Gichtfinger hat. Die Ärmste. Zum Glück schläft sie lange und geht früh zu Bett, das verkürzt meine Arbeitszeiten auf natürliche Weise, und ich komme auch noch dazu, selbst zu lesen oder mal einen Brief zu schreiben oder einfach nichts zu tun, auch wenn ich dann in Gedanken unsere Mutter höre, die ja jeden, der auch nur fünf Minuten nichts tut, als Faulpelz und Made im Speck bezeichnet. Hier in Amerika gibt es in dieser Hinsicht viel mehr Lockerheit, was mir gefällt. Man macht auch mal Pausen und trinkt eine selbst gemachte Limonade oder einen Tee und plaudert. »Small talk« nennen sie hier unseren Klönschnack, das beginnt mit der Frage nach dem Befinden (wobei niemand ernsthaft Auskunft über seine dunklen Seelenanteile gibt!), geht weiter in ein Geplauder über Krankheiten, das Wetter, die neuesten Nachrichten, immer wieder das Wetter oder noch besser das Reden über einen Wetterumschwung. Außerdem das Plaudern über Mahlzeiten, über die an dem Tag anstehenden oder die bereits verdauten oder über die noch in der folgenden Woche zu essenden (und zu verdauenden).*

Ich habe inzwischen verstanden, dass es unhöflich oder indiskret wäre, direkt zu sagen: »Ich bin niedergeschlagen.« Lieber sagt man: »Heute ist es aber drückend«. Man spricht über den Blutdruck, Hochdruck- oder Tiefdruckgebiete, über Strick- und Stickmuster, und ich beginne, die Botschaften, die darunterliegen, allmählich immer besser zu verstehen. Es ist wie eine Fremdsprache, die eine Gesellschafterin zu lernen und zu beherrschen hat. Es geht bei den Gesprächen mit Mrs. Thompson viel um Essen und um das Zubereiten der Mahlzeiten, auch wenn wir damit nicht viel zu tun haben, denn das erledigt ja Rose, die Köchin, die gleichzeitig auch das Dienstmädchen ist und die Speisen aufträgt und abräumt. Rose ist der erste schwarze Mensch in meinem Leben, dem ich näherkomme. Mit ihr muss ich Englisch reden, aber ich verstehe ihren Dialekt oft nicht, und dann lachen wir über die Missverständnisse, die sich ergeben. Zu Beginn musste ich mich immer sehr zusammenreißen, Rose nicht anzustarren, denn über die Hautfarbe hinaus war ich auf der Suche nach weiteren Unterschieden. Stell dir einfach nur den Mocca vor, den Mama bei Gesellschaften reicht, genauso dunkel ist Rose. Einmal hat sie mich mit verschränkten Armen zurückangestarrt, um mir deutlich zu machen, wie sich das anfühlt, und ich habe mich richtig erschrocken. Da hat sie einen Lachanfall bekommen und zu mir gesagt: »You are a person without any colour!«

Tja, liebe Schwester, aus der Sicht der Schwarzen sind wir Bleichgesichter. Rose nannte meinen Teint mehlfarben, auch nicht gerade sehr charmant. Mrs. Thompson hat mich allerdings ermahnt, nachdem sie mich öfter in der Küche bei Rose sitzen sah, dass sich das nicht gehöre als ihre Gesellschafterin.

Der Ehemann von Rose, Jack, ist der Gärtner, Kutscher, macht die Einkäufe, die beiden bewohnen eine kleine Holzhütte am Ende des Riesengrundstücks und sind schon seit einigen Jahren bei Mrs. Thompson. Jack und Rose waren früher Sklaven auf einer Baumwollplantage irgendwo im Süden der Vereinigten Staaten, aber sie konnten fliehen und sind nach Kalifornien gekommen, wo Jack beim Bau der Eisenbahnstrecke mithalf, dann sind sie hier hängen geblieben. Jack hat die rührende Angewohnheit, im Garten mit den Pflanzen zu sprechen, als wäre er ein Prediger und sie seine Gemeinde, ich höre immer nur so Fetzen wie »Ja, deine Gebete haben genützt, und du hast endlich Blüten!« oder »Gott hat dich erhört, und du treibst endlich aus!«

Auch wenn Mrs. Thompson immer ausgesprochen nett zu Rose ist, so blickt sie doch auf sie herab aufgrund der Hautfarbe, sonst würde sie mich ja auch nicht ermahnen, den Umgang mit Rose nicht zu sehr auszuweiten. Freundlich ist sie, weil die gute Rose für unser leibliches Wohl sorgt und man sich immer gut stellen muss mit seiner Köchin, eine Weisheit, die mir Mrs. Thompson auch schon mit auf den Weg gegeben hat. Ich habe ihr daraufhin geantwortet, dass ich nicht wisse, ob ich es jemals dazu bringen werde, mir eine Köchin leisten zu können, aber dass das auch nicht tragisch sei, denn ich würde selbst gern kochen. Es war ein Fehler, das zu sagen, denn nun muss ich an den freien Tagen von Rose (sonntags) manchmal ran an den Herd und Mrs. Thompson nicht nur bekochen, sondern auch noch beweisen, dass ich eine gute Köchin bin. Aber es macht mir ja Freude, wie Du weißt, und ich habe sie und mich schon mit ein paar Gerichten aus Schleswig glücklich gemacht und neulich sogar Schnüsch gekocht.

Meine Arbeit als Gesellschafterin lässt sich also gut an. Das Haus ist groß, ein Holzhaus, das an allen Ecken knarzt und quietscht, bei jedem Schritt und bei jedem Windhauch und manchmal auch einfach nur so, ohne Grund. Ich glaube, Holz ist doch sehr lebendig als

Baumaterial, und Du spürst das Außenklima immer durch die Wände, es kann ganz schön klamm und kühl werden. Ich habe mein Zimmer im ersten Stock, es gibt ein schlichtes Bett, einen Schreibtisch, einen Waschtisch, eine Kommode, schöne Gardinen und einen Blick auf den Garten, in dem wahnsinnig hochgewachsene Palmen stehen. Stell dir vor, Palmen sind hier überall! Überhaupt ist der Garten voller Kakteen, exotischer Pflanzen und bunter Papageien und Kolibris. Ich nenne den Papagei mit dem roten Kopf »Suffkopfpapagei« oder den blauen »Marinepapagei«. Neben Rose, Jack und mir gibt es noch eine Frau, die zum Putzen kommt, drei Tage die Woche, und die das ganze Haus im Griff hat, die Holzböden und die Teppiche, die Gardinen, die Fenster putzt, die hier witzigerweise von unten nach oben hochgeschoben werden, wenn man sie öffnet. Nur Staubwischen gehört zu meinen Aufgaben, und ich gehe durchs Haus mit einem edlen Wedel aus Pfauenfedern und staube alles ab wie der Teufel. Es ist eine schöne, schlichte Tätigkeit, bei der man herrlich nachdenken kann. Manchmal stelle ich mir vor, der Wedel wäre mein Zauberstab und ich eine Fee. Tja, was würde ich mir dann herbeizaubern? Einen reizenden Mann, der mit mir ein paar hübsche Kinder hat, um die sich wiederum eine herbeigezauberte, nicht allzu reizende Nanny reizend kümmert. Vier Kinder hätte ich gern, aber herbeigezaubert, ohne Geburt und Schmerzen, ein Zwillingspärchen könnte dabei sein. Vier Kinder, die ich immer schön ausstaffieren könnte, für die ich selbst nähen und stricken würde, damit sie adrett aussehen. Und meine Schwester Bertha würde ich mir auf das Kanapee zaubern, dazu einen großen

Krug Limonade, und dann würden wir plaudern, bis der Abend kommt.

Das mit dem herbeigezauberten Mann ist übrigens in Wirklichkeit so: Mrs. Thompson veranstaltet alle halbe Jahr einen Tanztee und lädt unverheiratete Männer ein, die Brautschau halten, und sie lädt ledige Frauen ein, die ebenfalls auf der Suche sind. Sie ist wohl eine sehr bekannte Institution in San Francisco und Umgebung. Es sind meist deutschstämmige Personen, die wie die Thompsons bereits vor einiger Zeit ausgewandert sind, manchmal verirrt sich wohl auch ein Holländer, Schwede oder Däne darunter, wie sie mir sagte. Protestantisch sei die einzige Bedingung. Im Oktober ist der nächste Tanztee. »*Aber nicht, dass Sie mir dann gleich heiraten und weggehen, Emma*«*, hat sie zu mir gesagt, und ich habe gelacht, denn ich kann mir momentan eigentlich noch gar nicht recht vorstellen, an der Seite eines Mannes einen Hausstand zu führen, Kinder zu erziehen und all das Gedöns. Ich finde es ganz schön, mich hier bei Mrs. Thompson an Amerika zu gewöhnen, mich einzuleben. Ich will meine Freiheit noch etwas genießen! Außerdem muss ich ja noch die Kosten für die Schiffspassage abarbeiten.*

Stell Dir vor, ein Kolibri sitzt gerade vor meinem Fenster – ein absolut entzückender, bunter, kleiner Vogel, und er zwitschert mir zu, wie eine professionelle Plaudertasche, die neue Profession Deiner Schwester. Wie geht es Dir, liebste Schwester? Und wie unseren Eltern? Ich hoffe, Ihr seid alle gesund und munter! Was macht denn Vaters Husten? Bitte schreibe mir ehrlich, schone mich nicht mit schlechten Neuigkeiten und Nachrichten. Ach,

Bertha, ich bin ja so gespannt, wer um Deine Hand anhalten wird und wen Du erhören wirst. Ich hoffe, Du triffst eine kluge Wahl und die richtige. Und niemals, ohne zuvor Deine Schwester Emma, die ja so bewandert ist in Liebesdingen!, zu konsultieren. Das würde ich Dir ernstlich übel nehmen.

Schreib mir bald wieder, ich drücke Dich an meine Brust,

Deine Plaudertasche Emma

5.

In guter Gesellschaft

Emma versiegelte den Brief, beschrieb noch einen Bogen beidseitig für die Eltern und Erika und legte dann alle Seiten in einen Umschlag, und als sie die Adresse ihrer Familie auf das Kuvert schrieb, hielt sie einen Moment inne. Das war ja ihre Anschrift gewesen, ihr ganzes Leben lang. Schleswig, Am Grünen Grund 6. Das Haus aus den roten Ziegeln, zweistöckig, mit Efeu bewachsen. Emma wendete das Kuvert und schrieb: Emma J. Callsen, 8 Chesterstreet, San Francisco, California, America. Sie las es sich laut vor und fand, das klang gut, nach großer weiter Welt.

Mrs. Thompson rief nach ihr, und Emma ging die Treppe nach unten.

»Emma, wollen wir einen Eistee auf der Veranda zu uns nehmen und dabei eine Partie Mühle spielen?«

Fragen waren bei Mrs. Thompson keine Fragen, sondern Befehle, Anordnungen.

»Gern«, sagte Emma und hoffte, dass die alte Dame nicht wieder vor Wut am Ende die Spielsteine zu Boden wischte, weil sie dreimal hintereinander verloren hatte. Und Emma hatte die Steine auch noch wieder auflesen müssen! Das war ein Tiefpunkt ihrer Karriere als Gesellschafterin gewesen, und sie hatte, während sie am Boden herumkroch, beschlossen, dass sie niemals mit ihren Angestellten so umgehen wollte, sollte sie jemals welche haben.

»Heute werde ich gewinnen«, rief Mrs. Thompson aus, »das habe ich im Gefühl!«

Kurz darauf saßen sie auf der Veranda zum Garten hin und platzierten abwechselnd die weißen und schwarzen Steine auf dem Spielfeld. Hier zu Beginn entschied sich bereits sehr viel, und Emma war sich nicht sicher, ob die gute Mrs. Thompson das wirklich verstanden hatte.

Emma sah auf die krummen Gichtfinger von Mrs. Thompson. Zur Behandlung hatte diese sich Mr. Ling anvertraut, der den Kräuterladen im chinesischen Viertel besaß und unter den Chinesen sowieso als Halbgott galt, obwohl keiner so recht wusste, welche Ausbildung Ling eigentlich hatte und was ihn, nachdem ihm die Menschen ihr Leid geklagt hatten, dazu befähigte, wortlos an seine Blechdosen zu gehen und eine Mischung aus allerlei verschiedenen Zutaten abzuwiegen und zusammenzustellen. Mrs. Thompson hatte Emma erzählt, wie Mr. Ling schon unfruchtbare Frauen und impotente Männer sowie wirklich Schwerkranke und Verletzte geheilt habe, sodass sein Spitzname Jesus Ling sei. Sie kicherte, als sie das erzählte, und wie wütend Pastor Hollmann geworden sei, nachdem er davon gehört hatte. Allerdings war Hollmann selbst auch schon bei Ling im Laden gesichtet worden, und die Gemeinde »Zum Guten Hirten« hatte gerätselt, welches Leiden es wohl war, das der Pastor lieber Herrn Ling als Gott oder dem hiesigen Doc anvertraute. Die Gerüchteküche brodelte so sehr, dass sich Hollmann, der schon der Syphilis bezichtigt wurde, gezwungen sah, in seiner Sonntagspredigt das heikle Thema anzusprechen. Er beichtete seiner Gemeinde, dass er unter Schlaflosigkeit litt und bei Herrn Ling nach einem Tee gefragt habe, der eine einschläfernde Wirkung hätte. Jetzt trinke er regelmäßig abends ein scheußliches Gebräu, eine Art chinesischen Kamillentee.

Es war Sonntag, und man hörte Rose und Jack vom anderen Ende des Gartens in ihrer Hütte miteinander reden, laut, als wäre es ein Streit. Mrs. Thompson sah, dass Emma sich offensichtlich Sorgen machte.

»Kindchen, die beiden reden immer so laut miteinander, das hat nichts zu bedeuten, das ist das Temperament. Die liebe Rose hat zwar ganz schön Haare auf den Zähnen, und die beiden streiten auch öfter mal miteinander, aber dann hört man sie auch gleich danach wieder lachen oder ...«, sie senkte die Stimme und hielt die Hand vor den Mund, »noch ganz andere Dinge. Ach, so ein Holzhaus ist einfach zu hellhörig!«

Emma musste lachen. Sie begann mit dem ersten Zug, denn sie hatte die weißen Steine.

»Aber in welcher Ehe wird nicht gestritten?«, fragte Mrs. Thompson Emma. »Oder wie war das bei Ihnen zu Hause?«

Emma dachte kurz nach. Laut waren die Eltern selten, eher war es so, dass die Mutter mucksch wurde und dann zwei Tage nicht mehr mit dem Vater redete, bis der vor ihr auf die Knie ging. Überhaupt hatte der Vater in der Ehe nicht viel zu melden, es war die Mutter, die in dem roten, efeubewachsenen Haus die Hosen anhatte. Trotzdem liebte Herrmann Callsen seine Frau über alles und ließ nichts auf sie kommen.

»Ich kann mich wirklich an keinen lauten Streit erinnern«, sagte Emma.

»Es sind nicht die schlechtesten Ehen, in denen es auch mal laut wird«, erwiderte Mrs. Thompson und setzte ihren schwarzen Stein.

»Wie war es denn in Ihrer Ehe, Mrs. Thompson? Wurde da auch mal gestritten?«

»Oh, ja, liebes Kind. Oft. Der alte Thompson gab manchmal zu viel Geld für Spirituosen aus, die sich auch sehr schnell verflüchtigten bei ihm. Da musste ich dann mit ihm schimpfen.«

Emma hatte schon von Rose gehört, dass Mr. Thompson sehr viel getrunken hatte und wohl auch daran gestorben war. *»His liver was dead first«*, hatte Rose in der Küche zu Emma gesagt.

»Mein Gatte wiederum, der alte Geizkragen, fand, dass ich zu viele Angestellte habe und sein hart verdientes Geld beim Kauf von Porzellan und Teppichen verschwende. Dabei war ich es, die hier das Heim so wohnlich gestaltet hat.« Eduard Thomsen aus Hamburg, der sich gleich nach seiner Ankunft in Edward Thompson umbenannte, hatte die kluge Idee, 1849 nicht nach Gold mitzuschürfen, sondern einen Laden mit der Ausrüstung dafür zu eröffnen, der von Anfang an blendend lief. Schaufeln, Hacken und Siebe brauchte jeder der Glückssucher und war bereit, dafür auch eine stolze Summe zu zahlen, sah er es doch als kluge Investition in seinen baldigen Reichtum. Tausende Goldsucher hatten bei Thompson im Laden über viele Jahre hinweg ihr Geld gelassen, das dieser geschickt investierte und weiter vermehrte.

»Und dreieinhalb Angestellte für so ein großes Haus und diesen Riesengarten, das ist nun wirklich nicht übertrieben, die Jeffersons haben fünf Angestellte.« Jeffersons wohnten nebenan, und man war sich seit Jahren in inniger Feindschaft und nachbarschaftlicher Hassliebe verbunden. Auf jeden Fall verglich sich Mrs. Thompson immer mit den Jeffersons, was Emma amüsierte. Sie kannte die Nachbarn nur vom Sehen, denn man verkehrte nicht mehr miteinander, seit sich Amelie Thompson und Esmeralda Jefferson um die Grenze des Grundstücks gestritten hatten, weil die eine meinte, dass die Agave noch zu ihrem Besitz gehörte und die andere das Gegenteil behauptete und sich daraus eine unschöne Steigerung von Beleidigungen, ganz fernab der Botanik und Flora, ergeben hatte. Davon hatte Mrs. Thompson Emma an einem anderen Abend im Salon beim Handarbeiten erzählt.

Ohne vom Spielfeld aufzublicken und während sie Stein um Stein setzten, fragte Mrs. Thompson Emma ganz nebenbei: »Und es hat einen Antrag in Schleswig gegeben, wie ich von einer Bekannten erfuhr?«

Emma atmete tief ein, offensichtlich musste das hier einmal zur Sprache kommen.

»Ja, aber dieser Mann hat mir überhaupt nicht gefallen, meiner Frau Mámá hingegen sehr.«

»Es soll eine sehr gute Partie gewesen sein, die Sie ausgeschlagen haben.«

»Ein hagerer, ältlicher Mann mit dem Charme einer Kröte.«

Emma schüttelte sich bei der Erinnerung.

»Ach Kindchen, ein bisschen Geld schadet nie.«

»Nein, da gebe ich Ihnen recht. Aber ein bisschen Sympathie schadet auch nicht.«

Emma legte ihren Stein so, dass sie eine Mühle von Mrs. Thompson verhinderte. Diese stöhnte leise.

»Sie Gemeine!« Dann legte sie ihren schwarzen Stein, leider an eine falsche Stelle.

»Wissen Sie, meine ältere Schwester Erika hat eine sogenannte gute Partie gemacht und einen sehr reichen Schleswiger Fabrikanten geheiratet. Und ich konnte die letzten Jahre mit ansehen, wie sie immer unglücklicher aussah. Das Schicksal wollte ich nicht auch erleiden.«

»Gut, Sie wollen einen Pullover, der warm ist, aber nicht kratzt. Das ist in Ordnung, Kindchen. Hauptsache, Sie verlassen mich noch nicht so bald.«

Emma lächelte, dann setzte sie ihren Stein so, dass die arme Mrs. Thompson blockiert war und nun gar nichts mehr machen konnte. Selbst schuld, wenn sie beim Mühlespielen immer gleichzeitig plaudern wollte. Die alte Dame sah auf, doch Emma sagte nur mit erhobenem Zeigefinger und im gespielten Tonfall einer Nanny: »Ich bin heute nicht gewillt, unterm Tisch herumzukrabbeln und Mühlesteine aufzuheben! Und ich meine mich zu erinnern, dass das im Arbeitsvertrag nicht als eine meiner Aufgaben aufgeführt wurde.«

Mrs. Thompson grinste breit und faltenglättend, und dann mussten sie lachen, so laut, dass die Vögel im Garten erstaunt für einen Moment schwiegen und lauschten, was für seltsame Laute da in ihrem Gelände zu hören waren. Menschenzwitschern, kehliges. Und vielleicht hörten auch Rose und Jack in ihrer Hütte das laute junge und das laute alte Lachen und wunderten sich.

»Emma, wir brauchen auf jeden Fall einen humorvollen Mann für Sie, anders geht es nicht, aber humorvolle Männer sind so selten wie am Tage singende Nachtigallen.«

6.

Der Tanztee

Sie halfen alle mit, auch Jack, der sonst nur ins Haus kam, wenn es etwas zu reparieren gab. Sie rollten die Teppiche in den Räumen im Erdgeschoss beiseite und schrubbten den Boden gründlich, jede Diele, dann wurden diese mit Bohnerwachs bearbeitet und danach poliert. Das Haus roch tagelang nach dem »Powell & Baker«-Bohnerwachs, das Mrs. Thompson immer in England bestellte und dessen scharfer Geruch Emma in die Nase fuhr. Alle Fenster wurden geputzt, das Silber poliert, die Tischdecken extra in die Wäscherei zum Chinesen gegeben, und als diese zurückkamen, waren nicht nur die Tischdecken, sondern auch Emma geplättet, denn noch nie zuvor hatte sie etwas so platt Gebügeltes gesehen. Emma musste alles abstauben, denn Mrs. Thompson ließ nichts auf sich kommen, wenn der Tanztee stattfand, zweimal im Jahr, und das wurde jedes Mal zum Anlass für eine gründliche Reinigung des an sich schon sehr sauberen Hauses genommen. Unruhe und Aufregung lagen in der Luft, auch Mrs. Thompson wurde ganz flatterig, als wenn sie selbst noch mal auf die Suche ginge. Dabei war sie ja nur die Gastgeberin, die in ihrem Haus einzig und allein den Rahmen für eine Begegnung schaffte.

Amelie Thompson hatte nach ihrer Ankunft mit ihrem Mann in San Francisco festgestellt, dass es viele Männer gab, die allein ausgewandert waren und nun nach Jahren der unfreiwilligen Einsamkeit gern eine Ehe eingehen wollten und dafür ein anständiges Mädchen suchten. Am liebsten eine, die aus ihrem Heimatland stammte und mit der sie die Sprache, Religion und Kultur teilten. Pastor Hollmann von der deutschen Gemeinde hatte Mrs. Thompson in ihrer Idee bestärkt, damit die Männer nicht erst in zweifelhaften Etablissements verschlagenen Huren in die Hände fielen, die nur deren Geld wollten. Es fehlte an Gelegenheiten, und so waren die gute Amelie Thompson und ihr Gatte Edward bereit, zur Rettung der christlichen Ehe und aus Nächstenliebe zu den einsamen Seelen gelegentlich bei sich einen Tanztee zu veranstalten, zu dem sich die männlichen und weiblichen Kandidaten bei ihnen anmelden durften. Auch jetzt hatte Mrs. Thompson die Gästeliste im Griff und hielt sie unter Verschluss. Emma versuchte, heimlich einen Blick darauf zu werfen, aber als Mrs. Thompson das mitbekam, sagte sie nur augenzwinkernd: »Emma, Kindchen, es wird sich alles finden, glauben Sie mir! Gott lenkt, Gott schenkt.«

Und während vier Menschen drei Tage lang putzten, schrubbten, polierten und abstaubten, Rose sich zudem in der Küche auf ein Buffet für dreißig Leute einrichtete, schrieb Amelie Thompson Listen um Listen. Mit dem, was noch zu tun und mit dem, was noch zu besorgen war, und die Liste mit den Gästen füllte und füllte sich, und irgendwann war sie voll, und Mrs. Thompson musste jetzt rigoros absagen und vertrösten auf den nächsten Tanztee, für den es bereits eine neue Liste gab.

Emma hatte beschlossen, sich von ihrem angesparten Lohn und mit einem kleinen Extrataschengeld von Mrs. Thompson in der Schneiderei »Madame Ling«, die neben der Kräuterapotheke lag, ein Kleid machen zu lassen. Amelie Thompson ließ seit Jahren bei Madame Ling, der unverheirateten Schwester von Jesus Ling, nähen, und Emma kam auf deren Empfehlung. Sie mochte diese ganz andere Welt im Chinesenviertel, die Körbe mit den exotischen Früchten und noch nie gesehenem Gemüse vor den Läden, die Pfeife rauchenden alten Männer, die ihr freundlich zunickten, in ihrer traditionellen Tracht, mit den Stoffschuhen, die schütteren Haare zu langen Zöpfen geflochten.

Schon beim Betreten des Ladens roch es nach Stoffballen und Geschäftigkeit. Madame Ling war eine hauchzarte, alterslose Chinesin, die bei Emma zu Beginn ohne jeden Kommentar und ohne mit der Wimper zu zucken die Maße nahm und diese, in chinesischen Zeichen, wie Emma erstaunt bemerkte, in ein Heft eintrug. Das Modell für das Kleid hatte Emma aus einem Modeheft mit Zeichnungen ausgewählt, es hieß »Sophia« und sollte italienisch anmuten. Es war knöchellang und hatte Volants an den halblangen Ärmeln, oben am Ausschnitt und an den Hüften. Emma hatte dafür einen hellgrünen Stoff ausgewählt. Acht Tage später gab es eine Anprobe, bei der Madame Ling hier und da noch mit einer Stecknadel etwas absteckte, und als sie Emma das erste Mal anlächelte und »wondelful« sagte, fand auch Emma beim Blick in den Spiegel, dass sie in dem Kleid wie eine italienische Operettensängerin aussah. Mrs. Thompson war ebenfalls entzückt, als Emma ihr zu Hause das fertige

Kleid zeigte. »Ach, hätte ich doch nichts dazugegeben«, jammerte sie, »in dem Kleid werden Sie sofort einen Antrag bekommen und mich verlassen, liebe Emma!«

Emma war aufgeregt, weil das Haus voller fremder Menschen, Männer wie Frauen, sein würde und weil Mrs. Thompson sie darum gebeten hatte, zu Beginn auf dem Flügel etwas vorzuspielen. Damit könne sie sie gleich allen vorstellen. Emma mochte nicht widersprechen, aber es missfiel ihr, dass sie dadurch nicht, wie gewohnt, erst einmal in Ruhe die Lage sondieren konnte, sondern gleich im Mittelpunkt stehen würde. Später sollte dann eine kleine Streichkapelle aufspielen, die Mrs. Thompson jedes Mal für diese Zwecke engagierte. Emma staunte immer wieder aufs Neue, dass Geld bei Mrs. Thompson offenbar keine Rolle spielte. Die Ehe war kinderlos geblieben, und als Emma Mrs. Thompson mal gefragt hatte, wer denn ihr Vermögen eines Tages erben solle, da hatte die Gute gelächelt und gesagt, dass es eine Thompson-Stiftung geben würde, die die Arbeit der örtlichen Kirchengemeinde über Jahre sichern sollte und auch den Bau eines dringend benötigten neuen Gemeindehauses eines Tages finanzieren werde. Schon jetzt unterstützte Mrs. Thompson die Kirchengemeinde, wo es nur ging.

Der große Tag, ein Samstag, kam, und er verging wie im Fluge, weil wirklich den ganzen Tag noch alles Mögliche hierhin und dorthin gestellt und arrangiert werden musste. Doch irgendwann rief Mrs. Thompson: »Emma, Sie gehen jetzt hoch auf Ihr Zimmer und machen sich frisch!« Emma tat wie befohlen. Rose schnürte ihr das

Korsett mit der Kraft einer ehemaligen Baumwollpflückerin und half Emma in ihr neues Kleid hinein, schloss die vielen Haken am Rücken. Es war, dachte Emma, ein Kleid, in das eine Frau niemals ohne Hilfe hinein-, geschweige denn wieder herauskam. Ein Kleid, das gänzlich abhängig und unselbstständig machte. Als Rose Tränen in den Augen hatte bei ihrem Anblick, da wusste Emma, dass Modell »Sophia« eine gute Wahl gewesen war.

»*Lovely, Dear, your Mum and Dad would be so happy!*«

Emma legte noch die goldene Kette mit dem blütenförmigen Anhänger, den Granat und Süßwasserperlen zierten, und die dazu passenden Ohrringe an, Schmuck, den ihr ihre Mutter vor der Abreise aus der Schatulle mit dem Familienschmuck vermacht hatte. Ottilie Callsens Vater war Proviantdirektor beim Militär gewesen, und ihre Mutter, Emmas Großmutter, kam aus einer Bankiersfamilie und recht begüterten Verhältnissen. Davon zehrte auch Emmas Familie immer noch, denn das Gehalt eines Lehrers an der Domschule hätte den Lebensstil der Mutter nicht bestreiten können. Die Kette, die Emma nun trug und die vortrefflich zu ihrem neuen Kleid passte, hatte die Großmutter zum einundzwanzigsten Geburtstag von ihren Eltern erhalten und wiederum ihrer Tochter, Emmas Mutter, zum einundzwanzigsten Geburtstag vermacht. Emma steckte noch mit ihren Schildpattkämmen die Haare hoch zu einem großen, fluffigen Dutt am Hinterkopf, aus dem sie dann seitlich eine einzelne Strähne herauszog, die keck, wie unabsichtlich, die Ordnung wieder etwas brechen sollte.

Rose war längst gegangen, aber Emma blieb noch einen Moment vor dem Spiegel in ihrem Zimmer und betrachtete sich. Hier stand sie, Emma Johanna Callsen, am anderen Ende der Welt in einem großen Holzhaus, das knarzte und das in Kürze voller Menschen sein würde. Hier stand sie, einundzwanzig Jahre alt, seit drei Monaten in Amerika, leidlich Englisch sprechend, in einem lindgrünen Kleid mit Volants, die wie Flügelchen wirkten und die beim Tanzen flattern würden. Modell »Sophia« machte Emma nicht einen Deut schlanker, sondern betonte dank der Volants alles Ausladende, den Busen, die Hüften. Es war ein Kleid, das aller Welt sagte: Ich bin gern eine Frau.

Was für ein Gewusel im Flur, ein unablässiges Ächzen der Dielen beim Eintrudeln der Gäste, die Mrs. Thompson mit ihrer leicht krächzenden Stimme freundlich empfing und alle mit den immer gleichen Worten in den Salon hinüberschickte. Die Gastgeberin nahm kleine Geschenke entgegen und reichte sie weiter an Rose, die jetzt ein schwarzes Kleid, eine weiße Bedienschürze und eine weiße Haube auf dem Kopf trug. Emmas erster Eindruck war: viel mehr Männer als Frauen! Und der zweite: viel zu alte Männer! Die meisten schienen um die vierzig zu sein und ein paar wenige noch älter. Auch die eintreffenden Damen waren alle nicht mehr ganz taufrisch, bis auf ein Schwesternzwillingspaar aus Bamberg, das große Aufmerksamkeit erregte, weil sich die beiden Fräulein Heidler zum Verwechseln ähnelten mit ihren langen Hälsen und hochgesteckten braunen Zöpfen. Emma, so viel war klar, gehörte mit den beiden zu den jüngeren Frauen. Die Tanzteegesellschaft war ein Haufen Übriggebliebener, dieses bittern Eindrucks konnte sie sich nicht erwehren, und es gab ihr einen Stich, denn unweigerlich stellte Emma sich die Frage, ob sie selbst auch bereits als eine Übriggebliebene galt. Das Selbstbewusstsein, das sie noch soeben eine Etage höher vor dem Spiegel gehabt hatte, schmolz wie Butter auf dem Herd.

Hinzu kam, dass alle anderen viel schlichter gekleidet waren als sie. Emma fühlte sich »overdressed«, ein schönes Wort für dieses ungute Gefühl, eine Vokabel, die sie erst vor Kurzem gelernt hatte und für die sie im Deutschen keine Entsprechung wusste.

Unter den Letzten, die eintraten, war endlich einer im schlichten, aber guten Anzug und mit passender Weste und einer Krawatte aus Seide, der, obwohl er an einem Stock ging, nicht so alt wirkte, der verschmitzt lächelte unter seinen rotblonden Haaren und etwas Jungenhaftes an sich hatte, ja bewahrt hatte, so schien es, und sich Mrs. Thompson mit »Lars Jensen« vorstellte, »der, der beim letzten Mal nicht mehr auf die Liste gekommen war.«

»Ah, Mr. Jensen! Wie sagte schon unser Herr? Die Letzten werden die Ersten sein.« Emma stand, nicht ganz zufällig, gerade neben Mrs. Thompson, die sie Lars Jensen vorstellte: »Das ist Fräulein Callsen, meine Gesellschafterin aus Deutschland, aus Schleswig«, und Lars Jensen reichte auch ihr seine Hand und sagte in gutem Deutsch, er käme aus Dänemark, und so hätten sie ja schon etwas gemeinsam. Dabei lächelte er, nicht ganz unironisch, und Emma merkte, wie sehr sie sich freute, jemanden zu treffen, der, wenn auch ein Däne, doch im weitesten Sinne aus ihrer Heimat kam und einen ausgesprochen angenehmen, warmen und festen Händedruck hatte. Emma lächelte Lars Jensen an und dachte gleichzeitig, wie gut, dass sich ihre Mutter mit ihrem Hass auf alles, was dänisch war, viele Tausend Kilometer entfernt befand. Ein Däne wäre Ottilie Callsen nicht ins Haus gekommen. Beide Eltern waren deutsch-national, aber bei ihrer Mutter hatte das extreme Züge angenommen, seit ihr Lieblingsbruder in der Schlacht auf den Düppeler Schanzen gefallen war. Und als Emma ihr einmal sagte, sie solle lieber wütend auf den Kriegstreiber Bismarck sein als auf die Dänen, da hatte ihre Mutter ihr eine Ohrfeige gegeben.

Kurz darauf bat Mrs. Thompson im Salon die Gäste um Aufmerksamkeit. »Guten Abend, ich freue mich, Sie alle in meinem Haus begrüßen zu dürfen. Zu Beginn hören wir ein paar Stücke auf dem Flügel, gespielt von meiner sehr geschätzten Gesellschafterin Fräulein Emma Callsen aus Schleswig! Ich muss mich vorab entschuldigen, das Instrument ist leider etwas verstimmt, aber der Klavierstimmer, Mr. Carter, der vorgestern kommen sollte, ist auf seinem Weg zu mir verlustig gegangen. Wir haben nichts mehr von ihm gehört und sind nach wie vor missgestimmt.« Ein paar der Gäste lachten, dann setzte sich Mrs. Thompson. Emma, die bereits am Flügel saß, sagte laut und deutlich Richtung Publikum: »Guten Abend! Das mit Mr. Carter hat aber auch den Vorteil, dass ich, wenn ich mich verspiele, es immer auf die verstimmten Tasten schieben kann.« Es wurde erneut gelacht, und

Emma freute sich, dass einer besonders lachte. Lars Jensen hatte sich auch gleich umgestellt, um Emma am Flügel besser sehen zu können, was diese, trotz allen Lampenfiebers, sehr zufrieden zur Kenntnis nahm. Es lag eine erwartungsvolle Stille und Gespanntheit im Raum, die ganze Aufmerksamkeit wurde ihr zuteil. Emma atmete tief ein und wieder aus, so wie es ihr Vater ihr immer geraten hatte, hob ihre Hände und fing an zu spielen. Ihr Herz klopfte, der Mund war trocken, aber Lampenfieber gehörte dazu. Emma hielt sich an den Noten fest, sie wusste, sie musste über die erste halbe Seite hinwegkommen, dann würde es besser. Und so war es, es lief dann wie von selbst, und jeder im Raum spürte die Freude, die Emma empfand, wenn sie schnelle Läufe spielen durfte, die ihrem Temperament entsprachen und jeder, der Ahnung von Musik hatte, merkte sofort, wie schwer sie sich mit langsamen Stellen tat, die sie, im Verhältnis, immer viel zu schnell spielte, was ihr Vater ihr seit Kindertagen vorhielt. Als müsse sie schnell das Langsame überwinden, um möglichst rasch wieder zu einer schnellen Stelle zu kommen.

Das Stück war zu Ende, und ein mehr als höflicher Applaus erklang. Emma lächelte ganz kurz zu Lars Jensen hinüber, dann schlug sie die Noten um und spielte etwas von Schumann. Zwischendrin registrierte sie, dass Lars Jensen bei dem gefühlvollen Stück die Augen geschlossen hatte, und das gefiel ihr. Zum Abschluss gab es einen Walzer von Chopin, den Emma mal träumerisch, dann wieder recht bodenständig interpretierte, dann klappte sie den Deckel herunter, erhob sich und verneigte sich leicht, während erneut geklatscht wurde.

Mrs. Thompson stellte sich wieder neben den Flügel: »Vielen Dank für dieses schöne, kleine Konzert, Fräulein Callsen. Für eine Schleswiger Deern ist da wirklich erstaunlich viel südländisches Temperament. Und nun lade ich Sie alle herzlich ein, sich am Buffet zu bedienen, es ist eröffnet!«

Emma stand hinter der Veranda auf dem Rasen, es war ein milder Abend, und Jack hatte den Garten mit ein paar Fackeln festlich erleuchtet. Eine Girlande hing zwischen den Palmen, und einige der Gäste standen hier draußen und plauderten. Von drinnen drangen die Klänge des Streichorchesters heraus, noch tanzte niemand, aber sicher würde es bald losgehen. Emma sprach gerade mit einem Spirituosenhändler. Das heißt: *Er* sprach.

»Ich bin wegen dem Gold gekommen, habe auch ein paar Nuggets gefunden, und davon habe ich dann meinen Laden eröffnet, denn ich habe mir gesagt: Getrunken wird immer!«

Der Mann hieß Heinrich Möller und war 1849 gekommen, ein Jahr zu spät, wie er sagte, denn '48 hätten die Glückspilze noch lauter Goldklumpen herausgefischt und seien steinreich geworden. Für ihn und die vielen anderen, die ein Jahr später kamen, wäre dann nicht mehr so viel übrig gewesen.

»Ein Jahr, Fräulein Callsen, ein Jahr kann so entscheidend sein.«

Emma nickte, ermüdet davon, dass Herr Möller seit mindestens zehn Minuten nur von sich sprach und ihr noch keine einzige Frage gestellt hatte, als wenn er davon ausging, dass sie als Frau sowieso nichts zu erzählen hätte.

Zudem war Möller, der sie gleich am Buffet in Beschlag genommen hatte, sicher schon Mitte vierzig und hatte schlecht verheilte Narben im Gesicht. Emma wusste wirklich nicht, warum er seine Zeit mit ihr verschwendete, aber sie hörte ihm trotzdem zu, auch weil sie wusste, dass Lars Jensen in wenig Abstand hinter ihr stand in einer kleinen Gruppe, zusammen mit den Heidler-Schwestern. Gerade verglich Möller guten, abgelagerten Whiskey mit Männern, sprich sich selbst, da kam Mrs. Thompson angerauscht und wandte sich an ihn.

»Nun belästigen Sie mal nicht meine junge Gesellschafterin, kommen Sie, Möller, ich stelle Ihnen eine sehr nette Dame Ihres Alters vor!«

Und Möller wurde von der energischen Dame am Ärmel weggezerrt, sehr verdattert, aber er zeigte keinerlei Gegenwehr. Emma musste schmunzeln, wusste aber im nächsten Moment auch nicht recht, was sie jetzt tun sollte. Da hörte sie die Stimme von Lars Jensen hinter sich: »Wollen Sie sich nicht zu uns gesellen, Fräulein Callsen?« Emma drehte sich um und stellte sich zu den Heidlerschwestern und zwei weiteren Herren, die gemeinsam mit Lars Jensen geplaudert hatten. Es handelte sich, wie sich herausstellte, um einen holländischen Kaufmann, Herrn van Dijk, der kaum mehr Haare auf dem Kopf hatte, und einen aus dem Fränkischen stammenden Geschäftsmann, Herrn Strauss, der aber Emmas Vater hätte sein können. Dieser küsste Emma die Hand und lobte sie, dass sie wunderschön auf dem Piano gespielt hätte, und alle anderen stimmten dem sofort zu. »Wir waren gerade bei der Frage, welche Gerichte aus der Heimat wir vermissen«, erklärte Lars Jensen ihr, und Herr Strauss sagte: »Also

Maultaschen, das sind gefüllte Teigtaschen, die fehlen mir am meisten. Wenn ich nicht schon mit meinen Hosen so im Geschäft wäre, dann würde ich einen Maultaschenhandel aufmachen.« Alle lachten, und der Holländer erklärte den drei Damen, dass Herr Strauss die Arbeitshosen aus Denim erfunden hätte.

»Ich vermisse Heringssalat«, sagte Lars Jensen und erklärte den Anwesenden, dass man in seiner Heimat oft sauer und süß beim Kochen miteinander verbinde, worauf Emma ausrief: »Wie bei unserer Salatsoße zu Hause, da werden flüssige Schlagsahne, Zucker und Zitrone miteinander verrührt!«

»Und was vermissen Sie?«, fragte der Holländer Emma und sah ihr auf den volantgeschmückten Busen, was sie irritierte.

»Entenbrust«, sagte Emma und blitzte den Holländer an. »Geräuchert«, fügte sie hinzu, wenig überzeugend, aber das war ihr egal.

Die Heidlerschwestern kicherten, leicht frivol, wie es Emma schien, dann fragte sie die beiden: »Und welche Spezialität fehlt Ihnen in Amerika?«

»Der Prrresssack!«, riefen beide wie aus einem Munde, was zu allgemeinem Gelächter führte.

Es entging Emma nicht, dass die eine der Schwestern immer wieder Lars Jensen anlächelte, und dieser seinen Blick gerecht über alle drei Frauen schwenken ließ, als sei er sich seiner Wahl noch nicht ganz sicher. Das gab Emma einen Stich, denn sie hatte von der Begrüßung an das Gefühl gehabt, dass Lars Jensen auch von ihr angetan gewesen war, und bei ihrem kleinen Konzert hatte es doch ein unsichtbares Band zwischen ihnen gegeben. Aber vielleicht täuschte sie sich auch, und er stand auf Fränkinnen, die das R rollten und schwarze Samtbänder um die schmalen Hälse trugen und deren trachtenartige Kleider so wirkten, als sei der ganze Schnitt rund um die bestmögliche Zurschaustellung des weiblichen Busens konzipiert worden. Aber dann gab Emma sich innerlich einen Ruck, erinnerte sich an ihr Spiegelbild im Laden, an das »wondelful« von Madame Ling, die Tränen von Rose, und die imposante Sophia von vorhin oben auf dem Zimmer, die Italienerin in Emma gewann wieder die Oberhand über ihr Selbstbewusstsein. Auch sie hatte was zu bieten!

»Darf ich Sie zum Tanz bitten?«, fragte der Holländer eine der Zwillingsschwestern und reichte ihr den Arm. Herr Strauss bat die andere, und die beiden Paare zogen davon Richtung Haus und Salon, zur Musik.

»Ich bin sicher, Fräulein Callsen, Sie tanzen ganz wunderbar, so musikalisch wie Sie sind«, sagte Lars Jensen sofort. »Und ich würde wirklich zu gern mit Ihnen tanzen, aber ich habe ein steifes Knie, ein Unfall bei der Arbeit als Holzfäller.«

»Oje, tut es weh?«, fragte Emma besorgt.

»Nur dass man vieles nicht mehr machen kann wie früher«, sagte er.

Sie nickte mitfühlend.

»Wollen wir uns den Garten ansehen?«, schlug er vor, und sie gingen ein Stück über den Rasen ans andere Ende, wo sie ganz ungestört waren. Dort blieben sie stehen und betrachteten den Sichelmond. Lars Jensen zeigte mit seinem Stock auf ein Sternbild daneben.

»Das ist die Kassiopeia, und daneben, das ist der Große Bär, und dahinter liegt der Kleine Bär.«

»Ich kenne mich mit Sternbildern leider nicht aus«, sagte Emma, »aber ich lerne gern dazu.«

»Wie lange sind Sie denn schon hier, Fräulein Callsen?«

»Seit drei Monaten.«

»Und fühlen Sie sich wohl?«

Emma nickte. »Ja, doch. Sehr. Es ist alles ganz anders als gedacht, aber wie soll man sich von Schleswig aus auch die Neue Welt vorstellen können? Tja, und nun bin ich hier bei Mrs. Thompson und es gibt Palmen und Papageien und diesen Wind vom Pazifik und manchmal Nebel. Und dann wieder diesen wahnsinnig leuchtenden Himmel und ein Licht, das ist großartig!«

Er lachte.

»Gar kein bisschen Heimweh? Na, dann warten Sie mal ab, bis es Weihnachten wird. Weihnachten ist immer schlimm.«

»Und wann sind Sie hergekommen?«

»Vor gut zehn Jahren, ich habe tatsächlich als Holzfäller angefangen, bin aber nach dem Unfall ins Kontor gekommen und dann in die Firma eingestiegen. Ich handle mit dem sogenannten ›roten Gold‹, das sind die Redwoodbäume im Norden.«

»Oh, ich habe neulich hier im Hafen große Schiffe mit Holzladung an Bord gesehen!«

Er lächelte. »Ja, das kann durchaus mein Holz gewesen sein. Und die passenden Schiffe für den Transport baut mein Freund Hans. Meine Sägewerke befinden sich ein paar Stunden mit dem Zug von hier an der Humboldt Bay, da sind viele Wälder. Und dort liegt sehr schön das kleine Städtchen Eureka, direkt am Pazifik, dort wohne ich.«

»Da sind Sie extra den weiten Weg gekommen zu Mrs. Thompson heute?«

Lars Jensen lächelte sie an.

»Und ich bereue es nicht.«

Er sah Emma tief in die Augen, und als sie gerade inständig hoffte, dass diese brav geradeaus guckten und nicht wieder das eine zur Seite schielte, wie es manchmal am Abend passieren konnte, sagte er mit einem sanften, fast wehmütigen Tonfall: »Sie erinnern mich gerade an meine Tante Stine, bei der ich nach dem Tod meiner Eltern aufgewachsen bin. Abends, wenn sie müde wurde, dann bekam sie oft diesen leichten Silberblick.«

»Sie sind Waise?«, fragte Emma.

»Ja, meine Eltern starben beide sehr früh, da war ich drei Jahre alt, ich habe sie also kaum gekannt, aber ich hatte dann das große Glück, dass mich diese kinderlose Tante zu sich nach Aalborg nahm. Inzwischen ist sie aber im Himmel, sie hatte die Schwindsucht und starb, als ich neunzehn war, da bin ich dann nach Amerika.«

Emma lächelte ihn an. Lars Jensen schien seine Tante sehr gern gehabt zu haben.

»Erinnern Sie sich noch an Ihre Eltern? Irgendetwas?«

Lars Jensen dachte kurz nach, dann sagte er: »Mein Vater war Postbote, und ich erinnere mich noch an eine Uniform und eine Ledertasche und den Geruch des Leders, und bei meiner Mutter erinnere ich mich an ihren Veilchenduft, aber an kein Gesicht. Und leider gibt es auch keine Fotos von beiden.«

»Was für ein Glück, dass Ihre Tante Sie zu sich genommen hat.«

»Ja, das war es. Für uns beide, denn sie hat mir immer

gesagt, dass ihr der Himmel noch mal einen so lieben Jungen schenkt, damit hätte sie als alte Jungfer nicht gerechnet.«

Sie mussten lachen.

»Fräulein Callsen, ich würde Sie gern wiedersehen. Ich habe gelegentlich geschäftlich in San Francisco zu tun, darf ich Ihnen wieder meine Aufwartung machen?«

»Gern«, sagte Emma und wunderte sich etwas, denn es klang nach Abschied. Sie fand es zu schön, mit ihm hier zu stehen, sie mochte seinen Akzent, wenn er deutsch sprach, und wusste schon jetzt, dass sie dieses leichte Lispeln und Stolpern über die fremde Sprache vermissen würde, wenn er ginge. Die milde Abendluft kühlte ihre Arme und ihr Dekolleté. Emma bekam eine Gänsehaut, und ihr klopfte das Herz unter der Halskette ihrer Mutter, die das hier niemals erfahren durfte.

7.

Sieben Tage Regen

Emma stand in der Küche in San Francisco und knetete lustlos, ja fast widerwillig den Teig für die Braunen Plätzchen und erkannte sich selbst nicht wieder. Die Dezembersonne schien durch das Küchenfenster, und es mochte sich partout kein vorweihnachtliches Gefühl bei ihr einstellen, so wie es in ihrem früheren Leben jedes Jahr pünktlich zum ersten Advent geschehen war, wenn sie alle gemeinsam in der Küche als Erstes die braunen Plätzchen backten. Ein paar Tage später hatten sie dann den Stollen mit der guten Angeliter Butter gemacht und kurz vor den Feiertagen die anderen Plätzchen wie Spitzbuben und Engelsaugen. Dieser Duft, der das ganze Haus bis hoch in die erste Etage erfüllte! Und dann die fertigen Plätzchen auf dem Küchentisch, die auskühlen mussten und von denen Emma und Bertha zu gern heimlich naschten, darin einig, dass die »verbotenen Kekse« am besten schmeckten. Emma hatte die Mutter bei den vorweihnachtlichen Backtagen in den letzten Jahren immer mehr verdrängt, und ihre Mutter hatte diese Position bereitwillig geräumt und schien stolz, dass ihre mittlere Tochter so patent war in der Küche, was deren Chancen da draußen nur steigern konnte.

Emma wurde ganz schwer ums Herz bei diesen Gedanken an ihre Familie und Schleswig. Vielleicht war es sogar der aus der Teigschüssel aufsteigende vertraute Duft nach Zimt und Nelkenpfeffer, der sie so traurig machte. Rose, die gerade an der nach hinten geöffneten Küchentür auf dem Treppenabsatz ein Huhn rupfte, sah zu ihr rüber und sagte nur: »*Oh, dear, Mrs. Thompson would say: You look like seven days of rain.*« Da schossen Emma tatsächlich die Tränen in die Augen, und sie wischte sie mit dem Handrücken weg. Bloß nicht in den Teig mit seinen vielen kostbaren Zutaten heulen! Doch es war schon zu spät, ein paar Tränen tropften auf den braunen Teigklumpen.

»*Homesick, my dear? Your family is so far away, too far.*«

Rose legte das Huhn beiseite, stand auf und kam, noch zwei weiße Hühnerfedern in ihren dunklen Locken, zu Emma, legte den Arm um Emmas Hüfte und drückte sie ganz fest an sich. Emma konnte sich nicht erinnern, dass ihre Mutter in Schleswig sie jemals so getröstet hätte. Und dann zeigte Rose auf den Teig und sagte: »*Now the brown cookies are homesick cookies.*« Und Emma musste unter ihren Tränen lächeln.

»Weihnachten wird schlimm«, hatte Lars Jensen gesagt, und er sollte recht behalten. So wie sich früher als Kind die Aufregung im Advent von Woche zu Woche gesteigert hatte, so steigerte sich bei Emma nun die Niedergeschlagenheit. Sie war inzwischen fünf Monate in San Francisco. Offenherzig hatte sie sich dem neuen Land, all den fremden Personen gegenüber gezeigt, sie hatte sich amüsiert, wenn etwas ganz anders war als zu Hause, ja, ihr Humor hatte ihr hinweggeholfen über diese erste

Zeit mit all dem Neuen und Verwirrenden. Und da sie ja nun mal diese große Entscheidung getroffen hatte auszuwandern, duldete sie selbst auch keinen Zweifel daran, sie wollte, ja sie musste das hier alles mögen, ihr blieb keine andere Wahl. Es gab kein Zurück. Und der Tanztee hatte ihrem Aufenthalt eine neue Wendung gegeben.

Lars Jensen hatte ihr ein paar Tage später einen kurzen, handschriftlichen Brief geschickt und sich bei ihr für den schönen Abend bedankt. Er schrieb, dass es wohl Schicksal oder Fügung war, dass er beim Tanztee zuvor nicht mehr auf der Liste stand, sondern dieses Mal, und er freue sich schon, sie bald wiederzusehen, Anfang des Jahres wäre er wieder in San Francisco und würde sich melden. Mrs. Thompson, die Emma den Brief mit einem Augenzwinkern überreicht hatte, fragte am Abend auf der Veranda, ob Mr. Jensen nett geschrieben habe, und Emma lächelte und bejahte.

»Ach Kindchen, ein Holzhändler, das ist nicht das Schlechteste«, hatte Mrs. Thompson gesagt, und Emma hatte nur geantwortet: »Ja, aber ein Däne. Mich stört das nicht, ich empfinde vielleicht sogar mehr Nähe zu den Dänen als zu den Österreichern oder Bayern, aber meine Eltern dürfen das nicht erfahren.«

Mrs. Thompson lächelte verschmitzt.

»Das müssen sie ja auch gar nicht. Wir wollen niemanden beunruhigen. Er ist einfach der Holzhändler Herr Jensen. Wer soll da vermuten, dass er Däne ist, Kindchen? Wussten Sie, dass die Braunen Plätzchen sowohl Hamburger Plätzchen als auch Dänische Plätzchen heißen? Es ist immer dasselbe Rezept, aber wird nur anders genannt und zeigt doch im Grunde, wie nah wir den Dänen sind. Außerdem sind wir ja jetzt alle Amerikaner.«

Emma schmunzelte. Da war sie, die hanseatische Weltoffenheit und Bodenständigkeit und der Pragmatismus der Ausgewanderten. Hier waren so viele Nationalitäten versammelt, natürlich, Amelie Thompson verkehrte hauptsächlich mit anderen ausgewanderten Deutschen, vorwiegend aus der Kirchengemeinde, aber sie war in ihrem Kopf nicht so eng, wie Emma es aus der Heimat kannte mit diesem deutsch-dänischen und dem holsteinisch-preußischen Hickhack. Allein die Tatsache, dass Mrs. Thompson zu ihren Tanztees auch Personen anderer Nationalitäten einlud, zeigte, dass sie in der Hinsicht im Laufe der Jahrzehnte sehr amerikanisch geworden war. Nur Katholiken mochte sie nicht und hielt sie alle für verlogen und das Letzte, was ihr ins Haus gekommen wäre, war eine irische Gesellschafterin oder Angestellte.

In den Wochen nach dem Tanztee hatte Emma besonders viel an ihre Mutter denken müssen und sich gefragt, was diese von Lars Jensen hielte. Wahrscheinlich hätte sie ihn nett gefunden und einen Holzhändler eine gute Partie für Emma. Aber ein Däne, das war jenseits aller Vorstellungen.

Mrs. Thompson ließ es sich nicht nehmen, das ganze Haus im Advent zu dekorieren, doch Emma kam es absurd vor, so zu tun, als wäre man in Deutschland, und um jeden Preis alles wie zu Hause weiterzuführen, ja, sie spürte, dass gerade dieses Gewese und das Unpassende daran ihr bisher schlafendes Heimweh umso stärker geweckt hatte.

Da sie Emmas Widerwillen durchaus spürte, sagte Mrs. Thompson nur: »Emma, gerade für uns Ausgewanderte ist es wichtig, dass wir auch Traditionen fortführen. Sie geben Halt und Stütze! Im Laufe des Kirchenjahres mit seinen Festen fühle ich mich geborgen. Dazu gehören Weihnachten und Ostern mit allen Sitten und Gebräuchen. Nur Bienenwachskerzen gibt es nicht am Baum, das ist hier in diesem Holzhaus zu gefährlich, aber einen Christmastree werden wir Christen ja wohl haben! Eine Douglasie. Nur weil ich mal ausgewandert bin, heißt das noch lange nicht, dass ich meine Wurzeln verleugne.«

Emma musste lächeln bei der flammenden Verteidigungsrede für die Traditionen und nickte ergeben, aber überzeugt war sie nicht.

»Apropos Traditionen, wollen Sie Mr. Jensen nicht mit der Post ein paar Cookies schicken? Er würde sich doch sicher freuen.«

Emma nickte begeistert, und schon am nächsten Tag gingen die Braunen Kekse mit ein paar Zeilen gut verpackt auf den Weg nach Norden.

Weihnachten würde schlimm werden, hatte Lars Jensen ihr prophezeit. Und es wurde schlimm.

Wie unterschied sich bereits der Gottesdienst am Heiligen Abend um fünf in der proppenvollen Holzkirche bei Pastor Hollmann von dem im Schleswiger Dom! Es roch nach dem Schweiß der vielen Menschen, die so eng beieinanderhockten und tatsächlich mit großer Andacht »Stille Nacht, heilige Nacht« sangen. Mrs. Thompson summte eher leise und etwas falsch mit, Emma war von der ganzen Situation so irritiert, dass sie zunächst kaum mitsingen konnte. Und als Pastor Hollmann sich immer wieder mit seinem weißen Taschentuch den Schweiß von der Stirn tupfte und anhob, die Weihnachtsgeschichte vorzutragen – »Es begab sich aber zu der Zeit, dass ein Gebot von dem Kaiser Augustus ausging« –, da dachte Emma geradezu verwirrt: Hier stimmt was nicht.

»Und ein jeglicher ging in seine Stadt, auf dass er sich schätzen ließe.«

Mrs. Thompson neben ihr hörte andächtig zu, auf dem faltigen Gesicht lag die ungetrübte Freude eines Kindes, derselbe Ausdruck wie nach einem gewonnenen Mühlespiel. Und Emma nahm sich vor, Mrs. Thompson öfter mal gewinnen zu lassen. Es folgte eine Predigt, die Auslegung der Weihnachtsgeschichte, die Freude an dem Kind, dem größten Geschenk, das der Herr den Menschen machen konnte, indem er ihnen seinen eingeborenen Sohn gab. Nachdem sie zum Schluss noch im Stehen alle »O du fröhliche« gesungen und ihren Segen erhalten hatten, traten sie hinaus. Nicht mal zu Weihnachten würdigten sich Amelie Thompson und Esmeralda Jefferson eines Blickes, als sie beide die Kirche verließen. Doch Emma ließ es sich nicht nehmen, die Nachbarin mit einem Nicken und Lächeln zu grüßen, was diese erstaunt wahrnahm und fast überrascht erwiderte. Aber auch nur, weil Mrs. Thompson ihr gerade den Rücken zuwandte, um Pastor Hollmann ein frohes Weihnachtsfest zu wünschen. Dann gingen Emma und Mrs. Thompson eingehakt nach Hause.

Rose hatte im Ofen einen Truthahn für Mrs. Thompson und Emma vorbereitet, sie und Jack bekamen in der Küche von Mrs. Thompson ihre Geschenke. Neben etwas Geld in einem Umschlag waren das eine schöne bestickte Tischdecke für Rose und eine Denim-Nietenhose für Jack, die unter den kalifornischen Arbeitern so beliebt waren. Er betrachtete die Hose voller Stolz und Freude, als habe man ihm gerade einen Orden verliehen, strich über den noch ganz neuen, dunklen Stoff und über die Nieten, die die großen Taschen besonders fixierten, damit Werkzeug hineinpasste. Und Emma verstand, dass das die beim Tanztee erwähnte Arbeiterhose sein musste, die Herr Strauss erfunden und die ihn reich gemacht hatte. Dann zogen sich Rose und Jack zum Feiern in ihr Haus zurück.

Während Mrs. Thompson bei einem Glas Sherry ihre Weihnachtspost durchging, setzte Emma sich auf die Veranda, wo sie ungestört war. Aus Schleswig war schon vor Tagen ein dicker Brief eingetrudelt, den Emma aber erst jetzt am Heiligen Abend öffnete. Bertha schrieb, dass es bereits Anfang November fror und schneite und Schneeflocken vor ihrem Fenster tanzten. Erika schrieb, dass die Mutter Emma beim Backen der Plätzchen schmerzlich vermissen werde, und die Mutter stellte in ihrem Brief fest, dass es seit Emmas Abreise im Hause wesentlich ruhiger geworden sei, vor allem das Gekichere aus der ersten Etage sei verklungen, denn Bertha könne sich ja schlecht selbst durchkitzeln. Der Vater wiederum schrieb, er gehe davon aus, dass auch in Amerika Weihnachtslieder gesungen würden, aber dass das vermutlich nicht dasselbe sei. Er hoffe, sie habe kein

Heimweh und falls ja, dass sie etwas fände, was sie darüber hinwegtröste. Allein die Tatsache, dass in vier verschiedenen Briefen stand, dass man sie Weihnachten schmerzlich vermissen werde, trieb Emma die Tränen in die Augen. Und dann lag auch noch Schnee zu Hause! Vielleicht war auch die Schlei zugefroren und man konnte Schlittschuh laufen. Wie hatte Emma das immer geliebt, auf den Kufen über das Eis zu gleiten und dann zu fliegen, bis ans andere Ufer nach Fahrdorf rüber! Auf dem Eis zu tanzen, sich anzufassen, mit überkreuzten Armen gemeinsam mit den Schwestern im Gleichschritt zu fahren, Pirouetten zu üben und rückwärts zu kurven und dabei kleine Wettkämpfe auszutragen, wer es am besten und anmutigsten machte. Emma war auf jeden Fall immer die Schnellste gewesen, Bertha hatte das hübscheste Gesicht beim Stürzen mit entzückend aufgerissenen Augen und einem so erstaunten Lächeln, und Erika konnte fluchen wie ein Kutscher, wenn sie wieder mal etwas nicht perfekt hinbekam, sich über sich selbst ärgerte und über ihre Schwestern, die dann feixten. Am meisten traf es Erika jedoch, wenn man ihr sagte, dass sie sich aber gerade gar nicht kaiserlich verhalte wie ihr Vorbild Elisabeth von Österreich. Emma musste lächeln, als sie daran dachte. Manchmal hatte ein Leierkastenmann am Ufer gestanden, die Musik für ihre Eistänze gespielt, das war zu schön gewesen. Und jetzt lebte sie in einem Land, in dem sie wohl niemals mehr Schnee sehen würde, weil die Pazifikströmung das verhinderte.

Emma stand auf, ruckelte sich einmal innerlich zurecht und ging dann, eine gute Gesellschafterin, zu Mrs. Thompson ins Weihnachtszimmer.

Nun waren sie beide allein mit der Douglasie aus den Wäldern nördlich von San Francisco, einem Nadelbaum, der aber auch gar nichts mit einer Fichte gemein hatte und in Emmas Augen für einen echten Weihnachtsbaum nur ein schwacher Ersatz war. Natürlich handelte es sich bei Mrs. Thompsons Douglasie um einen Riesenbaum, um den nebenan bei Jeffersons zu übertrumpfen. Jack hatte ihn im Wohnzimmer aufgestellt, und Emma und Mrs. Thompson hatten ihn gemeinsam auf einer Leiter mit sehr feinen Glaskugeln geschmückt, die Mrs. Thompson sich aus dem Thüringer Wald extra hatte kommen lassen. Emma schätze Mrs. Thompson so ein, dass sie auch bereit gewesen wäre, ihr Dach aufzusägen, nur um einen noch größeren Baum zu haben als ihre Nachbarin Esmeralda Jefferson. Da stand nun der hübsch dekorierte Baum, und Emma dachte nur: Weihnachten ohne Kerzen! Ohne Schnee oder Regen, ohne den Dom und die Familie, ohne all die leckeren Plätzchen und die Basteleien mit Bertha in den Wochen zuvor.

Als sie Kinder waren, wurde immer zu Weihnachten das Holzschaukelpferd vom Dachboden geholt und blieb bis Neujahr stehen. Was hatten sie sich ständig gestritten, wer darauf reiten durfte, bis der Vater mit seiner Taschenuhr Reitstunden vergab und wie ein General der Kavallerie rief: »Emma Callsen, einmal antreten zum Leichtschaukeln!« oder »Erika Callsen, einmal zum Schaukelgalopp marsch, marsch!«

Weihnachten hier in San Francisco war eine trostlose Angelegenheit, Emma empfand es wie ein absurdes Luststück, das sie aufführten. Die alte Dame spielte das Stück schon seit Jahren und merkte nichts mehr, und sie, Emma, fühlte sich, als sei sie kurzfristig für eine erkrankte Schauspielerin eingesprungen, ohne den richtigen Text zu kennen.

Mrs. Thompson bat Emma, ihr Lieblingslied »Am Weihnachtsbaume die Lichter brennen« auf dem Klavier zu spielen, und zwar alle Strophen. Es war auch das Lieblingslied von Emmas Mutter, und Emma war gern bereit dazu, und sie spielte zuerst das kleine Vorspiel, dann die Melodie. Mit allem hatte sie gerechnet, aber nicht damit! Die alte Dame neben ihr hob laut und krächzend an, inbrünstig, aber scheußlich zu singen und erstickte den gewohnten Text durch ihren Vortrag unter einer Betonungsbaiserhaube. »Wie glääänzt-ärrr-fääst-lich!« Das war nicht mehr das Lieblingslied von Emmas Mutter! Doch Mrs. Thompson war ganz in ihrem Element, für sie schien das Singen des Liedes der Höhepunkt des Weihnachtsfestes zu sein. Tief erschüttert spielte Emma die gewohnte Melodie, Strophe für Strophe marschierte sie voran, starr und mechanisch schlug sie die Tasten an, ein Automat, der bezahlt wurde, um zu spielen. Das hier war noch schlimmer, als auf den Knien Mühlesteine vom Boden aufzuklauben. Zwischendrin sah Emma immer wieder das Gesicht ihrer Mutter vor sich, milde und weich blickend wie selten, was auch dem Kerzenlicht des Schleswiger Weihnachtsbaumes geschuldet gewesen sein mochte, bis die Noten vor den Augen verschwammen.

»Entschuldigen Sie mich bitte«, presste Emma heraus und stürmte hoch auf ihr Zimmer, wo sie sich auf ihr Bett schmiss. Alle Schleusen brachen. Emma weinte und weinte, und dann hörte sie irgendwann ein zaghaftes

Gichtfingerklopfen und die Stimme von Mrs. Thompson durch die Tür.

»Kindchen, ich wusste ja nicht, dass ich *so* scheußlich singe!«

Emma musste schmunzeln, da war er wieder, der norddeutsche Humor.

»Der Weihnachtsmann war soeben da! Wollen Sie wieder runterkommen und Ihre Geschenke auspacken?«

Emma lächelte, wischte sich mit einem Taschentuch die Tränen weg und rief Richtung Tür: »Ich komme gleich.«

Mrs. Thompson legte das erste Mal den Arm um Emma, als diese ins Weihnachtszimmer zurückkam und sagte: »Ach, Kindchen, mein erstes Weihnachten war auch schwer, ich weiß nur zu gut, wie es Ihnen geht. An Weihnachten versteht man, dass man wirklich weit weg ist von der Alten Welt und von zu Hause.« Und zur Aufmunterung holte sie unterm Weihnachtsbaum einen Karton mit einer Schleife hervor und überreichte ihn Emma. Darin befand sich eine sehr edle, warme Decke, weich, ganz leicht und in einem frischen Grünton.

»Für die kühleren Abende auf der Veranda«, sagte Mrs. Thompson, und Emma bedankte sich herzlich und überreichte dann ihrerseits ein Geschenk, heimlich oben auf dem Zimmer gestrickte Bettschuhe, da die alte Dame stets an kalten Füßen litt, egal zu welcher Jahreszeit.

»Oh, wie schön, vielen, vielen Dank«, sagte Mrs. Thompson, sichtlich erfreut.

Und dann gab es da noch ein kleines Päckchen aus Eureka von Lars Jensen, das Mrs. Thompson zurückgehalten hatte und nun Emma überreichte mit den Worten: »Das kam vorgestern mit der Post!«

»Oh«, sagte Emma überrascht und öffnete es sehr gespannt. Es war ein schmaler, kostbarer Band mit Andersen-Märchen, und Emma freute sich riesig. Sie blätterte hinein und las die Widmung »Für die liebe Emma Callsen zu ihrem ersten Weihnachtsfest in der Neuen Welt. Herzlich, Lars Jensen«, und eine sehr hübsche Weihnachtskarte lag darin, in der er ihr Frohe Weihnachten wünschte, wohl wissend, dass für alle, die er kenne, das erste Weihnachten in Amerika das schlimmste sei. Da helfe nur ein großes Glas Grog! Und er bedankte sich herzlich bei ihr für die braunen Plätzchen zum Advent, die Homesick-Cookies, die köstlich geschmeckt hätten und von denen er auch seinen besten Freund Hans, ein Däne mit einer deutschen Mutter, habe probieren lassen. Diesem seien ebenfalls vor Rührung fast die Tränen gekommen, weil sie genauso geschmeckt hätten wie früher bei ihm zuhause. Beide Männer wären übereingekommen, dass Emma Miss Beste-Kekse sei und sie groß ins Geschäft einsteigen könne, dann müssten die Kekse aber anders heißen, vielleicht Heimatkekse oder Kindheitskekse. Oder einfach nur Glückskekse.

Emma musste lächeln, das waren ja wirklich nette Komplimente, die da aus Eureka zu ihr eintrudelten, Sahnebonbons für die Seele. Außerdem gab es endlich das Weihnachtsessen, und Mrs. Thompson hatte einen richtig guten Rheinhessen spendiert. So aßen sie den gefüllten Truthahn mit Süßkartoffeln und Gemüse und nahmen den Nachtisch im Salon ein.

Der Weißwein schmeckte sehr gut. Emma goss

Mrs. Thompson und sich noch einmal nach, und dann fragte sie, ob sie vielleicht eines der Andersen-Märchen vorlesen sollte, und Mrs. Thompson nickte begeistert. Emma blätterte hinein und begann mit dem allerersten Märchen. »Das kleine Mädchen mit den Schwefelhölzern«, las sie die Überschrift vor, und Mrs. Thompson saß da in ihrem Schaukelstuhl, wippte leicht und hörte aufmerksam zu, während Emma vorlas. Es war, als wenn der Rhythmus des Schaukelstuhls sich dem Rhythmus des Vorlesens anpasste, ja, als hätte der Schriftsteller Hans Christian Andersen sein Märchen für das Vorlesen und leichte Wippen im Schaukelstuhl geschrieben, den Takt des Sichwiegens mit einbezogen in den Takt seiner Worte, sodass alles, Erzählung, Lesen, Schaukeln, zu einem Ganzen wurde. Keine Viertelstunde später war es vorbei, und Mrs. Thompson wischte sich die Augen mit ihrem Taschentuch.

»Emma, ich brauche einen Whiskey«, stöhnte sie, »mein Gott, schreibt der Mann gut, aber traurig.«

»Was für herzlose Menschen!«, sagte Emma und ging in die Küche, um den Whiskey zu holen. Der Däne Hans Christian Andersen hatte die Weihnachtsstimmung gekippt. Ein Märchen aus dem Norden, ganz in der Nähe von Emmas Heimat entstanden und voller Anklänge an diese, hatte ihr Herz gerührt und das von Mrs. Thompson ebenfalls. Durch sein Geschenk war Lars Jensen auf einmal ein kleines bisschen auch bei ihnen, dachte Emma, während sie in der Küche zwei Gläser mit dem Whiskey füllte, für sich selbst allerdings nur einen kleinen Schluck. Falls die Sache mit Lars Jensen voranschritt, was Emma in ihrem Herzen zutiefst hoffte, durfte sie es ihren Lieben in der Heimat nicht erzählen, zumindest nicht, dass er Däne war. Auch nicht Bertha, denn wenn es dieser doch bei irgendeiner Gelegenheit herausrutschte, würde die Mutter Emma vielleicht sogar verstoßen. Auf jeden Fall brächte es eine sehr große Verstimmung, und das musste nicht sein, schon gar nicht über den Ozean hinweg.

Emma fielen die Widmung und die warmen Worte der Weihnachtskarte ein, und sie spürte ein wohliges Gefühl in sich aufsteigen, das sich in ihr breitmachte, ja, sie ganz erfüllte. Wieder stand ihr das Gesicht von Lars Jensen vor Augen, und wie er sie im Garten angesehen hatte. Und Emma Johanna Callsen dachte: Ich glaube, ich bin verliebt.

8.

Drei Fragen

San Francisco, den 10. Januar 1873

*Meine liebe Bertha,
vielen Dank für die liebe Weihnachtspost, in der Ihr mich alle so sehr mit Samthandschuhen angefasst habt, dass ich schon schmunzeln musste. Selbst unsere Mutter hatte sehr warme Worte für mich und keinerlei Ermahnungen. Ihr habt es richtig eingeschätzt, dass ich Euren brieflichen Beistand sehr dringend brauchte, ich mag gar nicht dran denken, wie schlimm das Heimweh war in der Weihnachtszeit. Weihnachten, liebe Schwester, passt einfach nicht hierher nach San Francisco, und es fühlte sich alles so falsch an.*

Erinnerst Du Dich an meine Klassenkameradin in der Schule, Ada Sönnichsen? Ihre Familie und die Nachbarn Hansen hatten sich wegen der kleinen Au auf ihrem Grundstück gestritten, wem sie gehörte. Der Streit ging durch die halbe Straße, und als sich ausgerechnet Ada Sönnichsen und Berthold Hansen ineinander verliebten, da wollten die Eltern die Verbindung verbieten, wegen der Au! Aber die gute Ada war bereits im zweiten Monat schwanger, und so schwenkten alle um, und das kleine Kind im Mutterleib vermochte sie zu versöhnen. Dass

Ada und Berthold den Jungen August nannten, fand ich wirklich einen zu schönen Humor.

So wie mit der Au ist es zwischen Mrs. Thompson und ihrer Nachbarin Esmeralda Jefferson, aber es geht um eine riesige, uralte Agave, ein kaktusartiges Staudengewächs, das auf der Grenze steht und das beide Damen für sich beanspruchen. Dabei blüht das nutzlose und putzlose Gewächs nur einmal in einem Jahrhundert und heißt deswegen auch »Century Plant«. Das Ganze hat lächerliche Ausmaße angenommen, wie immer, wenn es im Kern um etwas ganz anderes geht. Seit ihrem großen Streit, wem die Agave gehört, haben die Damen ihre Stacheln ausgefahren und reden kein Wort mehr miteinander, aber übertrumpfen sich, wo es nur geht. Wer am längsten mit dem Pastor plaudert, wer die größten Summen für gute Zwecke spendet, wer den am raffiniertesten geschmückten Hut trägt und die meisten Angestellten befehligt. Es ist der Wettstreit zweier wirklich reicher Frauen. »Poor problems of rich people« nennt Rose, die Köchin, das. Sie bringt hier im Hause Thompson sowieso immer alles auf den Punkt.

Abgesehen von Euren Briefen gab es Weihnachten jedoch noch einen anderen Lichtblick. Ich habe seit dem Oktobertanztee einen sehr netten Verehrer, einen Holzhändler, der ein paar Stunden nördlich von San Francisco in einer Bucht lebt. Er heißt Lars Jensen, ist schätzungsweise um die dreißig und feinfühlig und charmant. Leider hat er ein steifes Knie und geht am Stock, aber das ist bisher auch der einzige Makel an ihm, ach, ich empfinde es nicht einmal als einen Makel. Er hat ein großes Herz, und wir verstehen uns gut. Außerdem ist es so, dass sein Bein ihn letztlich reich gemacht hat. Er hat zu Beginn als Holzfäller gearbeitet, hatte dann einen Unfall und musste ins Kontor, wo er sich so bewährt hat, dass er erst als Partner in das Holzsägewerk einstieg und es dann übernahm. Der Holzhandel ist hier an der Küste ein wichtiger Wirtschaftszweig, und Wälder und Holz gibt es wohl da oben im Norden mehr als genug. Es wird auch das »rote Gold« genannt. Von Lars Jensen bekam ich einen Band mit Andersen-Märchen zu Weihnachten und eine wirklich reizende Karte, was mich aufmunterte.

Das neue Jahr fing mit Regen an, doch hier im Haus war es sehr gemütlich, ich habe Mrs. Thompson viel vorgelesen, und wir haben gehandarbeitet und im Salon Karten oder Mühle gespielt. Meinen Weihnachtsvorsatz, Mrs. Thompson auch mal gewinnen zu lassen, weil sie sich darüber so freut, habe ich zwar nicht umgesetzt – es geht doch entschieden gegen meine Spielerehre –, aber ich habe der alten Dame ein paar Tipps gegeben, auf was sie achten soll, und siehe da, prompt gewann Mrs. Thompson auch öfter und sagte leicht pikiert zu mir: »Das hätten Sie mir ja auch mal früher sagen können!«

Heute schreibe ich Dir aber, weil vor zwei Tagen etwas wirklich Aufregendes passiert ist, sozusagen die Blüte der »Century Plant« im Leben einer Frau, aber bitte sage den Eltern noch nichts davon, ich will sie erst in Kenntnis setzen, wenn die Sache unter Dach und Fach ist. (Jetzt rede ich schon wie Schwager Alfred, wenn er unserem Vater gegenüber von seinen Geschäften berichtet. Ach, weißt Du, selbst Alfred mit seinen meist schlechten

Scherzen und seiner durch und durch kaufmännischen Art zu denken und zu reden, fehlt mir manchmal!) Du plietsche Deern ahnst schon, um wen und was es sich handelt (wenn eine Frau pathetisch und albern zugleich wird, geht es doch meist um die Liebe!). Doch der Reihe nach. Mal abgesehen vom Regen konnte das Jahr 1873 nicht besser beginnen. Ich bekam das erste Telegramm meines Lebens, von Lars Jensen, der seinen Besuch für den 8. Januar ankündigte. Und so holte er mich in einer Kutsche ab, und wir fuhren ein Stück außerhalb der Stadt, wo wir an der beeindruckenden, wilden Küste, die steil ins Wasser abfällt, spazieren konnten. Das Wetter spielte zum Glück mit, es war trocken und bewölkt, aber Sonne in unseren Herzen. Bis auf ein paar Seelöwen am Strand unter uns, waren wir allein. Wir plauderten über all das, was in den letzten Wochen seit dem Tanztee passiert war, bei ihm und in seiner Firma und bei mir und Mrs. Thompson. Dann blieben wir stehen, weil über uns zwei Kondore vorbeiflogen. Bertha, so etwas Beeindruckendes! Die Flügel sind riesig, wenn sie ausgebreitet sind, die Spanne kann drei Meter sein, wie mir Lars Jensen erklärte. Dann stellte er sich vor mich und sagte: »Ich muss Ihnen drei Fragen stellen, Fräulein Callsen, darf ich?« Ich nickte und war neugierig, was kam.

»Erstens: Darf ich Emma zu Ihnen sagen?«
Ich nickte und sagte: »Gern, Lars.«
Ein Seelöwe brüllte.
»Zweitens: Darf ich dich küssen, Emma?«
Ich nickte wieder und sagte: »Gern, Lars.«
Dann küssten wir uns beim Gebrüll mehrerer Seelöwen, erst noch die Lippen auf Lippen wie Zehnjährige

hinter der Hecke, aber dann immer leidenschaftlicher, ich erspare Dir Details. Als wir fertig waren, wobei man natürlich nie fertig ist mit dem Küssen, fragte ich leise: »Und drittens?«

Da nahm er seine Hand und legte sie mir unters Kinn, sah mir in die Augen und fragte: »Emma, willst du meine Frau werden?«

Und meine Antwort war? Leider nicht sehr originell: »Gern, Lars.«

Stell Dir vor, Bertha, mein zweiter Heiratsantrag, wenn man die von all den Jungs aus der Nachbarschaft im Alter zwischen sieben und zwölf Jahren nicht mitzählt! Lars sieht gut aus, ich bin sicher, dass Du das auch neidlos zugeben würdest. Ich werde dann bei ihm im Norden in Eureka leben, er hat mir schon gesagt, dass sein Haus noch darauf wartet, von einer Frau gemütlich gemacht zu werden. Wir warten aber noch ein paar Monate bis zum Sommer, damit Mrs. Thompson in Ruhe eine Nachfolgerin für mich suchen kann, dann wird Lars mich bei ihr »freikaufen«, wie er sagte. Aber bitte, behalte das alles heute noch für Dich, ich werde, wenn es offiziell ist, an die Eltern schreiben und ein Hochzeitsfoto schicken, und dann könnt Ihr ihn sehen, meinen Ehemann, meinen Lars! Ach Bertha, ich bin so glücklich!

Ich ende hier, was soll ich noch von Petitessen berichten, wo doch gerade so etwas Großes und Wunderbares in meinem Leben passiert ist. Kein Mensch redet nach einer Kaffeetafel mit Stachelbeer-Baiser-Torte von den trockenen Kuchen und Plätzchen!

Ich umarme Dich, allerliebste, im kondorlosen Kaiserreich zurückgebliebene Schwester und Freundin, aus der

Ferne, aber nicht weniger innig. Zu schade, dass Du nicht die Trauzeugin sein kannst! Oder möchtest Du meine Stelle bei Mrs. Thompson antreten? Ich kann es nicht wirklich empfehlen, Gesellschafterin zu sein. Zumindest nicht länger als ein, zwei Jahre, man ist doch sehr den Launen anderer ausgesetzt. Da ziehe ich die Abhängigkeit von einem Ehemann vor, außerdem braucht man nun mal denselben, wenn man eine Familie gründen will. So hat es der liebe Gott eingerichtet, und Lars soll natürlich einen Stammhalter von mir erhalten.

Alles Liebe,

Deine an der Pazifikküste unter dem Jubel von Seelöwen heimlich verlobte Schwester

Emma

Teil II

9.

Das Schiff der Ehe

Mrs. Thompson hatte die Nachricht von der Verlobung gefasst aufgenommen, als Emma ihr im Januar davon erzählte, und gleich ein Telegramm an ihren Agenten in Kiel gesandt, der ihr eine neue Gesellschafterin aus dem norddeutschen Raum ab Juli beschaffen sollte. Sie sei ja selbst schuld, dass Emma so schnell wieder gehe, sagte sie. Erstens habe sie Lars Jensen als Nummer 31 nicht mehr auf den Tanztee im März zugelassen und auf die Liste für Oktober gesetzt, zweitens hätte sie zu Emmas Kleid etwas dazugegeben, ein großer Fehler, und sie habe ja gleich geahnt, wohin das führe, und drittens freue sie sich für Emma, und was Gott zusammenführe, dem werde sie sich nicht in den Weg stellen. Sie war Emma dankbar, dass sie noch bis Juni bei ihr bleiben würde und sichtlich gerührt, als Emma sie fragte, ob sie ihre Trauzeugin werden wolle; nicht aus Mangel an anderen Trauzeuginnen (der objektiv bestand), sondern weil sie doch ihre engste Vertraute geworden war und die Verbindung mit Lars Jensen von Anfang an wohlwollend begleitet hatte. Lars und Emma hatten sich auf die Sommersonnenwende als Termin für die Trauung und Emmas Übersiedelung nach Eureka geeinigt.

Von einer Erstattung der Reisekosten Emmas durch Lars Jensen wollte Mrs. Thompson nichts wissen, das klang ihr zu sehr nach Freikaufen einer Leibeigenen oder Sklavin. Stattdessen fragte sie Emma, was sie ihr vielleicht an Aussteuer aus ihrem Haushalt mitgeben könne, sie habe doch so viel Geschirr und anderes übrig, das sie nicht mehr brauche. Mrs. Thompson, die Kinderlose, sah Emma als kleinen Ersatz für eine Tochter an, die nun stilvoll verheiratet werden sollte. Mrs. Thompson wollte auch das Brautkleid gern spendieren und bestand darauf, dass Emma ihr Kleidermodell »Sophia«, etwas variiert und natürlich in weißem Stoff, als Brautkleid nehmen sollte, was Emma eine gute Idee fand. So gingen sie gemeinsam Anfang Mai zu »Madame Ling« und suchten den Stoff aus. Und auch Mrs. Thompson ließ für sich ein Kleid nähen, das erste Mal seit dem Tod ihres Mannes nicht aus schwarzem Stoff.

»Die Brautjungfer soll ja nicht aussehen wie eine alte Krähe!«, scherzte sie, und Emma musste lachen.

Bei der Anprobe wirkte Mrs. Thompson in ihrem altrosa Kleid mit feinen weißen Pünktchen darauf plötzlich um Jahre jünger, wenn nur die Falten im Gesicht nicht gewesen wären. Madame Ling schien geehrt, ein Brautkleid nähen zu dürfen und machte auch noch hier und da einen Vorschlag, wo man vorteilhaft raffen könne und wie der Schleier am besten zur Geltung käme. Vor allem plädierte sie, für ihre Verhältnisse regelrecht geschwätzig, für ein Unterkleid aus einem ganz leichten, transparenten Stoff, und da Mrs. Thompson das Brautkleid zahlte, sagte Emma zu allem Ja und Amen. Und ertappte sich selbst dabei, dass sie bei der Anprobe oft daran denken musste, wie es wohl sein würde, das Kleid dann nachts wieder abzulegen, mit der Hilfe von Lars.

Lars selbst war von Februar bis April viel im Mittleren Westen Amerikas unterwegs gewesen, um neue Kunden zu gewinnen. Er schrieb Emma regelmäßig kurze Briefe, die aber immer mit einem zärtlichen Gedanken endeten, dass er sie vermisse, sich freue, bald mit ihr als Mann und Frau zu leben, dass er ihren Kuss an der Küste nicht vergessen könne, den Abend bei Sichelmond im Garten, wie sie Schumann gespielt habe.

Eine Sache beunruhigte Emma, und das betraf die liebe Dorothea in Los Angeles. Von dort waren zwei kurze Briefe an Emma eingetroffen, einer im Herbst, in dem Dorothea schrieb, dass die Arbeit als Kindermädchen bei reichen Leuten mit drei verwöhnten Gören noch viel schlimmer sei, als sie es sich jemals vorgestellt hätte. Dass nicht nur ihre Patronin sie sehr schlecht behandele und schikaniere, sondern auch die Kinder selbst; und dass der Mann des Hauses ihr nachstelle, es sei widerlich. Die Handschrift von Dorothea war herzzerreißend, von den vielen Rechtschreibfehlern ganz zu schweigen. Emma wurde in dem Moment klar, dass nicht jedes Mädchen eine so gute Ausbildung genossen hatte wie sie. Einerseits hatte sie zu Hause von ihren Eltern viel Unterricht erhalten, gemeinsam mit den Schwestern, dann hatten die betuchten Großeltern auch ein paar Jahre Privatschule in Schleswig spendiert. Doch es war der zweite kurze Brief von Dorothea vom April, der Emma ernsthaft besorgte, denn nun erwähnte diese einen gewissen Henry O'Brian, den sie kennengelernt habe und der sie beschütze. Sie wolle ihn heiraten und mit Henry leben, dieser sei ein äußerst erfolgreicher Geschäftsmann und mache ihr schöne Geschenke, auch Schmuck. Emma hatte ein ganz ungutes Gefühl bei diesen Zeilen, vor allem bei diesem Henry. Und ein erfolgreicher Geschäftsmann, bei dem Dorothea nicht mal die Branche erwähnte, erschien ihr suspekt. Emma schrieb daraufhin einen kurzen Brief an Christian Grohmann, der ihr beim Abschied noch die Anschrift der Zeitungsredaktion in Los Angeles gegeben hatte. Seinen Artikel von der Überfahrt und der Reise mit dem Zug durch Panama hatte er ihr gleich nach Erscheinen im August zugesandt, und darin waren auch sie und Dorothea als »seine zwei reizenden deutschen Reisegefährtinnen« erwähnt. Emma hatte den Bericht Mrs. Thompson auf der Veranda vorgelesen und ihn danach weitergeschickt nach Hause an ihre Familie. Emma schrieb nun ganz offen an Grohmann, dass sie sich Sorgen um ihre gemeinsame Reisegefährtin Dorothea mache und ob er nicht mal nach dem Rechten sehen könne, ob sie noch dort arbeite bei dieser Familie Richmond und vor allem, wie es ihr gehe. Und er als Journalist könne doch sicher auch ganz diskret herausfinden, wer dieser Henry O'Brian sei und um was für eine Art Geschäftsmann es sich da handele.

Im Mai kam Lars noch einmal zu Besuch nach San Francisco, und sie besprachen auf der Veranda mit Mrs. Thompson die Details für die Hochzeit in Eureka. Lars hatte sich schon Gedanken gemacht, wie es ablaufen könnte. »Erst die kirchliche Trauung bei unserem amerikanischen Pastor, mein Freund Hans wird mein Trauzeuge sein, danach ein schönes Essen in einem Restaurant am Wasser mit dreißig Personen, nur den engsten Freunden,

Geschäftspartnern und Mitarbeitern mit ihren Ehefrauen. Also keine große Feier und kein Fest mit Musik, ich kann ja eh nicht mit meiner Braut tanzen.« Emma war das alles sehr recht, denn sie hatte ja nur Mrs. Thompson dabei. »Das klingt doch alles sehr vernünftig«, antwortete Mrs. Thompson zufrieden aus ihrem Schaukelstuhl heraus. »Und in den Flitterwochen, liebe Emma, zeige ich dir dann da oben die Landschaft ein bisschen, und wir machen Tagesausflüge.« – »Gern«, erwiderte diese. »Gut, dann wäre das geklärt. Schließ mal deine Augen, Emma, und spreize deine Finger!«, sagte Lars daraufhin. Emma tat es, und sie merkte, wie er ihr einen feinen Draht um ihren Ringfinger legte, ihn zweimal herumbog und sanft wieder abzog. Dann spürte sie seine Lippen auf ihrer Hand, und sie hörte ihn flüstern: »Darfst die Augen wieder öffnen.« Sie tat es und sah hoch in seine Augen, die so liebevoll auf sie blickten, und ihr Herz schlug vor Freude bis zum Hals. Mrs. Thompson schien sehr berührt von dieser Szene, erhob sich aus ihrem Schaukelstuhl und räusperte sich: »Ich guck mal in der Küche, wie weit Rose mit dem Essen ist!«

Kaum war sie im Haus verschwunden, zog Lars Emma zu sich hoch und umarmte sie für einen Dänen erstaunlich leidenschaftlich. »Ich habe dich so vermisst«, flüsterte er, und dann küssten sie sich, und sie holten das Küssen vom Februar nach, das Küssen vom März und April. Emma war überrascht von dem Gefühlsausbruch. Sie selbst fühlte in sich auch eine Hitze aufsteigen, die durch die Küsse von Lars an ihrem Hals entlang noch befeuert wurde, sie wünschte sich mehr, als nur sich zu umarmen und zu küssen, wäre am liebsten mit Lars irgendwo ganz allein gewesen, aber fürchtete gleichzeitig auch den Gedanken. Und natürlich konnte Mrs. Thompson das nicht erlauben. Aber gerade weil es verboten war und nicht möglich, war die Vorstellung davon umso aufregender. Lars hauchte Emma ins Ohr: »Mädchen aus Schleswig, ich will dich gern überall küssen und berühren.« Da flüsterte sie zurück: »Das ist ja nun bald ganz legal möglich.«

Und ein paar Wochen später war es dann so weit und der Tag der Hochzeit gekommen. Rose nahm Emma zum Abschied an diesem frühen Samstagmorgen in der Küche in den Arm und drückte sie ganz herzlich an sich. »*I wish you all luck and a lot of children, dear!*« So eine Umarmung hatte Emma noch nie erlebt, sie fühlte sich ganz umfangen und spürte eine Herzlichkeit, wie sie sie aus ihren Gefilden zu Hause in Angeln nicht kannte. Das musste am Protestantismus liegen, dachte sie.

Jack brachte Mrs. Thompson und Emma zum Bahnhof, wo er stolz auf die Schienen zeigte, und Emma dankte ihm lachend dafür, dass er die Eisenbahnstrecke im Schweiße seines Angesichts gebaut habe. Ohne Männer wie ihn könnte sie jetzt nicht zu ihrer Hochzeit reisen. Da lachte Jack erfreut. Sie fuhren 1. Klasse mit dem Zug Richtung Norden, in Emmas zukünftige Heimat. Die von Mrs. Thompson geschenkten und vermachten Dinge waren gut verpackt in Kisten vorausgeschickt worden.

Noch etwas müde und wortkarg saßen Emma und Mrs. Thompson in ihrem Abteil, die alte Dame nickte beim gemütlichen Geruckel des Zuges und dem Schnaufen der Maschine noch mal ein und schnarchte leise über ihrem faltigen Kinn und dem weißen Kragen ihres neuen Kleides, während Emma die Landschaft an sich vorüberziehen sah. Sie blickte auf ihren Koffer auf der Ablage, den sie vor ziemlich genau einem Jahr in Schleswig gepackt hatte. Wie lange war das her, wie weit weg kam ihr das vor, dass sie von ihrer Familie in Hamburg am Hafen Abschied genommen hatte. Wie viel war in der Zwischenzeit passiert! Jetzt fuhr sie zu ihrem zukünftigen Ehemann, dem sie heute ihr Jawort geben würde, in einem cremefarbenen Kleid, das samt dem Unterkleid in einer stabilen, von chinesischen Händen gut verschnürten Schachtel ebenfalls auf der Ablage lag. Noch war Emma zu müde, aber je weiter sie gen Norden kamen, desto aufgeregter wurde sie. Und es war nicht nur die Aufregung einer Braut am Hochzeitstage, es begann nun auch ein ganz neuer Lebensabschnitt an einem fremden, neuen Ort. Mit einem Mann, den sie noch nicht lange kannte.

Am kleinen Bahnhof in Eureka stand Lars, bereits im guten, dunklen Anzug für die Hochzeit mit einer gelben Rose im Knopfloch und blitzblank geputzten Schuhen. Auch der Stock war elegant heute.

»Herzlich willkommen in Eureka!«, sagte er fröhlich und gab Emma einen zaghaften Kuss auf den Mund, und sie roch sein herbsüßes Rasierwasser. Dann reichte Lars Mrs. Thompson die Hand. Eine Droschke wartete und brachte sie zu seinem Haus, das oberhalb der Humboldt Bay lag.

»Das hier ist mein bescheidenes Heim und nun auch deines«, sagte er. Emma mochte das weiß gestrichene

Holzhaus mit dem kleinen Vorgarten und dem überdachten Eingang auf Anhieb leiden. Lars nahm Emmas Koffer, sie selbst trug ihre Brautkleidschachtel, Mrs. Thompson ihre kleine Reisetasche, dann betraten sie das Haus. Im Flur hingen gerahmte Stiche mit einer regnerischen Landschaft, die Emma sehr düster vorkamen, was noch durch die schwarzen Holzrahmen betont wurde. »Die sind aus der Heimat«, sagte Lars, fast entschuldigend. »Gut gegen Heimweh«, raunte Emma Mrs. Thompson zu. Küche und Schlafzimmer gingen nach hinten raus, ein großes Wohnzimmer und Esszimmer nach vorne, und ein Erker mit drei Fenstern bot einen beeindruckenden Blick auf die in der Ferne liegende große Humboldt-Bucht. Mrs. Thompson erklärte Emma: »Wussten Sie, Liebes, dass Erkerfenster im Englischen *bay window* heißt? Ist das nicht ein Witz, dass dieser Erker damit seinem Namen alle Ehre macht?«

Es roch im Haus nach Holz und nach allein lebendem Mann, fand Emma, einer Mischung aus angebrannter Milch, Haarwasser und Schuhwichse, die Emma ähnlich in der Nase stach wie das »Powell & Baker«-Bohnerwachs von Mrs. Thompson. So sehr Emma das schlichte, aber schön gelegene Holzhaus von außen gefallen hatte, innen legte sich eine leichte Schwermut auf sie, vielleicht weil sie spürte, dass hier zwar jemand wohnte, aber nicht wirklich lebte, und dass das Haus kein richtiges Zuhause war. Sie erinnerte sich an Onkel Alfred, einen Cousin ihrer Mutter in Schleswig, der Junggeselle war und in dessen Wohnung sie und Bertha es als Kinder immer bedrückend fanden, wenn sie zu Besuch waren. Einmal hatte Bertha auf die Frage von Onkel Alfred, »Na, Bertha, kommst du mich mal wieder in meinem schönen Heim besuchen?«, geantwortet: »Nein, deine Wohnung weint.« Der Onkel war zusammengezuckt, auch die Mutter, aber nun war es mal gesagt worden und wurde einfach weggelacht, wie so vieles, was peinlich oder unangenehm war. Das Haus von Lars weinte nicht, aber es war, trotz der guten Voraussetzungen, etwas ungemütlich, und Emma wusste, dass sie das nach der Hochzeit gleich in Angriff nehmen würde.

Emma zog im Schlafzimmer ihr Hochzeitskleid an, das Mrs. Thompson ihr mit ihren Gichtfingern hinten schließen musste. Auf ein Korsett verzichtete sie, wie sie schon bei Madame Ling beschlossen hatte. Mrs. Thompson half ihr noch beim Befestigen des Schleiers im Haar, dann standen sie da, und Mrs. Thompson sah sie an und sagte: »Entzückend!«

»Vertreten wir das deutsche Vaterland würdig?«, fragte Emma, und Mrs. Thompson reckte die Faust: »Absolut! Auf in die Schlacht! Jetzt zeigen wir es den Dänen!«

Emma konnte nicht anders, sie musste Mrs. Thompson ganz fest an sich drücken.

»Vielen Dank für alles«, sagte sie, und damit meinte sie mehr noch den Beistand und den Humor der alten Dame als die materiellen Dinge.

Lars war sichtlich begeistert, als Emma aus dem Schlafzimmer trat, und nun fuhren sie zu dritt Richtung Kirche, hielten einmal kurz vor einem Blumenladen, und Lars kam mit einem Brautstrauß zurück, der mit gelben Rosen und den orangefarbenen Blüten des Kalifornischen Mohns wunderschön gebunden war, umhüllt von weißem Spitzenpapier, dann ging es zur Kirche.

Als sie ausstiegen, kam ihnen ein eleganter Mann in dunklem Mantel und mit Hut entgegen, auch er in gutem Anzug mit Weste und Seidenkrawatte und einer gelben Rose im Knopfloch wie der Bräutigam. Er war größer als Lars, sehr schlank, mit einem perfekt gestutzten Bart und Augen, die wach und klar mit der verhaltenen Neugier der eher Stillen in die Welt blickten.

»Emma, darf ich dir Hans vorstellen?«

So sah also ein Schiffbauer aus. Hans nahm den Hut ab und reichte Emma seine warme Hand, er drückte herzlich, etwas zu kräftig, aber Emma machte sich den Spaß, ebenso kräftig zurückzudrücken, vollkommen unangemessen für eine Braut, den Trauzeugen wie unter Holzfällern zu begrüßen und ein kleines Zucken in der fremden Hand zeigte ihr, dass das für Irritation sorgte. Er begrüßte sie auf Deutsch.

»Emma, die große Plätzchenbäckerin, ich freue mich, dich kennenzulernen.«

Emma lächelte, das unkomplizierte Du gefiel ihr.

»Ich mich auch, Hans, Lars hat schon von dir erzählt.«

»Mrs. Thompson, das ist mein alter Freund Hans Henriksen, dem die Henriksen-Werft unten an der Bucht gehört.«

Hans gab auch Mrs. Thompson die Hand und verneigte sich leicht.

»Freut mich, Mr. Henriksen«, kam es krächzend.

Emma war fasziniert von Hans' Händen. Wie langgliedrig seine Finger waren. Unvorstellbar, dass diese Hände Holzbohlen zu Schiffsplanken verbunden hatten. Es waren keine Handwerkerhände, sondern hätten die eines Pianisten oder Poeten sein können. Sein Benehmen wirkte tadellos, etwas nordische Zurückhaltung, so empfand Emma es, lag in seinem Wesen, ja, auch Schüchternheit. Die reservierte Körperhaltung stand im Gegensatz zu seinem offenen Blick. Es kam ihr vor, als trüge dieser Hans eine traurige Geschichte in sich, die er bisher noch niemandem erzählt hatte.

In den vorderen Kirchenbänken verteilten sich vielleicht dreißig Menschen, es war wirklich eine kleine Hochzeit. Sie und Lars saßen nebeneinander auf zwei Stühlen weiter vorn vor dem Altar, seitlich rechts von ihnen die beiden Trauzeugen. Pastor James war alt, und seinem feisten Bleichgesicht sah man die Neigung zur Völlerei an. Zu viel Mehlspeisen und Fleisch, dachte Emma. Dagegen war Pastor Ehlers in Schleswig ein Hungerhaken! Sie musste an die aufwendige Hochzeit ihrer Schwester Erika mit Alfred vor ein paar Jahren im Schleswiger Dom denken, eine Hochzeit, die ihrer Mutter und Erika Monate der Vorbereitung und die Unsummen gekostet hatte. Natürlich musste das Brautkleid Erika ein bisschen wie Kaiserin Elisabeth erscheinen lassen, und Emma und Bertha hatten neidvoll zugeben müssen, dass ihre Schwester wirklich sehr würdevoll wirkte und dass noch nie eine Braut in Schleswig so ausgesehen hatte wie sie. Und der große Ball hinterher! Im »Strandhotel« unten an der Schlei, hundertzwanzig geladene Gäste waren gekommen. Die rührende Rede ihres Vaters, der die Süße der Liebe mit der Herstellung von Zucker in einer Zuckerfabrik in Verbindung brachte, auf eine schlagende Weise mit einer philosophischen Betrachtung der Süße an sich und was sie in Menschen auslöst verband, sodass alle

Anwesenden beeindruckt waren. Emma lächelte, als sie an den geliebten Vater dachte, der sie heute nicht zum Altar führte. Wie er wohl ihren Bräutigam fände, fragte sie sich, während sie ein englisches Lied aus dem Gesangsbuch anstimmten. Lars sang laut und getragen, sehr sicher und schön und mit einer Stimme, die die Seele streichelte. Emma bekam eine leichte Gänsehaut. Hans dagegen schien mehr nach innen, verhalten zu singen, und Mrs. Thompson hielt sich zum Glück zurück.

Dann begann die eigentliche Trauzeremonie, Emma verstand das Englisch von Pastor James gut und fand den Text sehr schön, »*... will you love her, comfort her, honour and protect her ... be faithful as long as you both shall live?*« Es war eine Sprache, die einen einlullte mit ihrem Klang, perfekt für Wiegenlieder. Sie hörte Lars »*I will*« sagen, und dann sagte sie auch ihr »*I will*«. Lars streifte ihr einen goldenen Ring über, der perfekt passte, und sie ihm seinen. Mrs. Thompson hatte Tränen in den Augen, und wenn Emma es richtig sah, auch dieser Hans, zumindest sah er mit feierlichem Blick auf seinen Freund und sie. Am Ende zogen sie zu Harmoniummusik aus der Kirche, und alle anderen folgten ihnen, und draußen wartete ein Fotograf, der sie vor dem Kirchenportal ablichtete. Dann bekam Emma eine Umarmung von Mrs. Thompson und einen zaghaften, bartkitzelnden Kuss auf die Wange von Hans. Ihr gratulierten lauter Fremde, denen Emma die Hand schüttelte, und sie konnte sich all die Namen dieser Menschen nicht merken, die Lars ihr, ab jetzt sprach er englisch mit ihr, vorstellte. Sie registrierte vor lauter Aufregung nur: Rote Haare, Stupsnase, Doppelkinn, Backenbart, graue Haare, keine Haare, schlechte Zähne, nettes Lächeln, falsches Lächeln, Alkoholfahne, Mundgeruch, blaue Augen, braune Augen, Hut, Hut, schicker Hut, hübsche Kette, schlecht rasiert, geplatzte Äderchen. Lars stand stolz auf seinen Stock gestützt und präsentierte der Welt seine Emma. Diese lächelte und lächelte, sagte immer wieder »Thank you« und »Nice to meet you« und war froh, als sie endlich im Restaurant mit Blick auf die dahingestreckte Bucht saßen, mit Champagner anstießen und es eine Fischsuppe als Vorspeise gab. Heiraten machte hungrig, zumal wenn man die letzte Mahlzeit, ein kleines Frühstück, morgens um halb sechs zu sich genommen hatte.

Nach dem Filet à la Wellington mit Kartoffeln und Gemüse klopfte jemand mit seiner Gabel ans Glas, und es wurde still. Hans erhob sich, räusperte sich und begann auf Englisch seine frei gehaltene Rede: »Liebes Brautpaar, liebe Gäste, es ist mir eine große Ehre, hier heute bei diesem Anlass als Trauzeuge ein paar Worte zu sagen. Lars und ich kennen uns nun schon dreizehn Jahre, und zwei, die gemeinsam zwei Jahre lang auf einem Schiff um Kap Hoorn gesegelt sind, die kennen sich vermutlich so gut, wie kaum andere Menschen. Mir fiel daher sofort auf, dass Lars nach seiner Rückkehr aus San Francisco im Oktober verändert war, und ich sprach ihn darauf an. Da hat er geschmunzelt und mir von einer gewissen Emma erzählt, die gut Klavier spiele und Witz habe. Dann wurden von besagter Emma im Advent Braune Kekse geschickt, und als ich von diesen Keksen probieren durfte, da habe ich gleich zu Lars gesagt. ›Hör mir gut zu, mein Freund! Eine Frau, die solche Plätzchen backen kann und zudem noch Witz hat, die musst du unbedingt sofort heiraten! Und wenn du Idiot das nicht machst, dann heirate ich sie. Unbesehen.‹«

Alle am Tisch lachten an dieser Stelle, und Mrs. Thompson zwinkerte Emma zu. Überhaupt entpuppte sie sich als Emmas große Stütze an diesem Tag, leider würde sie aber am Nachmittag den Zug nach San Francisco wieder zurück nehmen und Emma ihrem Schicksal überlassen.

»Es ist mir also eine große Ehre, hier heute diese Ehe bezeugen zu dürfen, und ich wünsche euch Gottes Segen für euren Bund fürs Leben und eine reiche Kinderschar. Vielleicht kann man die Ehe mit einem Dreimaster vergleichen. Dieser fährt am besten, wenn alle Segel gehisst sind, der eine Mast heißt Liebe, der zweite Mast Treue und der dritte Familie. Und nun wollen wir alle gemeinsam das Glas erheben und anstoßen! Möge das Schiff der Ehe von Emma und Lars immer ausreichend Wind haben für seine Fahrt über den Ozean des Lebens und sowohl Stürme als auch Flauten gut überstehen!«

Emma gefiel das Bild. Als die kleine Festgemeinschaft sie und Lars hochleben ließ, dies nun wiederum mit einem dänischen Toast und Schlachtruf, dachte Emma nur: Ich heirate einen Dänen! Mit einem Dänen als Trauzeugen und einer Festgesellschaft, die zum großen Teil aus Dänen besteht. Wenn meine Eltern das wüssten!

Und Mrs. Thompson sah sie an, als könne sie Emmas Gedanken lesen. In diesem Moment wurde Emma klar, dass nicht nur ihre Zeit mit Mrs. Thompson an diesem Tag ihrer Vermählung endgültig zu Ende gegangen war, sondern überhaupt ein Lebensabschnitt, ihre Zeit als Mädchen, als ledige junge Frau, als Jungfrau und als

Emma Callsen. Und ein kleines bisschen tat der Abschied von all dem auch weh. Ein neuer Lebensabschnitt hatte begonnen, sie war jetzt Emma Jensen, die Ehefrau des Holzhändlers Lars Jensen in Eureka. Und sie hatten einander lebenslange Liebe, Treue, in guten wie in schlechten Zeiten geschworen.

Der Kellner brachte auf ein Winken von Hans eine Hochzeitstorte herein, und Emma lief das Wasser im Mund zusammen beim Anblick der dreistöckigen, mit Erdbeeren dekorierten Sünde aus Sahne. Damit hatten sie gar nicht gerechnet, aber die Torte hatte Hans als Trauzeuge heimlich bestellt, sie gehörte zu seinem Geschenk, einem versilberten Tortenbesteck und silberner Tortenplatte. Beim Anschneiden legte Lars seine Hand fest auf die von Emma, und diese hielt das Tortenmesser zupackend und sicher, und derart gefestigt, gelang es ihnen gemeinsam, das erste Stück herunterzuschneiden, unter Applaus, dann schnitt Emma, patent wie sie war, für alle weitere Stücke herunter, und Lars verteilte sie an die Gäste, und sie genossen den herrlichen Abschluss des Mahls und den starken, duftenden Kaffee, der dazu gereicht wurde und der auch Emma wieder munter machte. Dann verabschiedete sich Mrs. Thompson, nahm Emma ganz herzlich in den Arm und wünschte ihr erneut alles Gute für die Zukunft und für das Schiff der Ehe, das der Mr. Henriksen so schön beschrieben habe in seiner Rede.

Emma und Lars dankten ihr für alles und winkten der Droschke, die Mrs. Thompson zum Bahnhof bringen sollte, hinterher, dann gingen sie wieder ins Restaurant hinein zu den Gästen.

Am Abend setzte eine Droschke Emma und Lars vor dem weißen Haus ab. An der Tür sagte Lars: »Leider kann ich meine liebe Braut nicht über die Schwelle des Hauses tragen, wie es sich gehört!«

»Ach Lars, ich bin sicher ganz schön schwer nach dem vielen Essen und Trinken, von der Last des Eheversprechens ganz zu schweigen.«

Er lächelte Emma an, und Lächeln hieß bei Lars vor allem, mit den Augen zu lächeln und dies voller Zärtlichkeit. Emma wurde ganz warm. Kaum war die Haustür hinter ihnen ins Schloss gefallen, drückte Lars Emma im Flur an die Wand, zwischen den zwei düsteren Stichen aus der dänischen Heimat, und er schob ihr das Kleid von der einen Schulter und begann, sie dort und am Hals aufwärts zu küssen, auf eine Weise, dass Emma Schauer durchfuhren, die sie hellwach machten und die bis nach unten schossen. Zudem streichelte Lars ihr auf dem Stoff immer wieder über die Brüste, als habe er nun endlich die Erlaubnis dazu und wolle es auskosten. Es gefiel Emma, was er da tat, ihr war nicht bewusst, dass ihr Busen so feinfühlig war. Aber auch sie bewegte sich so, dass sie ihn mit ihrem Körper streichelte, vor allem dort, wo es unter seiner Hose spannte, und sie genoss es, dass er dabei wohlig stöhnte. Dann löste er die vielen Haken des Kleides hinten.

Irgendwann waren sie im Schlafzimmer gelandet, ohne Brautkleid, Emma legte sich im Unterkleid quer auf das Ehebett, und Lars zog sich die Hosen aus und hängte sie ordentlich über einen stummen Diener aus Holz, auch sein Jackett, dann schob er ihr das Unterkleid hoch und die Unterhosen runter, und sie lag nackt vor ihm, sah aber nichts mehr, da das Unterkleid ihr Gesicht bedeckte. Sie spürte hauchende, feuchte Küsse auf ihrem Bauch und ihren Brüsten, die Innenseite der Oberschenkel entlang, und sie hörte sich selbst immer schwerer atmen. Das hier war besser als jede Cremeschnitte! Lars zog ihr das Unterkleid aus, und das schöne, vormittags noch ordentlich verpackte Werk von Madame Ling landete auf dem Holzboden, und kurz darauf waren sie beide ganz nackt, nur das Mondlicht deutete ihre Körper an, keine Kerze, keine Lampe hatten sie entzündet, und Lars legte sich auf das Bett und flüsterte: »Setz dich auf mich.«

Emma dachte noch einen Moment lang, dass das nicht ganz die übliche Position sei, bei der die Frau unten liege, aber vielleicht ging es wegen des Knies nicht anders, denn dass Lars mit seinen dreißig Jahren bereits mit Frauen geschlafen und eine gewisse Erfahrung hatte, dessen war sie sich sicher. Sie war hier die Jungfrau. Und so bewegte sie sich intuitiv auf und ab, und Lars stöhnte immer lauter und rief dabei ihren Namen, und Emma, die nur kurz zu Beginn einen kleinen, stechenden Schmerz gespürt hatte, empfand nun nur noch ein wohliges, sattes und feuchtes Ineinandersein, sie atmete immer schneller, hielt sich an seinen Schultern fest, und irgendwann schrie auch sie »Oh, Lars!«, und dann rutschte sie von ihm und legte sich neben ihn. Emma roch zum ersten Mal den starken Geruch vom Liebemachen. Lars legte den Arm um sie und zog sie an sich, und Emma musste weinen, vor Freude, Glück und Erleichterung und weil es so schön gewesen war. Viel schöner, als sie es sich jemals hätte vorstellen können. Vielleicht aber weinte sie auch, weil die ganze Anspannung des Tages von ihr gewichen war, weil sie von Mrs. Thompson und ihrer Zeit in San Francisco Abschied nehmen musste, weil sie nun hier war in diesem Schlafzimmer und alles, auch der Mann neben ihr, noch fremd und unbekannt und weil die Familie so weit weg war und niemand von ihren Lieben bei ihrer Hochzeit dabei gewesen war und weil sie sie ab jetzt belügen musste. In diesem Moment flüsterte Lars in ihr eines Ohr »*Tysk pige jeg elsker dig*« und danach ins andere »Deutsches Mädchen, ich liebe dich«. Emma musste lächeln. Dann schliefen sie Arm in Arm ein.

10.

Mrs. Jensen

Als Emma erwachte, schnarchte Lars noch friedlich und leise vor sich hin. Sie lächelte, schlug vorsichtig die große Decke zurück, um ihn nicht zu wecken, dabei sah sie das erste Mal seine Narbe am Bein, die sich wie ein langer roter Fluss über die sonst weiße Haut zog und mit groben Stichen genäht worden war. Man sah dem Bein an, dass es viel Schmerz hatte erdulden müssen und sich seitdem vom Rest des Körpers entfernt hatte, versteift und erschlafft zugleich, nicht mehr organisch dazugehörte, und die Kniescheibe war nur noch zur Hälfte da.

Emma zog leise ihr Unterkleid über und ging auf Zehenspitzen aus dem Zimmer in den Flur, in dem ihr Brautkleid wie ein unförmiges Riesenbaiser am Boden lag. Zum Glück sah die strenge Madame Ling das nicht, es hätte ein chinesisches Donnerwetter gegeben. Emma nahm das Kleid und trug es ins Wohnzimmer, wo sie es ordentlich über einen Stuhl legte. Tja, was tat man mit einem Kleid, das für einen einzigen Anlass geschneidert worden war? Was für eine Verschwendung an Stoff und Geld! Nein, sie würde sich das Kleid etwas kürzen lassen und es hier und da etwas abändern, dann wäre es ein prächtiges Sommerkleid für feine Anlässe.

Emma setzte sich auf einen Stuhl und sah sich um. Es

fehlten Gardinen und Blumen, es fehlte an Kissen und Teppichen, an Stoff, es fehlte das eine oder andere freundliche Bild, und die düsteren Schietwetterstiche im Flur würde sie als eine ihrer ersten Handlungen entfernen. Sie fragte sich, wie jemand nur auf die Idee kommen konnte, sich Regenbilder an die Wände zu hängen. Stattdessen würde sie den Flur mit einer geblümten Tapete verschönern lassen, vielleicht nur auf halber Höhe und mit einer hübschen, schmalen Holzleiste als Abschluss? Sie hörte Geräusche aus dem Schlafzimmer, stand auf und ging zu Lars, der sich gerade anzog und bereits in Hemd und Unterhosen da stand.

»Guten Morgen«, sie näherte sich ihm und gab ihm einen Kuss auf den Mund.

»Guten Morgen, meine liebe Frau«, sagte er.

»Gut geschlafen?«

Sie nickte. Zwischen ihnen war eine kurze Stille, als wäre es ihnen peinlich, sich jetzt so gegenüberzustehen, nach all dem, was in der Nacht geschehen war.

Lars betrachtete sie in ihrem transparenten Unterkleid, das bei Tageslicht offensichtlich erst richtig zur Geltung kam, zumal Emma ja nackt darunter war.

»Das kannst du von mir aus immer tragen«, neckte er sie. »Ist verführerisch.«

»Ach, ja?«, tat Emma unschuldig.

Er kam näher und nahm sie in den Arm, und ehe Emma sich's versah, hatte er ihr das Kleid schon wieder ausgezogen und schubste sie auf das Bett, dort, wo auf dem Laken noch der getrocknete Fleck wie von rosa Buttermilch war.

»Heute ist ja Sonntag«, sagte er.

»Da müssen wir doch in den Gottesdienst«, erwiderte Emma.

»Das hier ist auch Gottesdienst«, sagte Lars und erstickte Emmas Lachen mit seinen Küssen. Und Emma fand, dass ihr neues Leben nicht besser hätte beginnen können.

Für den Nachmittag hatte Lars sich eine Überraschung überlegt, einen Ausflug. Er verriet Emma aber nicht, wohin es gehen sollte. Um ein Uhr fuhr eine Droschke vor, und sie stiegen als Mr. und Mrs. Jensen ein, machten es sich bequem, und nun ging es raus aus der kleinen Stadt Richtung Norden, und Lars hielt Emmas Hand, und sie lehnte sich an seine Schulter und genoss die Ausfahrt mit ihm, entlang der schroffen Küste mit Blick auf den Pazifik. Nach vielleicht zwanzig Minuten bog der Kutscher rechts ab, es ging ein Stück leicht bergauf, und sie kamen schon bald in große, endlos erscheinende Wälder. Emma dämmerte es, dass Lars ihr die Grundlage seines Geschäfts zeigen wollte, das »rote Gold«. Mit allem hatte sie gerechnet, aber nicht mit solchen Riesenbäumen!

»Darf ich vorstellen, liebe Emma, das sind die Redwoodbäume, die Küstenmammutbäume, die wohl höchsten und ältesten Bäume der Erde. Sie sind über zweitausend Jahre alt.«

»Wie hoch die sind, und was für dicke Baumstämme«, staunte Emma.

»Manche sind über hundert Meter hoch und können bis zu elf Meter Durchmesser haben.«

Sie fuhren langsam unter den Bäumen hindurch und

wurden dabei ganz still, aus Respekt vor diesen Riesen, die bereits vor allen Menschen hier an dieser Küste gewesen waren, lange vor den ersten Bewohnern und Siedlern, den Indianern, und lange vor den Eroberern.

Was für ein Wunder der Schöpfung, dachte Emma. Hier in Kalifornien war alles so viel größer als bei ihr zu Hause, die Wale, die Vögel, die Schiffe, das Meer, die Bäume. Als wäre sie in einem Reich der Riesen gelandet und nur der Mensch aus Versehen zu klein geraten. Und klein waren die Menschen im Vergleich zu diesen Bäumen, es war ein Ausflug, um Demut zu lernen. Auch der Kutscher hatte, wie es Emma gleich aufgefallen war, seine Körperhaltung verändert. Sobald sie im Wald angekommen waren, saß er aufrechter und legte ebenfalls den Kopf in den Nacken, um in diese Größe und Schönheit zu schauen. Feierlich still war es im Wald, und Emma wunderte sich: »Seltsam, ich höre gar kein Vogelgezwitscher.«

»Ja, es gibt keine Insekten, daher auch kaum Vögel. Das rötliche Holz stößt die Insekten ab.«

»Und was zeichnet das Holz aus?«

»Es ist sehr hart und trotzdem gut zu bearbeiten, daher ideal als Bauholz. Auch weil es beständig ist und nicht so leicht rottet.«

»Und hier in so einem Wald warst du auch früher?«

»Ja, es sind immer Trupps von einem guten Dutzend Holzfällern, die in den Wald ausziehen, zu Jahresbeginn. Dann errichten sie sich kleine Hütten im Wald und legen los. Du kannst dir vorstellen, was für eine harte Arbeit es ist, diese Bäume zu fällen, dazu braucht es mehrere Männer, sehr große Sägen und Äxte. Sie bauen erst ein kleines Holzgerüst an den Baumstamm, von dem aus sie lossägen.«

»Aber wenn der dann umfällt, das ist ja gefährlich!«

Lars lächelte sie an.

»Dafür gibt es den Chefholzfäller, der koordiniert die Arbeiten und entscheidet, wie die Fallrichtung des Baumes sein muss, und so wird dann entsprechend gesägt. Ich merke immer wieder, bei all meinen geschäftlichen Belangen, wie gut es ist, dass ich das alles von der Pike auf gelernt habe. Ich weiß, wovon die Rede ist, ich weiß, wie gefährlich und hart der Job ist und wie viel man bezahlen muss, um gute Leute zu halten. Übrigens ist der Koch in so einer Holzfällertruppe der wichtigste Mann.«

»Das denke ich mir, die Männer müssen doch alle einen Bärenhunger haben.«

»Ja, aber nicht nur deswegen. Der Koch sorgt auch für die gute Stimmung am Abend, für Musik und Gesang, und er verwaltet die Alkohol- und Tabakvorräte und verkauft bei Bedarf Socken und Hemden. Vor allem aber schlichtet er jeden Streit, egal, worum es geht. Und sein Urteil wird akzeptiert. Wir hatten einen Koch, Larry, der hatte eine kleine Fiedel und hat uns abends immer eingeheizt, wie der Teufel hat Larry gefiedelt und dazu gesungen. Und manchmal hat er, wenn es einen Konflikt gab, vor den beiden Streithähnen zuerst ein Stück auf der Fiedel gespielt und ihnen dazu was gesungen. Larry war ein Koloss von einem Mann, und wirklich niemand hätte sich erlaubt, ihm zu widersprechen.«

»Dein Unfall ... wobei ist das passiert?«

»Beim Transport der Stämme zur Sägemühle auf dem

Ochsenpfad. Ich hatte noch Glück im Unglück, um ein Haar wären es beide Beine gewesen.«

»Und dann bist du schnell zu einem Arzt gebracht worden?«

»Ja, nach Eureka, der alte Doc Foster, der vor dem jetzigen Arzt Jenkins da war, wollte sofort amputieren, aber Hans hat ihn beschworen, alles zu tun, um das Bein zu retten. Ich habe das in meinem Schmerzwahn nur am Rande mitbekommen, aber Hans hat natürlich ganz in meinem Sinne gehandelt, ich hätte auf keinen Fall mit einem Beinstumpf und an Krücken gehen wollen, als junger Mann, Mitte zwanzig. Jetzt habe ich zwar das steife Bein, aber kann ja arbeiten und gehen und reisen.«

Emma erinnerte sich wieder an die Narbe, die sie am Morgen studiert hatte. Zu jeder Narbe gab es eine Geschichte.

Die Kutsche hielt an, und sie und Lars gingen ein Stück weit in den Wald hinein. Emma betastete die Rinde, die sich weich und haarig anfühlte, dann setzten sie sich unter einen dieser archaischen Mammutbäume ins Moos zwischen lauter Farne und sahen in das große Laubdach über ihnen. Es kam Emma vor wie ein Feenwald im Riesenreich.

»Was für ein schöner Ausflug, Lars, ich freue mich, dass ich jetzt die Redwoodbäume kenne, auch wenn es den Bäumen herzlich egal sein wird, dass sie mich jetzt kennen, ein einfaches Mädchen aus Schleswig.«

Lars lachte.

»Emma, du bist kein einfaches Mädchen aus Schleswig mehr. Du bist jetzt die Ehefrau des Holzhändlers

Lars August Christian Jensen in Eureka. Da erwarte ich auch von diesen Riesen etwas Respekt vor meiner lieben Frau.«

Sie gaben sich einen Kuss.

»Stimmt, ich bin jetzt Mrs. Emma Johanna Jensen aus Eureka, und mein Mann macht erfolgreich in Holz.«

»Auf dem Rückweg zeige ich dir noch das Sägewerk, wo die Baumstämme mit Maschinen zersägt werden und dann da am Wasser gleich auf die Schiffe verladen werden können. Dort ist zwar heute Ruhetag, aber du sollst es einmal gesehen haben, damit du dein Bild vervollständigen kannst und weißt, was ich so tue und was hinter ›Jensen Lumber Manufacturing‹ steckt.«

»Gern, lass uns nur noch einen Moment bleiben, es ist so beeindruckend«, bat Emma, und Lars nickte. Sie erhoben sich und fassten sich an den ausgestreckten Armen bei den Händen und versuchten, einen der Bäume zu vermessen. Es hätte drei Ehepaare gebraucht, um ihn zu umfassen. Emma legte die Wange an den Stamm und spürte die flauschige Borke und die gespeicherte Wärme. Sie meinte, dass ihr der Baum etwas sagen wollte, nur verstand sie leider die uralte Sprache der Redwoodbäume nicht. Eines aber sagte jeder einzelne dieser Mammutbäume den Menschen ganz deutlich: »Deine Lebensspanne ist nichts im Vergleich.«

Zwei Tage später eröffnete Lars Emma nach seiner Rückkehr aus dem Sägewerk beim Abendessen: »Leider muss ich übermorgen zu einer geschäftlichen Reise aufbrechen.« Er tupfte sich mit der Serviette den Mund sauber, trank einen Schluck Rotwein. Sie saßen gerade vor einer Fischsuppe, die Emma gekocht hatte. Es traf sie ganz unvorbereitet, als hätte jemand aus dem Hinterhalt mit einer Keule zugeschlagen. »Aber wir sind doch noch in den Flitterwochen! Du hattest mir doch versprochen, dass wir Tagesausflüge machen ... und jetzt fährst du weg von hier, verlässt mich«, empörte Emma sich.

»Ich wollte, es wäre nicht nötig, aber es gibt großen Ärger mit einem Lieferanten, da muss ich persönlich hin und die Sache klären.« Lars schien ungeduldig und ohne Verständnis für ihr fehlendes Verständnis, und Emma war entsetzt von der Kälte, die ihr entgegenschlug. Seine Pupillen vergrößerten sich, und um die Lippen herum spannte sich alles so an, als müsste er sich beherrschen. So kannte sie ihn nicht. Mehr noch als die Tatsache, dass Lars sie, seine frisch angetraute Ehefrau, so schnell allein zurückließ in dem fremden Haus und der noch fremden Umgebung, kränkte sie diese plötzlich aufgetauchte Seite an ihm, die Veränderung. Es war das erste Mal, dass er sie hartherzig ansah, gleichgültig gegenüber ihrer Verletzung, aber das mit einer Selbstverständlichkeit, als wenn er sich das alles als Ehemann jetzt herausnehmen durfte. Panik überkam Emma und Verzweiflung, dass sie womöglich einen großen Fehler begangen hatte, der nicht mehr rückgängig zu machen war.

Die Suppe war kalt geworden über dem Disput und Emma der Appetit vergangen. Wortlos räumte sie ab.

Emma war mucksch, und als Lars nachts nach ihr verlangte und sie umarmen wollte, da stieß sie ihn weg, zurück auf seine Bettseite. Sie hatte keine Lust auf ihn, und noch weniger hatte sie Lust, etwas vorzutäuschen oder nur ihm zuliebe mitzumachen. Die körperliche Vereinigung, davon war Emma zutiefst überzeugt nach ihren ersten schönen Malen mit Lars, war etwas so Kostbares, dass keiner es einfordern konnte, es war ein Geschenk, das man sich in der Ehe gegenseitig machte, auf freiwilliger Basis, es hieß ja Lust und nicht Pflicht. Doch der Lars vom Abendessen mit diesen harten Zügen im Gesicht war nicht der Lars von davor, nicht der Andersen-Märchen-Lars, nicht der auf der Veranda in San Francisco, der zärtlich mit dem Draht ihren Finger umschloss, und auch nicht der Lars aus dem Redwoodwald, mit dem man einen Baum umfasste. Sie hatte das zweite Gesicht ihres Mannes gesehen, und es irritierte Emma zutiefst. Noch nie hatte sie sich so mutterseelenallein gefühlt wie in dieser Nacht, obwohl er ja noch neben ihr lag.

Lars hatte ihr erklärt, bei welchen Geschäften im Ort sie für die Veränderungen im Haus Besorgungen machen und es anschreiben lassen konnte. Immerhin, er ließ ihr nun freie Hand, was die Verschönerung des Hauses anging. Er sei nicht länger als zehn Tage weg, versprach er ihr, und Hans werde mal nach ihr sehen, und sie könne jederzeit zu Mrs. Hunter kommen, habe diese gesagt. Mrs. Hunter war die Ehefrau seines Buchhalters und auch bei der Hochzeit dabei gewesen. Eine rothaarige, dralle Mittdreißigerin mit einem ordinären Lachen. Emma wusste nicht, was sie mit Mrs. Hunter anfangen sollte, aber vielleicht konnte ihr diese doch mit dem einen oder anderen Ratschlag, was die Renovierung oder Einkäufe dafür anging, helfen.

Dann war Lars weg, und das Haus kam Emma sehr still vor, vor allem, weil sie es noch nicht als ihr Haus ansah, und sie spürte, dass die Umgestaltung für ihr Seelenheil wichtig war. Um in Eureka anzukommen und sich wohlzufühlen, musste sie sich Haus und Garten zu eigen machen, ihm ihre Note und ihren Stempel aufdrücken, denn sie war es, die jetzt hier in diesem Haus leben sollte.

Als Emma ihre Monatsblutung bekam, war sie etwas enttäuscht, denn sie hatten die ersten Nächte so oft miteinander geschlafen, dass sie fest damit rechnete, schon für Nachwuchs gesorgt zu haben. Aber sie wusste natürlich, dass es nicht auf die Häufigkeit an bestimmten Tagen ankam, sondern darauf, es an den bestimmten Tagen im Monat zu tun, an denen die Frau fruchtbar war. Würde man es einen Monat lang jede Nacht tun, oder jede zweite, dann wären die Chancen groß, aber nicht, wenn der Mann wegfuhr und einen allein zurückließ.

Emma machte Zeichnungen, wie sie sich die veränderten Zimmer vorstellte, sie fertigte Listen an mit dem, was zu besorgen war, und sie freute sich über ein Telegramm von Mrs. Thompson, die ihr alles Gute wünschte für ihren *honeymoon*. Wenn Mrs. Thompson wüsste, dass Lars schon nach vier Tagen Emma für ganze zehn Tage zurückließ, sie wäre sicher empört gewesen. Das Hochzeitsfoto lag auf dem Sekretär im Wohnzimmer in mehrfachem Abzug, und zwei davon sollten mit ein paar Zeilen nach Schleswig gehen, aber Emma fühlte sich nicht in der Verfassung, jetzt strahlende Briefe zu schreiben. Sie betrachtete das Foto von ihnen, vor der Kirche, wie stolz Lars aussah und wie glücklich sie beide wirkten. Und sie musste sich eingestehen, dass dieses Foto nicht ihren momentanen Gefühlen entsprach. Sie war ernüchtert von der Ehe und ihrem Ehemann, und das bereits nach nicht einmal zwei Wochen.

Es regnete, als es am Sonntag, drei Tage nach der Abreise von Lars, an der Haustür klopfte. Emma hatte durch die Erkerfenster schon eine große, schlanke Gestalt gesehen, die schnellen Schrittes auf das Haus zukam.

»Emma, Guten Tag. Darf ich?«

»Gern, Hans, komm rein«, sagte sie und nahm ihm Mantel und Hut ab.

»Einen Kaffee?«

Er nickte.

»Ich muss doch als Trauzeuge mal nach dem Rechten sehen, wenn mein Freund Lars seine junge Ehefrau schon so schnell allein lässt.«

Er sah Emma an mit seinen grünblauen Augen, deren genaue Farbe ihr heute das erste Mal auffiel, und sie wusste selbst nicht, warum sie in diesem Moment an Hans' Rede denken musste und seinen Ausspruch:

»Wenn du sie nicht heiratest, dann heirate ich sie!«

Sie legte Mantel und Hut zum Trocknen über einen Stuhl, Hans setzte sich ganz selbstverständlich in einen Sessel, den er immer zu wählen schien, sah die Zeichnungen von Emma auf dem Tisch, studierte sie neugierig.

»Willst du die Einrichtung verändern, Emma?«

»Ja, ich habe freie Hand von Lars. Und das werde ich jetzt ausnutzen, wenn mich der Kerl hier allein zurücklässt!«

»Richtig, zahl es ihm heim. Kauf nur das Beste, Geld hat er schließlich genug. Aber ich muss dir ehrlich sagen, liebe Emma, dass Lars immer wieder sehr viel auf Reisen ist, das gehört zu seinem Geschäft dazu. Daran wirst du dich gewöhnen müssen. Ich habe ihm aber schon gesagt, dass ihr dringend Nachwuchs braucht und ein Dienstmädchen oder eine Gesellschafterin für dich!«

»Eine Gesellschafterin? Für mich?«, wiederholte Emma fassungslos, dann gab sie sich einen Ruck.

»Ich mach schnell den Kaffee.«

Kurz darauf saßen sie zusammen, und der Duft des frisch aufgebrühten Kaffees drang durch das Wohnzimmer, und Hans lobte erst Emmas Kaffee und die von ihr gebackenen Kringel, dann ihr zeichnerisches Talent und ihren guten Geschmack, und sie erklärte ihm en détail, was sie alles vorhatte und was sie auch im Vorgarten ändern wollte.

»Danach kannst du dann in meinem Haus weitermachen, das sieht auch zu sehr nach Junggeselle aus«, sagte er, und sie freute sich über die Anerkennung. Es tat ihr gut, dass er gekommen war und nun jemand dasaß, mit dem sie reden konnte. Er schien es auch zu genießen, es war Sonntag, und es regnete, und auch wenn er sonst sehr viel arbeitete, am siebten Tag wurde geruht. Hans war auch, trotz Regens, am Vormittag im Gottesdienst gewesen, wie er es fast jeden Sonntag tat.

»Ein Wetter wie zu Hause«, sagte Emma, »da kriegt man ja direkt Heimweh.« Hans lachte.

»Manchmal hat es wochenlang geregnet bei uns, ununterbrochen«, fuhr Emma fort.

»Ja, das kenne ich. Weißt du, die Halbinsel vorn bei der Werft und der Pazifik, das erinnert mich manchmal an meine Heimat in Nordjütland, und bei Regen besonders.«

»Wo kommst du genau her?«, wollte Emma wissen.

»Aus Thisted«, sagte er, »ist ein kleines Dorf da oben im Nordwesten Dänemarks, nicht weit von der Nordsee.«

»Und hast du Heimweh manchmal?«, fragte Emma ihn.

Hans sah hinaus in den Regen, als suchte er dort nach einer Antwort.

»Ist lange her, dass ich gegangen bin. Aber ab und zu, da kommt irgendeine Erinnerung hoch und damit verbunden dann eine Sehnsucht. Das war mit deinen Braunen Plätzchen so, die haben mich so sehr an meine verstorbene Mutter erinnert. Sie war Deutsche und starb, als ich sechs Jahre alt war. Oder wenn es an manchen Tagen so regnet wie heute, dann sehe ich uns als Kinder wieder da oben draußen spielen, bis der Regen uns durchnässte und wir bibbernd ins Haus zurückkamen. Und dann war es meine Mutter, die uns zwang, alle nassen Kleidungsstücke auszuziehen, uns abtrocknete, in eine Decke hüllte, und dann gab es einen heißen Kakao am Kachelofen. Und Märchen dazu.«

Emma lächelte, Hans erzählte so liebevoll von seiner Mutter. Und doch hatte sie das Gefühl, dass hier auch sein Schmerz herkam.

»Und bei dir, Emma? Was fehlt dir am meisten?«

»Meine Schwester Bertha.«

»Ist sie da auf dem Foto?« Hans zeigte auf das Familienfoto in der Fensterbank. Emma stand auf und legte es vor Hans hin.

»Ja, das ist sie, sie ist wie eine Freundin. Das hier ist meine älteste Schwester Erika, mit einem Zuckerfabrikanten verheiratet. Und meine Mutter ist eine strenge Frau, aber dass alle anderen auch so ernst gucken auf dem Foto, das liegt daran, dass es kurz vor der Abreise gemacht wurde.«

»Dein Vater sieht gütig aus«, sagte Hans.

»Ich vermisse seinen Humor«, erwiderte Emma.

»Was ist er von Beruf?«

»Professor an der Domschule in Schleswig, Griechisch, Latein und Musik. Und dein Vater?«

»Er hat eine Tabakfirma, lief sehr gut, inzwischen hat sie vermutlich mein Bruder übernommen.«

»Was heißt vermutlich? Hast du keinen Kontakt mehr?«

»Ich habe nie mehr geschrieben, seit ich weg bin.«

»Aber Hans, deine Familie wird sich doch große Sorgen machen um dich, sie vermuten vielleicht sogar, dass du tot bist!«

Emma stand auf und brachte ihre Familie wieder an den angestammten Platz zurück.

»Tja, vielleicht sollte ich ihnen mal schreiben, du hast ja recht.«

»Und seit wann kennst du Lars? Noch aus Dänemark?«

»Nein, Lars habe ich bei der Überfahrt kennengelernt, da hatten wir beide angeheuert, unsere Hängematten hingen nebeneinander, und wir haben uns gleich zusammengetan. Die Fahrt dauerte zwei Jahre lang, um Kap Hoorn rum, da haben wir so viel erlebt. War besser, einen zu haben, der auf einen aufpasst, dass man nicht nachts über Bord geworfen wurde.« Er lachte, aber es war das Lachen eines Menschen, der viel gesehen und mitgemacht hatte und der es, vielleicht auch wegen des Lachens, halbwegs unbeschadet überstanden hatte.

»Na ja, damals waren wir noch junge Kerle und grün hinter den Ohren. Wir konnten natürlich nichts gegen die alten Seebären ausrichten. Diese zwei Jahre waren eine Schule fürs Leben, anders kann man es nicht sagen.«

Er erhob sich, weil die Zeit inzwischen vorangeschritten war. »So, ich geh dann mal wieder. Wie ich sehe, geht es dir einigermaßen gut. Du musst mal zu mir auf die Werft kommen, dann zeige ich dir dort alles«, sagte er, und Emma nickte erfreut. Mit diesem netten Trauzeugen in der Nähe war vielleicht doch alles nicht so schlimm. Hans reichte ihr seine warme Hand, drückte zu, aber schien seit dem letzten Mal dazugelernt zu haben. Es war fest, aber nicht zu fest, und es hatte etwas Verbindliches. Und so, wie er als Freund von Lars gekommen war, so ging er als Emmas Freund wieder fort. Nur der Regen war geblieben.

11.

Unter der Haube

Eureka, 10. Juli 1873

Meine liebe Bertha,
nun schicke ich Dir den ersten Brief an Deine neue Adresse, wo Du frisch vermählt mit Heinrich wohnst. Ich hoffe so sehr, dass Du glücklich bist! Was für eine Überraschung, und wie schnell alles gegangen ist, aber Du schriebst ja, dass er Dir schon immer so gut gefallen habe. Ich erinnere mich nicht, dass Du ihn mir gegenüber mal erwähnt hast, aber vielleicht lag es daran, dass Ihr Euch ja nie wirklich begegnet seid. Jetzt im Nachhinein fällt mir aber ein, dass er doch auffällig oft etwas für unseren Vater vorbeibrachte und Du dann stets das Zimmer verlassen hast, sobald Heinrich Henningsen auftauchte und Mutter ihn reinbat. Ich wünsche Dir und ihm jedenfalls von Herzen alles Gute für Eure Ehe. Möge sie unter einem glücklichen Stern stehen. Ich kann es noch gar nicht fassen, dass Du – noch vor mir! – bereits im Mai geheiratet hast und ich es erst jetzt erfahre. Dieses Mal war die Brieftaube so lange unterwegs wie noch nie, vermutlich hat sie unterwegs einen gezwitschert und sich ein bisschen verflogen, ist aus Versehen nach Afrika abgezweigt! Ich werde mich bei der deutschen Reichs-Brieftauben-Vereinigung beschweren, ach, direkt bei Bismarck!

So etwas darf im deutschen Kaiserreich nicht passieren, dass die Brieftauben sich im Dienst betrinken und duun dermaßen verfliegen, vor allem nicht bei Briefen mit so gewichtigem Inhalt. Was Du von Eurer Hochzeit berichtest, klingt sehr schön, und ich hatte Tränen in den Augen, als Du schriebst, wie stolz Vater Dich im Dom zum Altar geführt hat. Nun bist Du die Frau eines Professors der Domschule und weißt, was auf Dich zukommt: Viele Bücher und stets Stapel an Heften, einen darüber gebeugten Mann mit Ärmelschonern und Tintenfingern, der sie korrigiert, der seine ganze Umwelt, die immer leise zu sein hat, stets belehrt und der mit zunehmendem Alter immer zerstreuter wird und sein Augenglas nicht findet.

Meine Hochzeit dagegen fiel sehr klein aus. Vor allem habe ich sie letztlich mit lauter mir fremden Menschen gefeiert, was mich natürlich etwas irritiert hat, aber da sie nun mal hier stattfand und ich nur Mrs. Thompson als Trauzeugin und Fels in der Brandung bei mir hatte, ging es nicht anders. Man kann nicht alles haben! Die Predigt war auf Englisch und sehr stilvoll, es ist doch eine sehr schöne Sprache, wenn sie von den richtigen Menschen gesprochen wird und statt »Ja, mit Gottes Hilfe« habe ich schlichtweg »I will« gesagt. Dafür hätte ich nun wirklich nicht ein Jahr lang hart an meinem Englisch feilen müssen. Gern hätte ich mehr von meinen Sprachkenntnissen gezeigt als diese zwei Worte, denn mein Englisch ist im Laufe des ersten Jahres hier, trotz der Tatsache, dass ich mit Mrs. Thompson meist deutsch geredet habe, sehr viel besser geworden. Das liegt vermutlich daran, dass ich viel Englisch gelesen habe, täglich die Zeitung und darin vor allem die unglaublich spannende Fortsetzungsgeschichte von »Calamity Jane«, der »Königin der Prärie«! Die musste ich Mrs. Thompson jeden Vormittag als Erstes vorlesen, das war wichtiger als Politik und Wirtschaft. »Calamity Jane« lebt im mittleren Westen, und sie kann reiten, schießen, trägt Männerkleidung und Cowboyhut und geht in Saloons zum Trinken, obwohl die Saloons für Frauen verboten sind. Sie kämpft gegen Indianer (blutiger und gnadenloser als jeder Mann), sie hat als Soldat verkleidet im Bürgerkrieg mitgekämpft, war eine der Tapfersten, doch musste wieder gehen, als herauskam, dass sie eine Frau ist, dabei hatte sie soeben in einer Schlacht hundert Feinde getötet und ein Bataillon gerettet. Es gibt sie in Wirklichkeit irgendwo im Mittleren Westen, und die Zeitungsgeschichten schildern – vermutlich etwas ausgeschmückt – das wahre Leben dieser unglaublichen Frau, die sich wie ein Mann verhält und wohl auch dem Alkohol so zuspricht wie ein Mann. Wir waren süchtig danach! Sobald die Zeitung auf dem Tisch lag, wollten wir wissen, wie es weitergeht mit Calamity Jane, dem »weißen Teufel von Yellowstone«, welches Abenteuer sie als Nächstes überstehen muss und ob sie den berühmten Revolverhelden »Wild Bill«, den sie heimlich liebt, noch kriegen wird oder nicht. Das Gemeine an diesen Geschichten ist, dass sie immer an einer spannenden Stelle enden, und du willst unbedingt wissen, wie es weitergeht. Du musst es wissen, dein Leben hängt davon ab, und deswegen kauft man natürlich die Zeitung am nächsten Tag wieder, eine clevere Geschäftsidee. Zum Glück hatte Mrs. Thompson ein Abonnement, und der Zeitungsjunge brachte sie uns jeden Tag und wird sich vielleicht darüber gewundert haben, dass wir ihn bei Erscheinen immer so anstrahlten, als sei er der Erlöser persönlich.

Tja, jetzt wird eine neue Gesellschafterin in San Francisco eintrudeln, aus der Zeitung vorlesen und Mühlesteine vom Boden klauben nach einem Wutausbruch und mich ersetzen, obwohl Mrs. Thompson mir schon versichert hat, dass niemand eine Person wie mich ersetzen kann. Reizend, oder? Sie und ich, wir haben uns sehr angenähert in den letzten Monaten, und sie hat sich aufgeführt wie eine Brautmutter, die ihre Tochter stilvoll verheiraten möchte. Auch mein Brautkleid hat sie spendiert. Ich lege Dir nun heute ein Foto bei, auf dem Du dieses Kleid und meinen Gatten bewundern kannst. An die Eltern habe ich auch schon eines geschickt mit einem kleinen Brief.

Ich sitze in einem weißen Holzhaus mit Erker, das Lars gehört und das ich nun in den nächsten Wochen etwas umgestalten und gemütlicher machen möchte. Lars ist gerade vorgestern von einer geschäftlichen Reise zurückgekehrt, zu der er leider ziemlich bald nach unserer Vermählung aufbrechen musste. Ich kann Dir gar nicht sagen, wie enttäuscht ich von ihm war, nur wenige Tage nach unserer Hochzeit mich in dieser fremden Stadt zurückzulassen, allein, wo ich doch noch niemanden kenne! Außer den Trauzeugen, Hans, der eine Werft besitzt und der beste Freund von Lars ist. Er hat eine sehr schöne Rede gehalten zu unserer Hochzeit. Dieser Hans kam mich einmal besuchen, während ich Strohwitwe war, und ein paar Tage später hat er mich durch seine riesige Schiffswerft geführt und mir alles gezeigt und erklärt. In einer Halle, die fast so hoch wie der Dom ist und in der es stark nach Holz roch, war ein halb fertiges Riesenschiff auf großen Holzböcken aufgebaut, und es wurde darauf von zig Männern gehämmert. Hans konstruiert die Schiffe selbst und versucht, sie jedesmal noch besser zu machen, sprich, die Mannschaft an Bord zu verkleinern, das spart Geld, und dass sie noch mehr Ware transportieren können, das bringt Geld, denn er hat selbst auch Anteile an den Schiffen und verdient mit. Es sind zumeist Dreimast- und Viermastschoner, die er baut. Es arbeiten über achtzig Menschen auf der Werft, und sie leben mit ihren Familien auf dem Gelände in kleinen, freundlichen Holzhütten mit einigem Komfort, und auch hygienisch ist alles auf dem neuesten Stand. Er wolle seine Arbeiter gut behandeln, erklärte Hans mir, sie sollten sich wohlfühlen, und er habe auch als Erster an der Küste den Achtstundentag eingeführt, einfach weil er wisse, dass mehr Arbeitszeit nicht mehr Leistung bringe, zufriedene und ausgeruhte Arbeiter dagegen schon. Ich finde es wirklich sehr beeindruckend, wie aus einem Baumstamm erst Holzbohlen werden und daraus dann ein Schiff wird! Die fertigen Schoner sieht man hier oft an der Küste auf- und absegeln. So eine Werft ist wirklich eine ganz eigene, faszinierende Welt für sich, und jedes fertige Schiff wird mit einer großen Taufe gefeiert, wenn es zu Wasser gelassen wird. Laut Tradition müssen die Schiffe immer einen weiblichen Namen tragen und von einer Frau getauft werden, die nicht rothaarig sein und nichts Grünes tragen darf. Bald ist wieder so eine Schiffstaufe, und stell dir vor, das Schiff soll »Emma« heißen! Dann ist eine noch ausladendere

Emma als ich unterwegs. Ich habe etwas zugelegt während meiner Ehe und merke es daran, dass manche Knöpfe und Ösen schwerer zugehen, ja, noch schlimmer, von allein aufgehen! Aber ich habe nicht zugenommen, weil ich in anderen Umständen wäre, dazu war noch keine Gelegenheit, da mein Göttergatte ja auf Geschäftsreise musste und der Holzhandel vorging. Aber nun haben wir uns bei der Rückkehr wieder versöhnt. Lars hat mir einen wunderschönen neuen Hut mitgebracht, und ich habe ihm zur Begrüßung Schnüsch gekocht, das er auch so liebt wie ich, weil es ihn an die Heimat erinnert. Und wir waren beide wieder reizend zueinander, bei Tag und bei Nacht, Du verstehst schon, was ich meine. Ich hoffe, dass es in der Hinsicht bei Heinrich und Dir auch nichts zu klagen gibt.

Ich werde mir Euer Hochzeitsfoto schön rahmen und Euch zwei Hübschen auf die Anrichte stellen, neben unser Callsenfamilienfoto vom letzten Jahr, auf dem wir alle so aussehen, als hätten wir gerade erfahren, dass unser Vermögen bei einer Inflation vernichtet wurde oder von den Dänen konfisziert. Tja, liebe Bertha, nun sind alle drei Callsentöchter unter der Haube, und unsere Eltern können tief durchatmen. Weißt Du noch, wenn Marxen uns früher beim Äpfelklauen erwischt hat und dann immer so zornesrot anlief, weil er sich über drei verschwundene, wurmstichige Äpfel aufregte? Und wie er dann rief: »Ihr Rotzlöffel werdet später niiieeee einen Mann abkriegen! Der liebe Gott sieht alles!« Ich muss Dir ehrlich sagen: Ich habe die Äpfel von Marxen nie gemocht, sie waren mir viel zu sauer, und ich habe dort nur ab und zu Äpfel geklaut, weil ich dieses Kribbeln brauchte und weil ich mich doch auch als Freundin der Pomologie sehe und lieber hätte, dass eine neu gezüchtete Apfelsorte nach mir benannt wird als ein Schiff. Gerade erinnere ich mich an Marxens knallrot anlaufendes Gesicht sobald er uns erwischt hatte, wie ein Hydrant sah er aus, er hätte mit der Nummer auf dem Jahrmarkt auftreten können.

Sei herzlichst gedrückt, und grüße mir Deinen lieben Gatten Heinrich sehr herzlich,
in alter Liebe
Deine Emma (bald in großen Lettern auf einem Schiff stehend)

PS: Gleich schreibe ich das erste Mal »Bertha Henningsen« auf ein Kuvert. Findest Du es auch sehr gewöhnungsbedürftig, dass wir als Frauen einfach mitten im Leben den Nachnamen wechseln müssen und auf einmal anders heißen? Bertha Henningsen und Emma Jensen. Wir sind doch die Callsentöchter, die laut Marxen »später niiiiieeeee einen Mann abkriegen!«

12.

Am Ende der Welt

Emma war den Juli und August über sehr beschäftigt damit, ihre Zeichnungen umzusetzen und das Haus zu verschönern. Zum Malern und Tapezieren ließ sie einen Mr. Jokes kommen, den ihr Mrs. Hunter empfohlen hatte, und dieser etwas kauzige Mann mit Schnurrbart und Hosenträgern machte alles, was man ihm sagte, aber auch nicht einen Deut mehr. Es war, als wenn er an der Türschwelle sein Gehirn mit ablieferte, und Emma verstand schnell, dass sie Mr. Jokes alles ganz genau sagen musste und wie sie es haben wollte und dass sie ein Auge auf ihn haben musste, weil er ab dem Mittag gern seinen Flachmann ansetzte und zum Feierabend nicht mehr ganz so aufrecht, wie er gekommen war, nach Hause ging. Aber solange er die Tapeten gerade anklebte und die Farbe nicht auf den Boden kleckern ließ, war alles in Ordnung. Ansonsten war Jokes gesprächig wie eine Auster, und einen Witz hörte Emma ihn auch nie machen, und als sie ihm einmal sagte, dass er seinem Namen Jokes nicht gerade alle Ehre mache, da konnte er darüber gar nicht lachen. Emma hatte den Verdacht, er habe sie gar nicht verstanden, und ihr fiel wieder ein, was sie mal gelesen hatte in einem der vielen Ratgeber für Auswanderer über das Leben in Amerika. »*Never joke in a foreign language!*«

Auch im Garten wollte sie ein paar neue Beete anlegen und Rosen anpflanzen, doch dazu griff sie selbst zum Spaten und wühlte die Erde durch, was ihr viel Freude machte. Ebenso wie das Einpflanzen der Teerosen und das Hochbinden an der windgeschützten Seite des Hauses. Umso stolzer war Emma, als dann wirklich auch erste Knospen und gelbe Blüten bei den Rosen kamen, und selbst der Postbote, der ihr einen von Mrs. Thompson nachgesandten Brief aus Los Angeles überreichte, bemerkte die Veränderung im Vorgarten und lobte ihren grünen Daumen. Emma öffnete den Brief von Grohmann noch im Garten und setzte sich auf die neue Holzbank, die sie angeschafft und die Jokes in dänischem Rot gestrichen hatte, was sich vor der weißen Hauswand freundlich ausnahm.

Christian Grohmann schrieb Emma, dass das mit Dorothea alles noch viel trauriger wäre, als man es sich jemals hätte vorstellen können. Dieser Henry O'Brian sei ein stadtbekannter Ganove und Spirituosenhändler, mit einem Etablissement in Los Angeles, einem sogenannten Salon, in dem Damen anschaffen müssten. Sie seien dort gut gekleidet und alles habe Stil und sei dezent, sodass hier die reichen Männer der gesamten Gegend verkehrten, um im Bild der Schiffspassage zu bleiben, es sei die erste Klasse der Bordelle. Zunächst sei Dorothea noch die Freundin von O'Brian gewesen, aber dann musste sie anschaffen in seinem Salon. Sie sei wohl eine der begehrtesten Damen gewesen, wie er von neidischen Kolleginnen von Dorothea gehört habe. Zum Animieren und um die Sache seelisch durchzustehen, tränken die Frauen dort im Allgemeinen sehr viel Wein, und manche nähmen auch Opium. So auch Dorothea. Einen Tag vor ihrem 21. Geburtstag habe man sie morgens tot in ihrem Bett aufgefunden, vermutlich Selbstmord. Wie er erfahren habe, sei O'Brian nicht mal zur Beerdigung erschienen, habe lediglich einen Kranz liefern lassen, auf dessen Schleife »Für immer Dein Henry« stand. Von einer Kollegin von Dorothea habe er gehört, dass sie bei ihren Sachen eine kleine Blechbüchse mit Erde aus der Heimat gefunden hätten, die hätten sie mit ins Grab geschüttet. Und auf dem Grabstein stünde »Hier ruht Dorothy – eine befleckte Taube«.

Emma ließ den Brief sinken. Dorothea war tot, unfassbar. Und eine Dose mit Erde aus der Flensburger Heimat, aus der man sie verstoßen hatte, war im Gepäck an Bord mitgereist.

Dann las Emma weiter. Grohmann schrieb, der Ausdruck »befleckte Tauben« sei üblich für leichte Mädchen, sie würden im Volksmund auch »jedermanns Bräute« oder »Gattinnen lediger Männer« genannt. Er plane eine Reportage über die »befleckten Tauben« anhand des Schicksals von Dorothea zu schreiben, einmal, um ihr ein Denkmal zu setzen, aber auch, um die vielen anderen unschuldigen Mädchen zu warnen, die vor solchen Gefahren nicht gefeit seien. Man müsse noch viel besser darüber aufklären, und hierin sehe er seine Pflicht als Journalist. Wenn sie, Emma, noch etwas wisse über Dorotheas Herkunft und Vorgeschichte und beisteuern könne, wäre er dankbar.

Emma blickte fassungslos in den Garten. Sie sah die weinende Dorothea in der Kabine an Bord vor sich, die kecke Dorothea beim Tanzen, die fluchende Dorothea in

Panama, und sie sah die zerstochene Dorothea, die ihr mit Mückenstichen im Gesicht anvertraute, dass dieser Grohmann ein Klookschieter sei und sie einen Beschützer brauche. Ein paar Wochen ihres Lebens hatten sie miteinander geteilt, die wichtigen Wochen der Überfahrt, des Neubeginns und vor allem sie, Emma, hatte am Schicksal Dorotheas Anteil genommen. Was für ein tragisches Ende! Und begonnen hatte der ganz Murks mit diesem Otto in Flensburg und dem unehelichen Kind und geendet mit diesem verfluchten Henry O'Brian. Dorothea mit ihren Korkenzieherlocken und dem Puppengesicht war an den falschen Beschützer geraten. Die kleine kecke Tochter des Flensburger Rumfabrikanten Martensen lag jetzt auf einem Friedhof für gefallene Mädchen!

Leider war Lars an dem Tag nicht in Eureka, und sie konnte ihm nicht davon erzählen. Dafür schrieb Emma noch am selben Abend einen Brief an Grohmann und teilte ihm ein paar von ihr sorgsam ausgewählte Details zu Dorothea für seine Reportage mit, wie schlecht sie bei diesen Richmonds wohl behandelt worden war und dass sie grausam von ihren Eltern verstoßen worden sei und einfach in die Neue Welt abgeschoben worden war und dass er doch bitte ein Exemplar seiner Reportage an sie senden sollte und eines an Dorotheas Eltern in Flensburg, die unbedingt erfahren müssten, was sie mit ihrer Hartherzigkeit angerichtet hatten. Am Schluss schrieb Emma, dass sie geheiratet habe und jetzt in Eureka lebe, und sie teilte ihm ihre neue Anschrift mit.

Irgendwann war Emma mit den Verschönerungen fertig, und es wurde Herbst, und immer öfter peitschten Wind und Regenschauer über die Bucht und boten damit einen fantastischen Anblick. Emma fand es sehr schön, nah am Pazifik zu leben, in einem Haus mit einem Erker, dessen weiter Ausblick bei jedem Wetter und zu jeder Jahreszeit eine spannende Kulisse zu bieten hatte. Sie saß hier allerdings viel allein, denn Lars kam erst zum Abendessen nach Hause, und er war, wie Hans es ihr gesagt hatte, oft unterwegs zu irgendwelchen Händlern, Kunden oder Lieferanten, um neue Verträge auszuhandeln, die Konkurrenz zu unterbieten und aus dem Rennen zu werfen oder weil es Ärger gab. Manchmal erzählte Lars Emma ein bisschen von seinem Geschäft, und sie fand es immer viel spannender als ihre Welt, die aus Einkaufen, Kochen, Saubermachen, Waschen, Plätten, Nähen, Spaziergängen, Handarbeiten und Lesen bestand. Lars redete jedoch von seinem Holzhandel wie jemand, dem es letztlich egal war, womit er sein Geld verdiente. In der Hinsicht erinnerte er Emma an ihren Schwager Alfred in Schleswig, bei dem es nun zufällig der Zucker war, der ihn reich gemacht hatte. Lars redete ganz ähnlich über seine Geschäfte, sachlich, professionell, doch ohne jede Leidenschaft, außer der, die Konkurrenz auszustechen und Erster zu sein im Holzhandel an der Küste. Er freute sich, wenn die Geschäfte gut liefen und das taten sie dank seines Einsatzes auch, aber der Holzhandel schien ihm keine innere Befriedigung zu geben, und man merkte ihm an, dass er, wenn sein Lebensweg anders verlaufen wäre, eher zum höheren Beamten getaugt hätte.

Emma gewöhnte sich allmählich etwas an Lars' Reisen, an das ständige Abschiednehmen, an das Alleinliegen des Nachts im Bett, wenn der Wind ums Haus pfiff und sie sich am Ende der Welt wähnte. Umso größer war die Wiedersehensfreude, wenn er mit seinem kleinen Lederreisekoffer zurückkehrte und sie schon im Flur übereinander herfielen. Mit einem Kind wären die Tage, vor allem während der Abwesenheit von Lars, nicht mehr ganz so einsam, und Emma hoffte, dass sich bald Nachwuchs einstellte. Sie hatte schon einen Platz für die Wiege im Schlafzimmer ausgesucht, und wenn das Kind größer wäre und noch Geschwister kämen, dann müssten sie anbauen, nach hinten war ja noch genügend Platz für weitere Zimmer.

Doch der Herbst ging, der Winter kam mit viel Regen und Nebel, es wurde Weihnachten, das sie gemeinsam mit Hans und ohne Weihnachtsbaum feierten, das neue Jahr brach an, und Emma wurde und wurde nicht schwanger und konnte dafür jetzt auch nicht mehr die vielen Reisen von Lars verantwortlich machen. Sie spürte, dass es eine andere Ursache geben musste und fragte sich, ob sie daran schuld sei oder Lars. Bertha hatte geschrieben, dass sie in anderen Umständen sei und im Februar ein Kind auf die Welt bringen werde, das wohl tatsächlich in der Hochzeitsnacht entstanden sei. Und Erika hatte inzwischen ihr drittes Kind, eine weitere Tochter, bekommen, die Luise Ottilie Johanna hieß! Ein Foto lag bei, auf dem Erika und Alfred gemeinsam vermutlich die Kleine, von der man nicht mehr als eine Spitzenklöppelei sah, im Arm hielten und liebevoll auf das unsichtbare Kind inmitten der teuren Handarbeit schauten, ja, es schien Emma, als hätte der Fotograf es wichtiger gefunden, das kostbare Taufkleid und damit den Status in Szene zu setzen als das neugeborene Mädchen. Emma meinte zudem, ihrem Schwager durchaus den Gedanken anzusehen, warum der Himmel ihm, dem erfolgreichen Zuckerfabrikanten, drei Töchter und nicht endlich einen Sohn schenke! So hatte die arme Erika nun immer noch keine Ruhe und musste wieder schwanger werden, so lange, bis Alfred endlich seinen süßen Zuckerfabrikantennachfolger hätte. Wenn beide Schwestern Kinder bekommen konnten, dann lag es vielleicht nicht an ihr, sondern an Lars. Doch als Emma ihn einmal darauf ansprach, reagierte er mit einem dermaßen eisigen Schweigen und kalten Blick, dass sie es nie wieder wagte. Bei einer anderen Gelegenheit sagte Lars zu ihr, dass es für ihn nicht schlimm sei, wenn sie keine Kinder bekommen könne. Er liebe sie, und diese Dinge lägen allein in Gottes Hand. »Wie heißt es so schön in dem einen Psalm? ›Siehe, Kinder sind eine Gabe des Herrn, und Leibesfrucht ist ein Geschenk.‹ Lass uns weiterhin hoffen und beten.« Damit war das Thema für ihn beendet, doch Emma ließ es nicht los, und es kränkte sie, dass er es auf sie geschoben hatte. Wenn sie keine Kinder bekommen könne …, als sei es undenkbar und nicht vorstellbar, dass er, der erfolgreiche Holzhändler Lars Jensen, der Selfmademan, nicht zeugungsfähig war. Emma fiel wieder ein, was Mrs. Thompson über Mr. Ling gesagt hatte, dass dieser unfruchtbare Frauen und impotente Männer geheilt habe, und Emma beschloss, Mrs. Thompson in San Francisco einen Besuch abzustatten und bei der Gelegenheit Jesus Ling aufzusuchen. Er war ihre letzte Hoffnung.

13.

Ein guter Rat aus Fernost

Es war bedeckt, als Emma Ende Januar am Nachmittag in San Francisco am Bahnhof ankam, mit kleinem Gepäck, denn sie wollte ja nur über Nacht bleiben. Sie nahm eine Droschke ins Chinesenviertel und bummelte dort durch die Straßen, es roch wie immer nach exotischen Früchten, Kräutern und Räucherstäbchen auf den Altären, es war aber nicht viel los. Als Emma eintrat und eine Kette mit mehreren Glöckchen daran fröhlich bimmelte, stand Ling über die Ladentheke gebeugt und las eine chinesische Zeitung. Emma war froh, dass niemand sonst gerade im Laden war und grüßte Mr. Ling freundlich. Er machte mit aneinandergelegten Handflächen vor der Brust eine Verbeugung und zeigte auf einen Stuhl hinter der Theke, er selbst setzte sich auf einen Holzschemel ihr gegenüber, und Emma roch seinen süßlichen Körpergeruch. Wie er ihr helfen könne, wollte er wissen.

Emma hatte die letzten Tage einstudiert, was sie sagen wollte, doch als ihr Mr. Ling jetzt so gegenübersaß und sie mit festem Blick aus seinen schmalen Augen ansah, kamen ihr die Tränen, und Mr. Ling sagte nur »Oh, oh« und holte eine Tonschale mit einem grünen Getränk für sie und drückte Emma die Schale in die Hand. Er zeigte darauf und befahl ihr zu trinken. Es war lauwarm und schmeckte süß und bitter zugleich, und sie trank es in kleinen Schlucken, was Ling mit einem aufmunternden Lächeln verfolgte.

Dann fragte er sie, ob es um das Thema Fruchtbarkeit ginge, und sie nickte. Ling nahm ihr nicht nur die Schale ab, sondern auch die Schwierigkeit anzufangen. Mit seiner diskreten Art machte er es so leicht, und auf einmal konnte sie über alles reden. In bestem Englisch, mit eleganten Umschreibungen für Dinge, deren Begriffe ihr auch im Deutschen gefehlt hätten, gab sie alles preis, was ihr wichtig erschien. Daraufhin stellte Ling Emma ein paar Fragen. Nach ihrer Verdauung, was sie genau esse, ob ihre Familie das Problem kenne, und dann fragte er nach Lars, wollte sein Alter wissen, seinen Beruf, ob es Unfälle gegeben habe, und die Frage traf Emma ins Mark. Sie erzählte von dem steifen Knie, dem Bein, der Wunde, und Ling hörte aufmerksam zu. Am Ende sagte er ihr, er glaube, es läge eher an ihrem Mann. Entweder sei bei dem Unfall auch seine Fruchtbarkeit mit betroffen, und er, vielleicht unwissentlich, dabei sterilisiert worden, oder er sei, auch dies nicht unwahrscheinlich, bei käuflichen Frauen gewesen und habe mal eine schwere Geschlechtskrankheit gehabt und sei seitdem unfruchtbar.

Emma wusste, dass Ling recht hatte, sie spürte in diesem Moment, dass sie Kinder kriegen könnte und dass es mit Lars zu tun haben musste. Ob man da etwas machen könne, wollte sie noch wissen, doch Ling schüttelte nur den Kopf. »Die Welt ist ein göttliches Gefäß. Das kann nicht gemacht werden!«

Er ging aber trotzdem an seine Dosen und mischte

etwas zusammen und sagte Emma, dieser Tee werde ihr etwas mehr Ruhe und Gelassenheit geben. Sie solle sich jetzt nicht das Leben schwer machen deswegen und ihren Mann nicht weiter darauf ansprechen. »Des Himmels Netz ist sehr weitmaschig, es klafft, und doch verliert es nichts.«

Sie nickte, er lächelte sie an, und in diesem Moment verstand sie, warum er seinen Spitznamen Jesus erhalten hatte. Und als sie fragte, was sie ihm schulde, sagte er: »Geben Sie mir zwei Dollar.«

Mrs. Thompson nahm sie gleich in den Arm, als sie an der Haustür klopfte. Sie habe der neuen Gesellschafterin, Fräulein Riewerts aus Nordfriesland, freigegeben, es sei ja Emma da, und zwei Gesellschafterinnen bräuchte sie nicht. Außerdem hätten sie beide sich ja so viel zu erzählen, und Fräulein Riewerts sei manchmal etwas spröde und trage nicht immer zur Hebung der Stimmung bei. Emma würde im Gästezimmer oben schlafen.

»Kommen Sie, Kindchen, gehen wir in den Salon!«

Kurz darauf saßen sie bei Tee zusammen, den Rose serviert hatte, und auch Rose und Emma hatten sich zur Begrüßung herzlich umarmt und sehr gefreut, sich zu sehen. Rose machte Emma ein Kompliment, dass sie gut aussehe, »*more like a woman*«, und Mrs. Thompson pflichtete dem bei.

Als Rose wieder in der Küche verschwunden war, kam Mrs. Thompson nach Gicht, neuer Gesellschafterin und Esmeralda Jefferson aber schon bald ganz direkt auf das Thema zu sprechen.

»Als Trauzeugin nehme ich mir das Recht, Sie offen

zu fragen: Emma, sind Sie glücklich mit Lars? Ist er ein guter Ehemann?«

Emma nickte.

»Ja, doch.«

»Sie sehen auch wirklich gut und glücklich aus, muss ich sagen. Und doch scheint es mir ein Aber zu geben, oder täusche ich mich?«

»Lars ist leider sehr viel unterwegs auf Reisen, und ich bin bestimmt die Hälfte des Monats allein im Haus.«

»Und was ist mit Nachwuchs, Emma?«

»Ach, Mrs. Thompson, es klappt und klappt einfach nicht. Ich weiß auch nicht, warum. Meine beiden Schwestern können schwanger werden, und auch ich kann es, das spüre ich! Erst dachte ich noch, es liegt daran, dass Lars oft auf Reisen ist, aber nun nach sieben Monaten, habe ich doch das Gefühl, es hat tiefere Ursachen. Ich war auch gerade bei Mr. Ling deswegen.«

»Und was sagt Jesus Ling?«

»Er ist der Meinung, dass es vielleicht am Unfall von damals liegt oder die Spätfolgen sind einer Geschlechtskrankheit.«

Mrs. Thompson nickte.

»Wie bei meinem Mann, der hatte sich noch vor unserer Ehe im Hamburger Hafen bei einer Hure einen schweren Tripper eingefangen, danach war nichts mehr mit Fruchtbarkeit, wie sein Arzt ihm mitteilte. Er hat es mir aber ehrlich gesagt noch vor unserer Verlobung und mich gefragt, ob ich damit leben kann, und ich habe ihm gesagt, dass ich das kann.«

»Haben Sie es jemals bereut, keine Kinder zu haben?«

»Ach, Kindchen, eigentlich nicht. Mein Leben ist durch

die Auswanderung mit Edward so anders verlaufen als das meiner Schwestern, und die ersten Jahre hier mussten wir so um alles kämpfen, das hätte nicht gepasst. Das war hier ja noch Wilder Westen damals! Aber wenn man keine Kinder hat, dann braucht man eine andere Aufgabe. Sie sind zu jung, um den ganzen Tag allein in einem Holzhaus zu sitzen und auf den Pazifik zu starren, da wird man ja schwermütig.«

Emma nickte.

»Apropos schwermütig. Wollen wir uns einen Sherry genehmigen zur Feier des Tages?«

»Gern«, sagte Emma, und kurz darauf brachte Rose das Tablett mit dem Sherry in der Kristallkaraffe und den guten Gläsern und schenkte ihnen beiden ein, dann verschwand sie wieder.

Sie stießen an auf ihr Wiedersehen, und Emma merkte, wie gut es ihr tat, über all diese Dinge hier in San Francisco offen reden zu können, denn zu Hause in Eureka gab es niemanden, dem sie sich anvertrauen konnte und mochte. Mrs. Hunter tat zwar immer so, als wenn sie Emmas Freundin wäre und sah manchmal mit ihrer rotlockigen Kinderschar bei Emma vorbei, aber Emma schien die Frau von Lars' Buchhalter mit ihrem ordinären Lachen etwas zu derb.

Emma erzählte Mrs. Thompson von der Verschönerung des Hauses und dem humorlosen Mr. Jokes, von dem tragischen Ende ihrer Reisegefährtin Dorothea, der Schiffstaufe der *Emma* auf der Werft und wie sie zu dritt Weihnachten gefeiert hätten, sehr gemütlich und mit einem leckeren Buffet, viel Alkohol und dass die Männer, reichlich einen im Tee, zu schöne Geschichten von ihrer Fahrt um Kap Hoorn zum Besten gegeben hätten.

»Ja, ich erinnere mich an Mr. Henriksen, gut aussehend, sehr elegant und diese schönen Hände. Ach, da sehnt sich doch jede Frau danach, von solchen Händen berührt zu werden!«

»Mrs. Thompson!« sagte Emma gespielt entsetzt.

»Ich mein ja nur«, kicherte diese, sichtlich vom Sherry schon etwas belebt, der ihr immer sofort eine Röte ins Gesicht zauberte.

»Also, wenn ich nicht schon so alt wäre und faltig wie ein Schifferklavier, bei dem könnte ich noch mal schwach werden.«

»Ist eigentlich ein Wunder, dass der liebe Hans immer noch Junggeselle ist, er ist ja eine gute Partie«, dachte Emma laut nach.

»Er müsste mal zum Tanztee kommen, schlagen Sie ihm das doch vor. Ich seh mal nach der Liste«, sagte Mrs. Thompson. Emma nickte zwar zustimmend, musste sich aber eingestehen, dass ihr der Gedanke gar nicht zusagte. Mrs. Thompson erhob sich und ging ins Nebenzimmer an ihren Sekretär.

Emma fiel wieder dieser Moment am späteren Weihnachtsabend ein. Nach dem Gottesdienst hatte Emma zu Hause einen Glühwein zubereitet, den sie als Erstes tranken und der, auf nüchternen Magen, seine Wirkung bei ihnen allen sofort zeitigte. Rotwangig hatten sie lustige Weihnachtsgeschichten aus ihrem Leben hervorgekramt. Emma hatte von dem Holzschaukelpferd in Schleswig berichtet und wie ihr Vater mit der Taschenuhr Reitstunden wie ein General verteilte, die beiden Männer hatten sich köstlich darüber amüsiert, das kam ihnen außerordentlich deutsch vor. Dann hatten sie von Weihnachten auf dem Schiff erzählt, dem schimmeligen Schiffszwieback, den es Heiligabend gegeben hätte, sowie einen Riesensturm, bei dem der Hund des Kochs über Bord gegangen sei. Dieser wäre fast hinterhergesprungen, betrunken, um seinen Hund zu retten. Hans und Lars schütteten sich aus vor Lachen. Sie saßen im gänzlich unweihnachtlich geschmückten Wohnzimmer, später aßen sie Heringssalat, gefüllte Eier, Kartoffelsalat, Würstchen, Pastete. Emma hatte zur Feier des Tages kleine Papierfahnen besorgt und die dänische, die deutsche und die amerikanische Flagge auf die Fensterbänke verteilt, was nett aussah. Sie war heilfroh, dass sie keine Adventsdekoration aufhängen musste wie bei Mrs. Thompson, und eine Douglasie kam ihr nicht ins Haus. Später hatten sie dann einen von Hans mitgebrachten Champagner geöffnet und damit auf Weihnachten angestoßen. Und dabei war es passiert. Sie standen zu dritt da und stießen die Gläser an, riefen »Frohe Weihnachten!«, »*Glædelig Jul!*« und »*Merry Christmas!*« Lars, neben Emma stehend, hatte ihr einen Kuss auf den Mund gegeben, sie hatte Hans einen Kuss auf die Wange gegeben, dieser umarmte Lars, die beiden Männer, die sich sonst stets nur die Hand gaben, küssten sich glühweinselig auf die Wange, und dann hatten sie den köstlichen Champagner getrunken, der eine Wohltat war nach dem süßen Glühwein und dem ganzen Essen. Und während es in der Kehle perlte, sah Emma über den Rand des guten Kelches Hans an, und er erwiderte es. Sicher war es dem vielen Alkohol an dem Abend geschuldet, dass sie den Blick, vor allem in Gegenwart von Lars, nicht wie sonst immer schnell voneinander abwandten, sondern einen Moment lang ineinander zu versinken schienen, aber Emma fühlte sich nicht betrunken, im Gegenteil. Sie hatte das Gefühl, dass der Champagner sie wach und klar machte, dass er das Getränk der Wahrheit war. Und die Wahrheit war, dass sie und Hans sich mehr mochten, als sie beide es sich eingestanden.

»So, hier ist die Liste«, unterbrach Mrs. Thompson Emmas Gedanken. »Es sind erst fünfundzwanzig Anmeldungen, das können Sie Mr. Henriksen ausrichten.« Und Emma wusste, dass sie einen Teufel tun würde.

»Appetit? Wollen wir das Dinner zu uns nehmen?«

»Sehr gern.«

Emma lächelte freudig, wie immer, wenn es Aussicht auf etwas Gutes zu essen gab.

14.

Frischer Wind

»Guten Morgen, Mrs. Jensen!«
»Guten Morgen, Mr. Jörgensen!«
»Mrs. Jensen, guten Morgen!«
»Guten Morgen, Mr. Baker! Guten Morgen, Mr. Östergaard.«
Es waren immer die gleichen Rituale, wenn Emma mit der Pünktlichkeit einer Angeliter Deern um neun Uhr im Mantel und mit Hut das Kontor betrat, in dem die vier Männer schon eine Stunde vor ihr angefangen hatten zu arbeiten. Die Werft selbst befand sich etwas entfernt auf dem großen Gelände, direkt am Ufer der Humboldt Bay. Das Kontor war in einer dunkelroten Holzbaracke am Eingang des Geländes, ein großer, lang gezogener, freundlicher Raum mit einem langen Holztisch für die großen Papierbögen zum Zeichnen und Konstruieren der Schiffe. An der Wand dahinter standen die einzelnen Holzmodelle, Prototypen der verschiedenen Schiffe, ordentlich in einem Regal, wie in einem Spielzeugladen für Erwachsene.

An einem der Fenster Richtung Eingang des Werftgeländes saß Adam Baker, der Buchhalter, ein eher stiller, dünner Mann, mit schütterem, grauem Haar und abstehenden Ohren, der seine mangelnde Schönheit stets durch Höflichkeit und trockenen Humor ausglich. Die Natur, so Emmas Beobachtung, war auf ausgleichende Gerechtigkeit bedacht, sodass sie den Hässlichen oft ein besonders schönes, herausstechendes Merkmal gab. In diesem Fall war es Bakers Stimme, die einen sofort einlullte. Und er hatte tiefgründige, immer etwas traurig wirkende braune Augen. Emma liebte Mr. Baker über alles und genoss es, in seiner Nähe zu sein. Er erinnerte sie ein wenig an ihren Vater, auch vom Alter her, beide waren weit über fünfzig.

Zu Beginn war es jedoch Adam Baker gewesen, der die Nase gerümpft hatte, als Hans den Männern im Kontor Emma als die neue Mitarbeiterin vorstellte, die für ihn Briefe schreiben würde, sich um die Post und die Telegramme kümmern und »Mädchen für alles« sein werde.

Den Ausdruck hatte Emma sich dann aber lachend verbeten, und die Zeichner Östergaard und Jörgensen am langen Holztisch konnten sich ein Grinsen nicht verkneifen.

»Entschuldige, Emma, das war eine dumme Bemerkung von mir«, sagte Hans, sichtlich betreten und sogar leicht errötend, was Emma entzückend fand.

»Mrs. Jensen wird auch mal einen Tee für uns kochen oder ein Sandwich machen, wenn ihre Aufgaben ihr dazu gerade Zeit lassen.«

Das Kontor war warm und gemütlich, es roch nach Holz und Bleistiften, Tinte und Papier und dem Rasier- und Haarwasser der Männer, manchmal auch nach Kleber und Holzleim oder an warmen Tagen auch durchaus nach Schweiß. Dann war es Emma, die das Fenster aufriss und lüftete, bis die Männer fluchten, weil der Wind ihre Papiere durcheinanderwirbelte. Seitdem hatte

Emma sich angewöhnt, alle mit einem lauten »Vorsicht, Apokalypse!« vorzuwarnen, sodass die Männer ihre Blätter noch schnell beschweren konnten. Unter den Ingenieuren Mr. Jörgensen und Mr. Östergaard, beide in den Zwanzigern, war das Basteln von Papierfliegern ein kleiner Sport, und es wurde zum internen Wettstreit, wessen Flieger am weitesten, schnellsten und dabei elegantesten flog. Beteiligte sich Hans an den Wettbewerben, gewann meist sein Fliegermodell, worüber er sich wie ein Kind freuen konnte. Emma sah in dem Moment den kleinen Jungen aus Jütland vor sich, der regennass vom Spielen nach Hause kam und von der Mutter in Empfang genommen wurde. Mr. Baker blickte nur kurz von seinen Zahlen und Tabellen auf, wenn die Papierflieger über ihn hinwegsausten und dann eine Bruchlandung machten, manchmal lächelte er lediglich süffisant, oder aber er konnte sich einen Kommentar nicht verkneifen wie: »Mr. Östergaard, ein Schwein fliegt eleganter als ihr Flieger.«

Emma war unter den Angestellten die einzige Frau, was Vor- und Nachteile hatte. Sie gehörte nicht wirklich dazu, das spürte sie, aber wurde mit Wertschätzung behandelt, zumal sie mit dem Boss befreundet war. Hans hatte ihr den besten Platz zugewiesen, einen Schreibtisch in der Mitte der Längsfront, seitlich zum Fenster mit Blick auf die Bucht, der Ausblick war phänomenal, und Emma fand, dass das allein Bezahlung genug war. Apropos Bezahlung. Lars hatte der ganzen Idee nur widerwillig zugestimmt und unter der Bedingung, dass Emma auf keinen Fall einen Lohn annehmen dürfe, es müsse wie ein Freundschaftsdienst aussehen, und das wiederum verstand sie. Geld hatten sie nun wirklich genug. Und Hans hatte Emma zwinkernd mitgeteilt, dass er alle seine Mitarbeiter bezahle, aber bei ihr werde er dann eine Ausnahme machen und ihr kein Geld geben, sondern sich etwas anderes einfallen lassen. Er habe da schon eine Idee. Weiter sagte er aber nichts, was Emma keine Ruhe ließ. Sein »Ich habe da schon eine Idee« kombiniert mit diesem rätselhaften Lächeln spukte ihr im Kopf herum, vor allem abends im Bett, wenn es dunkel war. Dann überlegte sie, was das nur sein konnte, das Hans sich für sie überlegt hatte. Eine Pflanze für den Garten? Ein gerahmtes Bild für die Wände? Ein Möbelstück? Und auch wenn sie Überraschungen liebte, auf die Folter gespannt zu werden, das hasste Emma. Aber sie musste sich noch gedulden, Hans ließ sich Zeit. Irgendwann nach vielen Wochen hatte sie es dann aber völlig vergessen.

Als Emma sich eines Junimorgens gerade den Hut aufsetzen und zur Arbeit aufbrechen wollte, wunderte sie sich über lautes Klopfen an der Tür. Lars war schon im Kontor des Sägewerks, er begann seine Arbeit stets um acht. Emma öffnete, und vier Arbeiter aus der Werft, die mit einer Kutsche vorgefahren waren, zogen ihre Mützen und nickten freundlich, der eine sagte einen schönen Gruß, das sei von Herrn Henriksen, und dann trugen sie gemeinsam ein schwarzes, schlichtes Klavier an der sprachlosen Emma vorbei ins Haus und in den Flur und fragten, wo es hinsolle.

Emma verstand, dass hier soeben ihr Lohn der letzten Monate geliefert wurde. Mit allem hatte sie gerechnet, aber nicht damit! Ihr blieb die Luft weg vor Freude, und nach kurzem Überlegen bat sie die Männer, die eine Kommode im Wohnzimmer beiseitezurücken und das Klavier dort an die Wand zu stellen. Gesagt, getan.

Es war ein gebrauchtes Klavier, aber in gutem Zustand und richtig gestimmt, wie Emma feststellte, als sie »Die Wut über den verlorenen Groschen« aus dem Kopf zu spielen begann. Sie war ganz versunken, die vier Arbeiter standen verlegen lächelnd da, ihre Mützen in den Händen knautschend. Als Emma plötzlich klar wurde, dass die Männer den höheren Sphären der Musik zwar nicht abgeneigt waren, aber nicht wegen Beethoven lächelten, sondern weil sie noch, ganz irdisch, auf ein Trinkgeld warteten, sprang sie auf und gab ihnen einen Dollar. Einer der Männer überreichte Emma noch ein kleines Briefkuvert, dann verabschiedeten sie sich höflich, und Emma öffnete das Kuvert.

»Liebe Emma,
als Dank für deine tatkräftige Mitarbeit in den letzten Monaten und auch schon als kleine Anzahlung auf die nächsten. Wenn du jetzt gerne noch ein paar Stücke spielen möchtest nach Monaten der Entsagung, erlaube ich dir heute, ausnahmsweise, später ins Kontor zu kommen.
Dein strenger, Dich schätzender Boss
Hans«

Emma sah auf die steile, ausgeglichene Handschrift, die sie aus dem Kontor kannte, die Schrift des Mannes mit den schönen Händen, die aber noch nie ihr ein paar Zeilen geschrieben hatten. Sie lächelte. Ihr wurde in diesem Moment bewusst, dass sie fast das ganze letzte Jahr nicht

mehr Klavier gespielt und wie sehr es ihr gefehlt hatte. Nachdem sie rasch ihre Noten aus dem Koffer im Schlafzimmer geholt hatte, legte sie los, und das weiße Holzhaus bekam das erste Mal Chopin, Brahms und Schumann zu Gehör. Das Klavier hatte wirklich einen schönen Klang. Emma spielte und spielte, dann schloss sie den Deckel, beugte sich darüber und küsste ihn.
Dein strenger, dich schätzender Boss
Hans, der sie so gut kannte, erkannte. Was für ein wunderbarer Lohn.

Sie zog Hut und Mantel an, und an diesem Morgen ging sie nicht ins Kontor, sondern sie schwebte hin. Sie konnte es nicht erwarten, sich bei Hans zu bedanken und sich dann am Schreibtisch auf die Korrespondenz zu stürzen, alles auf Englisch, so wie auch auf der Werft und im Kontor immer nur Englisch gesprochen wurde, selbst unter den ausgewanderten Dänen. Hans bestand darauf, seit sein erster Chef in San Francisco, der Werftbesitzer Mr. Turner, ihm gleich nach der Einwanderung eingetrichtert hatte, dass er, wenn er in Amerika Erfolg haben wolle, sofort die Sprache lernen und dann auch immer sprechen müsse, ganz konsequent und ohne Ausnahme. So hörte Emma Hans mit seinen Ingenieuren am Tisch reden, er erklärte ihnen, was er mit dem neuen Schiff vorhatte, wie er es sich vorstellte. Er zeichnete und entwarf es auch selbst, manche Details und die Ausführung der Zeichnungen überließ er ihnen, aber nicht, ohne sie dabei ständig zu überprüfen. Manchmal musste Emma schmunzeln, Hans schien ein Perfektionist zu sein und über alles die Kontrolle behalten zu wollen. Gleichzeitig wusste er ganz genau, wo sich die und die Schraube oder jener spezieller Schiffshobel befand, hatte ein sehr gutes Gedächtnis, auch für Namen und Gesichter, und er kannte nicht nur die Namen all seiner Mitarbeiter, sondern auch die von deren Ehefrauen und Kindern, die ja ebenfalls auf dem Gelände lebten. Zudem war er immer im Bilde, wenn es in einer Familie seiner Arbeiter Krankheiten oder andere Probleme gab, mit Alkohol oder Geld, was sich oft bedingte. Hans war zwar der Werftbesitzer, und jeder brachte ihm Respekt entgegen, aber er hatte eine sehr angenehme Art, mit seinen Angestellten umzugehen, voller Anteilnahme und Wertschätzung, nicht ohne Strenge, aber gemischt mit Menschlichkeit, er war ja ein gläubiger Mensch, ein Christ.

Auch für Emma war es zunächst nicht ganz einfach, sich an die neue Rolle zu gewöhnen, jetzt täglich zur Arbeit ins Kontor zu gehen, sich in die für sie neuen Aufgaben einer Sekretärin einzufuchsen, in das Metier, denn sie musste und wollte ja verstehen, was sie da tat. Sie öffnete die Post für Hans und sortierte sie für ihn vor, die Rechnungen gab sie an Mr. Baker weiter, alle anderen Briefe an Hans, und von diesem bekam sie dann die Anweisung, was sie wem zu antworten hatte. Und so wie sie sich an die Tastatur der Schreibmaschine peu à peu gewöhnen musste und an die Anordnung der Buchstaben, so musste sie auch das Abc der Werftgeschäfte erst lernen. Hans hatte Emma zu Beginn in Ruhe erklärt, wie sein Geschäftsmodell funktionierte. Wenn er einen Dreimaster fertig gebaut habe, der für den Transport von Holz gebaut worden sei, dann verkaufe er das Schiff an neue Eigner nicht ganz, sondern behielte fünfundzwanzig Prozent, zu einem Viertel gehörte das Schiff also noch ihm, und er würde zu diesem Prozentsatz an den Chartergebühren beteiligt, Erlöse, die zu ihm aufs Konto flossen. Und da das bei mehreren Schiffen der Fall sei, sei das eine weitere Einkommensquelle für ihn. Emma staunte und bewunderte das Geschäftsmodell. Als sie ihn fragte, ob diese fünfundzwanzig Prozent eine größere Summe seien als die ihm entgangenen fünfundzwanzig Prozent beim Verkauf, musste er lächeln und sagte dann nur: »Ja, sonst würde ich das nicht machen.«

»Aber es ist auch ein Risiko, es ist Spekulation wie bei Aktien«, dachte Emma laut nach, »wenn der Handel aus irgendwelchen Gründen einbricht, dann hast du weder diese zusätzlichen Einkünfte noch das Geld, das im Schiff steckt, es ist totes Kapital, ja verlorenes.«

Hans sah sie erstaunt an. Sie wusste nicht, was ihm in dem Moment durch den Kopf ging, aber sie merkte, wie er sich freute, dass sie so mitdachte und sich in seine Situation hineinversetzte.

Bei der anfallenden Korrespondenz erklärte Hans ihr kurz den Sachverhalt und was es zu antworten gäbe, sie machte sich ein paar Notizen, dann tippte sie den Brief auf der Schreibmaschine und legte ihn Hans vor. Manchmal musste sie etwas ändern und den Brief erneut schreiben. Wenn er fertig war, unterschrieb Hans, dankte Emma, und sie adressierte das Kuvert und brachte die Briefe des Tages immer am Ende ihrer Schicht, um drei Uhr, zum kleinen Postbüro in der Second Street, nicht ohne zuvor allen Männern ein lautes »Auf Wiedersehen, die Herren!« entgegenzuschmettern. Die Männer arbeiteten noch bis vier Uhr, dann hatten sie Feierabend.

Hans behandelte Emma wie alle anderen Mitarbeiter, vielleicht etwas respektvoller, weil sie eine Frau war, zudem die Frau seines besten Freundes, aber ansonsten war er hier auf der Werft ein anderer Mensch, als wenn sie sich privat mit Lars trafen. Ein anderer Mensch? Ein anderer Mann? Nicht ganz, es war immer derselbe Hans Henriksen, aber Emma wurde klar, dass der Hans, den sie hier im Kontor erlebte, der richtige Hans war, der Schiffbauer, der besessene Konstrukteur, der an seinen Zeichnungen feilte und feilte, stundenlang grübelte und tüftelte, dabei viele Tassen Tee oder Kaffee trank und für den seine Werft und seine Schiffe, auch die Anteile und die geschäftlichen Angelegenheiten, sein Ein und Alles waren. Er, der allen anderen Achtstundentage gönnte, saß selbst noch oft am Abend im Kontor, dann allein, gebeugt über Zeichnungen und Zahlenkolonnen, aber es schien ihm zu gefallen. Er war mit der Arbeit verheiratet, so kam es Emma vor, und zwar in einer Liebesheirat, und als sie das Lars gegenüber einmal so sagte, stimmte ihr dieser zu, ja, das sei ein treffendes Bild und sicher der Grund, warum Hans sich nicht weiter um eine Frau bemühte, obwohl er sicher auch oft einsam sei und man dem vielleicht mal etwas abhelfen müsste.

Bei Hans im Haus war Emma noch nie gewesen, sie kannte es nur von außen, es lag vielleicht zehn Minuten zu Fuß von der Werft entfernt Richtung Süden, direkt an der Küste und war das gleiche Haus wie das von Lars, das beide bei demselben Zimmerer in Auftrag gegeben hatten, nur dass das von Hans nicht weiß, sondern dunkelrot angestrichen war, wie auch das Kontor und die Arbeiterhäuser auf dem Werftgelände. Er schien sich dort in seinem Haus aber wenig aufzuhalten und vor allem nicht auf Gäste eingestellt zu sein, denn alle Treffen zu dritt fanden bei Lars und Emma statt, meist zu Feiertagen oder Geburtstagen. Lars und Hans gehörten derselben Loge an und sahen sich dort einmal die Woche abends zu den Logensitzungen. Es war eine Loge von sozial engagierten, christlichen Männern, Geschäftsleuten, Anwälten, Ärzten, ein großes Netzwerk, das sich die ganze Küste entlangzog und weit über Eureka hinausging.

Emma konnte weder Lars noch Hans, auch nicht unter Alkoholeinfluss, dazu bewegen, von der Loge Näheres preiszugeben. Was sie dort genau machten und wie die Abende abliefen und wie ihre Hilfe und ihr Engagement aussahen. Offensichtlich hatten alle Logenmitglieder Verschwiegenheit geschworen und hielten sich auch an ihren Eid. Doch die Tatsache, dass beide Männer nichts sagten, steigerte Emmas Neugier nur umso mehr, und sie hatte die wildesten Fantasien, was diese Männerloge anging. Dass sie dort Gold herstellten oder mit Verstorbenen über ein Medium Kontakt aufnahmen, dass sie zaubern lernten oder Tricks, ihr Geld zu vermehren, dass sie dort illegales Glücksspiel betrieben, um Geld pokerten und die verlorenen Summen dann an Bedürftige spendeten. Einmal, nachdem sie, beschwipst, Lars und Hans ihre Vorstellungen von der Loge erzählt hatte und diese sich vor Lachen nicht mehr halten konnten, da hatte Hans zu ihr gesagt: »Emma, es ist alles ganz anders und viel bodenständiger, als du denkst.« Damit war das Thema erledigt.

Zum neuen Klavier im Wohnzimmer sagte Lars am Abend nach seiner Rückkehr von der Arbeit nicht viel, Emma vermutete, dass Hans ihn eingeweiht hatte und es für ihn daher keine Überraschung war.

»Willst du mir vielleicht etwas vorspielen?«, fragte Lars, und Emma nickte. Sie zündete die Kerzen in den am Klavier hängenden Messinghaltern an und spielte ein paar Stücke von Chopin für Lars und dann etwas von Schumann, das ihn wieder, wie damals in San Francisco, die Augen schließen ließ. Und Emma erinnerte sich an ihren ersten Abend, das Kennenlernen, und wie gut ihr Lars damals gefallen hatte. Und dann stand er auf und legte ihr von hinten die eine Hand, die nicht den Stock hielt, auf die Schulter und massierte sie sanft im Nacken. Sie hörte auf zu spielen und blies die Kerzen aus, dann gingen sie hinüber ins Schlafzimmer.

Das Miteinanderschlafen hatte sich, wenn Lars in Eureka war, auf zwei-, dreimal die Woche eingependelt, und Emma hatte im ersten Jahr ihrer Ehe eine Menge ausprobiert und dazugelernt, sodass sie von sich selbst sagen konnte, dass sie inzwischen fast so gut im Lieben wie im Kochen war. Und so wie beim Kochen galt, dass sie zunächst einmal für sich selbst gut kochen können wollte, machte sie nun die Erfahrung, dass es ihrer eigenen Lust zugutekam, ihre Kenntnisse verfeinert zu haben. Sie hatte ihren Körper und seine verschiedenen Zonen erforscht und erforschen lassen und sich, wie eine gute Köchin, die Garzeiten der verschiedenen Gerichte gemerkt, sie hatte auch den Körper von Lars immer besser kennengelernt und wusste, was ihm schmeckte, was er besonders mochte und wo sie ihn noch mit einem neuen Gericht oder Gewürz überraschen konnte. Lars bekam nicht mehr nur Suppe oder Eintopf, sondern feine Pasteten und raffinierte Schichttorten. Mehr und mehr hatte Emma nicht nur die Gestaltung des Hauses übernommen, sondern auch die Gestaltung der Nächte und des Liebeslebens.

Doch in dieser Nacht mischte sich für Emma noch etwas anderes in ihre Lust, es waren die Zeilen von Hans, sein glückliches Lächeln, als sie sich bei ihm im Kontor überschwänglich für das Klavier bedankt hatte, und sie stellte sich das erste Mal vor, dass sie mit beiden Männern im Bett lag, beide beglückte und beide sie. Der nichts ahnende Lars wunderte sich vielleicht nur, dass sie es wieder und wieder wollte in der Nacht.

15.

Tante Emma

Eureka, 30. Juni 1874

Meine liebe Bertha,
was für ein Glück, Deinen Brief zu lesen, ich hatte mir schon Sorgen gemacht, da Du ja den Februar als Termin für die Geburt erwähnt hattest. Ich muss mich noch daran gewöhnen, dass die Briefe nun mal so lange brauchen von Schleswig nach Eureka, sie sind schließlich Um-die-Welt-Reisende! Nur ein paar Gramm schwer, aber von so viel Gewicht für die Adressaten. Ach, allerliebste Schwester, ich war so gerührt, als ich las, dass Du am 25. Februar eine kleine Emma zur Welt gebracht hast, die im März im Dom getauft wurde. Pastor Ehlers bekommt ja alle wichtigen Lebensereignisse unserer Familie mit, am selben Altar, vor dem Du und Heinrich Euch Euer Jawort gegeben hattet, wurde nun Emma in unserem Familientaufkleid getauft. Ich bedauere aufrichtig, nicht dabei gewesen zu sein und sie halten zu können und den himmlischen Duft der Kopfhaut der Frischgeborenen zu riechen! Du hättest mich ja sicher zur Taufpatin gemacht, wie wir es früher einmal an einem Nachmittag auf dem Apfelbaum ausgemacht haben. Trauzeugin und Taufpatin unseres ersten Kindes hatten wir uns geschworen, tja, an Dir ist es nicht gescheitert,

ICH bin weggegangen. Ich hoffe, Ihr seid alle wohlauf und Du erfreust dich am Muttersein! Es ist doch zu schade, dass wir so weit voneinander entfernt leben, auf verschiedenen Kontinenten, sonst könnten wir zusammen den Kinderwagen durch Schleswig schieben und an der Schlei spazieren gehen und dabei plaudern. Aber ich bin sicher, dass ich eines Tages mal wieder nach Hause reisen möchte, um Euch alle zu besuchen und dann auch meine vier Nichten zu sehen, wie sie gewachsen sind. Bis dahin hat die liebe Erika ja entweder noch ein paar weitere Mädchen bekommen oder aber endlich den ersehnten Stammhalter, Alfred junior, es sei ihr gegönnt. Eine Frau ist doch keine Maschine, um Jungen zu gebären! Wobei ich sagen muss, dass das Foto von Erika und Alfred zur Taufe mir kein Beweis für die Existenz der kleinen Luise war, denn ich sah nur eine kostbare Spitzenklöppelei und nicht mal ein Näschen.

Wenn ich eines Tages komme, dann werde ich ein paar Wochen in Deutschland bleiben. Wer weiß, vielleicht kommt Lars auch mit, und wir reisen gemeinsam. Er ist allerdings so sehr in seinem Holzhandel engagiert und auch diesbezüglich in Amerika viel unterwegs, dass es mir momentan schwer vorstellbar erscheint, dass er für längere Zeit abkömmlich sein könnte. Aber die Tante aus Amerika kommt, ganz sicher. Machst Du mich wenigstens in Gedanken zur Taufpatin für die kleine Emma? Es könnte sich auszahlen, wenn ich eines Tages sterbe und dem Kind dann meine Reichtümer vermache. Ach, Bertha, jetzt scherze ich, aber es sieht so aus, als wenn es bei Lars und mir mit Nachwuchs nichts wird, dafür versuchen wir es nun schon zu lange. Ich vermute, dass es an

Lars liegt, vielleicht eine Folge seines schweren Unfalls im Sägewerk mit dem Bein damals. Ob ich darüber sehr traurig bin? Ich war es schon manches Mal, weil mein Leben sich nun ganz anders entwickelt als gedacht und weil ich gern Mutter geworden wäre, aber ich merke auch, dass nicht mein ganzes Lebensglück davon abhängt.

Aber stell Dir vor, jetzt ist etwas anderes Aufregendes in meinem Leben passiert und hat diesem eine neue Richtung gegeben! Du erinnerst Dich sicher, was ich Dir von der Schiffswerft schrieb? Ich habe vor gut drei Monaten das Angebot von Hans, unserem Trauzeugen und dem besten Freund von Lars, angenommen, ihm im Kontor der Henriksen-Werft zur Hand zu gehen, als Sekretärin. Er brauchte jemanden, der Briefe für ihn schreibt, beantwortet, ordnet, die Telegramme aufgibt, auch ab und zu mal einen Tee kocht für die Mannschaft im Kontor. Eine Mannschaft im wahrsten Sinne, alles Männer. Ich bin die einzige Frau und genieße den Sonderstatus, vor allem aber die Tatsache, dass ich jetzt jeden Tag von neun bis drei Uhr, Montag bis Freitag, einer Arbeit nachgehe, dann habe ich Wochenende. Ich gehe zwar nicht mit einer Lohntüte nach Hause wie die anderen, denn Lars hat sich von Anfang an verbeten, dass ich für Geld arbeite, aber Hans hat sich dafür etwas anderes überlegt und mir vor ein paar Tagen ein Klavier ins Haus liefern lassen. Stell dir vor, das ist mein Lohn für die letzten Monate und auch schon für die nächsten! Das nenne ich mal ein schönes Gehalt! Es ist ein gebrauchtes Klavier, aber guter Qualität und richtig gestimmt, womit es dem Flügel von Mrs. Thompson schon mal musikalisch weit voraus ist. Nun spiele ich, sobald mir meine Arbeit dazu Zeit lässt, also endlich wieder, das hat mir doch sehr gefehlt im letzten Jahr.

Meine neue Aufgabe als Sekretärin ist eine, die mich herausfordert und mir etwas abverlangt. Ich habe mich in den letzten Wochen in das mir natürlich ganz neue Gebiet des Schiffbaus hineindenken müssen, um es zu verstehen. Ich weiß jetzt, dass das Holz der hiesigen Redwoodbäume von den Schiffbauern an der Ostküste für zu weich gehalten wird, die Schiffbauer hier es aber gerade deswegen für geeignet halten, weil es sich ganz wunderbar formen lässt. Ich weiß, was ein Schandeck ist und eine Kraweelbauweise.

Außer Hans, dem Boss, sitzen noch sein Buchhalter, ein entzückender Mr. Baker, im Kontor und ein Mr. Östergaard und Mr. Jörgensen, zwei Dänen, so wie auch Hans, der beste Freund von Lars, ein Däne ist und seine Arbeiter auf der Werft vorwiegend Dänen. Lars und Hans haben sich damals auf der Überfahrt nach Amerika an Bord kennengelernt, es ging zwei Jahre lang rund um Kap Hoorn. Überhaupt hat man hier in Amerika sehr viel mit Menschen anderer Nationalitäten zu tun, es ist ja ein Gemisch an Völkern, die hergekommen sind und hier eine neue Heimat gefunden haben. Vor allem in Kalifornien, da das Gold damals Menschen aus der ganzen Welt anlockte. Da würde man jetzt einem Dänen nicht feindselig gegenüberstehen wie bei uns oben, mir kommt das alles aus der Ferne doch sehr kleingeistig vor, das ewige Hickhack mit den Dänen und mit den Preußen. Wir sind doch alle Menschen, das verbindet uns, und wie bei allen Völkern gibt es bessere und schlechtere Menschen, faule und fleißige, kluge und dumme, gebildete und ungebildete und leider viele, viele mittelmäßige. Und wenn man hier in diesem Gemisch an Völkern lebt, was auch ungemein interessant und anregend ist, dann kommen einem die Dänen, liebe Schwester, fast wie Landsleute vor, und man merkt, dass die Unterschiede zwischen den Dänen und uns aus Schleswig nur sehr gering sind. Sie kennen die frühe Dunkelheit im Winter und den ewigen Regen genau wie wir, die hellen Nächte im Sommer, wir teilen die Religion und essen ähnliche Dinge. Ich weiß auch nicht, warum uns immer eingetrichtert wurde, dass die Dänen unsere Feinde sind. Aber natürlich geht es auch hier im Land der Freiheit nicht ohne Vorurteile. Chinesen werden von oben herab betrachtet, Schwarze auch, die Indianer werden gar nicht als richtige Menschen angesehen.

Mr. Baker ist im Kontor mein Liebling, er erinnert mich immer an unseren Vater, und auch er scheint in mir so etwas wie eine Tochter zu sehen. Der gute Mann ist nicht gerade mit Schönheit gesegnet, dafür aber humorvoll und gütig und mit einem Bariton, der jeden Männerchor glücklich machen würde. Ich komme auf jeden Fall auch immer sehr gern seinetwegen ins Büro.

Es ist eine ganz eigene Atmosphäre dort, wo etwas entworfen und gebaut wird. Ich habe immer mehr Respekt, wenn ich jetzt ein Schiff vorbeisegeln sehe, weil ich weiß, wie viel Mühe und kunstvolles Handwerk in so einem Schiff stecken.

Mein Englisch ist inzwischen so gut, dass ich Briefe schreiben kann nach dem Motto »Sehr geehrter Mister Nelson, wir ersuchen Sie höflichst, die anstehende Abschlagszahlung für den Bau der ›Esmeralda‹ bis zum

Ende des Monats zu begleichen, da wir uns ansonsten gezwungen sehen, die Arbeit an dem Schiff zu unterbrechen, und Paragraf 11a unseres Vertrages in Kraft treten würde.

Mit freundlichen Grüßen«

Es geht oft um Geld, um rechtliche Belange, um Drohungen oder Bitten, um Klarstellungen, Zurückweisungen oder Einfordern von Ansprüchen. Es ist vielschichtig und kompliziert, und ich verstehe erst so allmählich, was sich alles dahinter verbirgt. Nun will ich Dich aber nicht weiter langweilen mit dem Bürogedöns. Sicher schreit die Kleine nach Deiner nahrhaften Milch, sofern Du sie noch stillst. Gott segne sie, und als Tante aus Amerika wünsche ich ihr, dass sie stets ihr Glück verfolgen und finden wird. In der amerikanischen Verfassung ist ja das Recht auf Glück, »the pursuit of Happiness«, verankert. Ja, in so einem wunderbaren Land lebe ich!

Ich umarme und drücke Dich von Herzen,

Deine ganz überglückliche Sekretärinnenschwester – Miss-Schmeiß-den-Laden

Emma

PS: Schicke mir doch bitte bei Gelegenheit ein Foto von der kleinen Emma.

16.

Wolken ziehen auf

Hans verfügte offensichtlich nicht über ein großes Kapital im Hintergrund, wie Emma im Laufe der Monate mitbekam. Die Material- und Arbeitskosten für die zu bauenden Schiffe waren sehr hoch. Zwar mussten Auftraggeber etwas anzahlen, aber das deckte bei Weitem nicht die Kosten, und somit musste Hans in Vorleistung gehen. Er hatte ja Einnahmen aus den Anteilen, die er an den meisten fertigen Schiffen selbst hielt, aber im August kam es zu einer Rezession, und der Handel an der Westküste war in Mitleidenschaft gezogen und brach ein. Lars traf es nicht ganz so stark, da er noch genügend Reserven hatte und dank seiner weitgespannten Kontakte im Land auch in anderen Regionen noch Handel betreiben konnte, aber Hans hatte Pech mit seinen Schiffen. Emma spürte förmlich, wie Mr. Baker sich an seinem Schreibtisch im Kontor immer tiefer über seine Bücher und Zahlen beugte, als könne er damit das Unglück aufhalten. Er und Hans sprachen immer öfter am Schreibtisch gedämpft miteinander, aber Emma bekam die Sorgen natürlich mit und konnte sich auch aus getuschelten Halbsätzen einen Reim machen. Daran merkte sie, wie gut sie die Welt der Werft und ihre Gesetzmäßigkeiten inzwischen verstand. Das machte sie stolz, auch wenn sie Bakers Buckel und Hans immer schmaler werdendes

Gesicht beunruhigten. Mr. Östergaard und Mr. Jörgensen nahmen ebenfalls die bedrückte Stimmung im Kontor auf und ließen das Papierfliegerbasteln sein, ja, es schien Emma, als wenn allein die ausbleibenden Papierfliegerwettbewerbe das Anzeichen einer drohenden Krise waren. Sie brachte jetzt öfter mal ein paar Kringel mit, die Hans so gern aß und die anderen Männer auch, oder sie backte einen Kuchen, brachte die Hälfte mit und tat so, als wenn der zu Hause bei ihr übrig geblieben war. Hans durchschaute das alles jedoch und blickte sie dankbar an, dass sie sich so um ihn sorgte. Aber er war seltsam fern in diesen Wochen, und als Lars bei einem Abendessen Mitte September sagte, dass die Situation von Hans ihm große Sorgen mache, da stimmte Emma dem zu.

»Umso wichtiger, dass wir ihn etwas aufmuntern, was meinst du?«, fragte Lars sie.

»Ja, natürlich, lass ihn uns für nächsten Sonntag zum Essen einladen. Ich mach Fleischbällchen, die mag er doch so gern«, schlug Emma vor, doch Lars legte seine Hand auf ihren Unterarm.

»Emma, ich meine grundsätzlich. Lass uns unseren Freund und Trauzeugen glücklich machen, ist das nicht vielleicht sogar unsere Pflicht?«

Emma nickte, auch wenn es ihr kalt über den Rücken fuhr.

»Mrs. Hunter hat eine jüngere Cousine, eine Miss Parker, die gerade aus Sacramento zu Besuch ist, eine etwas dralle Kokette, sie kam gestern kurz mit ihr vorbei bei uns im Sägewerk, angeblich, um der Cousine den Arbeitsplatz von Mr. Hunter zu zeigen, doch mir war klar, dass sie mir ihre Cousine für Hans empfehlen wollte, denn sie schlug vor, dass wir dem Kind doch mal bei einem Picknick am Sonntag die schöne Gegend zeigen könnten und ob der Herr Henriksen sich vielleicht anschließen wolle. Hinterher sagte Mr. Hunter mir, dass diese Cousine Betty Dolores auf der Suche nach einer guten Partie sei und seine Frau die Kupplerin spiele bei der Sache.«

Lars musste lachen.

»So wie Mrs. Thompson bei uns, manchmal muss man dem Glück etwas nachhelfen, oder was meinst du, Emma? Wir beide haben doch eine gute Partie gemacht, oder?«

Emma gab sich einen Ruck, sie durfte sich auf keinen Fall anmerken lassen, was sie wirklich dachte. Eine Flutwelle von Gedanken und Gefühlen war während Lars' Ausführungen über sie hinweggegangen, und die Worte »etwas dralle Kokette – gute Partie – Kupplerin« hatten wie ein Hau-den-Lukas auf sie eingeschlagen. Ihr wurde schummerig bei der Vorstellung, dass eine kleine dralle Kokette an der Seite von Hans lebte, mit ihm, in seinem Haus. Sie konnte diesen Gedanken nicht ertragen. War sie selbstsüchtig, egoistisch? Warum gönnte sie ihm nicht das Glück, abends von einer Frau erwartet zu werden, die ihm etwas kochte, die ihn nachts beglückte und ihm das Gefühl gab, auch in dieser Hinsicht ein Mann zu sein?

»Du guckst so skeptisch.«

»Nein, Lars, die Idee ist gut, ich bin nicht skeptisch, vielleicht nur, weil ich Mrs. Hunter für etwas ordinär halte, aber ihre Cousine Betty Dolores kann ja aus anderem Holz geschnitzt sein. Hauptsache, sie lacht nicht so wie Mrs. Hunter, dann ertrage ich es nicht.«

Lars musste grinsen und stimmte Emma zu, dass das Lachen von Mrs. Hunter furchtbar schrill sei. Aber da sollten sie beide jetzt über ihren Schatten springen und das für Hans' Seelenheil auf sich nehmen. Damit war die Sache entschieden, und als Emma aufstand und den Tisch abdeckte, merkte sie, dass sie leicht zitterte. Zum Glück saß Lars bereits nebenan im Wohnzimmer bei einer Zigarre und las *Den Danske Pioneer*.

In der Küche stellte Emma alles auf den Tisch und wischte sich die feuchten Hände an der Schürze ab. Sie sah aus dem Küchenfenster hinaus in die Dunkelheit, dann öffnete sie es und ließ die kühle Abendluft herein, sie wäre sonst erstickt.

Am Sonntagmorgen darauf sah Emma etwas grimmig aus demselben Küchenfenster auf einen strahlend blauen Himmel. Als wolle der liebe Gott persönlich alles dafür tun, dass diese Betty Dolores Parker und Hans Ditlev Henriksen ein Paar würden. Emma hatte noch auf Regen oder Nebel gehofft und das auch kurz in ihrem Nachtgebet erwähnt, sich dafür dann allerdings so geschämt, dass sie es wieder zurücknahm und Gott um Vergebung bat für ihre Selbstsucht. Anders konnte man es ja wohl nicht nennen, wie sie sich aufführte. Es war ganz offensichtlich das Gegenteil von Selbstlosigkeit. Sie sah auf ihren Ehering. Sie war verheiratet, Hans war allein, eine Frau, die ihn umsorgte und ihm manchen Kummer abnahm und sei es nur, indem man ihn teilte, das und nichts anderes sollte sie ihm von Herzen wünschen. Er war doch ein feiner Kerl, das hatte sie, seit sie im Kontor arbeitete, täglich selbst erfahren. Er war ein stilles Wasser, aber diese seien, so sagte ihr Vater immer, bekanntlich tief.

Die letzten Tage bei der Arbeit hatte sie Hans mehr denn je heimlich beobachtet, immer unter dem Aspekt, dass sie ihn vielleicht schon bald verlieren könnte, denn in ihrem Inneren gehörte er doch ihr. Und sie ihm. So empfand sie es. Sie war im Kontor die einzige Frau, und sie war es auch im Leben von Hans. Sie war mit Lars verheiratet, aber Hans gehörte zu ihnen, war Teil ihres Haushalts. Hans war Lars' bester Freund und auch ihrer. Aber reagierte sie wie eine gute Freundin? Nein, sie machte sich nichts vor. Ihre Fantasien, was sie dieser Betty Dolores Parker alles an den Hals wünschte, waren überbordend. Emma wünschte der kleinen drallen Koketten, dass sie mit dem Plätteisen ihr sicher reichlich ordinäres Kleid für den heutigen Tag ruinierte, sich die Hand verbrannte, dass sie einen Hautausschlag bekam, als Strafe dafür, dass sie geldgierig auf der Suche nach einer guten Partie war, sich den Fuß verstauchte. Dass sie kurz vor Aufbruch von dem Kleinsten der Hunters noch Erbrochenes auf ihr Kleid bekäme und den ganzen Ausflug über widerwärtig stänke, nach diesem säuerlichen Geruch. Emma hatte sich sogar gewünscht, dass der ehrwürdige Vater von Betty Dolores Parker schwer erkranken würde und diese daher kurzfristig wieder abreisen müsse nach Hause. Auf Nimmerwiedersehen!

Lars war gemeinsam mit Hans im Gottesdienst, im Anschluss daran wollte man sich bei Emma und Lars am Haus treffen und von hier aus zum Leuchtturm mit zwei Kutschen aufbrechen. Hans hatte sich, wie Lars Emma anvertraute, etwas skeptisch auf das Picknick eingelassen, er wisse nicht, ob das Sinn mache, er habe gerade so viel Ärger in der Werft und sei sicher zurzeit kein aufmerksamer Brautwerber. Doch Lars konnte ihn überzeugen, es zu probieren und sich Fräulein Parker näher anzusehen. Man würde also mit sechs Erwachsenen, Mr. und Mrs. Hunter, deren Cousine Betty, Hans, Lars und Emma, zuzüglich der drei rothaarigen Hunter-Kinder aufbrechen und einen Ausflug zum Leuchtturm machen. Emma überlegte noch, was sie anziehen sollte. Das neue geblümte Kleid? Sie hatte es bei Mrs. Miller machen lassen, die eine kleine Schneiderei in der Second Street, nahe des Postbüros, führte. Oder wäre es zu auffällig, heute das neue Kleid das erste Mal zu tragen? Der Himmel war immer noch blau, und kein Wölkchen trübte ihn. Der Kuchen! Um Gottes Willen, wie das stank! Das war die gerechte Strafe für ihre Niedertracht. Emma wandte sich schnell zum Ofen, griff die Topflappen und holte den Kuchen heraus, sie konnte ihn gerade noch retten, er war nur am Boden etwas angebrannt. Und das ausgerechnet heute! Ihr schossen Tränen in die Augen.

Als sie eine Stunde später auf die Kutschen verteilt aufbrachen, war es angenehm warm. Die Hunters fuhren als Familie gemeinsam in einer Kutsche, und Fräulein Parker saß neben Emma, Hans und Lars ihnen gegenüber. Vor allem Lars gab zunächst den galanten Plauderer, zeigte Betty Dolores Parker beim Vorbeifahren die Fischfabrik, erklärte ihr, dass alles miteinander zusammenhänge, ein Kreislauf sei, seine Sägemühlen überall und der Holzhandel, der das Material für den Schiffbau liefere, die fertigen Schiffe wiederum transportierten das Holz überallhin an der Küste für den Bau von Häusern,

Gebäuden, für den Aufbau Kaliforniens, und auch die Fischfabrik bekäme ihren Fisch mit Schiffen geliefert. Hans mischte sich hier und da ein mit einer zusätzlichen Information, während Emma nur so tat, als wenn sie zuhörte, sie war in Gedanken ganz woanders und stand noch etwas unter Schock.

Als Betty Dolores Parker keine halbe Stunde zuvor auf das Haus zugekommen war, um sie zu begrüßen, fiel Emma aus allen Wolken. Sie war weder klein noch drall und kein bisschen kokett. Sie trug ein tailliertes, schlichtes Ausgehkleid in Nachtblau mit passendem Mantel, war schlank, mittelgroß, und um ihren Strohhut wand sich ein blaues Band, das beim Gehen flatterte. Was heißt Gehen? Betty Dolores Parker war nicht auf sie zugegangen, sie war geschritten! Aufrecht, aber nicht steif, sondern mit Freude am Ausschreiten. Selten hatte Emma eine Frau sich so anmutig bewegen sehen, und sie begriff, dass schönes Gehen alle Menschen bezauberte. Betty Dolores Parker schien mit ihrem Gang zu sagen: Hier komme ich, ich kann nicht anders. Was für eine elegante und stilsichere Person, Emma verneigte sich innerlich vor Fräulein Parker. Ihr eigener Strohhut mit seinen vielen Seidenblumen darauf kam ihr dagegen lächerlich vor, und ihr neues Kleid mit dem Millefleursdruck, für das sie sich schließlich doch entschieden hatte, erschien ihr mädchenhaft. Emma begriff, dass ein guter Stoff und Schnitt ausreichten für perfekte Eleganz. Miss Parker war eine Erscheinung und hatte Persönlichkeit, trotz ihrer erst neunzehn Jahre. Lars und Hans schienen beide ebenso beeindruckt von ihr wie Emma. Zudem hatte sie haselnussbraune Locken, die über die Schultern fielen, und wache, grüne Augen. Emma registrierte sofort, dass sie Hans gefiel. Wie auch nicht, sie gefiel ja sogar ihr! Ganz gegen ihren Willen.

Hans saß Emma gegenüber, und so bekam sie mit, wie er immer wieder den Blickkontakt zu Betty Dolores Parker suchte, dann aber auch wieder sie anblickte, wie, um ihr zu versichern, dass er sie nicht vergessen hätte und ihr nicht untreu würde. Gerade fuhr ein Dreimaster auf dem Pazifik vorüber, was Lars dazu bewegte, Hans zu fragen, ob es eines seiner Schiffe sei. Stattdessen antwortete Emma: »Das ist die *Paula*, und sie kommt gerade aus Seattle und bringt Ladung nach San Francisco. Ich habe letzte Woche den Frachtbrief in der Hand gehabt.«

Hans musste schmunzeln, dann fragte er Emma: »Und was gibt es heute dort zu essen an Bord, liebe Emma?«

»Dörrfleisch mit Pflaumen, wie jeden Sonntag, und eine Portion Rum extra für alle.«

Betty Dolores Parker musste lachen, sie wandte sich an Emma und riss die Augen dabei bewundernd auf: »Das wissen Sie alles?«

»Ich kann Ihnen auch noch sagen, wie das Beinkleid des Kapitäns aussieht, meine Liebe. Nein, das vielleicht nicht, aber wie viel Prozent des Schiffes dem lieben Hans gehören, also über den Daumen gepeilt, gehören ihm noch der vordere Mast samt der schmutzigen Segel daran.«

»Sie haben Anteile an ihren Schiffen, Mr. Henriksen?«, fragte Betty Dolores Parker Hans, und er nickte und lächelte, etwas sehr eitel, fand Emma, als habe er das Geschäftsmodell persönlich erfunden, und sie musste unweigerlich an Hans' zurzeit ausbleibenden Anteile denken. Lars von schräg gegenüber zwinkerte Emma kurz zu, um ihr zu signalisieren, dass es doch bisher blendend lief, und Emma lächelte zurück und hoffte, dass ihr dieses Lächeln nicht entglitt, denn ihr war im Grunde ihres Herzens eher zum Weinen zumute.

Nach einer halben Stunde, der Himmel hatte sich inzwischen etwas bezogen, waren sie auf einer Landzunge angekommen, wo der Leuchtturm in der Ferne auf den Felsen stand, umtost von Brandung. Es war ein schlichter, weißer Turm, einer von mehreren an der felsigen und schroffen Küste, die den Schiffen im Nebel und des Nachts mit ihren Leuchtfeuern zublinkten. Es war ein sehr eintöniger Job, wie Lars den anderen in der Kutsche erklärte, und nicht wenige der Leuchtturmwärter sprachen daher stark dem Alkohol zu, ihr einziger Gefährte in der Einöde und bei den einsamen Stunden der Arbeit. Das sei ein Problem, das man nicht in den Griff kriege. Emma sagte, dass dieser lebenswichtige Job von Menschen gemacht wurde, die dafür im Grunde mit ihrem Leben bezahlten, mit ihrem Seelenheil. Dann stiegen sie aus.

Mrs. Hunter übernahm nun die Regie für das Picknick und kommandierte vor allem ihren Mann, Lars' gutmütigen, sommersprossigen Buchhalter und rechte Hand im Kontor, herum. Hunters hatten ein paar Decken mitgebracht, auf die sie ihre Körbe mit den Speisen stellten und sich setzen konnten. Die Größere der Hunters, die dreizehnjährige Emily, kümmerte sich rührend um die kleineren Geschwister, zwei Jungen, der eine, George, sechs und nach seinem Vater benannt und der andere, Jack, eineinhalb, auch mit roten Hunter-Löckchen. Emily schien wiederum ihre Großtante Betty zu bewundern und George junior auch. Die beiden himmelten sie geradezu an und ließen gar nicht von ihr ab, sie ging entzückend mit ihnen um, spielte mit ihnen, aber behandelte sie voller Respekt und fast auf Augenhöhe, sehr ungewöhnlich. Sicher wäre sie eine gute Mutter, dachte Emma, und sie meinte denselben Gedanken Hans anzusehen, der die von den Kindern umspielte Betty mit einem Lächeln ansah. Er selbst konnte mit Kindern offensichtlich nicht viel anfangen, Lars dagegen erhob sich und spielte trotz Stock mit George zwischendrin auch mal Ball, was rührend anzusehen war. Emma und Betty Dolores Parker tauschten einen Blick aus.

Mrs. Hunter redete, als gehörte das zum Kuppeln dazu, ununterbrochen, wie schade mit dem Wetter, dass sich die Sonne verdünnisiert habe, was für perfekt geformte Fleischbällchen das seien, die Emma mitgebracht habe, und der Kuchen sehe fantastisch aus, zum Reinbeißen! Sie selbst hatte gebratene Hähnchenschenkel mitgebracht und ein paar Flaschen kalifornischen Weißwein und eine von Betty für die Kinder selbst gemachte Limonade. So saßen sie bald darauf alle zusammen und aßen, tranken, redeten miteinander, ab und zu lachte Mrs. Hunter laut und schrill auf, und einmal sagte Betty Dolores Parker zu ihr: »Liebe Suzette, du bist die beste Cousine, die man sich wünschen kann, aber dein Lachen ist unerträglich, es fährt einem ins Ohr wie Kreide auf einer Schiefertafel!«

Da lachte Suzette Hunter erneut auf, bestätigte damit den treffenden Vergleich und entgegnete: »Mein Vater hat schon immer gesagt: Dein Lachen hat der Teufel gemacht.«

Jetzt mussten alle lachen, und wo es einmal so ausgesprochen worden war, war das Lachen von Suzette Hunter auch gar nicht mehr so schlimm.

Emmas Fleischbällchen waren ganz schnell weg und wurden von allen hochgelobt, auch von Hans, was Emma, so spürte sie, das Wichtigste war, immerhin hatte sie sie ja hauptsächlich für ihn gemacht. Ihr Kartoffelsalat, den sie extra mit einer süßsauren Sauce zubereitet hatte, wie die beiden Dänen es so mochten, kam ebenfalls gut an, und dass ihr der Kuchen angebrannt war, schmeckte man nicht heraus, und ihr selbst kamen ihre düsteren, angekohlten Gedanken vom Morgen weit weg vor, vielleicht auch vom Essen und Trinken etwas vertrieben. Es war gemütlich, in großer Runde hier zusammenzusitzen, und etwas weinselig zu plaudern. Bis zu dem Moment, als Hans aufstand und sich reckte und streckte und sagte: »Ich brauche mal etwas Bewegung, wer will mitkommen?« Er sah dabei nur in eine Richtung und auf eine Person, und Betty Dolores Parker lächelte, erhob sich und sagte: »Das ist eine sehr gute Idee, Mr. Henriksen! Die hätte von mir sein können.« Emma zögerte kurz, ob sie Lars anstupsen sollte, dass sie auch mitgingen, aber dieser fixierte sie mit seinen Augen, als nagelte er sie fest auf der Picknickdecke, sodass sie sich nicht traute. Sie schluckte ihr unsinniges Ansinnen mit dem Weißwein herunter, der aufmerksame Mr. Hunter füllte ihr das Glas erneut, und Mrs. Hunter sagte:

»Wir bleiben noch ein bisschen sitzen und genießen die Aussicht.« Und als der kleine George Anstalten machte, Hans und Betty zu folgen, zog sie ihn unsanft am Arm zurück und sagte streng: »Jetzt lassen wir Tante Betty mal allein, George!«, worauf dieser in kindlichem Zorn und in Eifersucht mit einem »Aber warum?« auf der Picknickdecke aufstampfte, sodass Emmas volles Weinglas umfiel, was ihre Laune nicht gerade besserte. Emma hätte am liebsten laut an George gewandt gesagt: »Warum? Weil wir die beiden heute miteinander verkuppeln, dummer, kleiner Schussel. Deswegen lassen wir sie jetzt zu zweit ein wenig spazieren gehen, damit sie sich kennenlernen und sehen können, ob sie zueinander passen, du rothaariger, ungelenker Buchhalterbengel, deswegen machen wir doch dieses Picknick hier am Ende der Welt und sitzen unbequem am Boden, zwischen kribbelnden Ameisen und Weinflecken, nichts ahnender George, das ist doch der einzige Grund, warum hier heute neun Leute an diesen gottvergessenen Flecken Erde fahren, wo einsame Leuchtturmwärter es lediglich dank viel Alkohol aushalten.«

Emma leerte ihr inzwischen von Mr. Hunter erneut gefülltes Glas ziemlich schnell, was allen anderen auffiel, aber nicht weiter kommentiert wurde. Nur Emily schien sehr erstaunt und war noch nicht alt genug, ihre Verwunderung zu verstecken. Mr. Hunter wollte Emma gerade erneut nachschenken, doch Lars bat ihn, es zu lassen.

Dieser Blick, den Lars auf sie richtete! Emmas Gefühle schlugen Purzelbaum, und sie schimpfte innerlich mit sich selbst: »Was ist nur los mit dir? Warum trinkst du so viel und so schnell? Warum möchtest du am liebsten aufspringen und den beiden hinterherlaufen? Damit auf keinen Fall das passiert, was du fürchtest, dass sie sich gut verstehen, sich ineinander verlieben, sich verloben, heiraten, Kinder kriegen, dass Betty Dolores Parker dann Betty Dolores Henriksen heißen und für immer hierbleiben wird, und du wirst die Taufpatin eines ihrer Kinder, und ihr werdet oft gemeinsam hier heraus zum Leuchtturm fahren, wo alles seinen Anfang genommen hat. Was wäre daran so schlimm?«

Emma wurde etwas schummerig, sie merkte, dass sie leicht beschwipst war, wenn sie jetzt aufstehen würde, müsste sie sicher etwas wanken. Wie unangenehm! Der Dunst hatte sehr plötzlich zugenommen, und sie fröstelte. In der Ferne sah man die Silhouetten von Hans und Betty, zwei elegante Menschen, die mit gebührendem Abstand spazieren gingen und bald in diesem Dunst verschwinden würden. Die beiden Kutscher, die abseits warteten, mahnten, dass man aufbrechen müsse, es käme zäher Nebel. Der Leuchtturm hatte sein Leuchtfeuer aufgenommen, was vor allem die Kinder aufregend fanden, aber auch Emma war fasziniert vom Blinken des im Dunst verschwundenen Turmes auf das Meer hinaus. Im Nebel blieb nur das Licht, eine kleine Orientierung für die Seeleute da draußen auf dem Meer, die jetzt in Gottes Hand waren.

Sie begannen, rasch alles einzupacken und in die Kutschen zu verstauen, und warteten auf die zwei Gestalten, die irgendwann, Emma kam es ewig vor, auftauchten und lachend auf die Kutsche zuliefen, einstiegen, wobei Hans Betty galant die Hand reichte. Es war zu spüren, dass zwischen beiden eine neue Nähe entstanden war, und das gab Emma einen Stich. Sie fuhren in derselben Konstellation zurück.

Betty Dolores Parker sagte ganz erstaunt: »Das ist ja höchst eigenartig, wie schnell hier der Nebel auftaucht, von einem Moment auf den anderen!« Und Emma entgegnete ihr: »Wenn man hier lebt, liebe Miss Parker, dann muss man den Nebel zu seinem besten Freund erklären! Ja, der Nebel gehört sozusagen zu den kulturellen Höhepunkten, denn sonst gibt es ja nichts hier in der Gegend. Überhaupt muss man sich hier oben an der Natur erfreuen, den Regen lieben lernen, den Wind und die raue Küste, sonst ist man verloren. Aber wenn man all das so lieb gewonnen hat, wie ich seit meiner Hochzeit und meinem Umzug hierher, dann lässt es sich in Eureka ganz wunderbar leben, und man vermisst es nicht, nie ins Theater oder Konzert gehen zu können und keinen einzigen schönen Laden vor der Tür zu haben.«

Lars entgegnete mit einem ziemlich strengen Unterton: »Also Emma, jetzt übertreibst du aber, so kulturlos ist es nicht, wir haben doch ein Theater!«

»Das ist wahr, mein Lieber, aber mit Laiendarstellern, und sie spielen immer wieder dasselbe Heimatspiel, den Kampf gegen die so bösen Indianer, die es gewagt haben, ihre Heimat zu verteidigen.«

»Und unser berühmter Damenchor, ›Die singenden Nixen‹?«, fragte Hans.

»Ach, natürlich, den habe ich ja ganz vergessen!«, Emma wandte sich an Betty. »Der sich übrigens jederzeit über junge Stimmen freut, weil der Altersdurchschnitt bei sechzig liegt. Ja, ich war unfair, natürlich gibt es auch unzählige Wohltätigkeitsvereine, die gemeinsam handarbeiten und Bingo spielen, alles für die Armen und Kranken. Kulturlos ist natürlich eine Frage der Definition, denn im Vergleich zu früher, als es hier nur Bäume und ein paar Wilde gab, ist Bingo und Sockenstricken sicher ein kultureller Fortschritt.«

Lars sah Emma böse an. Betty Dolores Parker musste über Emmas Ausführungen lachen, aber Emma stellte triumphierend fest, dass in dem Lachen auch eine kleine Erschütterung lag. Es war der Blick von Hans auf ihr, der ihr zeigte, dass sie sich im Nebel verirrt hatte.

Sie fuhren weiter durch die Waschküche und hörten nur das Klackern der Pferdehufe und das Ächzen der Wagenräder, ab und zu die Stimmen der Hunters aus der Kutsche direkt vor ihnen. Der kleine Jack weinte jetzt. Die Welt war im Nebel verschwunden. Hans lud sie noch alle drei zum Tee zu sich ins Haus ein, und Emma dachte pikiert, dass es einer Betty Dolores Parker aus Sacramento bedurfte, um in sein Haus eingeladen zu werden. Doch Lars sagte, er wolle bei dem Nebel nur noch nach Hause und sich hinlegen, und auch Emma bräuchte etwas Ruhe. Emma war Lars dankbar, dass er für sie sprach. Und dann hörte sie eine energische Stimme neben sich: »Ich sehe mir gern Ihr Haus an, Mr. Henriksen. Und ein Tee wäre jetzt genau das Richtige.«

Dann lauter rufend: »Suzette, ich bleibe noch zum Tee bei Mr. Henriksen. Bis später!«

Und ein erfreutes »Gern, Schätzchen!« waberte durch den Nebel zurück. Emma stellte sich das Lächeln auf dem Gesicht von Suzette Hunter, der Meisterkupplerin, vor. Bald darauf ließ Hans den Kutscher anhalten, und er und Betty Dolores Parker verabschiedeten sich von Emma und Lars, und der Nebel schluckte die beiden sofort.

Kaum hatten sie das Haus betreten und ihre Mäntel und Hüte abgelegt, platzte es aus Lars heraus. So wütend hatte Emma ihren Mann noch nie erlebt, sein Gesicht war weiß, und er stieß mit dem Stock auf den Boden.

»Emma, was fällt dir ein, alles schlecht zu machen? Es lief doch so gut, bis zu dem Moment! Du warst gemein, du warst eifersüchtig auf das junge, hübsche Ding und dass sie Hans gefällt. Mir übrigens auch, und wenn ich es mir recht überlege, dann wäre diese Miss Parker auch ganz nach meinem Geschmack, aber ich bin ja schon verheiratet, mit einer Giftnudel, die da in aller Öffentlichkeit säuft wie ein Leuchtturmwärter, wie peinlich!«

Emma stand wankend da, sie lehnte sich in ihrem Blümchenkleid an die Blümchentapete im Flur, fühlte sich plötzlich ganz nüchtern, auch wenn sie verdammt viele Blümchen vor sich sah. Lars' Worte waren Ohrfeigen gewesen, und sie überlegte, ob sie ihn für die »Giftnudel« oder für »sie wäre auch ganz nach meinem Geschmack« ohrfeigen sollte. Sie war wütend. Ihr fiel Calamity Jane ein und wie sie wohl in diesem Moment an ihrer Stelle reagiert hätte. Sie hätte vermutlich ihren Revolver gezückt, zumindest aber zugeschlagen, ganz sicher. Aber Emma zügelte sich und verteidigte sich mit Worten.

»Ich wollte ihr ehrlich sagen, was auf sie zukommt. Sie ist eine Stadtpflanze, das sieht man ihr an. Sie wird hier eingehen! Hans arbeitet viel, sie wird in seinem Haus an Einsamkeit sterben, so wie ich am Anfang, weil du ständig unterwegs warst. Sogar in den Flitterwochen ging das Geschäft vor.«

»Sie werden Kinder kriegen, eine Familie gründen, Miss Parker wird hier glücklich sein«, sagte Lars entschieden. Und Emma antwortete kalt: »Woher willst du das wissen? Vielleicht ist Hans genauso unfruchtbar wie du.« Er stockte, ja wankte für einen Moment, dann bekam er dieselben hartherzigen Gesichtszüge wie damals, als er ihr kurz nach der Hochzeit eröffnete, dass er dringend wegmüsse. Emma sah auf die Kinnpartie ihres Mannes, als er sagte: »Ich will übrigens, dass du aufhörst, bei Hans zu arbeiten. Mich haben jetzt schon mehrere Logenbrüder darauf angesprochen, dass das nicht standesgemäß ist.«

Alles andere, was er zuvor gesagt hatte, war vergessen, jetzt standen nur noch diese Worte im Raum. Emma japste nach Luft, nach Worten, ihr wurde ganz blümerant.

»Keine Widerrede, Emma! Ich weiß, dass dir die Arbeit Freude macht, aber ich kann es nicht dulden, dass man da draußen über uns redet, was da los ist. Es wirkt seltsam, dass die Frau eines der reichsten Männer an der Humboldt Bay als Sekretärin arbeiten geht. Verstehst du das? Und auch wenn du es nicht verstehst, wirst du dort aufhören zum Ende des Monats. Mit Hans habe ich schon geredet.«

»Aber seine Geschäfte laufen doch gerade so schlecht, er braucht mich«, entgegnete Emma verzweifelt, und Lars lächelte nur verächtlich. »Wenn es einem Geschäftsmann schlecht geht, dann braucht er nur seinen Buchhalter, seine Bank und Gott.«

Mit diesen Worten verschwand er im Schlafzimmer, und Emma setzte sich im Wohnzimmer ans Erkerfenster und blickte hinaus in den Nebel. Sie musste an die Einsamkeit der Leuchtturmwärter denken.

»Mit Hans habe ich schon geredet«, pochte es in ihrem Kopf. Emma fragte sich, worüber Hans und Betty jetzt wohl gerade miteinander sprachen, und Tränen rannen ihr über die Wangen, die sie aber gar nicht erst wegwischte.

17.

Familienbande

»Guten Morgen, Mrs. Jensen!«
»Guten Morgen, Mr. Jörgensen!«
»Mrs. Jensen, guten Morgen!«
»Guten Morgen, Mr. Baker! Guten Morgen, Mr. Östergaard.«
Als Emma am nächsten Morgen um neun Uhr das Kontor betrat, war alles wie immer, auch Hans saß an seinem Schreibtisch und grüßte sie freundlich. Sie ging zu ihm und fragte, was anstehe, er gab ihr ein paar Briefe, die sie beantworten sollte, und dann fügte er hinzu, dass er sie nach der Arbeit noch kurz sprechen wolle. Sie nickte und sah ihn an. Sie versuchte an seinem Gesicht abzulesen, wie das Teetrinken mit Bettylein verlaufen war, aber er machte ein Pokerface und wandte sich wieder seinen Unterlagen zu. Rein gar nichts konnte sie seinem Gesicht entnehmen. War er glücklich, gar verliebt, hatten sie sich vielleicht sogar geküsst? Oder gab es gar nichts abzulesen, weil nichts weiter passiert war, außer ein paar Tassen Tee zu trinken und zu plaudern? Small Talk. Und dann hatte er Betty Dolores Parker wieder nach Hause zu den Hunters begleitet.

Emma setzte sich an ihren Schreibtisch, sah auf die Bucht und die Werft, und ihr blutete das Herz. Wie gern war sie jeden Tag hierhergekommen, dieser Raum war ihr ein Stück Heimat geworden, das Rascheln und Reden der Männer an ihren Schreibtischen, das kratzende Geräusch der Feder von Mr. Baker, wenn er seine Zahlen in Tabellen notierte, die Feder klang anders, wenn er Buchstaben schrieb. Dazu das Geschrei der Möwen draußen, die Rufe der Mütter und der spielenden Kinder, die auf der Werft lebten. Hier war das Leben, oben bei ihr im Haus war es einfach nur still, und ihr graute vor dem, was ab Oktober kam. Nur noch knapp zwei Wochen blieben ihr. Sie machte Fehler beim Tippen, schimpfte innerlich mit sich, dass sie nicht zur Sekretärin tauge, sie nahm ein neues Blatt, pfefferte das vorige in den Papierkorb. Mr. Baker sah erstaunt zu ihr herüber. Emma lächelte ihn an, und er erwiderte es, so gütig, so menschlich war das Lächeln zwischen seinen abstehenden Ohren, und Emma wusste, dass sie, abgesehen von Hans, Mr. Baker unsäglich vermissen würde, ja, dass ihr vor allem dieser humorvolle, hässliche Mann, mit seinem schütteren Haar, das vermutlich auch früher nie Fülle gehabt hatte, fehlen würde. Mr. Östergaard und Mr. Jörgensen waren nett, aber austauschbar, etwas unreife Männer, die ihren Platz im Leben noch nicht gefunden hatten und die es nie über eine gewisse Mittelmäßigkeit hinausbringen würden, aber Mr. Baker war neben Hans die gute Seele, das heimliche Zentrum der Werft, ihr Hirn und Herz, im buchhalterischen Sinne. Er war die rechte Hand von Hans, und Emma fielen wieder Lars' Worte vom Vortag ein, wie sehr ein Geschäftsmann in Not auf seinen Buchhalter angewiesen war.

Emma nahm das soeben weggeworfene Blatt wieder heraus aus dem Papierkorb und faltete es so, wie sie es bei den Männern beobachtet hatte. Dann warf sie den Flieger Richtung Zeichentisch, wo er eine elegante Pirouette drehte und im Sturzflug auf den Schreibtisch von Hans niedersauste. Alle vier Männer sahen sie erstaunt an, Hans zeigte ein schwer amüsiertes und gleichzeitig verblüfftes Grinsen, und Emma erwiderte es mit einem Miss-Schmeiß-den-Flieger-Lächeln, dann konzentrierte sie sich wieder auf ihren zu tippenden Brief und versuchte, all die wehmütigen Gedanken zu ignorieren. Sie wurde ja schließlich nicht für Trübsalblasen bezahlt und musste noch die oberen Tasten des Klaviers abarbeiten.

Das Gespräch mit Hans hatte sich verschoben, weil er an dem Tag dringend mit den Arbeitern auf der Werft etwas klären musste. So kamen sie erst zwei Tage später dazu. Lars war am Vortag mal wieder zu einer Reise aufgebrochen, und Emma arbeitete an diesem Tag länger als sonst. Hans hatte sie gefragt, ob sie Überstunden machen könne, und sie hatte gesagt, dass das kein Problem sei. Nun waren die Männer gegangen, es war früher Abend und nur noch Emma und Hans im Kontor.

»Setz dich doch zu mir«, lud Hans sie ein, und sie kam an den langen Zeichentisch, wo er immer am Tischende saß, und setzte sich rechts von ihm hin, an den Platz, von dem aus sie die Schiffsmodelle im Regal an der Wand sehen konnte.

»Emma, Lars hat ja schon mit dir geredet, ich möchte dir aber gern von meiner Seite sagen, dass ich es außerordentlich bedauere, dass du gehen musst. Du warst mir eine große Hilfe. Aber wir müssen Lars verstehen in der

Sache. Er fürchtet um seinen Ruf. Die Menschen sind sehr konservativ in solchen Dingen.«

Emma nickte. Es hatte ja keinen Sinn zu widersprechen, die Sache war entschieden, und wenn Hans nicht um sie kämpfte, dann war es aussichtslos.

»Ja, die Freiheiten in diesem Land gelten doch nicht für alle Menschen gleichermaßen«, sagte Emma bitter, und Hans entgegnete: »Ich wette, in ein, zwei Generationen wird es ganz normal sein, dass Frauen selbst entscheiden, ob sie arbeiten gehen.«

»Ich werde das alles hier vermissen.« Emma sah sich um. »Die Papierflieger, die Kommentare von Mr. Baker, seine erstaunlichen Ohren, die schönen Schiffsmodelle, die Aussicht auf die Bucht.«

»Du wirst uns auch fehlen, Emma. Du hast hier frischen Wind reingebracht, im wahrsten Sinne.«

Sie mussten lachen, dann fuhr er fort.

»Ich fand es sehr gut, dass hier unsere Männerwelt durch dich etwas aufgelockert wurde. Und du hast dich enorm schnell in alles eingearbeitet. Ich würde dir nur das beste Zeugnis ausstellen.«

»Danke«, sagte Emma.

»Ach ja, hast du schon gehört, dass Miss Parker dringend nach Sacramento zurückmusste? Es kam gestern ein Telegramm, dass ihr Vater schwer erkrankt ist, und so ist sie gleich heute früh mit dem Zug zurückgefahren.«

Sie sahen sich in die Augen.

»Und? Tut es dir leid, Hans?«

»Ich glaube, du hattest recht. Sie hätte nicht hierhergepasst. Und das hat sie selbst auch gespürt.«

»Sie war eine erstaunliche Person«, sagte Emma, »ich glaube, ich hätte mich vielleicht sogar mit ihr anfreunden können«, fügte sie noch hinzu, und sie wunderte sich über sich selbst, dass die Nachricht mit dem Telegramm sie nicht mal ein kleines bisschen freute.

»Hoffen wir, dass es ihrem Vater bald besser geht«, sagte Emma, und Hans nickte.

»Apropos Familie: Ich wollte dir noch was zeigen!« Hans stand auf und holte aus seiner Schreibtischschublade einen Brief, der weit gereist aussah, mit dänischer Briefmarke. »Du hast mich doch damals ausgeschimpft, dass ich mich nie mehr gemeldet habe bei meiner Familie in Dänemark. Vor ein paar Monaten habe ich es getan, und jetzt kam die Antwort.«

Er strahlte sie an, mit schimmernden Augen.

»Mein Bruder Christian hat mir aus Thisted geschrieben. Wie erwartet, lebt mein Vater nicht mehr, und er hat die Tabakfirma übernommen, er hat mir ein Bild von der Familie geschickt.« Hans legte das Foto vor Emma auf den Tisch und stellte sich nah neben sie. Man sah eine große Gruppe am Meer bei einem Ausflug. »Das ist bei uns oben an der Küste, traditionell wird im Sommer immer das Familienfoto am Strand gemacht«, sagte Hans, »das da ist mein ältester Bruder Christian, das seine Frau, dies meine Nichten und Neffen, das ist mein jüngster Bruder Johann, er ist kinderlos, und das hier ist meine Schwester Alberte mit ihrem Mann und ihren Kindern. Mein anderer Bruder Carl ist als Konsul im Ausland.«

»Dann bist du ja inzwischen mehrfach Onkel, was für entzückende Kinder!«

»Ja, wenn meine Mutter das sehen könnte, ihre Enkelschar.«

Emma musste lächeln. »Sie wäre sicher sehr stolz. Auch auf ihren Hans in Amerika! Wer ist diese Frau da?« Emma zeigte auf eine etwas verhärmte, ältere Frau in Schwarz, am Rande des Bildes. »Die zweite Frau meines Vaters, meine Stiefmutter. Sie ist der Grund, warum ich nicht in die Tabakfirma einsteigen wollte. Ich wollte nur noch weg von zu Hause und bin mit vierzehn nach Aalborg in die Lehre als Schiffbauer gegangen, danach nach Kopenhagen als Geselle. Wenn ich es recht überlege, ist diese Frau auch ein Grund, warum ich nach Amerika ausgewandert bin.«

»Deine Stiefmutter?«

Hans seufzte. Er setzte sich wieder ans Tischende, das Familienbild lag immer noch vor Emma, doch es war viel mehr als ein Schwarz-Weiß-Foto mit all seinen Grauabstufungen, es offenbarte zig ineinander verknäulte und verfilzte Fäden, Lebensgeschichten und Schicksale, wie es sie in allen Familien auf der Welt gab. Engere und losere Fäden, Verknüpfungen, die einen ein Leben lang miteinander verbanden, nicht immer nur im Guten, auch im Schmerz, in Ablehnungen, Kränkungen, sogar auf Distanz. Das Geflecht der Familienbande wirkte auf jeden, egal, ob er nun in der Heimat geblieben oder ans andere Ende der Neuen Welt gegangen war. Emma sah auf Christian, den Ältesten, dem die Last der Verantwortung anzusehen war, der müde, aber auch nicht ohne Stolz in die Kamera guckte.

»Meine Mutter ist bei der Geburt meines jüngsten Bruders gestorben, das fünfte Kind war zu viel für sie.

Ich weiß noch, dass wir nicht in das Schlafzimmer reindurften, wir sollten in unserem Spielzimmer bleiben, irgendwann hörten wir Schreie unserer Mutter, es war furchtbar. Ich und meine Geschwister, wir haben uns vor Angst zu viert aneinandergedrückt, ich war ja erst sechs. Und dann schrie ein Baby, und die Hebamme rief nach meinem Vater, aber ihre Stimme klirrte wie Glas. Wir Kinder liefen aufgeregt Richtung Schlafzimmer, durften aber nicht hinein, und so warteten wir davor, im zugigen, eiskalten Flur, in dem immer der Wind durch die Fensterritzen jaulte. Und dann kam mein Vater nach kurzer Zeit aus dem Zimmer, vollkommen verändert. Aus dem stolzen Tabakfabrikanten war ein gebrochener Mann geworden. Er trat auf uns zu und sagte, dass der Herrgott soeben unsere geliebte Mutter zu sich gerufen habe, nachdem sie noch einen kleinen Bruder für uns geboren hätte, einen Johann.«

»Mein Gott«, entfuhr es Emma, »wie furchtbar.«

»So was kann ein Kind nicht verstehen, dass die Mutter von einem Moment auf den anderen einfach weg ist. Sie war eine so wunderbare Frau.«

Hans saß da, und Emma spürte, dass er nach innen weinte, und das zerriss ihr das Herz. Sie legte ihre Hand auf seine. Doch sie wusste, dass nichts auf der Welt so einen Kummer lindern konnte. Niemals. Dass so ein Kummer in einem Menschen für immer blieb, zu ihm dazugehörte, ja, dass der Mensch um diesen Kummer herum wuchs und ihn einschloss, wie ein trauriges Schatzkästchen. Das hier war also der Grund, warum er manchmal so melancholisch in die Welt blickte.

»Ich habe meinen Vater das erste Mal weinen sehen, er

war vollkommen aufgelöst, und als er uns vier so ansah, da wurde mir klar, dass ich soeben nicht nur meine Mutter verloren hatte, sondern auf gewisse Weise auch meinen Vater.«

Emma nickte.

»Er war dann so in seiner Trauer versunken, und eines Tages präsentierte er uns eine fremde Frau und sagte, sie sei jetzt unsere Mutter. Sie war eine Cousine von ihm, selbst Witwe mit zwei Kindern.«

»Dann hatte sie plötzlich sieben Kinder.«

»Ja, aber sie hat ihre eigenen immer bevorzugt und uns nie gemocht. Emma, du bist die erste Person, der ich von all dem erzähle«, sagte er, sah ihr in die Augen, und für einen Moment drückte sich seine Hand von unten in ihre Handfläche, als sendete sie ein Morsezeichen.

»Deine Schwester sieht aus wie du«, wechselte Emma das Thema und die Tonlage, und Hans musste lächeln.

»Sie ist meiner Mutter wie aus dem Gesicht geschnitten.«

Emma hatte ihre Hand wieder von seiner genommen. »Das heißt, dass du deiner Mutter ähnlich siehst. Ich freue mich so für dich, Hans, dass du wieder Kontakt zu deinen Lieben aufgenommen hast.«

»Ich wollte dir danken, ohne dich hätte ich es nicht gemacht. Ach ja, mein Bruder hat mich eingeladen, mal sehen, wenn die Geschäfte wieder besser laufen, vielleicht mache ich das irgendwann einmal, eine Reise in die Heimat. Ich vermisse Dänemark doch sehr. Weißt du, ich träume fast jede Nacht von der Landschaft da oben, der Küste, dem Dünengras. Deshalb habe ich die Werft auch mit Blick auf die Halbinsel gebaut, das hier erinnert mich alles ein bisschen an Jütland. Weißt du noch, im

Sommer die langen Tage da im Norden, hat dir das auch immer so gut gefallen?«

Emma wurde ganz melancholisch. Sie nickte. Ja, die kurzen Nächte, Juni, Juli, mit dem zauberhaften, blauen Abendhimmel, zu schön war das. Und ihr wurde klar, dass selbst jemand wie Hans, der seit über zehn Jahren hier lebte und den Kontakt abgebrochen hatte, nie mit seinem ganzen Herzen ausgewandert war, sondern immer noch an der Heimat hing. Hatte er diesen tiefen Schmerz tilgen wollen, indem er alle Fäden kappte? Und war ihm klar geworden, dass ihm das nicht gelungen war, dass sich, im Gegenteil, die gekappten Fäden auf eine schicksalhafte Weise zu einem noch festeren Seil mit der Heimat verbanden, das an einem zog? Emma verstand, dass sie als Ausgewanderte auch einen Preis zahlten. Den Preis der Halbherzigkeit, weder dort noch hier ganz zu Hause zu sein.

18.

Ein Kleid für Emma

Nachdem sie ihre Arbeit bei Hans hatte aufgeben müssen, besaß Emma plötzlich viel Zeit für sich und hatte Muße, um über das Leben nachzudenken. Sie tat das, während sie ein Kleidchen für ihre Nichte Emma in Schleswig selbst entwarf und dann mit der Hand nähte, und es machte ihr große Freude, Bertha und der Kleinen auf diese Weise nahe zu sein. Inzwischen war ein Foto von dem entzückenden, properen Baby, auf einem Fell liegend, eingetrudelt. Das Mädchen guckte so neugierig in die Welt, dass es Emma ungemein rührte und sie eine große Nähe und tiefe Liebe zu dem Kind empfand, viel mehr als zu ihren anderen Nichten. Das mochte aber auch daran liegen, dass die Lütte schon jetzt wie Bertha aussah und ganz eindeutig nach ihrer Schwester kommen würde, was ein Glück war, denn Heinrich war eindeutig der weniger schöne Part in der Verbindung. Auch Mrs. Hunter, die mal nur mit ihrem Jüngsten, Jack, bei Emma vorbeikam, bewunderte das Baby und sagte, sie verstehe gut, dass Emma voller Tantenstolz sei. Vor allem aber bewunderte Mrs. Hunter Emmas Kleid für die Kleine aus hellblauem Stoff mit all den Biesen und Verzierungen vorn an der Passe, der kleine Jack musste es dann einmal anprobieren. Emma und Mrs. Hunter bekamen einen Lachanfall, als der Bengel mit seinen roten Locken das Kleidchen trug, vor allem aber, weil er sich mit aller Macht und seinen kleinen Fäusten wehrte, als er es wieder ausziehen musste. Mrs. Hunter bot Emma an dem Tag auch an, dass sie sich doch beim Vornamen ansprechen sollten, und ab nun nannten sie sich Suzette und Emma und waren wohl tatsächlich so etwas wie Freundinnen geworden. Ob Emma schon ein Abendkleid für den großen Dezemberball habe, wollte Suzette von ihr Ende Oktober wissen. Emma blickte ahnungslos.

»Was für ein Ball?«

»Na, die Loge und ein paar andere Wohltätigkeitsvereine veranstalten gemeinsam alle zwei Jahre den großen Dezemberball mit Feuerwerk, Tortenbackwettbewerb und Tanz, es spielt ein richtiges Orchester, alles wird für gute Zwecke gespendet.«

»Davon hat Lars mir noch nichts erzählt.«

»Am 15. Dezember, bis dahin brauchst du auf jeden Fall ein schönes Abendkleid, ich dachte, ich sag's dir rechtzeitig.«

Emma nickte dankbar.

Am Abend sprach sie Lars darauf an und erfuhr, dass sie auf diesen Ball gehen würden, sie sich ein Ballkleid nähen lassen solle, und er wäre auch erfreut, wenn sie beim Backwettbewerb mitmache. Eine Jury würde die beste Torte prämieren, und die Preisträgerin bekäme einen Scheck und könne dann entscheiden, welcher wohltätigen Institution sie ihren Scheck spenden möchte.

»Gut, Lars, mal sehen, vielleicht werde ich eine echte Angeliter Trümmertorte ins Rennen schicken«, sagte Emma, »wenn ich nur Stachelbeeren auftreiben kann.«

Die folgenden Tage fing Emma an, ein Kleid für sich

zu entwerfen, aus Seide, cremeweiß, aber mit Biesen in blau und rot, damit das Kleid in den Farben ihrer neuen Heimat, blau-weiß-rot, die ja auch die Farben ihrer alten Heimat waren, gehalten war. Auch alle Säume und der Ausschnitt des Kleides sollten in rot und blau eingefasst sein. Emma stellte sich eine farbige Stola, ebenfalls in blau-weiß-rot, über dem cremefarbenen Kleid sehr schön vor, vielleicht würde sie diese Stola mit feiner Wolle und in luftigen Stäbchen häkeln, damit es nicht wirkte, als trüge sie eine Unionsfahne um die Schultern. Mrs. Miller sollte das Kleid nähen, aber den Entwurf wollte Emma bis zu den bezogenen Knöpfen selbst machen. Jetzt saß sie wie Hans am Zeichentisch zu Hause am Esstisch und zeichnete, korrigierte, warf das Blatt weg, nahm ein neues. Aber schließlich hatte sie einen passablen Entwurf und marschierte damit zum kleinen Schneiderladen in der Second Street zu Mrs. Miller, einer solide ergrauten, mit Leberflecken übersäten älteren Dame, einer Witwe, die sich von ihrer Schneiderei ernährte und die bereits das Millefleurskleid für Emma genäht hatte. Mrs. Miller bestaunte, was Emma da entworfen hatte. »Mrs. Jensen, das ist ja wirklich mal was ganz anderes! Auch für mich!« Und Emma freute sich wie ein Schneekönig über das Kompliment. Wenn ihr Entwurf schon mal der Schneiderin von Eureka imponierte, dann war das ein gutes Omen.

Sie maßen und rechneten aus, wie viel Stoff für das Kleid benötigt wurde, dabei erzählte Mrs. Miller, dass vor zwei Jahren die Erdbeertorte auf Baiserboden von Mrs. Hunter gewonnen habe, davor die Mandelcremetorte von Mrs. Jenkins, der Gattin von Doc Jenkins, und vor sechs Jahren die Marzipantorte mit Himbeerschaum von Mrs. Brooks. Am Tag danach sei das dann jedes Mal das Thema in der Stadt, und alle Frauen waren verrückt nach dem Rezept, das die Prämierten mal großzügig herausgaben oder aber für absolut geheim erklärten, wie diese arrogante Schnepfe an Anwaltsgattin, Melinda Brooks, was damals die anderen Frauen von Eureka rasend machte. Wenn eine Frau sich ganz schnell Hunderte Feindinnen schaffen wolle, dann müsse sie nur ihr Rezept geheim halten. Emma fiel ihre Großtante Adelheid ein, die an der Schlei in Ulsnis wohnte und die jedes Mal ganz schmale Lippen bekam, wenn die Mutter sie bei einer Kaffeetafel nach ihren Rezepten fragte. »*Nur över min Leich, dat steiht in de schwadde Book, nach min Dod kannst du es hem!*« Emma und Bertha hatten Tante Adelheid oft zitiert, wenn es ein Geheimnis gab und die andere zu neugierig wurde.

Mrs. Miller bestellte die Seide, die zehn Tage später eintraf. Emma ging mehrmals zur Anprobe und war zufrieden. Es war ein dezent patriotisches Kleid, und sie würde damit auffallen. Insgeheim hoffte sie, dass es vor allem Hans auffallen und gefallen würde. Diesen hatte sie länger nicht gesehen, nur einmal im Gottesdienst am Sonntag, wo sie sich kurz begrüßt hatten. Er war offensichtlich gerade sehr mit seinen Problemen in der Werft beschäftigt, auch eine Einladung von Lars zu einem Sonntagsessen schlug er aus. Die beiden Männer sahen sich weiterhin in ihrer Loge, aber Emma vermisste das Kontor und Hans, wie er ganz versunken und konzentriert dasaß und zeichnete, wie er mit seinen Mitarbeitern leise redete, um die anderen nicht bei ihrer Arbeit zu stören.

Er hatte sich in der ganzen Zeit nie groß als Boss oder Firmenpatriarch aufgespielt, war kein Mal laut geworden, und sie hatte ihn auch nie jemanden ausschimpfen gehört. Wenn es etwas gab, was ihm nicht passte oder was ihn störte, dann sagte er das ganz sachlich, freundlich, begann meist mit einem Lob nach dem Motto »Svensen, Sie sind doch einer meiner besten Männer auf der Werft, wie kann es sein, dass ...«, und diese Ansprachen schienen immer zu wirken, sein Gegenüber guckte dann nicht bedröppelt aus der Wäsche und zog die Schultern hoch, sondern verließ aufrecht den Raum, ohne Gesichtsverlust, ermutigt, seine Sache da draußen besser zu machen und Mr. Henriksen auf keinen Fall wieder zu enttäuschen.

Während sie im Wohnzimmer am Erkerfenster saß und das Kleid für die kleine Emma fertig nähte oder an ihrer Stola häkelte, dachte Emma immer wieder an den Abend im Kontor im September, als Hans ihr das Foto mit Tränen der Rührung gezeigt und ihr vom Tod seiner Mutter erzählt hatte, an sein »Du bist die erste Person, der ich von all dem erzähle«. Sie spürte wieder, wie er seine Hand in ihre Handfläche gedrückt hatte. Wenn sie ganz ehrlich war, ließ sie das Kleid weniger für den Holzhändler Lars Jensen schneidern als für den Schiffbauer Hans Henriksen. Es war verrückt, das wusste sie selbst, doch sie konnte es nicht ändern. Und die Gedanken waren frei.

An die Mutter in Schleswig musste Emma oft denken, was sie wohl zu ihrem neuen Leben hier in dem schlichten Holzhaus mit Blick aufs Meer sagen würde. Wie ihre Mutter Lars fände und Hans, fragte sie sich. Dass Emma für beide zärtliche Gefühle hegte, würde Ottilie Callsen sicher verurteilen.

Der letzte Brief der Eltern hatte Emma besorgt. Die Mutter hatte zunächst von der kleinen Emma geschrieben und dass das Haus ohne ihre Töchter nun ganz leer und sehr still sei, dann aber angedeutet, dass es dem Vater mit seiner Lunge nicht gut gehe. Leider würde er unvernünftigerweise doch ab und zu noch eine Zigarre rauchen.

Der Vater selbst hatte nur ein paar Zeilen darunter geschrieben, aber mit einer krakeligen Handschrift, der Vitalität und Energie fehlten, es war die Schrift eines sehr geschwächten Menschen, und Emma machte sich keinerlei Hoffnung, dass sich das bessern würde, ja, sie stellte sich darauf ein, dass ihr Vater nicht mehr lange leben und sie ihn wohl nie mehr umarmen und wiedersehen würde. Sie schrieb sofort einen langen Brief zurück und hoffte, dass dieser vielleicht schneller als die anderen eintraf. Launig erzählte sie darin von ihrem Leben in Eureka, dem Haus, dem Garten, ihrer kurzen Zeit als Sekretärin, der Werft, sie schrieb vom Wetter und ihrer neuen Freundin Mrs. Hunter, von der Freude am Klavierspielen, am Nähen und am Kochen und Backen und dass sie sich gerade ein patriotisches Kleid nähen lasse für einen Ball im Dezember. Am Ende schrieb sie jedoch auch noch, dass sie dem Vater gute Besserung wünsche und ausdrücklich, dass sie Mutter und Vater sehr liebe und die große Entfernung diesen Gefühlen der tiefen Verbundenheit und Dankbarkeit nichts, aber auch gar nichts anhaben könne. Wenn sie ehrlich war, sollte die Liebeserklärung im Grunde für ihren Vater sein, aber damit es nicht auffiel und nicht so wirkte, als wenn sie mit seinem Ableben rechnete, adressierte sie es an beide. Sie empfand es aber nicht so, dass sie beide gleich liebte und von beiden gleichermaßen geliebt wurde. Die Mutter hatte Emma selten liebevolle Gefühle entgegengebracht, Erika oder Bertha immerhin gelegentlich. Und ihr Vater hatte diesen Mangel stets auszugleichen versucht, indem er Emma seine Liebe besonders zeigte. Dann warf ihm Ottilie Callsen vor, er verzöge sie dadurch.

Wegen der Torte für den Backwettbewerb machte Emma sich ebenfalls Gedanken und fand es durchaus reizvoll, mal etwas ganz Neues auszuklamüsern, vielleicht inspiriert von der Trümmertorte daheim. Stachelbeeren waren keine aufzutreiben, und sie überlegte, die Trümmertorte zu variieren und ihr dann auch einen ganz neuen Namen zu verleihen, denn eine Torte, die »Trümmertorte« hieß, würde nie den ersten Platz machen. Nicht in Amerika, hier musste immer alles positiv sein. So viel hatte Emma schon verstanden von der neuen Heimat.

Es war eines Nachts ein Traum, in dem sie die von ihr erfundene Torte ganz deutlich vor sich sah, alle Schichten. Es war keine gebackene Torte, sondern eine kalte, und als sie im Traum mit dem Finger hineinfuhr und verbotenerweise von der Torte naschen wollte, da wachte sie leider auf. Aber mit dem wunderbaren Gefühl »Ich habe es gefunden! Heureka!« Sie versuchte, sich zu erinnern, was sie da im Traum gesehen hatte, aber ihr fiel nur ein, dass es in der Torte Milchreis gegeben hatte. Das wiederum erinnerte sie daran, dass sie beim erstmaligen Betreten des Hauses angebrannte Milch gerochen hatte, und das brachte sie auf die Idee, den Milchreis anzurösten, dann zu kochen und so sehr zu verdicken und mit Schlagsahne anzureichern, dass er als Creme für die Torte taugen würde. Jetzt kam eins zum anderen. Als Emma ein Braunes Plätzchen aß, die sie als einziges Relikt jedes Jahr zur Adventszeit backte, hatte sie die Eingebung, dass diese, in kleine Stücke, in Trümmer gebrochen und mit flüssiger Butter einen Tortenboden abgeben würden, darauf die Milchreiscreme, und dann müsste oben noch eine Schicht mit Früchten kommen. Blaubeeren, weiße und rote Johannisbeeren, und diese würde sie so dekorieren, dass sie die Flagge der Union symbolisierten.

Suzette sah nun öfter bei Emma vorbei, und sie handarbeiteten zusammen, George und Jack spielten am Boden mit Bauklötzen, die Emma extra für die beiden besorgt hatte, oder George klimperte begeistert auf dem Klavier, mit einer akustisch etwas anstrengenden Vorliebe für die schwarzen Tasten. Emily kam nie mit, sie hatte anderes zu tun.

Seltsamerweise lachte Suzette gar nicht mehr so schlimm wie früher, oder fiel es Emma einfach nicht mehr negativ auf, weil sie die ganze Person lieb gewonnen hatte? Störte einen ein Spleen bei einer Person, die man gernhatte, weniger, weil man das große Ganze sah und der Spleen durch so viele andere Eigenschaften wettgemacht wurde? So musste es sein, dachte Emma, denn inzwischen hatte sie die anderen Seiten von Suzette erlebt, ihre Herzlichkeit, ihren Humor, ihre Zuverlässigkeit. Und das, was Emma, wohl hauptsächlich aufgrund des Lachens und des nur oberflächlichen Kennens, immer als leicht ordinär empfunden hatte, war einfach eine pralle Portion Geerdetheit, auch mit etwas leicht Derbem gemischt, aber Suzette war lebendig, ein Mensch aus Fleisch und Blut, mit dem kleinen Makel, dass ihr Lachen der Teufel gemacht hatte.

Eines Nachmittags fragte Suzette Emma direkt, ob sie nicht auch gern Kinder hätte, und Emma nickte. »Doch, ich wollte immer Kinder haben, aber es hat nicht geklappt bei uns. Und ich muss dir sagen, dass dadurch auch meine Lebensplanung etwas durcheinandergeraten ist, denn natürlich dachte ich, ich ziehe zu diesem Mann in den Norden, und wir gründen eine Familie. Davon ging ich aus.«

Suzette sah Emma an, George quälte gerade das Klavier und war ganz versunken, er bekam nichts mit, und Jack war noch zu klein, um solche Gespräche zu verstehen. Er krabbelte munter am Boden herum.

»Tja, denk ich mir, dass du dir das anders vorgestellt hast. Und? Bist du bitter deswegen?«

»Ich war es manchmal schon ein wenig, und jede Nachricht einer neuen Nichte in Schleswig gibt mir einen Stich, denn in meiner Familie können wir Frauen Kinder kriegen, wenn auch offensichtlich immer nur Mädchen.«

Sie lachte.

»Tja, muss wohl an dem Unfall mit dem Bein liegen«, mutmaßte Suzette und sah Emma etwas mitleidig an.

»Aber, so sehr ich meine Blagen liebe, es ist auch sehr anstrengend, und man hat für fünf Minuten Spaß zwanzig Jahre lang keine ruhige Minute mehr.« Und wie auf Kommando fing der kleine Jack an zu heulen, und Suzette nahm ihn auf ihren Schoß, um ihn zu trösten.

Als Emma Suzette ihr fertiges Kleid zeigte, blieb dieser vor Staunen der Mund offen.

»Dazu müssen wir dir die passende Frisur machen, ich komme vor dem Fest kurz vorbei.«

Emma strahlte.

»Gut, aber ich will nicht wie ›Miss Union‹ oder eine Gallionsfigur aussehen.«

»Nein, ganz dezent, du könntest aus den Stoffresten schmale weiß-rot-blaue Haarbänder flechten, und die würde ich dir in den Haarknoten hinten hineinwickeln.«

»Suzette, das ist eine großartige Idee, so machen wir es. Wofür hast du eigentlich den Scheck gespendet, als du den Backwettbewerb gewonnen hast?«, wollte Emma wissen.

»Fürs Waisenhaus«, antwortete Suzette. »Und stell dich darauf ein, falls du gewinnst, musst du eine kleine Rede halten.«

»Oh, Gott. So eine Ich-bin-eine-gute-Hausfrau-und-aufrechte-Christin-Rede?«

Suzette nickte.

»Alles klar, ich werde schon nicht gewinnen, dafür ist meine Torte zu ungewöhnlich.«

»Und du hast wirklich nichts daran gebacken?« Suzette konnte es nicht glauben.

»Kalte Torten, das wird die Zukunft«, lachte Emma, »und *ich* habe sie erfunden!«

19.

Dezemberball

Am frühen Abend fuhren Emma und Lars in der Kutsche zum Fest in der »Eureka Townhall«, einem stattlichen Gebäude mit Säulen am Eingang, einer großen Freitreppe und Terrasse, wo sich schon an die hundert Menschen tummelten, und es wurden immer mehr. Zum Dezemberball war die gesamte Upperclass der Küste und Umgebung eingeladen, und manche kamen von weit her und übernachteten im Hotel. Dieses Ereignis ließ man sich nicht entgehen, es war der Höhepunkt aller Bälle, und die Tatsache, dass er nur alle zwei Jahre stattfand, verlieh ihm eine besondere Attraktivität, ein cleverer Trick von demjenigen, der ihn erfunden hatte. Dafür musste aber auch umso mehr Spendengeld für wohltätige Zwecke erwirtschaftet werden, die Billetts jedenfalls waren sehr teuer, wie Emma von Suzette erfahren hatte.

Die Männer alle im Frack, die Frauen in langen Abendroben, standen sie zum Teil auf der Freitreppe und großen Terrasse, aber auch drinnen im großen Saal, der voller Papiergirlanden in den Farben der Union hing. Alles war festlich dekoriert, silberne Kandelaber mit Kerzen schmückten ein riesiges Buffet, ein Orchester saß auf einer Bühne am Kopf des Raumes und spielte Johann Strauß, aber noch wurde nicht getanzt. Man stand hier und dort herum, begrüßte sich, und Lars stellte Emma einigen

Leuten vor. Er schien stolz auf seine Frau zu sein, und Emma wiederum trug ihr selbst entworfenes Kleid mit dem Stolz einer Frau, die nicht wie alle anderen war. Ihre Stola in den Farben rot, weiß, blau hatte sie über die Schultern gelegt, und sie verlieh dem eleganten Seidenkleid Pfiff, jedenfalls wurde Emma permanent auf ihre Kombination angesprochen, auch auf die schöne Frisur. Suzette kam vorbei, sie trug ein grünes Seidenkleid, das großartig zu ihren roten Haaren aussah, und flüsterte Emma zu: »Alle reden über dein Kleid!« Und Emma entgegnete der Freundin: »Und du, wandelnder Horror jeder Schiffstaufe, siehst heute Abend fantastisch aus!«

Emma blickte sich immer wieder im Gewühl um, ob Hans schon da war, doch sie konnte ihn nirgends entdecken. Was, wenn er nicht auftauchte? Auf die Idee war sie noch gar nicht gekommen, in all den Wochen hatte sie sich doch immer auf sein Gesicht gefreut, wenn er sie in diesem Kleid sähe.

Sie wurden alle in den großen Saal gebeten, vorne auf der Bühne stand der ehrwürdig-korpulente, ehrwürdig-ergraute Doc Jenkins, der dieses Jahr der Tortenjury vorstand. Er räusperte sich, es wurde still, und dann begann Jenkins seine kleine Ansprache.

»Meine sehr geehrten Damen und Herren, ich begrüße Sie herzlich zu unserem Wohltätigkeits-Dezemberball, und wie jedes Mal werden wir zur Eröffnung die Gewinnerin des Tortenbackwettbewerbs verkünden. Dieses Jahr fiel es uns bei der großen Auswahl ausgezeichneter Bewerbungen besonders schwer, aber nachdem wir immer wieder von dieser einen Torte gekostet haben und unseren Gaumen so viele vertraute und doch zugleich exotische

Geschmäcker kitzelten, konnten wir nicht anders, und wir mussten einstimmig diesem kulinarischen Meisterwerk, bei dem einem jeder Bissen auf der Zunge zergeht, den 1. Preis des Backwettbewerbs verleihen. Diese Torte schmeckt ein bisschen nach Weihnachten und dem Morgenland, sie schmeckt nach Kindheit und Glück. Sie hat sich mit den Beeren unserer kalifornischen Erde aufs Schönste patriotisch geschmückt. Wir gratulieren der großartigen Erfinderin, nicht nur des ungewöhnlichen Rezepts, sondern auch des wunderbaren Namens. Der erste Preis geht an die ›Liberty-Torte‹ von Mrs. Emma Jensen! Herzlichen Glückwunsch!«

Das Orchester spielte einen Tusch. Emma schoss das Blut ins Gesicht, ihr wurde ganz heiß. Applaus erklang, der ehrliche Applaus der Anerkennung von ungefähr zweihundert Menschen. Lars drückte ihre Hand und gab ihr einen Kuss auf die Wange.

»Ich bin so stolz auf dich.«

»Darf ich die Preisträgerin zu mir bitten?«, rief Mr. Jenkins.

Lars stupste Emma Richtung Bühne, zum Glück gab es einen Holztritt hinauf, und Jenkins reichte ihr die Hand. Ein Fotograf schoss ein Bild.

»Hier kommt sie, die erfinderische Mrs. Jensen, die diesjährige Gewinnerin des Tortenbackwettbewerbs, die Schöpferin der Liberty-Torte! Bitte sagen Sie kurz etwas zum Rezept!«

Emma räusperte sich, sie sah in die vielen Gesichter, die alle auf sie gerichtet waren, es war mucksmäuschenstill im Saal.

»Guten Abend. Die Idee zu dieser Torte kam mir im

wahrsten Sinne im Schlaf. Ich sah sie im Traum deutlich vor mir, alle Schichten, ich konnte sie aber nicht im Traum probieren, ich gebe zu, ich wollte es gerade tun und bin mit dem Finger hineingefahren, aber da bin ich leider aufgewacht.«

Die Menge lachte, und Emma entdeckte Hans neben Lars stehen. *Er* war da, strahlend und voller Stolz blickten ihre beiden Männer auf sie, als hätten sie persönlichen Verdienst an der Torte und Emmas Triumph.

»Der Tortenboden besteht aus zerbrochenen, Braunen Plätzchen, den berühmten Homesick-Cookies, mit flüssiger Butter verbunden, wurde also nicht gebacken, die Creme ist angerösteter, dann gekochter Milchreis mit Schlagsahne, Zimt und einer Vanillecreme, und oben habe ich Blaubeeren, rote und weiße Johannisbeeren gewählt, für den säuerlichen Kontrast. Es ist eine kalte Torte, die keinen Herd, an den wir Frauen ja bekanntermaßen gehören, von innen gesehen hat.«

Inzwischen hatte Mr. Jenkins einen Scheck aus seiner Fracktasche herausgeholt.

»Und für welche wohltätige Einrichtung möchten Sie den Scheck über 300 Dollar gern spenden?«

Emma machte eine Kunstpause, dann sagte sie: »Für das Waisenhaus von Eureka.«

»Mrs. Jensen, verraten Sie uns noch, wie Sie auf den Namen Liberty-Torte gekommen sind?«

Die Menge blickte sie gespannt an, und Emma zog die Stola vorn zusammen, nestelte an den Stäbchen, als könnten sie ihr Halt geben, so nervös war sie. Alle Augen waren auf sie gerichtet, da sagte sie laut und deutlich, damit auch jeder im Saal die Botschaft verstand.

»Ich habe sie Liberty-Torte genannt, weil ich mir wünsche, dass allen Menschen die gleichen Freiheitsrechte zustehen, auch den Frauen, und ... äh ... tja, dass man es ihnen zutraut, über ihr Leben mit zu entscheiden, und dass das nicht andere für sie tun.«

Mr. Jenkins hüstelte ehrwürdig-verlegen, sichtlich aus dem Konzept gebracht, in der Menge gab es das eine oder andere empörte Raunen, da fügte Emma noch mit einem schelmischen Lächeln hinzu:

»Und außerdem war mir klar, dass eine Torte, die Liberty-Torte heißt, bessere Chancen auf den ersten Platz hat, als wenn ich sie Braune-Kekse-Trümmertorte oder Angebrannte-Milchreis-Torte genannt hätte.«

Die Anwesenden lachten über so viel entwaffnende Ehrlichkeit, applaudierten erneut, vielleicht auch aus Erleichterung nach dem kleinen Schrecken, und Emma trat von der Bühne ab, kam zu Lars und Hans. Hans strahlte sie an. »Herzlichen Glückwunsch, Emma. Da hast du ja das Ruder gerade noch herumgerissen!« Und Lars sah seine Frau an mit dem Blick des immer wieder überraschten Ehemannes, es war eine Mischung aus *not-amused* und Bewunderung. »Ich muss euch eine herrliche, wahre Geschichte aus der Heimat erzählen, meine dänischen Freunde«, sagte Emma an Hans und Lars gerichtet.

»Zur Zeit der dänischen Besatzung war es ja verboten, die schleswig-holsteinische Flagge oder deren Farben öffentlich irgendwo zu zeigen. Und dann fand ein großer offizieller Ball in Schleswig statt mit Hunderten geladenen Gästen, und ein patriotischer Vater hatte drei Töchter, und er ließ für die älteste ein blaues, für die mittlere ein weißes und für die dritte ein rotes langes Abendkleid schneidern, alle aus schönster Seide, und er befahl ihnen, den ganzen Abend in der Reihenfolge immer nebeneinanderzustehen, und sie durften nicht tanzen.«

Lars und Hans mussten lachen. »Es war ein Riesenskandal in Schleswig, und die Sache ging bis nach ganz oben, es wurde ein Politikum. Verrückt, oder? Kommt euch das deutsch-dänische Hickhack auch so weit weg vor inzwischen?« Beide nickten.

Mr. Jenkins eröffnete das Buffet, und alle stürzten sich darauf, als hätten sie tagelang nichts gegessen, und um wenigstens einen Teil ihrer vielen Dollars, die sie für die Eintrittskarte hatten zahlen müssen, gebührlich abzuessen.

Suzette robbte sich am Buffet an Emma heran und raunte nur: »Das hätte ja fast einen Skandal gegeben, meine Liebe!« Emma flüsterte der Freundin ins Ohr: »Diese Leute hier sind schuld, dass ich nicht mehr im Kontor arbeiten durfte. Das war die Gelegenheit, ihnen mal den Marsch zu blasen.« Dann mussten sie lachen, und Emma genoss die vielen guten Dinge des Buffets und den Champagner, der floss, umso mehr, als es ja alles für den guten Zweck war.

Der Orchesterleiter kündigte eine Quadrille an und bat um Aufstellung. Da Lars nicht tanzen konnte, forderte er Hans auf, mit Emma zu tanzen. Dieser zwinkerte Emma zu: »Wir haben ja gerade gelernt, dass das schöne Geschlecht mitbestimmen will. Möchte die Kämpferin für die Rechte der Frauen vielleicht mit mir tanzen?«

»Mit Vergnügen!«, lachte Emma.

»Dann erfülle ich diesen Freundschaftsdienst sehr

gern.« Sie stellten sich in einer Achterreihe mit auf, die Musik begann, und sie teilten sich vorn vor der Bühne in zwei Vierergruppen, die rechts und links am Rand zurückmarschierten, sich hintereinander einreihten und vorn an der Bühne in Zweiergruppen aufteilten. Emma und Hans marschierten am Rand zurück und reihten sich in die Zweiergruppen, die sich vorn an der Bühne aufteilten. Nun standen sich Männer und Frauen gegenüber, doch nur die Damen rückten einen Platz weiter zur Seite, und dann gingen alle wieder aufeinander zu, und es ging in neu gemischten Viererreihen voran, Emma jetzt mit einem anderen Mann, Hans mit einer anderen Frau an der Seite. Das ging eine Weile so, und Emma hatte das Gefühl, dass der ganze Saal sie, Miss Tortenträumerin, nun kannte, und ihr wurde immer wieder zugelächelt. Dann wurde zurückgetauscht, und Emma ging wieder an der Hand von Hans, die sie fest, aber nicht zu fest hielt. Die Quadrille war zu Ende und wurde aufgelöst, indem das Orchester nun einen Walzer anstimmte. Und Hans drehte Emma zu sich, fasste sie an der Schulter und am Arm, nahm den Takt und den Wiegeschritt auf, und Emma tat es ihm gleich. Sie drehten sich, eingereiht hinter die anderen tanzenden Paare am Rande der Tanzfläche entgegen dem Uhrzeigersinn. Emma konnte ihr Glück nicht fassen, mit Hans Walzer zu tanzen! Sie schwebten dahin, und die weiße Seide des Kleides rauschte mit ihnen mit, am schönsten aber waren die Drehungen, wenn das Kleid wie eine Gischt Emmas Fesseln umspülte. Emma war überrascht, wie gut Hans tanzte, das hatte sie ihm nicht zugetraut. Sie sah aus den Augenwinkeln auf die am Rande stehenden, nicht tanzenden Menschen, sie lächelte einmal Lars zu, der auf seinen Stock gestützt zusah, sich dabei aber mit einem Logenbruder unterhielt. Suzette tanzte gerade mit ihrem Mann, George Hunter war ebenfalls ein guter Tänzer, Emma hätte nicht vermutet, dass der Buchhalter ihres Mannes sich geradezu elegant bewegen konnte.

Dieser Dezemberball war voller Überraschungen!

Emma durchströmte das Glücksgefühl, das sie immer beim Tanzen erfasste, und doch war es ganz anders als früher und als mit Herrn Grohmann auf dem Schiff. Hatte sie sich sonst immer vergessen beim Tanzen, sich aufgelöst in der Bewegung, merkte sie jetzt, dass sie sich so präsent fühlte wie noch nie. Und sich als Frau, genau so, wie sie war, akzeptieren konnte. Es gab keine Selbstzweifel, sondern nur das volle Auskosten des Moments, des Daseins, des geschenkten Tanzes, der Tatsache, dass sie liebte, Hans, sich selbst, die ganze Welt! Von diesem Gefühl durchdrungen, kam es Emma so vor, als wäre das Kleid die Hülle eines tanzenden, glühenden Engels in ihr. Hans zog das Tempo an, sie drehten sich noch schneller, und Emma fixierte zwischendrin immer wieder sein Gesicht, damit ihr nicht schwindelig wurde. Er lächelte sie an, und ihr schien dieses Lächeln zu sagen: »Haben kann ich dich nicht, aber tanzen kann ich mit dir!« Es gab dann noch einen Walzer und noch einen, und danach machte das Orchester eine kleine Pause, und Hans brachte Emma wieder zu Lars, der seiner Frau in die Augen sah, als er sie fragte: »Und? War es schön?«

»Herrlich!«, sagte sie ehrlich und wusste, dass das am unauffälligsten wäre. Ihr Herz klopfte ihr bis zum Hals, und sie war so glücklich wie lange nicht. Hans entschuldigte sich, und Lars und Emma traten eingehakt in die Abendluft hinaus auf die Terrasse, wo sie mit anderen Logenbrüdern und deren Frauen redeten. Emma plauderte und plauderte, war die Königin des Small Talks und des geistreichen Witzes, doch darunter, unter der Fassade der geschmeidigen Wörter war sie so aufgewühlt wie das Meer bei einer Sturmflut, und ihr Herz schlug so laut »Hans, Hans, Hans«, dass sie meinte, alle anderen müssten es hören. Sie blickte sich nach ihm um, konnte ihn aber nicht mehr entdecken. Es waren zu viele Menschen da, Menschen, die ihr vollkommen gleichgültig waren, bis auf diesen einen. Emma schimpfte innerlich mit sich, dass sie kindisch und vollkommen verrückt war und gegen das göttliche Gebot verstieß »du sollst nicht begehren«. Ach, sie hätte zu gern mit Bertha über alles geredet, aber das war nicht möglich, und Suzette war zwar ihre Freundin, aber es war undenkbar, ihr das anzuvertrauen. Es musste Emmas Geheimnis bleiben, sie konnte es niemandem erzählen. Hans war der beste Freund von Lars, der Trauzeuge.

Suzette und George Hunter traten zu ihnen, denn soeben wurde das Feuerwerk am nächtlichen Himmel über der »Eureka Townhall« entzündet, und ein Teil der Spendengelder ging in roten, grünen, blauen und gelben Leuchtblüten am Nachthimmel auf, und Emma sagte nur: »Zu schön, aber was hätte man mit diesem verpulverten Geld alles Gutes tun können!«, und Lars lächelte sie resigniert an und erklärte, er gehöre zu den Wenigen, die jedes Mal bei den Logensitzungen zur Vorbereitung des Dezemberballs gegen das Feuerwerk gestimmt hätten.

Doch in das himmlische Kunstwerk und das Knallen und Zischen der Chemikalien drangen Rufe, immer lauter: »Feuer! Ein großes Feuer! Unten an der Bucht!« Und dann nach wenigen Sekunden: »Die Henriksen-Werft brennt! Schnell, wir brauchen jeden Mann zum Löschen!«

»Oh, mein Gott«, entfuhr es Emma, und Lars sagte: »Der arme Hans, nicht auch das noch!«

Einige der befrackten Männer liefen sofort los Richtung Bucht, Lars und Emma sahen sich an, dann nahmen sie die erstbeste Droschke, die vorbeikam, und fuhren los.

Auf der Fahrt sahen sie kurz darauf die hohen Flammen unten an der Bucht, es schien nur die Werft selbst Feuer gefangen zu haben, nicht die Arbeiterhäuser oder das Kontor. Die wild gen Himmel schlagenden Flammen waren riesig, und das orangefarbene Feuer schien eine Urgewalt zu sein, eine biblische Heimsuchung. Wie eine Kathedrale brannte die Werft, sie war ja ganz aus Holz, sowie auch drinnen das halb fertige Schiff, die *Alberte*. Es war ein Fest für das Feuer, all das Holz! Emma liefen Tränen über die Wange. Lars sagte nur: »Du gehst nach Hause, ich gucke, ob ich irgendetwas tun kann. Ein nutzloser Krüppel wie ich kann ja nicht mal einen Wassereimer tragen.«

»Aber du kannst helfen, das Ganze zu koordinieren, und du kannst Hans beistehen als bester Freund.«

Er nickte, ebenso erschüttert wie Emma. Die Droschke hielt, Emma ging zum Haus, Lars zahlte den Kutscher und humpelte Richtung Werft und der Feuersbrunst, so schnell er konnte. Emma drehte sich vor dem Eingang noch einmal um und sah aus der Ferne einen Augenblick auf ihren Mann, der da mit seinem Stock weit ausholende Schritte machte, sein steifes Bein hinter sich herzog, wie sein Schicksal. Sie hatte Lars noch nie von sich sagen hören »Ein nutzloser Krüppel wie ich«. Dann ging sie ins dunkle Haus.

20.

Ruin

Emma lag unruhig im Bett, sie konnte nicht schlafen. Am liebsten hätte sie mitgeholfen beim Löschen des Brandes, aber ihr war klar, dass es mit den Werftarbeitern und den zusätzlichen Männern genug helfende Hände gab und sie dort nichts zu suchen hatte. Gebetet hatte sie bereits. Irgendwann hörte sie die Haustür und Schritte im Flur, das leise Klock-klock des Stocks auf dem Holzboden, kurz darauf trat Lars ins Schlafzimmer.

»Emma, noch wach?«

»Und? Habt ihr das Feuer löschen können?«

Er setzte sich zu ihr auf die Bettkante, sein Frack wirkte ramponiert, das Hemd war voller Flecken, sein Gesicht gerötet.

»Ja, aber es hat gebrannt wie ein Scheiterhaufen, gnadenlos!«

»Und die Ursache für den Brand? Weiß man das schon?«

»Das wird noch untersucht.«

»Ist gar nichts mehr übrig von der Werft, worauf man aufbauen kann?«

»Angesenktes Holz, ein verkokeltes Schiffswrack, Emma, es war ein dermaßen trostloser Anblick.«

Lars begann zu weinen, und Emma setzte sich auf, rückte rüber und nahm ihn in ihre Arme.

Er legte seinen Kopf an ihre Brust, dabei schluchzte er. »Ich habe Hans noch nie weinen gesehen, er war immer wie ein großer Bruder für mich, den ich bewundere. Und dann steht er da und sieht auf die Glut in diesem Schiffsrumpf, und die Tränen laufen ihm über die Wangen.«

Emma atmete schwer. Wie gern hätte sie Hans getröstet, stattdessen streichelte sie Lars über seinen Rücken.

»Meinst du, die Henriksen-Werft wird das überstehen?«

Lars richtete sich wieder auf und sah Emma an: »Niemals, das ist sein Ruin.«

»Dann musst du ihm aushelfen, Lars!«

»Emma, ich bin doch keine Bank. Jetzt müssen wir erst mal schlafen, ich bin hundemüde, und das Bein schmerzt.«

Er stand auf und hängte seine Kleidung über den stummen Diener, dann zog er seinen Schlafanzug an und kam zu Emma ins Bett. Sie umarmten sich fest und schliefen aneinandergeschmiegt ein.

Was konnte sie tun, um zu helfen? Emma überlegte und überlegte. Immer wieder fiel ihr der Satz von Lars ein, dass ein Geschäftsmann in Not, seinen Buchhalter, die Bank und Gott brauche, sonst niemanden. Hans hatte Baker und seine Werftarbeiter, die zu ihm hielten. In der Stadt hatte die Nachricht schnell die Runde gemacht, dass seine Arbeiter auf ihren Lohn für zwei Monate verzichteten und auch dann nur einen reduzierten Lohn beanspruchten, bis Hans Henriksen wieder auf den Beinen wäre. Hans wurde gepriesen als humaner Arbeitgeber, der nun zurückerhalte, was er den anderen immer gegeben hatte. In der Zeitung am Montag war ein kleines

Foto von Emma auf der Bühne und der Notiz, dass Mrs. Emma Jensen mit ihrer Liberty-Torte die Gewinnerin des Tortenbackwettbewerbs geworden sei, aber die große Nachricht war die vom Brand und was nun aus der Henriksen-Werft und ihren Arbeitern würde. Hans wurde zitiert, dass er jetzt erst mal mit der Bank sprechen müsse. Emma schnitt die Seite heraus, um sie aufzubewahren, auch weil ein Foto von Hans darauf war.

Emma erfuhr an einem der nächsten Abende von Lars beim Abendbrot, dass die Bank Sicherheiten verlange für die Kredite für den Wiederaufbau der Henriksen-Werft und dass Hans ihn gefragt habe.

»Du hast ja sicher zugesagt«, entgegnete Emma.

Lars sah Emma an, dann schüttelte er den Kopf.

»Emma, es ist kompliziert. Als Gläubiger hafte ich für das ganze Risiko, mit all meinem Vermögen, das ich mir mühsam aufgebaut habe. Und wie das Wort Gläubiger sagt, muss man fest daran glauben, dass der andere es schafft. Ich bin aber davon nicht überzeugt, und zwar nicht, weil ich Hans nicht für einen guten Schiffbauer halte, das ist er zweifellos, einer der besten hier an der Küste, aber ich halte ihn nicht für den besten Geschäftsmann. Er geht zu sehr ins Risiko, das hat ihm manche schöne Gewinne beschert, aber eben auch die Krise. Statt einfach nur seine Schiffe zu bauen und zu verkaufen und Rücklagen zu bilden, die jeder Geschäftsmann braucht, hat er mit seinen Anteilen spekuliert. Schon vor dem Brand sah es nicht gut aus, und ich habe es ihm bereits mehrmals gesagt, dass er seine Strategie ändern muss. Er kann aber stur sein wie ein Esel.«

»Ich verstehe zwar, was du meinst, Lars, aber er ist dein bester Freund!«

»Emma, bei Geld hört die Freundschaft auf. An diesem Spruch ist sehr viel Wahres dran.«

»Aber helfen musst du ihm irgendwie, schon als Christ, und sei es, dass du mit seiner Bank redest, dich da für ihn einsetzt.«

»Das habe ich bereits getan, vergeblich leider, aber ich hoffe, dass die Loge sich für ihn engagiert. Das ist die letzte Hoffnung.«

»Jetzt bräuchte es Larry, den Koch, mit seiner Fiedel als Vermittler zwischen euch beiden«, sagte Emma, und Lars sah sie erstaunt an, dann nickte er, fast unmerklich.

Weihnachten rückte näher, und die Tatsache, dass Hans sich entschuldigte und bedauerte, nicht mitfeiern zu können, wie es ursprünglich geplant war, zeigte, dass die ganze Angelegenheit zur Zerrüttung der Freundschaft zwischen Lars und Hans geführt hatte. Emma hatte Hans nur einmal im Gottesdienst gesehen und ihn dort kurz begrüßt, doch er war reserviert, und man sah ihm an, dass ihn existenzielle Sorgen plagten. Sie ließ es sich nicht nehmen, ganz schnell an den Tagen und Abenden vor Weihnachten einen warmen Schal und eine Mütze zu stricken, in dunkelgrau und in grober, aber weicher Wolle. Am Tag vor Weihnachten setzte sie sich an ihren Tisch und nahm die Feder zur Hand.

Eureka, Weihnachten 1874

Lieber Hans,
auch wenn gerade Deine Welt ins Wanken geraten ist, Weihnachten muss doch ein Geschenk für Dich her. Es ist das verzweifelte Geschenk einer Frau, die Dir leider nicht anders helfen kann. Wenn ich eine Fee wäre, dann würde ich Dir ganz viel Geld aufs Konto und eine neue Werft an die Bucht zaubern! Und gleich vier neue Aufträge für Schiffe dazu! Aber ich bin keine Fee, sondern nur ein einfaches Mädchen aus Schleswig, das leidlich Klavier spielen, backen und handarbeiten kann, daher habe ich diesen Schal und diese Mütze für Dich gestrickt, sie mögen Dich warm halten, jetzt in diesen rauen Zeiten, wo Dir eisiger Wind entgegenschlägt und Du Dich warm anziehen musst. In jeder Masche steckt Zuversicht und Glaube und Hoffnung. Und auch meine ganze Zuneigung zu Dir und Hochachtung vor Dir als Mensch. Die Weihnachtsgeschichte ist ja die Geschichte der Hoffnung, und ich wünsche Dir, dass ein Funken Hoffnung für Dich immer noch da ist und Du den Glauben an Dich, Deine Fähigkeiten und Deinen Gott nicht verlierst. Ich jedenfalls bete jeden Abend für Dich und dass die Henriksen-Werft erhalten bleiben möge. Und dass sich eine gute Lösung findet. Ich hoffe auch, dass Du Lars eines Tages verzeihen kannst, dass er Dir nicht in der Form helfen konnte, wie Du es von ihm verlangt hast. Ja, ich bete, dass wir drei wie früher miteinander verkehren können, vor allem aber, dass Euer beider Freundschaft, die für jeden von Euch so viel bedeutet, wieder ins Lot kommt.
Nun aber gesegnete Weihnachten! Ich werde im Erker-

fenster ein Licht für Dich aufstellen, für meinen so plötzlich aus meinem Leben verschwundenen Hans und damit Du weißt, dass in dem weißen Haus da oben auf dem Hügel jemand an Dich denkt und Dich vermisst, nicht nur zu Weihnachten, mit den allerwärmsten Gefühlen!
Deine Emma

PS: Es war wunderschön, mit Dir zu tanzen.

Fertig. Emma legte beim Briefeschreiben einfach los, es war, als wenn etwas in ihr die Briefe verfasste, eine innere Stimme. Das hatte den Effekt, dass sie, wenn sie am Ende das Geschriebene noch einmal durchlas, selbst oft erstaunt war. Auch die Auswahl, über was sie schrieb, war keine bewusste, es kam immer wie von selbst, sobald sie, die Feder in der Hand, vor dem leeren Blatt saß und sich einfach die Person, an die sie schrieb, vorstellte, den Anlass und was sie dieser Person gern sagen wollte.

Sie las den fertigen Brief an Hans und fand, dass die innere Emma, die Herzenssekretärin, ihre Sache gut gemacht hatte. Was dort auf dem Papier stand, war exakt das, was Emma empfand, und es waren genau diese Worte und keine anderen, mit denen sie Hans an diesem Weihnachtsfest in den für ihn so schweren Zeiten beistehen wollte. Es durfte nicht mehr sein, aber auch nicht weniger. Und natürlich durfte kein anderer diese Zeilen zu lesen bekommen.

Emma packte den Brief mit ins Päckchen zu Schal und Mütze, verschnürte alles und beschriftete es mit »Für Hans – Frohe Weihnachten«, dann brach sie auf ins Kontor.

Es war nur Mr. Baker da, dessen traurige Augen sie aus dunklen Ringen ansahen. Er schien erfreut, als Emma eintrat.

»Mrs. Jensen, Guten Tag. Ein Licht in der Finsternis!«

»Mr. Baker, wie schön, Sie zu sehen. Hans ist nicht da?«

»Mr. Henriksen ist auf der Werft, sie räumen jetzt alles weg, und er hilft mit, wo er kann.«

»Würden Sie ihm bitte dieses Päckchen überreichen?«

»Gern, Sie können sich auf mich verlassen.«

»Mr. Jörgensen und Mr. Östergaard …«

»Entlassen, schon Anfang November.«

»Meine Güte!«

»Mrs. Jensen, man braucht keine Zeichner, wenn es keine Aufträge gibt.«

»Aber den Buchhalter braucht man immer, sagt mein Mann, und wenn die Welt untergeht.«

»Das stimmt«, sagte Baker, »aber ich kann Ihnen versichern, dass ein Buchhalter auch lieber ein Plus verwaltet als den Konkurs.«

Er stöhnte leise, und Emma und er sahen sich an.

»Mein Mann sagt, dass Hans eine zu riskante Strategie als Geschäftsmann verfolgt, meinen Sie das auch?«

Baker biss sich auf die Lippen, und Emma bereute im selben Moment, die Frage gestellt zu haben. Sie brachte den armen Baker damit in eine ganz schwierige Lage.

»Er hatte wirklich Pech, es kam so viel zusammen, die Rezession, unbezahlte Rechnungen, weil ein Auftraggeber Konkurs ging, das Feuer. Aber es gibt jetzt zwei Geschäftsleute aus Eureka, die eventuell die Werft übernehmen wollen, und Mr. Henriksen könnte Geschäftsführer bleiben.«

»Geschäftsführer seiner eigenen Werft?«

»Ja, mit der Aussicht, sie dadurch zurückzuerwirtschaften.«

»Vor allem kann er so weiter Schiffe bauen, das ist doch seine Leidenschaft. Ich bin sicher, er wird es schaffen.«

Sie lächelte, und Mr. Baker guckte sie zwischen seinen sagenhaften Ohren an und sagte nur: »Sie glauben an ihn, das tut ihm sicher gut.«

Emma räusperte sich. »So, ich muss wieder. Ich wollte nur schnell das Geschenk vorbeibringen. Ihnen und Ihrer Familie schöne Weihnachten, Mr. Baker!«

»Ihnen und Ihrem Mann auch!«, entgegnete er.

Und so feierte Emma Weihnachten dieses Jahr ganz ruhig mit Lars gemeinsam, ohne Baum und ohne großen Aufwand, die kleinen Papierflaggen vom Vorjahr ließ sie in der Schublade. Hans war zum Weihnachtsgottesdienst gar nicht erschienen, was Lars und Emma gleichermaßen besorgte, aber er würde seine Gründe haben. Emma hoffte nur, dass ihr Päckchen und ihr Brief ihm Freude bereiteten. Und sie zündete eine kleine Laterne im Fenster an, und als Lars sie erstaunt fragte, warum sie das tat, da antwortete sie: »Für die verlorenen Seelen da draußen.«

Emma schenkte Lars einen neuen, hübsch verzierten Stock und eine sehr schöne Krawatte, er ihr eine dreifache Halskette aus Perlen, die er bei einer seiner Reisen gekauft haben musste, in Eureka gab es solchen Schmuck nicht. Er band Emma die Kette um, und sie trug sie stolz an dem Abend. Sie spielte auf dem Klavier ein paar Weihnachtslieder, und sie sangen dazu, aber beiden war nicht sehr festlich zumute. Sie sprachen es nicht aus, aber ihnen fehlte Hans. Und Lars, der ja all die letzten Jahre immer mit ihm gefeiert hatte, schien der Freund besonders zu fehlen. Emma spürte den Kummer, der auf ihrem Mann lastete, aber auch er hatte inzwischen erfahren, dass die Werft eventuell von Mr. Winterbottom, dem Besitzer der Fischfabrik, und Mr. Laine, dem die Spedition »Laine & Brothers« gehörte, gerettet werden würde. Beide beabsichtigten, ihrem Logenbruder Hans Henriksen beizuspringen. Das war doch eine gute Nachricht. Zumindest was die Rettung der Werft anging, gab es einen Hoffnungsschimmer am Horizont.

21.

Gegen die Strömung

Emma beschloss, sich durch das Zerwürfnis zwischen Hans und Lars nicht davon abhalten zu lassen, den Kontakt zu Hans zu halten. Sie empfand es sogar als ihre heilige Pflicht, das zu tun, damit das Band zwischen ihnen nicht ganz zerriss und um vielleicht so zu einer möglichen Versöhnung beizutragen. Diese musste natürlich von den beiden ausgehen, sie selbst wollte sich neutral verhalten, und so beschloss sie an einem Vormittag Anfang Januar, Lars war auf einer Geschäftsreise Richtung Norden unterwegs, zur Werft zu gehen. Sie wollte sich gern persönlich vor Ort ein Bild der Lage machen und Hans ein gutes neues Jahr wünschen. Sie packte ein paar Kringel ein, die sie gebacken hatte, zog ihr warmes Wolltuch um Kopf und Schultern, denn seit die Werft abgebrannt war, hatten sie auf der vorgelagerten Halbinsel angefangen, die *Alberte* erneut zu bauen, und dorthin musste man mit einem Ruderboot übersetzen.

Als Emma das Werftgelände betrat, roch es immer noch stark nach verkohltem Holz. Sie ging am Kontor und den Arbeiterhäusern vorbei hinunter zum Wasser und sah auf die riesigen Haufen der weggeräumten, angebrannten Holzstücke. Der Platz, wo die Werft gestanden hatte, war leer geräumt, und allein das war seltsam, einen großen freien Platz vorzufinden, wo doch hier immer dieses stattliche Holzgebäude gestanden hatte. Was für ein Schaden, vor allem, dass die fast fertige *Alberte*, ein Dreimaster, mit abgebrannt war! Emma sah auf eines der Ruderboote, die am Ufer lagen und beschloss, es zu probieren. Es kippelte beim Reinsetzen, und fast wäre die Blechdose mit den Kringeln über Bord gegangen, aber dann nahm Emma die Riemen und drehte mit dem einen das Boot, wie sie es früher auf der Schlei beobachtet hatte. Sie zog beide Riemen durch das Wasser, erst noch falsch herum und zu flach, aber dann wurde ihr klar, dass sie das Ruderblatt tiefer, aber nicht zu tief eintauchen und kräftig ziehen musste. Es gab eine kleine Strömung, die Emma vom anderen Ufer fernhalten wollte, und sie merkte, dass sie mit dem einen Riemen gegenhalten musste, ja, dass sie auf der Seite stärker rudern musste, aber auch das gelang ihr irgendwann. Sie näherte sich dem anderen Ufer, wo eine große Zahl von Arbeitern ein Spantengerüst aufgebaut hatte und dabei war, es zu beplanken. Einer, der am Rand stand und das Ganze mehr beobachtete und kontrollierte, trug eine Denim-Hose, einen dicken Wollpullover und ihren Schal und ihre Mütze. Gott, war Hans dünn geworden! Emma hätte ihn fast nicht erkannt. Er hatte bestimmt zehn Pfund verloren in den letzten Wochen. Aß der Mann denn gar nichts mehr?

Hans kam lächelnd auf das Ruderboot zu, reichte Emma die Hand beim Aussteigen.

»Emma, was für eine nette Überraschung!«

»Ich wollte doch mal nach dem Rechten sehen und wie es dir so geht. Und dir noch ein frohes neues Jahr wünschen!«

»Das wünsche ich dir auch, Emma.«

Er guckte sie ganz ungläubig an, wie eine Erscheinung.

»Ich kann es nicht fassen, dass du hier rüberruderst wie eine nordische Sagengestalt!«, sagte er.

»Die hat aber im Gegensatz zu mir keine Kringel dabei«, lachte Emma und gab ihm die Blechdose.

»Die habe ich extra für dich gebacken, und wie ich sehe, brauchst du dringend was auf die Rippen.«

»Oh, Danke. Tja, zum Essen komme ich gar nicht, das stimmt. Und hier können wir uns auch nichts zubereiten. Die Arbeiter nehmen sich Lunchbrote mit, aber ich habe irgendwie zu viele andere Dinge um die Ohren.«

Er öffnete die Dose und schob sich einen Kringel in den Mund, als hätte Emma ihn daran erinnert, dass er doch Hunger haben müsse. Dann noch einen, und Emma sah das ganz schmale Gesicht mit dem wild gewachsenen Bart und den eingerissenen Lippen, sah wie er kaute und schluckte, und ihr schoss durch den Kopf: »Er wird verhungern, wenn ich mich nicht um ihn kümmere.«

Sie hatte Hans noch nie so verwahrlost erlebt, er sah aus, als wenn er am Morgen gar nicht mehr in den Spiegel schaute. Er, der immer im Anzug mit perfekt gestutztem Bart im Kontor erschienen war, ähnelte jetzt einem Seemann, der an Skorbut litt. Zwischen den Bissen sagte Hans: »Vielen Dank noch für den Schal und die Mütze zu Weihnachten, die wärmen mich jetzt hier draußen ganz wunderbar. Und für die aufmunternden Zeilen, darüber habe ich mich sehr gefreut. Es ist eine Schande, dass ich mich noch nicht bei dir bedankt habe, aber ich lebe zurzeit kein normales Leben, sehr unsozial.«

»Ehrlich gesagt, trotz allem, was passiert ist, rasieren

solltest du dich wenigstens. Für die anderen bist du immer noch ihr Boss und Vorbild.«

Hans sah sie an, dann nickte er, mit einem klitzekleinen Lächeln, das ihr dankbar erschien.

»Hans, wegen Lars und dir ...«, sie stockte. »Ich bedauere, dass es so weit gekommen ist, aber meinst du nicht, dass ihr euch auch wieder vertragen könnt?« Von wegen, sie wollte neutral bleiben!

»Emma, Lars ist weit und breit einer der reichsten Männer an der Humboldt Bay. Wenn ein Freund in Not ist, dann muss man helfen! Und tut man es nicht, dann ist man kein Freund.«

Emma biss sich auf die Lippen. Sie kannte ja die Version von Lars und fühlte sich zwischen den Fronten.

Hans fuhr fort: »Und wenn jemand am Boden liegt, dann ist das Letzte, was er braucht, eine Lektion in Geschäftsführung. Das nehme ich ihm wirklich übel, mehr noch, als dass er mir weder Geld leihen noch für mich bürgen wollte.«

Emma wusste, dass Lars manchmal sehr besserwisserisch auftreten konnte und andere geradezu von oben herab belehrte, sodass diese ihr Gesicht verloren. Damit hatte er sich schon manchen Feind geschaffen. Hans schien ihren Kummer zu sehen und sich einen Ruck zu geben.

»Emma, mach dir nicht zu viele Gedanken, dich trifft ja keine Schuld, Miss Beste-Kringel! Die waren sehr lecker.«

Emma sah erstaunt, dass die Blechdose leer war.

»Gut, dann kann ich die Dose ja wieder mitnehmen«, sagte sie, ganz die patente Hausfrau.

Sie wandte sich dem Ruderboot zu, Hans gab ihr die Hand beim Einsteigen.

»Danke für deinen Besuch«, sagte er.

»Mach's gut«, erwiderte sie.

Hans hielt noch die Leine, als er hinzufügte: »Es kommt mir vor, wie in einem anderen Leben, aber ich fand es auch wunderschön, mit dir zu tanzen.« Sie lächelte ihn an, dann stieß er sie ab.

Mit diesem Satz im Herzen ruderte Emma zurück ans Ufer und eilte nach Hause. Sie hatte einen Vorsatz gefasst, und sie würde ihn umsetzen, egal, was Lars dazu sagte, egal, was die Leute sagten.

Sie ruderte Montag rüber und Dienstag, sie ruderte sogar bei Nieselregen am Mittwoch rüber und bei Wellengang am Donnerstag, sie ruderte bei Nebel, und sie ruderte bei bedecktem Himmel, bei Sonnenschein. Immer mittags, nachdem Emma ein Essen für sich und Lars vorgekocht hatte, das sie abends essen würden, packte Emma das warme Essen für Hans in einen Henkelmann aus Blech und zog damit los. Es war mal ein Kartoffeleintopf, Bohnensuppe, es war Gulasch mit Kartoffeln, es war eine Fischsuppe oder ein Auflauf, auch mal eine Süßspeise, wie Milchreis mit Kirschenkompott. Es war ein Kohleintopf oder Erbsensuppe mit Würstchen, Schnüsch oder Frikadellen mit Pürree. Summend kochte sie am Vormittag in der Küche, summend füllte sie das Kochgeschirr für Hans, und innerlich summend ruderte sie mittags rüber, brachte Hans seinen Henkelmann oder gab ihn einem seiner Arbeiter für ihn, nahm den leeren Henkelmann vom Vortag wieder mit, dann ruderte sie zurück.

War Lars auf Reisen, dann aß sie nach ihrer Rückkehr ebenfalls mittags zu Hause und freute sich, dass Hans gerade dasselbe speiste wie sie und fühlte sich ihm dadurch nah. Mit dem Ruderboot kam sie inzwischen einigermaßen klar und meisterte die vielleicht dreihundert Meter immer besser. Nur über Bord gehen durfte sie nicht, sie konnte ja nicht schwimmen, was sie aber noch niemandem verraten hatte.

Suzette sprach sie bei einem ihrer Besuche mit George und Jack aber ganz direkt auf die Sache an. »Ganz Eureka redet darüber, Emma«, begann Suzette. »Worüber?« Emma tat ahnungslos. »Dass du Mr. Henriksen jeden Tag Essen bringst.«

»Na und? Was ist daran Schlimmes?«, fragte Emma, und Suzette zuckte mit den Schultern.

»Es heißt, dass er und dein Mann sich zerstritten haben«, fuhr Suzette fort.

»Ja, leider, das ist so«, sagte Emma, »aber damit habe ich nichts zu tun. Für mich ist er nach wie vor ein guter Freund und unser Trauzeuge, dem ich täglich sein Essen bringe, von unserem Essen abgebe. Suzette, du hättest ihn sehen sollen, ganz abgemagert, das kann eine Emma Johanna Jensen nicht mit ansehen!«

»Tja, für die Leute wirkt das komisch, dass du da jeden Tag rüberruderst.«

»Die Leute sind mir egal! Wegen der Leute habe ich schon meine Arbeit im Kontor verloren. Weißt du, liebe Suzette, was das eigentliche Problem ist? Dass manche Leute den lieben langen Tag nichts zu tun haben und sich langweilen, und so fangen sie an zu reden, über andere, denen nicht langweilig ist, ach, ich bin es so leid.«

»Kannst du denn schwimmen?«, fragte Suzette, und Emma schüttelte den Kopf. Suzette schlug sich die Hand vor den Mund. »Mein Gott, Emma, was, wenn du ins Wasser fällst?«

»Ich glaube nicht, dass das Wasser da sehr tief ist«, beruhigte Emma die Freundin, »und wenn ich über Bord gehen sollte, dann würde ich mich am Boot festhalten.« Suzette schüttelte den Kopf, fassungslos von so viel Starrsinn. »Und Suzette, ich habe eine Bitte, erzähl mir einfach nicht mehr, was die Leute über mich tratschen. Es interessiert mich nicht, und ich will es gar nicht wissen.« Suzette nickte und lächelte, aber dann sagte sie: »Weißt du, das bisschen Tratsch und Klatsch gehört einfach dazu in so einer Kleinstadt, wo nichts los ist. Es verbindet die Menschen miteinander, sie vergewissern sich damit ihrer Werte. Und es ist ein Zeitvertreib, nicht mehr und nicht weniger.«

»Und eine Form der Kontrolle. Ich bin aber nicht in das Land der Freiheit gegangen, um mich hier ständig bevormunden zu lassen. Ich für meinen Teil werde mich von Klatsch und Tratsch nicht von meinem Vorhaben abbringen lassen. Solange er es nötig hat, werde ich Hans sein Essen bringen. Das ist mein Anteil am Wiederaufbau der Henriksen-Werft.«

Seit dem Dezemberball und dem Zerwürfnis zwischen Hans und Lars hatte auch in den Nächten bei Emma und Lars eine neue Ära begonnen. Ab und zu zog Lars Emma nachts im Dunkeln auf sich, und sie ließ es zu, aber mehr ihm zuliebe, und als er das merkte, ließ er es sein, und sie schliefen gar nicht mehr miteinander. Ihr nächtliches

Liebesleben wurde sang- und klanglos eingestellt. Emma hatte den Verdacht, dass Lars auf seinen Geschäftsreisen gewisse Etablissements aufsuchte und sich ab und zu eine »Jedermanns-Braut«, wie Dorothea es gewesen war, nahm, hübsch, frivol, keck, die man bezahlte und die einem zu Diensten war. Es traf Emma nicht, und daran, wie egal ihr das war, merkte sie, in was für einer schlechten Verfassung ihre Ehe war. Und auch, wenn er derjenige war, der vermutlich fremdging, tat sie es nicht in gewisser Weise auch? Wenn sie summend das Essen für den geliebten Mann kochte und sich vorstellte, wie er es aß und dabei an sie denken musste? Ja, wie sie das Band zu Hans durch das Kochen pflegte, ihm ihre Liebe in täglichen Blechdosen zukommen ließ? Lars hatte das natürlich mitgekriegt, aber er sagte nichts dagegen, vielleicht weil ihn auch ein schlechtes Gewissen dem Freund gegenüber plagte, dass er diesem in der Not nicht beistehen mochte, aus Angst um sein eigenes Vermögen, und dass beherztere Männer aus Eureka es tun mussten, die mehr an Hans glaubten, als Lars es zu tun bereit gewesen war.

Es war ein Freitag im März, als Emma nach ihrer Rückkehr von der Werft einen Brief aus Schleswig erhielt. Die Mutter schrieb, dass der Vater Anfang Januar entschlafen sei und nun im Familiengrab auf dem Friedhof seine letzte Ruhestätte gefunden hätte. Der besonders feuchtkalte November hätte ihm den Garaus gemacht, er habe Emmas wunderschönen, gestrickten Schal gar nicht mehr ausgezogen, Weihnachten habe er bereits im Bett verbracht und im Fieber auch immer wieder Emmas Namen geflüstert. Er hätte sie doch sehr vermisst, und ihre Auswanderung nach Amerika hätte ihn sehr getroffen, vor allem, sich nicht mehr voneinander verabschieden zu können. Erika und Bertha hätten das noch getan, zum Schluss habe der Vater furchtbar unter Atemnot gelitten, und der Tod sei eine Erlösung gewesen. Emmas schöner Brief sei leider erst zwei Tage nach seinem Tod eingetroffen.

Emma ließ den Brief sinken, sah aus dem Erkerfenster, wo sie die Zeilen las, auf das Meer in der Ferne, das heute ganz ruhig dalag, und sie begann auf einmal zu schluchzen. Es kam ganz tief aus ihr heraus, und es war so groß und überkam sie so unvorbereitet, dass sie selbst sehr erstaunt war. Sie hatte doch schon länger mit dem Tod des Vaters gerechnet, aber die Tatsache, dass er jetzt in kalter Erde lag, war doch noch mal eine ganz andere Gewissheit, die sie erschütterte. Emma dachte an die Tüte mit den Karamellbonbons, die er ihr, etwas verlegen-verschmitzt vor der Abfahrt überreicht hatte, und die Tränen flossen nur so aus ihr heraus. Dann nahm sie die Lektüre des Briefes wieder auf, denn er war noch nicht zu Ende, und er wartete mit einer weiteren schlechten Nachricht auf. Der liebe Heinrich, schrieb die Mutter, litte unter schrecklichen Zahnschmerzen, es sei zu Vereiterungen gekommen. Die arme Bertha durchleide furchtbare Wochen, zudem stinke Heinrich entsetzlich aus dem Mund, davon mache man sich keinen Begriff, die kleine Emma schrecke vor ihrem eigenen Vater zurück. Zum Schluss schrieb die Mutter, dass Landrat Hinrichsen bei einer Kur eine junge Adelige aus dem Brandenburgischen, eine von Randow, kennengelernt und inzwischen geheiratet habe und sie fragte, wie es denn mit Nachwuchs bei Emma aussähe.

Emma steckte den Brief zurück in seinen Umschlag. Ihr Vater war tot. Sie sah auf das Klavier, dann erhob sie sich und wählte aus ihren Noten ein langsames Stück, setzte sich und begann zu spielen, und sie bemühte sich, ihrem Vater zuliebe, alles ganz getragen zu spielen, Ton für Ton, ihr war auch nicht nach schnellen Läufen und dem Fliegen über die Tasten, ja, sie fragte sich, ob sie jemals wieder so schnell und fröhlich würde spielen können, so unbeschwert. Ihr Leben hatte seine Leichtigkeit verloren, nicht erst seit heute, schon vor längerer Zeit, und Emma wurde bewusst, dass die Trauer, die in ihr hochgekommen war, viel mehr war als die Trauer um den Vater, es war auch die Trauer um ihr eigenes Leben, um sie selbst, um eine Liebe, die nicht sein durfte, und um eine kinderlose Ehe, in der sie sich eingesperrt fühlte wie in einem goldenen Käfig, mit einem Ehemann, der viel auf Reisen war, es war die Trauer um die verlorene Apfelbaum-Emma, um die tanzende Emma in ihr.

Lars war, wie so oft, gerade wieder unterwegs und würde erst am Sonntag zurückkehren, und Emma fragte sich, was sie tun sollte. Sie war unruhig, und als es dämmerte, beschloss sie, einen Spaziergang zu machen. Wie hatte ihr Vater immer so schön gesagt? »Gegen Kummer hilft Musizieren und Spazieren!«
Sie zog ein Wolltuch über den Mantel und setzte einen warmen Filzhut auf, dann stiefelte sie los, ohne nach

rechts und links zu sehen, es war aber sowieso niemand unterwegs. Emma steckte die Hände in die Manteltaschen und schritt aus, machte große, schnelle Schritte, Richtung Süden, und erst, als sie eine Weile gegangen war, merkte sie, dass sie, wenn auch über einen Umweg, zum Haus von Hans ging, das Haus, das sie noch nie von innen gesehen hatte. Vermutlich war er aber sowieso nicht da, er arbeitete doch immer sehr lange noch im Kontor. Aber sie irrte sich. Es drang Licht aus dem roten Holzhaus, und Emma blieb in einiger Entfernung stehen und überlegte, ob sie bei Hans klopfen sollte, bei dem Licht in der Finsternis. Ihr Herz pochte, als wäre allein schon der Gedanke anstößig, dass sie als Frau bei ihm vorbeisah, auch noch als Überraschungsbesuch. Andererseits, sie hatte ihren Vater verloren, sie war in Trauer, warum sollte sie das nicht teilen wollen mit jemandem? War das nicht ganz menschlich? Mehr als wenige Worte bei der Essensübergabe hatten sie die letzten Wochen nicht geredet, ab und zu dankte Hans ihr herzlich oder lobte mal ein Essen besonders. Emma trat etwas näher heran an das Haus, an das Erkerfenster, aus dem Licht kam. Sie sah ihn im Wollpullover am Tisch sitzen im Schein einer Lampe und ein Schiffsmodell basteln, er war leicht gebeugt, konzentriert, aber lächelte, und er schien ganz versunken in die Arbeit. Allein ihn so zu sehen, wie ein großer Junge, der sich ganz seiner Bastelarbeit hingab, machte sie froh. Zu sehen, wie der geliebte Mann etwas tat, was ihn glücklich machte, das machte auch sie glücklich. Sie musste gar nicht mehr über ihren Vater reden und sich bei jemandem ausweinen. Sie musste nur kurz Hans sehen, wissen, dass er da war, dass es ihm gut ging, und so wandte sie sich um und marschierte, jetzt mehr in Dur als Moll gestimmt, zurück nach Hause. Dort kochte sie sich einen Tee und schrieb erst der Mutter einen Brief zurück und dann einen an Bertha, was sie länger nicht getan hatte. Die Briefe von Bertha waren aber auch seltener geworden, kein Wunder, wenn diese so einen Kummer mit Heinrich hatte.

22.

Gute Wünsche

Eureka, 15. März 1875

Meine allerliebste Bertha,
heute kam der Brief von Mutter an mit der Nachricht von Vaters Tod. Du kannst Dir denken, wie sehr mich das traf, auch die Tatsache, dass ich hier alles so verzögert erfahre, ist furchtbar. Und dass er meine Zeilen nicht mehr lesen konnte, die ich sofort nach Mutters letztem Brief geschrieben habe, in dem sie seinen schlechten Zustand erwähnte, und ich, als ich Vaters krakelige Handschrift sah, gleich so eine Ahnung hatte, ich müsste dringend zurückschreiben. Ich bin also heute voller Trauer um unseren gütigen Vater, den Ihr alle noch habt verabschieden können, worum ich Euch am meisten beneide. Es ist doch ein ganz anderes Trauern, wenn man das tun kann und eine Gnade Gottes. Und ein gemeinsames Trauern ist auch leichter. Die Auswirkungen einer Auswanderung sind doch sehr groß, man verliert in gewisser Weise auch das Gefühl der Familienzusammengehörigkeit, das sich für Euch ganz selbstverständlich durch das Zusammensein ergibt. Was nicht heißt, dass ich nicht oft und voller Liebe an Euch denke, und ich gehe davon aus, dass auch ich nicht vergessen bin und Du der kleinen Emma ab und zu von mir erzählst, vor allem wenn sie größer ist.

Nun hörte ich aber von Mutter, dass es Heinrich so schlecht geht mit seinen Zähnen, und ich kann Dir nur versichern, wie leid er mir tut, aber Du auch. Es scheint ja doch eine größere Komplikation zu sein, und jeder Mensch weiß, dass ein schmerzender Zahn einem das ganze Leben verleiden kann (und ein derart geplagter Mensch ist natürlich auch für seine Umgebung keine Freude). Ich bete zum Zahngott, dass die Behandlungen anschlagen und er das Ganze unbeschadet übersteht. Bitte zögere nicht zu fragen, falls für die Behandlung Geld vonnöten sein sollte!

Hier sind auch einige Dinge passiert, es fand ein großer Wohltätigkeitsball Mitte Dezember statt, für den ich mir eigens ein Kleid selbst entworfen und es schneidern habe lassen. Es gab einen Tortenbackwettbewerb, bei dem ich gewonnen habe, das Preisgeld habe ich dann an das Waisenhaus hier in Eureka gespendet. Ich lege dir den kleinen Zeitungsausschnitt bei, damit du Mutter und eines Tages der kleinen Emma zeigen kannst, dass ihre Tante in Amerika einmal Miss Beste-Torten-Bäckerin war. (Es war auch deshalb ein kleiner Triumph, weil ich mir die Torte selbst ausgedacht habe und nachdem man mir meine so geliebte Tätigkeit als Miss-Schmeiß-den-Laden Ende September wieder genommen hatte. Die Leute haben geredet, und Lars wurde darauf angesprochen, warum seine Frau als Sekretärin arbeiten geht, da musste ich dort wieder aufhören, das schickt sich nicht als Ehefrau eines der reichsten Männer in der Bucht.)

Der schöne Dezemberball mit Tanz und Feuerwerk endete nachts mit einer Tragödie. Es gab ein großes

Feuer auf der Werft, und diese ist samt fast fertigem Dreimaster abgebrannt, ein beträchtlicher Schaden, der dem lieben Hans das Genick gebrochen hat. Leider ist über diesem geschäftlichen Ruin auch die Freundschaft zwischen den beiden Männern zerbrochen, es ist furchtbar, sie reden zurzeit kein Wort miteinander und gehen sich aus dem Weg. Aber es haben sich reiche Geschäftsleute hier aus Eureka gefunden, die die Werft übernommen und Hans als Geschäftsführer eingesetzt haben, und nun muss er die Werft sozusagen zurückerwirtschaften. Meine Unterstützung liegt darin, dass ich täglich mit einem Ruderboot Essen rüberbringe, damit der gute Hans nicht vom Fleisch fällt, zumindest so lange, bis alles wieder im Lot ist. Aber auch darüber reden die Leute hier, es ist eben eine Kleinstadt, und du weißt ja auch aus Schleswig, dass die Leute immer tratschen müssen, dieses Bedürfnis scheint universell zu sein. Ich hasse das! Jeder soll immer wieder zurückgepfiffen werden, sich in Reih und Glied einsortieren, und wenn sich eine zu weit vorwagt, dann sorgen schon die Geschlechtsgenossinnen dafür, dass sie brav wieder zurück, marsch, marsch, ins Glied kehrt. So kann doch niemals auf der Welt etwas aus den Frauen werden! Und so kann auch nichts Originelles entstehen!

Ich hoffe, dass sich die kleine Emma, wenn sie größer ist, niemals von ihren Zielen abbringen lassen wird und ihr Leben nicht danach ausrichtet, »was die Leute sagen«. »Die Leute« sind voller Ängste und Ressentiments, haben keine Ahnung, sind biedere, gelangweilte Spießbürger. Wenn man anfängt, auf das zu hören, was »die Leute sagen«, ist man verloren.

Dies schreibt die einzige Frauenrechtlerin von ganz Eureka, die auf verlorenem Posten steht, in vielerlei Hinsicht. Am meisten bedrückt mich aber tatsächlich der Streit der beiden Männer, denn wir haben viel zu dritt gemacht und waren wie eine Familie, und das ist nun verloren gegangen. Ich hoffe jedoch, dass sie sich eines Tages miteinander versöhnen und alles wieder gut wird. Es gibt schon so viel Zwist und Streit und Kriege in der Welt, da muss es doch im Kleinen möglich sein, einander zu vergeben, vor allem unter Christenmenschen! Leider ist mein lieber Ehemann manchmal ein Klookschieter, eine seiner größten Schwächen, auch wenn er selbst das natürlich ganz anders sieht. Die Sturheit und Rechthaberei scheint mir eine der größten Sünden zu sein. Ja, liebe Schwester, ich bin sicher, Moses bekam von Gott elf Gebote diktiert, nur hat der Dösbaddel unterwegs die Steinplatte mit dem elften Gebot vertüdelt, und auf dieser stand: »Du sollst nicht stur sein, auf dein Recht pochen, dich für im Besitz der alleinigen Wahrheit halten und auf andere herabblicken. Du sollst anderen verzeihen, die dich in dieser Weise behandelt haben, denn sie geben sich zwar als überlegen aus, sind es aber im Grunde nicht, und fühlen sich doch eigentlich klein, sonst müssten sie sich nicht so aufführen.«

Jetzt umarme ich Dich von Herzen, die Kleine und Heinrich in Gedanken mit, möge der liebe Gott gut auf Euch aufpassen und seine begabtesten Schutzengel in Stellung bringen!

Deine gegen die Strömung rudernde Schwester Emma

23.

Stapellauf

Der Sommer kam, und als das neue Werftgebäude am Platz des alten fertiggestellt wurde, war es nicht mehr nötig, dass Emma mit Essen rüber zu Hans ruderte. Die Auftragslage der Werft war gut, wie Emma von Hans selbst erfahren hatte, und er war fleißig bemüht, seine Schulden zurückzuzahlen, damit ihm die Werft wieder gehörte. Hans arbeitete jetzt wieder im Kontor mit Mr. Baker, und Mr. Jörgensen war zurückgekommen. Östergaard arbeitete bei der Konkurrenz in Fairhaven.

Die *Alberte* war neu gebaut und fast fertig, die Schiffstaufe stand bevor, und Hans hatte Emma eingeladen. Es gab ihr einen Stich, dass er Lars nicht mit einlud, andererseits redeten die beiden schon seit Monaten kein Wort mehr miteinander, und Emma hatte festgestellt, dass Lars, wenn er in Eureka war, auch nicht mehr am Mittwochabend zur Loge ging.

Bertha hatte in einem Brief, der im Mai eintrudelte, vom schlechten Zustand Heinrichs geschrieben und dass die kleine Emma die einzige große Freude in diesen schweren Zeiten sei. Dabei hatte sie am Ende ihres Briefes an Emma festgestellt, dass diese in all ihren Briefen viel mehr von diesem Dänen Hans, dem Trauzeugen, schreibe als von ihrem Ehemann Lars, ob da was im Busche sei? Und ob der Streit der beiden Freunde vielleicht nicht nur etwas mit Geld zu tun habe? Emma wurde seitdem die Zeilen nicht los, sie begleiteten sie überallhin, waren ein Stachel in ihrem Fleisch. Es war ja mehr eine Feststellung und eine daraus abgeleitete Frage von Bertha. Emma gestand sich ein, dass sie, seit sie in Eureka lebte, in ihren Briefen an Bertha tatsächlich sehr viel von der Werft, ihrer Arbeit dort und von Hans geschrieben haben musste und dass es im Grunde mehr von Hans und ihr zu erzählen gegeben hatte als von Lars und ihr. Ja, es waren Berthas Zeilen, irgendwo im trüb-regnerischen März in Schleswig geschrieben, die Emma die Wahrheit vor Augen führten, nämlich, dass sie und Lars wenig miteinander teilten. Zu wenig. Und dass die Ehe vermutlich ganz anders verlaufen wäre, wenn sie Kinder bekommen, eine Familie gegründet hätten. Dann hatte man ein Fundament, eine Gemeinsamkeit.

Ob da was im Busche sei … Was Bertha ihr zutraute! Emma war fast ein bisschen empört, musste sich aber eingestehen, dass Bertha mit ihrer Feinfühligkeit und ihrer guten Menschen- und noch besseren Emmakenntnis sehr wohl zwischen den Zeilen lesen konnte. So wie Emma die Ehe mit einem zahnkranken Mann als unbefriedigend herauslas und als eine Qual, ohne dass Bertha dies direkt schrieb und sich auch mit keinem Wort beschwerte. Dass Heinrich stark aus dem Mund roch, wusste Emma ja nur durch die Mutter.

Lars war zur Schiffstaufe zum Glück nicht in Eureka, sondern gerade in San Francisco, es wäre Emma wie ein Verrat vorgekommen, allein hinzugehen. In letzter Zeit war Lars öfter in San Francisco, kam dann nach nur wenigen Tagen zurück, immer guter Laune und mit netten Geschenken für Emma. Einmal hatte er auch Mrs. Thompson besucht und richtete Emma die herzlichsten Grüße von ihrer Trauzeugin aus.

Das Wetter war nicht nur für die Schiffstaufe der *Alberte* perfekt, auch für das geänderte Brautkleid, zu dem Emma sich einen hellen, langen Leinenmantel hatte nähen lassen. Die Haare ließ sie heute offen und steckte sie nur seitlich mit zwei Schildpattkämmen hoch. Es war ein Sonntag, der seinem Namen alle Ehre machte, und Emma setzte ihren Strohhut auf, den nur ein paar mittelblaue Blüten zierten. Nachmittags um drei Uhr sollte der Stapellauf der *Alberte* stattfinden. Es war immer ein Anlass für viele Geschäftspartner, Logenbrüder und Bekannte, mit ihren Frauen und Kindern zu kommen, auch die Werftarbeiter mit ihren Familien nahmen teil. In sieben Monaten hatten sie die *Alberte* neu gebaut. Emma gefiel, dass Hans sie nach seiner Schwester in Thisted benannte. Suzette und George Baker mit ihren Kindern waren auch gekommen, die kleine Emily war inzwischen an sich ein sehr hübsches junges Mädchen geworden und kam äußerlich ganz nach Suzette, nur schmollte sie oft, und ihre Mutter sagte dann zu ihr: »Herzchen, der liebe Gott hat dir ein Gesicht gegeben, aber lächeln musst du selbst!« Die Taufe übernahm Eliza Winterbottom, die Tochter von Mr. Winterbottom, dem Besitzer der Fischfabrik und Unterstützer von Hans. Emily Hunter kam wegen ihrer roten Haare nicht infrage, bedauerte dies zutiefst und schmollte über ihren sinnlichen Lippen. Ihr Vater erklärte ihr die

Regeln der Schiffstaufe und dass der Aberglaube in der Schifffahrt sehr groß sei.

Die *Alberte* lag, an Deck mit lauter kleinen Wimpeln feierlich geschmückt, fertig auf Holzböcken, die sie noch an Land hielten und die zuvor jedes Mal von Hans genau kontrolliert wurden. Bei einem Stapellauf musste alles stimmen, damit das Schiff unbeschädigt ins Meer gleiten konnte. Dazu wurden auf Zuruf des Werftvorarbeiters von einigen Arbeitern die Blöcke weggeschlagen, was keine ungefährliche Tätigkeit war, dann glitt das Schiff langsam ins Wasser. Zuvor ließ Miss Winterbottom die Flasche Champagner, die mit einer blau-weiß-roten Rosette in den Farben der Union geschmückt war, am Bug zerschellen, und sie rief dabei sehr theatralisch »Ich taufe dich auf den Namen Alberte!«, als wenn sie es tagelang geübt hätte, und dann zog ein kleines Boot die *Alberte* raus aufs offene Wasser, und es war ein magischer Moment, als sie aufs Meer glitt, ihrer Bestimmung entgegen.

Hans blickte dem Schiff stolz hinterher. Er hatte Emma mal erzählt, dass ein Stapellauf immer wieder etwas ganz Besonderes sei für ihn, obwohl er inzwischen so viele mitgemacht habe. Jedes Schiff sei wie ein eigenes Kind, das er wirklich auch erst im Moment der Taufe und des Stapellaufs in die Welt entlasse, ziehen lasse. Der Stapellauf der *Alberte*, dachte Emma, hatte sicher eine besondere Bedeutung für ihn, weil es das erste Schiff nach dem Wiederaufbau der Werft war. Die Anwesenden applaudierten, und eine kleine Kapelle spielte erst einen Tusch, dann die Nationalhymne, bei der alle mitsangen. Es gab Wein und Bier, und die zu Beginn noch feierliche und getragene Stimmung wechselte zu der eines Sonntagnachmittagsausflugs. Emma entdeckte Mr. Baker mit seiner Frau und ging hin, um beide zu begrüßen. Mrs. Baker war klein, mit einem Buckel und wirkte gebrechlich, aber sie lächelte Emma an und sagte freundlich: »Mein Mann hat immer so begeistert von Ihnen erzählt, als Sie noch im Kontor gearbeitet haben, ich war schon ganz eifersüchtig.«

»Rachel«, ermahnte Mr. Baker seine Frau und wurde tatsächlich ein bisschen rot. Und Emma erwiderte: »Da hatten Sie auch allen Grund, meine liebe Mrs. Baker, ich war ganz verliebt in Ihren Mann! Er ist ja so reizend, aber das wissen Sie ja sicher selbst, was Sie an ihm haben.« Jetzt lächelten beide. »Ach, und zu Beginn, da war mein Adam noch so skeptisch, was ein Frauenzimmer im Kontor zu suchen hat, darüber hat er sich so aufgeregt, aber dann haben Sie, Mrs. Jensen, meinen Mann wohl sehr schnell überzeugt, dass das Undenkbare doch möglich ist.« – »Tja, leider andere nicht«, sagte Emma, »ich habe es sehr bedauert, dort wieder aufhören zu müssen. Auch Ihretwegen, Mr. Baker.« Dann empfahl sie sich, um noch ein paar Leute zu begrüßen. Auf einem kleinen Holzboden tanzten die Werftarbeiter mit ihren Frauen, und auch ihre Kinder mischten sich darunter. Die Gäste der gehobenen Gesellschaft standen herum und plauderten, die Männer tauschten sich über Geschäftliches und Politik aus und die Frauen über die Kleider der anderen und den neuesten Klatsch und Tratsch in der Bucht, mit ihrem ständigen »Ach, nee« und »Haben Sie schon gehört?« Sie dachten nicht daran, sich unter das arbeitende Volk auf dem Tanzboden zu mischen, und

Emma beobachtete wie so oft erstaunt, was für unsichtbare Grenzen zwischen den Klassen bestanden, die von beiden Seiten eingehalten und offensichtlich als naturgegeben angesehen wurden.

Nur ein paar Schönwetterwolken waren am Himmel zu sehen, und Emma freute sich so für Hans, dass die Geschäfte gut liefen. Längst trug er ja auch wieder seine Anzüge und hatte ihren Rat mit dem Rasieren gleich angenommen, er sah aus wie früher, der stolze Schiffbauer Hans Henriksen. Nach zwei Stunden war aber der offizielle Festakt vorbei, und die meisten der Honoratioren verabschiedeten sich von Hans und gingen wieder, nur die Werftarbeiter feierten fröhlich weiter.

Emma stand mit Suzette und George Baker zusammen, als Hans zu ihr kam und mit ihr anstieß: »Emma, dir möchte ich besonders danken, dass du mich in den ersten Monaten mit so gutem Essen versorgt hast. Ich habe noch ein kleines Geschenk für dich, willst du es dir ansehen? Ist im Kontor.«

Emma lächelte, Suzette blickte ihr tief in die Augen.

»Ich liebe Überraschungen!«, sagte Emma, und sie ging mit Hans rüber zum Kontorgebäude.

Er schloss die Tür auf, heute war ja niemand dort, dann betraten sie den freundlichen Raum, in den Emma so gern morgens eingetreten war. Wie lange war das her! Sie standen neben seinem Schreibtisch, auf dem Emma ihren Hut ablegte.

»Mach die Augen zu und öffne die Hände!«, sagte Hans, aber es war ein zärtlicher Befehl.

Emma schloss die Augen und streckte die Hände nach vorn aus, wie eine Schale. Bereit zu empfangen.

Sie hörte eine Schublade auf- und zugehen, dann spürte sie in ihren Händen ein Stück Holz.

»Darfst die Augen wieder aufmachen.«

Emma sah auf eine durchsichtige Flasche, in der das Boot, das sie soeben zu Wasser gelassen hatten, in Miniaturformat zu sehen war. Ein Flaschenschiff, das auf einem Stück Holz befestigt lag.

»Hans, nein, wie schön!«

»Das habe ich an freien Abenden für dich gebastelt. Es ist die *Alberte*. Als Dankeschön für alles, was du für mich getan hast, vor allem, dass du an mich geglaubt hast.«

Emma musste an den Abend im März denken, als sie ihn bei ihrem Spaziergang durchs Fenster beobachtet hatte.

»Aber wie hast du das Schiff denn durch den schmalen Flaschenhals bekommen?«

»Das ist mein Geheimnis«, lachte er. »Jetzt habe ich mir selbst bewiesen, dass ich nicht nur große Schiffe bauen kann, sondern dasselbe Schiff in klein.«

»Was für ein wunderschönes Geschenk. Danke!«

Sie konnte nicht anders, sie legte das Schiff auf dem Tisch ab, sie musste ihn umarmen, so sehr freute sie sich. Aber dann drückte er sie an sich, und er streichelte ihr über den Rücken und hauchte »Emma!« in ihre Haare, und sie legte ihren Kopf an seine Schulter, und nun war es nicht mehr die ungestüme Umarmung des Dankes, sondern die Umarmung zweier Liebender. Sie standen neben dem Regal mit den Schiffsmodellen an der Wand, die einzige Ecke des großen Raumes, die durch die Fenster nicht einsehbar war, und es passierte das, was passieren musste, als wäre es der Lauf der Welt und vor Urzeiten schon so bestimmt gewesen. Hans neigte sich zu ihr und tastete ihre Lippen mit seinen ab, und dann küssten sie sich wie es nur zwei Menschen vermögen, die ein Leben lang darauf gewartet zu haben schienen. Es war, als wenn Holzblock für Holzblock unterm Kiel gelockert wurde, es brach sich etwas Bahn, wollte hinaus aufs Meer. Dann sahen sie sich in die Augen.

»Emma, vom ersten Moment an damals vor der Kirche wusste ich, dass du für mich die richtige Frau wärst. Ich will es dir nur einmal gesagt haben. Ich liebe dich. Und als der Allmächtige das weibliche Geschlecht erschaffen hat, da muss ihm eine Frau wie du vorgeschwebt haben, ein tatkräftiges, beherztes Wesen, voller Witz und Liebe zum Leben!«

Emma atmete tief ein und wieder aus. Das war das Schönste, was jemals jemand zu ihr gesagt hatte.

»Ich liebe dich auch, Hans, aber wir müssen vernünftig sein.« Emma sah auf das Flaschenschiff. »Für mich ist unsere Liebe und unsere besondere Art der Verbindung wie das Schiff hier drinnen, das nicht raus aufs Meer darf.«

Es klopfte an der Fensterscheibe, und Suzettes Gesicht, die roten Haare und Wangen, waren zu sehen. Emma trat einen Schritt vor und räusperte sich, dann ging sie zur Tür und öffnete sie. Suzette, ihre drei Kinder und George standen da, eine Ansammlung von fünf rothaarigen Schöpfen, die in der Spätnachmittagssonne leuchteten.

»Wir wollten uns verabschieden von Mr. Henriksen und dir.«

»Stell dir vor, Suzette, ich habe ein Flaschenschiff bekommen, das musst du sehen, warte!«

Emma ging zurück ins Kontor und holte das Flaschenschiff, auch Hans trat nun vor die Tür.

»Nein, ist das entzückend!«, rief Suzette aus, und die ganze Familie Hunter, ein Meer rot gelockter Haare, beugte sich über die Flasche.

»George, erkennt du das Schiff wieder?«, fragte Emma George junior, und er sagte: »Sieht aus wie das von vorhin.«

»Genau, es ist die *Alberte* in klein.«

»Mister, wie haben Sie das Schiff da reinbekommen?«, fragte George junior interessiert. Hans lächelte, dann tätschelte er die Schulter des Jungen und sagte: »Das ist das große Geheimnis der Flaschenschiffbauer, und das wird nur weitergegeben an andere der Zunft.«

George lächelte. »Dann werde ich später Flaschenschiffbauer.«

»Wir gehen dann mal, vielen Dank für die Einladung!«, rief Suzette, und Emma fragte sich, warum sie so laut sprach, wenn man sich direkt gegenüberstand, aber dann kapierte sie, dass Suzette vielleicht etwas zu überspielen versuchte. Emily jedenfalls guckte Emma ganz skeptisch an. Mit demselben verwunderten Blick wie damals beim Ausflug zum Leuchtturm, als Emma dem Wein zu sehr zusprach, schien Emily sich jetzt mit ihrem vierzehnjährigen Hirn zu fragen, was Mrs. Jensen mit Mr. Henriksen im Kontor machte und warum er ihr ein Flaschenschiff schenkte.

»Ich komme mit euch mit«, sagte Emma, »ich hole nur noch rasch meinen Hut!«

Sie ging kurz rein, nahm den Hut vom Schreibtisch, setzte ihn auf. Hans war draußen geblieben und verabschiedete sich gerade von den Hunters.

»Vielen Dank, Hans. Bis bald«, sagte sie und reichte ihm ihre Hand. Er drückte sie ganz fest, und sie erwiderte es.

»Auf Wiedersehen.«

Hans sah sie an, warmherzig und wehmütig zugleich, und Emma lächelte etwas verlegen zurück, dann steckte sie das Flaschenschiff in die Manteltasche. Sie verließ gemeinsam mit den Hunters das Werftgelände. Vom Wasser drang die Musik eines Schifferklaviers, dort war das Fest der Werftarbeiter noch in vollem Gange, und Emmas Herz schunkelte im Rhythmus mit, während sie zur Tarnung mit Suzette plauderte und scherzte. Die Hunters setzten Emma an ihrem Haus ab und gingen dann weiter, und Emma blickte der kleinen Familie hinterher, dann trat sie in ihr stilles Haus ein, legte Hut und Mantel ab und setzte sich in den Sessel im Wohnzimmer mit Blick auf die Bucht. Das Flaschenschiff hatte sie auf der Fensterbank des mittleren Erkerfensters abgestellt. Wieder und wieder ließ sie die Szene im Kontor Revue passieren, das Überreichen des Geschenkes und den Kuss, die überraschende Leidenschaft und Zärtlichkeit bei Hans, seine Liebeserklärung. Und Emma Johanna Jensen dachte: Ich bin mit dem falschen Mann verheiratet.

24.

Große Veränderungen

Als Lars zwei Tage später aus San Francisco zurückkam und sie beim Abendessen saßen, rückte er strahlend mit Neuigkeiten heraus. Es war, als wenn er es jetzt nicht mehr länger zurückhalten konnte. »Emma, stell dir vor, ich plane, meinen Firmenhauptsitz nach San Francisco zu verlegen. Von dort aus kann ich besser reisen und nach Süden expandieren. Das Büro hier in Eureka und die Region im Norden wird Hunter fortführen und damit aufsteigen. Ich muss endlich lernen, Arbeit abzugeben, wo es so gut läuft. Was hältst du davon, meine Liebe? Wir ziehen nach San Francisco, weg hier aus der Einöde, wo der Nebel der kulturelle Höhepunkt ist.«

Emmas Herz stockte, sie legte ihr Besteck auf dem Teller ab, etwas zu laut. Dann atmete sie tief ein und sah ihren Mann an: »Fragst du mich nach meiner Meinung, oder ist es schon entschieden?«

»Na, du wirst mich ja wohl nicht allein gehen lassen, oder? Ich habe schon eine stattliche Villa ganz in der Nähe von Mrs. Thompson im Visier, die zum Verkauf steht. Ein ehrwürdiges Haus, mit großer Veranda und einem Türmchen. Es hat zwei Etagen, ist mindestens dreimal so groß wie dieses und hat Platz für einen Flügel und Zimmer für Bedienstete. Du kannst ein Dienstmädchen haben, auch eine Gesellschafterin. Eine Köchin wirst du ja wohl nicht wollen, wie ich dich kenne. Und ich muss dir sagen, so gut, wie du kochst, möchte ich auch keine Köchin.«

Er legte seine Hand auf ihre, wirkte so aufgeräumt und zuversichtlich, dass Emma hin- und hergerissen war. Lars war so liebenswert in diesem Moment, charmant, großzügig und, das spürte sie genau, so voller Hoffnung, das Richtige zu tun, für sein Geschäft, für sie beide und ihre Ehe. Aber er hatte alles beschlossen, ohne sie zu fragen und ohne ihr Einverständnis. Sie fühlte sich wie jemand, über dessen Leben ein anderer verfügte. Und das Schlimmste war natürlich: Sie würde Hans nicht mehr sehen!

»Ich wäre gern gefragt worden, bevor du das Ganze entschieden hast«, sagte Emma und versuchte dabei sogar zu lächeln, was vermutlich missglückte. Sie erhob sich und stellte die Teller aufeinander. Lars setzte sich nach nebenan, griff zur gewohnten Zigarre. Da entdeckte er das Flaschenschiff auf der Fensterbank.

»Woher hast du das denn?«, fragte er.

»Von Hans zur Schiffstaufe vorgestern. Als Dankeschön für das Essenkochen.« Emma versuchte, es leichthin zu sagen.

»Ich wusste gar nicht, dass er für Bastelkram Zeit hat.«

»Es ist die *Alberte* in klein. Sag mal, und wann wäre es mit San Francisco so weit?«

»Das kannst du bestimmen«, er schnappte sich die Zeitung, »August, September, das Haus steht bereits leer, wir müssen es natürlich noch einrichten und Möbel kaufen. Es hat übrigens einen wunderschönen Garten mit vielen Palmen. Du wirst dich dort sicher wohlfühlen.«

Emma ging in die Küche, setzte sich auf den Stuhl am Küchentisch. Sie blickte sich um, aber sie erkannte ihre eigene Küche nicht mehr, sie fühlte sich wie auf einem fremden Planeten. Ihr war plötzlich kalt. Lars nahm ihr Hans, ganz clever hatte er es eingefädelt. Lars zwang sie weg von hier, aus der Nähe des geliebten Mannes, des Menschen in der Neuen Welt, der ihr am meisten bedeutete. Das wurde ihr in diesem Moment so schmerzlich klar, und gleichzeitig spürte sie, dass der jetzige Zustand nicht länger tragbar war und dass diese unerfüllte, verbotene Flaschenschiffliebe zu Hans auch nicht gerade zu ihrem Glück beitrug. Vielleicht war die Idee mit San Francisco gar nicht so schlecht, und es war gut, dass sie aus Hans' Umkreis verschwand, auch für Hans selbst. Es gab ja keine andere Lösung! Doch so sehr Emma versuchte, sich die Vorteile der Entscheidung vor Augen zu führen, dass es auch einen Neuanfang für sie und Lars bedeuten konnte, eine Chance für ihre Ehe, innerlich war sie vollkommen aufgewühlt, und die Vorstellung, Hans nie mehr zu sehen, brach ihr das Herz. Emma stand auf, um den Abwasch zu machen, doch kaum hatte sie sich erhoben, war ihr schwindelig, und sie spürte nur noch, wie ihre Beine einknickten, als wären es die einer Marionette, und dann war sie weg von der Welt, von dem fremden Planeten. Alles wurde dunkel und ganz friedlich. Sie war an einem Ort, an dem es keinen Schmerz gab.

»Emma, Emma!«, Lars' Gesicht war voller roter Flecken und Sorge, und auch ein paar Tränen rannen ihm über die Wange.

»Gott sei Dank, dass du die Augen wieder öffnest. Hier, trink.« Er hatte ihren Oberkörper an die Wand gelehnt, die Beine lagen noch auf dem Boden.

»Wo war ich?«, fragte Emma. Lars reichte ihr ein Glas Wasser und hielt es ihr an den Mund. Sie trank, die Flüssigkeit tat gut.

»Du warst ohnmächtig, ich hörte einen Rums in der Küche und bin sofort gekommen, da hast du hier am Boden gelegen. Ich … ich dachte schon, ach, … Emma!«

Emma versuchte, ihn anzulächeln, aber in ihr war noch so ein ganz seltsames Gefühl. Sie war in einer anderen Welt gewesen, von der sie nicht mehr viel wusste, sie wusste nur, dass sie, Emma Johanna Jensen, die hiesige Welt in ihrem Bewusstsein für ein paar Momente verlassen hatte. Sie war in einem Zwischenreich gewesen, eine Tatsache, die ihr noch in den Gliedern steckte.

»Ich werde Doc Jenkins holen.«

»Nein, bleib bitte bei mir, ich will jetzt nicht allein sein. Es geht mir auch schon wieder besser.«

»Gut, aber aufs Bett legen solltest du dich.«

Es war ja noch früh am Abend, aber kaum hatte sie sich ins Bett gelegt und noch ein Glas Wasser getrunken, schlief Emma auch schon bald ein.

Sie träumte, dass sie mitten auf dem Meer bei Sturm an Deck eines Segelschiffes stand, hochschwanger, Hans an ihrer Seite. Sie hielten sich beide an der Reling fest, sie wollten gemeinsam nach Dänemark, doch der Sturm und die hohen Wellen stellten sich ihnen entgegen, es war ein aussichtsloses Unterfangen. Es war, als wenn Gott persönlich diesen Sturm geschickt hätte und sie bestrafte für ihren Ehebruch und die schwere Sünde, die sie begangen hatten. Das Kind in Emmas Bauch war von Hans, deswegen mussten sie aus Amerika fliehen, vor Lars' Zorn und vor dem Gerede der Menschen, der gesellschaftlichen Ächtung. Sie würden in Dänemark bei Null anfangen, aber es sah nicht so aus, als wenn sie Europa lebend erreichen würden. Da trat der Kapitän des Schiffes zu ihnen, in einer schwarzen Uniform und sagte mit tonloser Stimme: »Es sieht nicht gut aus. Wollen Sie, dass ich Sie noch miteinander vermähle?« Und Emma wurde in diesem Moment klar, dass der Kapitän der Tod persönlich war, und sie wollte Hans' Hand ergreifen, aber er war nicht mehr da. An dieser Stelle schreckte Emma hoch, denn Lars hatte das Schlafzimmer betreten, um zu Bett zu gehen. Emma japste nach Luft, und Lars sah sie besorgt an.

»Ich hätte Jenkins doch sofort holen sollen!«

»Nein, das war nur ein Albtraum, Lars.«

»Du bist leichenblass.«

»Kein Wunder, mir ist ja auch gerade eben im Traum der Tod persönlich begegnet.«

Lars setzte sich zu ihr auf ihre Bettseite und nahm sie in den Arm, drückte sie liebevoll, und Emma weinte an seiner Schulter, und er strich ihr über den Rücken und wog sie wie ein Kind. Und dabei stimmte er ein dänisches Wiegenlied an, und nicht nur seine schöne Stimme tröstete Emma, sondern auch die Tatsache, dass er für sie sang.

Suzette kam am nächsten Tag vorbei, vollkommen aufgeregt und aufgelöst. Sie hatte keines ihrer Kinder dabei, Emily musste auf beide Brüder aufpassen, allein das war ein Zeichen, dass es Ernsthaftes zu besprechen gab.

»Du bist wirklich richtig ohnmächtig geworden? Und was hat Doc Jenkins gesagt? Er war doch sicher da?«

»Ja, heute Vormittag. Er hat meinen Puls gefühlt und mir eine Hühnersuppe verordnet. Ich glaube, das mit der Hühnersuppe sagen die Ärzte in fast allen Lagen. Mach dir keine Sorgen, Suzette, ich bin wieder auf den Beinen. Das war einfach ein kleiner Schwächeanfall. Calamity Jane wäre das nicht passiert!«, fügte Emma an, und sie mussten lachen. Dann kamen sie auf die großen Veränderungen zu sprechen.

»Natürlich ist es großartig, dass George so einen Aufstieg in der Firma macht und dein Mann ihm das zutraut, aber Emma, ich bin so traurig, dich zu verlieren, du bist meine beste Freundin hier geworden!« Sie umarmten sich fest. »Ja, liebe Suzette, ich werde dich auch schmerzlich vermissen, sogar dein Lachen.« Suzette lachte, aber Tränen rannen ihr gleichzeitig über die Wange. Emma wischte sie ihr mit dem Handrücken weg, lächelte die Freundin aufmunternd an. Sie setzten sich ans Erkerfenster.

»Und San Francisco ist so weit weg, da kann ich dich auch nicht eben mal besuchen kommen«, jammerte Suzette.

»Wir können uns schreiben«, sagte Emma, aber Suzette winkte ab.

»Ich kann kaum schreiben, Emma, das habe ich nie richtig gelernt, auf jeden Fall kann ich nicht gut formulieren, und ich mache so viele Fehler, das kann ich niemandem zumuten.«

»Ich weiß auch nicht, warum Lars sich das auf einmal so überlegt hat. Gefragt hat er mich jedenfalls nicht. Mich einfach so vor vollendete Tatsachen zu stellen!

Aber wir Frauen haben natürlich auch nichts zu entscheiden, das tun ja die Herren der Schöpfung immer für uns mit. Weißt du was? Manchmal wäre ich gern als Mann geboren, dann kann ich selbst über mein Leben bestimmen.«

»Das sagst ausgerechnet du, Miss-Liberty, ich kenne keine andere, die so gern Frau ist wie du, Emma! Und natürlich entscheidet ein Mann solche Dinge, und wir Frauen müssen folgen. Ich werde immer mit den Kindern dort hingehen, wo George eine Arbeit hat.«

»Lars hätte mich ja auch nicht um Erlaubnis bitten sollen, aber wir hätten es miteinander besprechen können, denn es ist unser gemeinsames Leben, seines und meines. Ich werde jetzt einfach so verpflanzt, wo ich gerade hier in der Erde ein bisschen verwurzelt war.«

»Freust du dich denn gar nicht auf San Francisco? Theater, Konzerte, Kultur, mehr Menschen zur Auswahl, da ist doch was los. Schöne Geschäfte.«

»Ich habe das alles hier sehr lieb gewonnen«, sagte Emma.

»Du meinst sicher … wegen Mr. Henriksen.«

Suzette sah Emma in die Augen, diese nickte nur leicht.

»Läuft da was, Emma?«

Emma schüttelte den Kopf.

»Nein, Suzette, natürlich nicht. Aber … wir können nichts dagegen tun, wir … « Emma stockte. Sie wagte nicht, es in diesem Haus auszusprechen.

»Ihr liebt euch?«

Emma nickte.

»Ehrlich gesagt, hast du dich ja bereits auf dem Picknick damals mit Cousinchen Betty etwas seltsam aufgeführt, im Nachhinein würde ich glatt sagen, du warst eifersüchtig.«

»Der Tag war das reine Grauen für mich, Suzette! An dem Tag sind mir meine wahren Gefühle für Hans erst richtig bewusst geworden. Durch Betty. Die Vorstellung, dass eine andere Frau neben Hans leben könnte, war für mich unerträglich. Du kannst mir glauben, dass ich auf mein Verhalten hinterher nicht besonders stolz war.«

»Na ja, das war eh alles eine Schnapsidee. Betty hätte wirklich niemals hierher gepasst. Aber weißt du, was sie mir damals beim Abschied unter vier Augen gesagt hat? Sie habe zu allem, was dagegensprach, zusätzlich auch das Gefühl, Mr. Henriksen sei nicht wirklich frei, dass sein Herz an einer anderen hänge. Kluges Kind.«

»Ach, Suzette, jetzt muss ich in das verdammte San Francisco und kann Hans nicht mehr sehen.«

»Meinst du, dein Mann ahnt etwas und hat sich auch deswegen dafür entschieden, den Firmenhauptsitz dorthin zu verlegen?«

Emma zuckte mit den Schultern. »Er ahnt vielleicht, dass es zwischen Hans und mir eine besondere Verbindung gibt, eine Seelenverwandtschaft. Ich kann natürlich nicht mit Lars darüber reden. Außerdem ist ja nichts passiert … also fast nichts.«

Suzette guckte Emma eindringlich an.

»Als ich da am Sonntag am Kontorfenster geklopft habe, da hatte ich das dumpfe Gefühl, ich störe bei etwas.« Suzette grinste jetzt schelmisch und machte es dadurch leichter für Emma, mit der Wahrheit herauszurücken. Und sie spürte auch das starke Bedürfnis, ihrer Freundin zu erzählen, was passiert war.

»Ja, da haben wir uns das erste Mal geküsst und uns unsere Gefühle füreinander gestanden und ja, da hast du gestört.«

Sie lachten, und es hatte etwas Befreiendes.

»Ich schweige wie ein Grab, meine Liebe!«

»Davon gehe ich aus. Suzette, du bist die Einzige, die es weiß, du musst es in dir verschließen.«

Suzette seufzte.

»Ach, ich weiß noch, wie er die Rede bei eurer Hochzeit gehalten hat. Ausgerechnet der Trauzeuge, das ist wirklich tragisch. Das könnte glatt der Stoff für einen Roman sein«, sagte sie, woraufhin Emma ihr das erstbeste, bestickte Kissen, das sie zu fassen kriegte, an den Kopf warf.

Teil III

25.

Neuanfang

Emma saß am frühen Nachmittag auf der Veranda und trank eine selbst gemachte Zitronenlimonade. Nachdem es am Vormittag geregnet hatte, war es wider Erwarten doch noch ein sonniger Januartag geworden. Bis kurz zuvor war der Klavierstimmer, Mr. Carter, da gewesen. Er hatte stundenlang am Flügel gesessen, immer wieder die Tasten angeschlagen und gelauscht. Und als sie zwischendurch mal nachfragte, was er da genau mache, erklärte er ihr, dass er zwei Töne anschlug, um die Schwebung vergleichen zu können. Was für ein besonderer Beruf das war, dachte Emma. Jemand brauchte dafür ein ganz feines Ohr, um diese Schwebungen hören zu können. Sie hatte versucht, ein bisschen mit Mr. Carter zu plaudern, aber er hatte sich ganz auf seine Arbeit konzentriert. Doch so wenig unterhaltsam Mr. Carter auch gewesen war, endlich konnte Emma jetzt wieder spielen, ohne Misstöne hervorzubringen. Es war doch ein großer Unterschied, ob man sich verspielte und einen falschen Ton anschlug oder ob die Töne von Haus aus verstimmt waren und einem den Genuss am Spielen verdarben. Dass jetzt alles wieder stimmte, hatte Carter bewiesen, indem er am Ende seiner stundenlangen Mühen ein paar Mozartsonaten gespielt hatte, und es war nun ausnahmsweise an Emma, jemandem, der auf dem Flügel spielte, zu lauschen, was ihr ausnehmend gut gefiel. Vor allem aber spielte Mr. Carter sehr gut, an ihm war ein Klaviervirtuose verloren gegangen. Warum er nicht Pianist geworden sei, fragte Emma ihn, doch sein trauriges Lächeln statt einer Antwort sagte ihr alles. Dieser sehr feinfühlige, ja vielleicht sogar zu dünnhäutige Mann lebte in einem Kokon, und Klavierstimmer war der passende Beruf für einen Menschen wie ihn, nichts anderes. Wie fantastisch wäre es doch, dachte Emma, wenn sich auch im eigenen Leben oder in einer Ehe alles so einfach lösen ließe, indem jemand kam und die richtige Spannung und Stimmung wiederherstellte, damit die Melodie wieder harmonisch klang.

Es war der Flügel von Mrs. Thompson, den sie Emma und Lars überlassen hatte, da sie jetzt sowieso nicht mehr spielte und er sie nur immer an ihr Gichtleiden erinnerte, wie sie sagte. Sie werde dann gelegentlich bei Emma vorbeischauen und sich etwas vorspielen lassen. Lars mochte den Flügel nicht geschenkt haben und bot daher an, dass er stattdessen der Kirchengemeinde von Mrs. Thompson Geld spenden werde, was sie eine großartige Idee fand. Überhaupt verstanden sich Lars und Mrs. Thompson prächtig, sie schien so etwas wie einen Schwiegersohn in ihm zu sehen, das freute Emma.

Emma nahm einen Schluck Limonade und sah in den üppigen Garten, dessen Anblick in ihr stets Freude und Ruhe auslöste. Blanche musste bald zurückkommen vom Einkaufen. Emma hatte Jack als Gärtner gewinnen können, der zweimal die Woche vorbeisah und für ein paar Stunden alles in Ordnung brachte, immer seine geliebten

Nietenhosen trug und im Garten auch mit ihren Pflanzen redete wie ein Priester. Komisch, dass ihr das nicht wie eine Macke vorkam, ein Fall für die Irrenanstalt. Es war zwar ein Spleen, aber zeigte es nicht ganz einfach, dass Jack, wenn er eine Wahl gehabt hätte in seinem Leben, vielleicht gern Prediger geworden wäre und durchaus das Zeug dazu hatte? Und dass er Pflanzen im Allgemeinen als Geschöpfe Gottes sah, und da war ja durchaus etwas dran. Aber jetzt herrschte gerade Stille im Garten, der viel schöner war als der von Mrs. Thompson. Dieser war zugewachsener, idyllischer, etwas kleiner, aber dafür reicher an Pflanzen, die, im Gegensatz zu Eureka, hier viel besser wuchsen. Es handelte sich bei ihrem Garten um ein kleines Paradies, und auch die Papageien schienen sich hier besonders wohlzufühlen.

Lars wollte das Haus in Eureka vorerst behalten für die Male, wenn er im Norden nach dem Rechten sehen musste. Auch das Klavier von Hans war dort geblieben. Dass Emma es nicht mitgenommen hatte, gehörte für sie zu der von ihr getroffenen Entscheidung. Sie wollte Hans und alles, was in Eureka gewesen war, hinter sich lassen, im wahrsten Sinne. Das Schicksal hatte es so bestimmt, dass sie jetzt zurück war in San Francisco. Ein Neuanfang zwischen Lars und ihr konnte nicht gelingen, solange sie im Herzen bei Hans war. Sie musste vernünftig sein, um glücklich zu sein, das war Emma klar geworden. Auch die Ohnmacht, die inzwischen Monate zurücklag, hatte ihr die Augen geöffnet. Dass es ihr den Boden unter den Füßen weggezogen hatte, war für sie ein deutliches Alarmsignal gewesen, die ganze Situation hatte sie an ihre

Grenzen gebracht. Von dem Albtraum in der Nacht ganz zu schweigen. Wenn die Seele ein Leuchtturm war, hätten die Warnzeichen nicht deutlicher sein können.

Um den Abschied von Hans letzten Juli hatte Emma sich versucht zu drücken, wollte es ihnen beiden ersparen. Sie wusste einfach nicht recht, wie sie es anstellen sollte, aber dann ergab es sich, dass sie sich im Gottesdienst sahen, zwei Wochen nach der Schiffstaufe der *Alberte*. Lars war an dem Vormittag mit einem Logenbruder verabredet und kam nicht mit in die Kirche. Nach dem Gottesdienst hatten Emma und Hans sich vor der Kirche begrüßt und waren dann ein paar Schritte gemeinsam gegangen, dabei hatte Hans ihr gesagt, dass er von den großen Neuigkeiten gehört habe. Ob sie sich auf San Francisco freue, wollte er wissen, und sie hatte geantwortet, dass sie das tue, aber dass es ihr auch schwerfalle, Eureka zu verlassen.

»Die Menschen in San Francisco können sich freuen, so eine beherzte, neue Einwohnerin zu bekommen, wieder zurückzubekommen. Ich wünsche dir und Lars alles Gute für dort«, sagte Hans. Die Tatsache, dass er Lars einschloss, zeigte Emma, dass er in dem Moment als Trauzeuge sprach.

»Danke, Hans, pass gut auf dich auf«, erwiderte Emma. »Und iss auch mal einen Apfel, das hat Eva Adam damals schon ans Herz gelegt.« Sie versuchte es launig rüberzubringen und merkte gleichzeitig, wie unpassend das war. Hans sah sie auf eine Weise an, dass sie spürte, der Abschied schnitt ihm ins Herz.

»Ich schreibe dir mal«, sagte sie noch, aber sie wusste im selben Moment, dass das ein billiger Trost und seiner nicht würdig war. Dann waren sie vor ihrem Haus angekommen und hatten sich die Hände gereicht und fest, aber nicht zu fest zugedrückt, und Emma war durch den Kopf geschossen: »So hat es angefangen, und so endet es auch.«

Nach dieser Begegnung mit Hans war ihr klar, dass sie so schnell wie möglich umziehen wollte, und bereits Anfang August war sie nach San Francisco gefahren, um das neue Haus einzurichten.

Als Emma im vergangenen August vorgefahren war, hatte sie sich, solange sie noch die neuen Möbel, Teppiche und Gardinen für das Haus aussuchte, bei Mrs. Thompson einquartiert. Und nachdem die ersten Sachen geliefert wurden, war Emma ins neue Haus gezogen, das nur zehn Minuten zu Fuß von Mrs. Thompson entfernt lag.

Lars hatte sein neues Kontor in einem großen, repräsentativen Gebäude in der besseren Hafengegend, wo sich auch andere Niederlassungen großer Handelsgesellschaften befanden. Im Kontor war ein Mr. Madsen die rechte Hand von Lars und schien sich gut zu machen. Lars war jetzt viel mehr zu Hause, er musste zwar nach wie vor reisen, aber er schien auch mal andere loszuschicken und Aufgaben zu delegieren. Ihr Verhältnis zueinander war freundlich, aber mehr auch nicht. Die Leidenschaft war ihnen unterwegs verlustig gegangen, das Begehren. Sie schliefen jetzt auch in getrennten Zimmern.

Doch vor zwei Wochen war eine wunderbare Veränderung eingetreten, mit der Emma schon gar nicht mehr gerechnet hatte. Bei seinem letzten Aufenthalt in Eureka hatte Lars Hans einen Besuch abgestattet und um eine

Aussprache gebeten. Die beiden Freunde hatten dann den ganzen Abend über ihr Zerwürfnis und die Ursachen geredet, jeder noch mal seine Position deutlich gemacht, aber auch versucht zu erklären, warum er so und nicht anders handeln konnte, und Hans erzählte Lars, was ihn so gekränkt hatte. Dafür entschuldigte Lars sich aufrichtig, und Hans hatte es wohl annehmen können. Sie waren wieder Freunde, auch wenn beiden klar war, dass es nie mehr wie früher sein würde. Niemand freute sich darüber so sehr wie Emma. Ihr fiel ein Stein vom Herzen, denn für beide war der jeweils andere so wichtig gewesen, trotz aller Konkurrenz, die sie auch empfanden. Vor allem Lars schien über die Versöhnung nach seiner Rückkehr sichtlich glücklich, bemerkte aber, dass Hans gar nicht gut aussah, sehr blass.

»Ich habe ihm Doc Jenkins vorbeigeschickt, mehr konnte ich auch nicht tun, Emma.«

»Das war eine gute Idee. Wobei ich fürchte, dass Jenkins wieder nur eine Hühnersuppe empfiehlt, wie immer.«

Lars musste lächeln.

»Ich habe Hans eingeladen, uns mal hier zu besuchen. Die Auftragslage ist jedenfalls sehr gut bei ihm momentan, er hat viel zu tun.«

»Das ist doch schön«, sagte Emma.

»Du ahnst nicht, wie oft ich nachts wach gelegen und mir Vorwürfe gemacht habe, dass ich ihm finanziell nicht geholfen habe.«

»Hast du ihm das wenigstens gesagt?«

»Ja, das habe ich. Dass es mich regelrecht geplagt hat und umgetrieben, ich mir vorkam wie ... ein Pfennigfuchser.«

Emma sah Lars an, es schien ihn wirklich gequält zu haben.

»Und weiß du, was Hans daraufhin zu mir gesagt hat? Lars, du bist ein Waisenkind, du hast von einem Tag auf den anderen alles verloren, deine Eltern, die Sicherheit, du bist zwar bei deiner Tante aufgewachsen, aber in einfachen Verhältnissen. So jemand geht anders mit Geld um, so jemand hält sein Vermögen zusammen und fürchtet mehr, es zu verlieren. Er dagegen stamme aus einer reichen Familie und habe immer nur Wohlstand erlebt und wie man Investitionen getätigt habe, die meist gut ausgingen und das Gesamtvermögen vermehrten. Daher gehe er anders mit seinem Vermögen um, und er habe mir das letztlich nicht übel genommen.«

»Interessant, ja, da ist vielleicht was dran. Nichts prägt uns so sehr wie unsere Kinderstube.«

»Meine Tante Stine hat mich immer ermahnt: ›Mach keine Schulden, Junge!‹ Das habe ich Hans dann auch erzählt. Ach, Emma, ehe ich's vergesse, ich soll dir von Hans ganz herzliche Grüße ausrichten, an Miss Beste-Kringel.«

»Danke«, sagte Emma, »ich kann dir gar nicht sagen, wie froh ich bin, dass du die Versöhnung gesucht hast, Lars.«

Sie streichelte seine Hand. Er lächelte, und sie waren sich nah wie lange nicht gewesen.

Emma hörte den Briefträgerboy an der Haustür klopfen und rief: »Ich bin hier auf der Veranda, Sam!« Da kam er um das Haus herum, und Emma sah sofort, dass der Brief aus der Heimat kam, und sie erkannte Berthas

Handschrift. »Oh, von meiner Schwester!«, rief sie erfreut, und der Junge lächelte.

»Ich schätze, Sie mögen Ihre Schwester gern, meine Schwester Judy ist schlimmer als alle biblischen Plagen. Ist 'ne schöne Briefmarke, woher?«

»Aus Deutschland.«

»Wenn man es auf eine Briefmarke schafft, dann ist man wirklich wichtig, denk ich mal. Wer ist der Kerl mit dem Helm?«

Emma musste lächeln, hier am anderen Ende der Welt waren das liebe Kaiserreich mit all seinem Pomp und eine Krönung in Versailles ja völlig unwichtig, das war geradezu erfrischend.

»Der Kerl ist der deutsche Kaiser persönlich.«

»Es gibt keinen Präsidenten?«

»Nein, es ist alles ganz anders als hier, also einen Reichskanzler gibt es, Otto von Bismarck. Auf jeden Fall haben wir dort eine Monarchie und einen Kaiser, der heißt Wilhelm der Erste, aber der kann uns mal mit seinem Nachttopf auf dem Kopf … Einen Moment, Sam.«

Emma ging kurz ins Haus, um etwas Geld und einen Brieföffner zu holen. Dann gab sie dem Jungen ein heute besonders großzügiges Trinkgeld, das er erfreut annahm. »Oh, vielen Dank. Ich hoffe, Ihre Schwester schreibt bald wieder … äh, ich meine, ich hoffe, es steht was Gutes in dem Brief. Wiedersehen.«

Kaum war er verschwunden, öffnete Emma mit dem Brieföffner Berthas Brief. Er war zwei Monate lang unterwegs gewesen. Der liebe Heinrich, begann Bertha, sei am 7. November an Blutvergiftung infolge der vereiterten Zähne gestorben, der Tod sei eine Erlösung gewesen von einem langen Martyrium. Sie sei mit der kleinen Emma zur Mutter ins Haus gezogen, wo sie jetzt in der oberen Etage lebe und genügend Platz habe und man die Mahlzeiten gemeinsam einnehme. Im Großen und Ganzen laufe es gut, zwei Witwen und ein kleines Kind, und Gertraud sei natürlich auch noch da und ganz entzückend zu der kleinen Emma, die prächtig wachse und gedeihe und sicher bald das wunderschöne Kleid von ihrer Tante Emma aus Amerika tragen werde. Bertha schrieb, dass die Zahnkrankheit ihr dermaßen grausam den geliebten Mann schon Monate zuvor genommen habe, dass sie dem Tod selbst gegenüber gefasst war. Nun sei sie also sehr jung Witwe, und die kleine Emma habe nur noch sie als Mutter, sie werde ihr Bestes geben und versuchen, der Kleinen auch ein bisschen Vaterstrenge nebst Mutterliebe zu geben, wobei es ja bei ihnen zu Hause genau umgekehrt gewesen sei, es hätte immer Mutterstrenge und Vaterliebe gegeben. Und die Mutter sei auf ihre alten Tage auch leider nicht sanfter geworden, im Gegenteil, sie werde immer strenger, sich und anderen gegenüber, ja etwas verhärmt sei die Mutter geworden seit dem Tod des Vaters.

Emma senkte den Brief, nachdem sie zu Ende gelesen hatte. Es war kein langer Brief. Die kleine Emma war nun Halbwaise. Emma beschloss, mit Lars darüber zu reden, dass sie für das Kind etwas Geld anlegten.

In dem Moment hörte sie Blanche ins Haus kommen, und dann trat diese heraus auf die Veranda und sagte besorgt: »Mrs. Jensen, Sie sehen ganz betrübt aus. Schlechte Nachrichten?« Und Emma nickte.

26.

Unter Schwestern

San Francisco, den 20. Januar 1876

*Meine liebe Bertha,
ich schreibe Dir gleich zurück auf Deinen Brief mit der traurigen Nachricht vom Tode Heinrichs. Ich kann Dir gar nicht sagen, wie leid mir das alles tut und dass meine liebe Schwester so ein Schicksal ereilt. Wie schön wäre es jetzt, Dich und Emma hier zu haben und Euch zu begöschern, wir haben ja einen wunderschönen Garten, die Kleine könnte hier spielen, und Du und ich, wir könnten uns endlich einmal über alles in Ruhe austauschen. Wie fehlt mir das, vor allem in solch bewegten Zeiten, in denen wir uns gegenseitig beistehen sollten. Wir waren ja doch in alles Intime eingeweiht oder in fast alles, denn von Deiner Zuneigung zu Heinrich hast Du mir nie erzählt, aber vielleicht war sie Dir selbst nicht bewusst oder zu kostbar, um sie mit Deiner Schwester zu bekakeln, vielleicht auch weil Du fürchtetest, dass es dadurch etwas Banales bekommt. Die Schwärmerei hat doch, solange man sie für sich behält, immer ihr eigenes Leben und ihren Zauber, ja, ich würde sogar verstehen, wenn Du Deine Gefühle für Heinrich vor unserem Gekichere in der »Schwester- und Lästerhöhle« schützen wolltest. Nur verständlich. Erinnerst Du Dich noch daran, wie*

wir uns Hinrichsen im Schlafanzug vorstellten und wie er wohl nachts einer Frau gegenüber im Bett wäre und uns davor gruselten? Aber dabei ging es eben nicht um Liebesgefühle, gerade die habe ich ja nicht für ihn empfunden, und insofern war er für die Lästertreibjagd freigegeben. Es ist doch verrückt, wie diese Entscheidung, mein Nein zu seinem Antrag vor drei Jahren, mein ganzes Leben beeinflusst hat und ja, auch unser beider Schwesternleben. Ich bin nun schon so lange von Dir getrennt, und ich kann nicht verhehlen, dass ich manchmal große Sehnsucht nach zu Hause habe. Nicht unbedingt nach der Mutter, auch Erika vermisse ich nicht sonderlich, aber ich habe Sehnsucht nach Dir, nach dem schönen Schleswig, der Schlei, den herrlichen Himmeln, den Hügeln von Angeln, nach dem Plattdeutschen, den Sprüchen, dem trockenen Humor, nach der »Konditorei Johannsen« mit den leckeren Goldtalern. Gibt es die noch? Ich meine sowohl die Konditorei als auch meine Lieblingsbonbons? Tja, warum sollte es beides nicht mehr geben? Nur weil ich nach Amerika ausgewandert bin, werden die ja nicht pleitegegangen sein. Ach, Bertha, es tut mir leid, meine Zeilen sind Deinem Leid nicht angemessen. Wenn sie Dich erreichen, ist es Frühling in Deutschland, vielleicht noch nicht ganz, da er ja bei uns in Angeln gern mal erst im Mai hereinschaut, aber dann mit aller Macht. Ich wünschte, ich könnte zaubern, rasch irgendetwas Gutes für Dich tun, was Dich aufheitert und Dir Mut macht. Würdest Du mich gern mal mit der Kleinen besuchen kommen, wenn wir die Kosten für die Passage bezahlten? Aber für einen Verwandtenbesuch ist es doch etwas beschwerlich und zu weit. Ihr müsstet am besten gleich beide auswandern und zu mir kommen, ach, das wäre einfach zu schön! Es ist genug Platz hier im Haus, wir sind ja nur zu dritt, neben Lars und mir gibt es seit Neuestem eine Haushälterin, die liebe Blanche, übrigens eine Witwe, aber älter als Du. Sie ist schlank wie eine Gerte, rotblond, mit einer Himmelfahrtsnase, die schon fast wieder hässlich ist, vierzig Jahre alt, hat einen erwachsenen Sohn, und ihr Mann ist vor einem halben Jahr gestorben, und sie stand plötzlich mittellos da. Pastor Hollmann von der Gemeinde sprach mich an, ob ich nicht eine Haushälterin brauchen könnte und gleichzeitig etwas Gutes tun wolle, und da habe ich sie vor zwei Monaten eingestellt. So gern ich selbst koche, es ist doch auch sehr angenehm, jemanden zu haben, der die Einkäufe macht, das Frühstück zubereitet und auch mal eine Mahlzeit und jemand, der das große Haus putzt. Neben allem aber ist sie auch meine Gesellschaft, und wir reden viel miteinander, und ich bin nicht allein im Haus den ganzen Tag. Nur wenn Lars abends kommt, zieht sie sich zurück in ihr Zimmer und lässt uns Eheleute unter uns und genießt dann vielleicht auch mal ihre Pause von mir, so wie ich es früher bei Mrs. Thompson genossen habe, wenn ich dort Zeit für mich hatte. Blanche ist reizend, nie aufdringlich, feinfühlig, sie liest einem immer die Wünsche von den Lippen ab, allein das ist unbezahlbar. Noch trägt sie Schwarz, aber wenn sie es, hoffentlich bald, sein lässt, wird mich auch ihre Erscheinung mehr aufmuntern. Schwarz, das lass Dir gesagt sein, liebe Schwester, steht wahrlich nicht jeder Witwe, manche sehen darin geradezu verwegen aus und sehr elegant, aber die meisten Witwen wirken blass und elend darin, geradezu verhärmt, und Blanche steht Schwarz gar nicht, was ich ihr bei Gelegenheit noch stecken werde. Dafür ist sie ein zu heller Typ, wie Du, also Schwarz wird Dir auch nicht stehen, liebe Bertha, und allein schon der kleinen Emma zuliebe solltest Du die Trauerkleidung sobald wie möglich wieder ablegen, versprich mir das, ja? Ein so kleiner Erdenbürger sollte nicht von lauter Schwarz tragenden Frauen umgeben sein, da muss ich doch als Tante energisch intervenieren. Ach, Schwesterherz, als ich das Babyfoto von Emma sah, da war so viel Berthagesicht darin, dass ich die Kleine sofort lieb gewonnen habe. Ich vermute und hoffe, dass sich das inzwischen weiter ausgeprägt hat? Würdest Du mir bei Gelegenheit vielleicht wieder mal ein Foto von ihr schicken, am besten eines von Euch beiden?

Mit Freude las ich in Erikas Weihnachtsbrief, dass sie sich jetzt weigert, weitere Kinder zu bekommen und dass sie nach drei Töchtern einfach genug hat vom Kinderkriegen. Sie schrieb, sie habe Alfred gesagt, dass dann eben ein Schwiegersohn die Geschäfte übernehmen muss und Punkt. Unsere liebe Erika, immer brav und angepasst, wird auf einmal zu einer kleinen Revolutionärin und tritt in einen Gebärstreik. Wenn das für die Schleswiger Gesellschaft kein Thema ist, dann würde mich das wundern. Ich jedenfalls finde es großartig, und das habe ich ihr auch schon in meiner Antwort mitgeteilt und sie beglückwünscht, dass sie das erste Mal in ihrem Leben etwas nicht so macht, wie man es von ihr erwartet.

Mein Leben ist seit der Rückkehr nach San Francisco recht unaufgeregt, muss ich sagen. Es gibt, so merke ich eben, nicht viel zu erzählen. Wir haben leider nach wie vor keinen Nachwuchs, und ich habe mich damit abgefunden, dass das auch so bleiben wird. Ich muss aber auch ehrlicherweise hinzufügen, dass wir unser Liebesleben eingestellt haben und von daher dem Klapperstorch auch keine Chance mehr geben, aber ich bin sicher, dass Lars unfruchtbar ist, und das können wir nun mal nicht ändern. Es ist doch verrückt: Die eine stellt das Kinderkriegen ein, die andere wird gleich in der Hochzeitsnacht schwanger und bald Witwe, und die Dritte hätte gern Kinder bekommen, aber es klappt nicht. Das Leben geht oft verschlungene Pfade, aber ich will mich nicht beklagen, denn wir sind gesund, leben in Wohlstand, und wir sind freundlich miteinander, und ich bemühe mich, unter alles, was in Eureka war, einen Schlussstrich zu ziehen. Du hattest damals recht mit Deiner Vermutung, dass da etwas mehr war bei Hans und mir. Nicht, dass wir es gelebt hätten, das ging nicht, aber wir konnten nicht verhindern, dass wir uns immer mehr ineinander verliebt haben, und bis auf einen einzigen Kuss ist auch nichts passiert. Ich denke, diese »Sünde« verzeiht der liebe Gott. Ja, ich habe diesen Mann geliebt und er mich, und nur die Tatsache, dass ich verheiratet bin und er der Trauzeuge ist, hat uns von weiteren Dummheiten abgehalten, aber, Bertha, die Liebe ist keine Dummheit, es war uns beiden sehr ernst. Wir hatten das Gefühl, letztlich füreinander bestimmt zu sein, besser zueinanderzupassen, als Lars und ich es tun, und es war unser Schicksal, dass wir uns ausgerechnet am Hochzeitstage begegnet sind. Aber wer weiß, vielleicht wäre der Alltag, den wir ja nie zusammen gelebt haben, auch wieder ganz anders verlaufen, und die Romantik hatte nur die Oberhand, weil wir wie die beiden Königskinder nicht zusammenkommen konnten. Ich habe also nicht nur das Klavier von ihm zurückgelassen in unserem Haus in Eureka, das Lars noch für seine Aufenthalte im Norden behalten hat, ich bemühe mich auch, das ganze Kapitel als vergangen zu betrachten und als einen Teil meines Lebens, von dem nur Du und meine Freundin Suzette in Eureka wissen, sonst niemand. Und wo ich schon mal bei der Wahrheit bin, kann ich Dir auch gleich mitteilen, dass Lars, mein Ehemann, ebenfalls ein Däne ist. Ich möchte aber klarstellen, dass ich Dich diesbezüglich nie angelogen, sondern es einfach nicht weiter erwähnt habe. Lars und Hans sind beide Dänen. Lars stammt aus Aalborg, er wuchs nach dem frühen Tod seiner Eltern bei einer kinderlosen Tante dort auf. Nach deren Tod ist er nach Amerika ausgewandert. Aber da wir alle hier miteinander Englisch sprechen und uns als Amerikaner sehen, spielt das alles keine Rolle. Der Mutter gegenüber erwähnen darfst Du es trotzdem nicht, am besten vernichtest Du diesen Brief, nachdem Du ihn gelesen hast, er beinhaltet doch einige heikle Zeilen, und da ihr nun unter einem Dach lebt, soll Mutter ihn nicht zu Gesicht bekommen.

Ich schließe hier, umarme Dich und die Kleine und bin in Gedanken bei Euch, möge der liebe Heinrich in Frieden ruhen, eines Tages werdet Ihr Euch im Paradies wiedersehen, da bin ich ganz sicher.

Alles Liebe, richte der Mutter bitte einen Gruß von mir aus, ich schreibe ihr demnächst.

Deine Emma – deren Zeilen nach der Lektüre im Ofen zu Asche werden

27.

Die Vergangenheit im Koffer

Blanche hatte einen Sohn, James. Er war Seemann auf den Westcoast-Schiffen, und wenn er mal in San Francisco landete, besuchte er seine Mutter. Er war ein junger, kräftiger Mann von zweiundzwanzig Jahren, hatte rotblonde Haare, Sommersprossen und Augen in einem Blau, wie Emma es noch nie gesehen hatte, so klar, stechend fast, dass man sie nie mehr vergaß, ein Augenpaar, das den jungen James in einer Menge von Tausenden herausstechen ließ. Ihr Mann habe auch diese Husky-Augen gehabt, sagte Blanche. Und es berühre sie ganz eigenartig, dass ihr Sohn dieselben habe, vor allem seit dem Tode ihres Mannes.

Das verstand Emma nur zu gut. Sie und Blanche hatten auf der Veranda oder im Wohnzimmer ab und zu über den verstorbenen Ehemann von Blanche geredet, den lieben Jeffrey Rogers, der, erst vierundvierzig Jahre alt, viel zu früh das Zeitliche gesegnet hatte. Es war Emma, die Blanche nach allem Möglichen ausfragte, und diese schien durchaus das Bedürfnis zu haben, über ihr voriges Leben Auskunft zu geben. Als wenn das Erzählen und Benennen über die Trauer hinweghalfen, als wären die Worte und die Erinnerung die fortwährende Totenwache im Leben, um die Lieben gehen zu lassen und zu bewahren, um sie ins Innere zu nehmen, ins Herz.

Emma spürte, dass es Blanche guttat, einfach nur von Jeffrey und sich zu erzählen, und ihr, Emma, wiederum tat es gut, von dieser Ehe zu hören. Wenn sie ehrlich war, fühlte sie sich Blanche in diesem Verwitwetsein durchaus nah.

»Jeffrey legte viel Wert auf sein Äußeres, er war immer sehr reinlich, anständig angezogen, da ließ er nichts auf sich kommen, weil seine Mutter ihm das irgendwann einmal gesagt hat: ›Junge, du kannst nur als reinlicher Mensch gewinnen, lass dich nie gehen, sonst kannst du keinen Respekt erwarten!‹ An dem Tag, an dem er seinen Zusammenbruch hatte, ist er morgens wie immer so gepflegt aus dem Haus gegangen, mit Hut und Stock und Mantel und perfekt rasiert, und er hat mir wie jeden Morgen einen Kuss gegeben, der so intensiv nach seinem Rasierwasser roch, und gesagt: ›Bis heute Abend, meine liebe Blanche.‹«

An der Stelle kippte die Stimme von Blanche, und sie begann zu schluchzen und nahm sofort ihr Taschentuch.

»Entschuldigen Sie, Mrs. Jensen.«

»Aber Blanche, bitte, weinen Sie ruhig, es ist doch auch einfach nur zum Weinen.«

»Das kann sich keiner vorstellen, dass der geliebte Mensch am Morgen noch da ist, nach Rasierwasser duftet und am Abend tot. Im Staub zusammengebrochen, ausgerechnet der reinliche Jeffrey, als wenn ihn der Tod verspotten wollte!«

»Blanche, das dürfen Sie jetzt bitte nicht überbewerten, die Straßen sind nun mal staubig.«

»Aber Jeffrey, Mrs. Jensen, hätte in einem sauberen Bett friedlich einschlafen müssen«, jammerte Blanche.

»Wünscht sich das nicht jeder? Aber es ist nun mal nicht jedem vergönnt. Immerhin war Ihre Ehe glücklich, wie man es heraushört.«

Blanche lächelte, nach innen.

»Ja, das war sie, und zwar die ganze Zeit über, immerhin dreiundzwanzig Jahre lang, das ist ja nicht wenig.«

»Blanche, das ist ein Geschenk des Himmels. Dafür müssen Sie dankbar sein und dem lieben Gott das kleine Versehen mit dem Tod im Staub nachsehen, in Ordnung?«

Blanche strahlte Emma an.

»Mrs. Jensen, Sie tun mir so gut. Ich sollte Sie bezahlen, nicht umgekehrt.«

»Papperlapapp, das ist Unsinn. Ich fühle mich geehrt, dass Sie mich so offenherzig an Ihrem Schicksal teilhaben lassen, dafür muss ich Ihnen danken.«

»Soll ich Ihnen ein Geheimnis anvertrauen? Ich habe nach Jeffreys Tod jeden Morgen an der Flasche mit dem Rasierwasser gerochen und mir vorgestellt, er würde mir einen Kuss geben und sagen ›Bis heute Abend, meine liebe Blanche!‹, verrückt, oder?«

»Und tun Sie das immer noch?«

»Nein, das brauchte ich nur ein paar Wochen, dann war es gut, und ich konnte das Rasierwasser auch wegtun. Darf ich fragen, Mrs. Jensen, die Tatsache, dass Sie keine Kinder haben, liegt das an der Verletzung Ihres Mannes?«

Emma nickte. Von ausgeheilten Geschlechtskrankheiten wollte sie jetzt nichts erzählen.

»Wie ist das denn passiert mit Mr. Jensens Bein?«

»Oh, das war vor meiner Zeit, er hat als junger Holzfäller einen Unfall gehabt, bei dem ihm ein Baumstamm das Bein abklemmte.«

»Das heißt, Sie haben Ihren Mann mit seinem steifen Bein kennengelernt?«

»Ja, Blanche, und es hat mich nicht gestört. Da war so viel anderes an ihm, was mir gefiel, da erschien mir seine Gehbehinderung nicht als Makel. Übrigens bei Mrs. Thompson damals, als ich bei ihr Gesellschafterin war und die Mühlesteine vom Boden klauben durfte, wenn sie verloren hatte, da habe ich Lars kennengelernt. Sie hat früher alle halbe Jahr einen Tanztee veranstaltet, bei dem sich ledige Männer und Frauen kennenlernen konnten. Inzwischen hat sie es eingestellt. Wie haben Sie Ihren Mann kennengelernt, Blanche?«

»Bei meiner Cousine Lucy. Jeffrey war der Nachbarsjunge, er hat immer für Lucy geschwärmt, aber sie nicht für ihn, und da hat Lucy sich gedacht, ich stelle Jeffrey mal Blanche vor, damit er endlich Ruhe gibt.«

Sie lachten.

»Tja, und danach hat Jeffrey wohl am Gartenzaun zu ihr gesagt, sie solle es ihm nicht übel nehmen, er wisse ja, dass sie schon immer in ihn verliebt gewesen sei, aber er fände, ihre Cousine Blanche hätte mehr Klasse.«

Emma und Blanche kriegten sich nicht wieder ein vor Lachen.

»Männer«, rief Emma aus, »ihre Eitelkeit reicht von Alaska bis nach Feuerland!«

»Lucy und ich, wir sind uns immer noch sehr nah, wie Schwestern fast. Und wir lachen heute noch darüber.«

»Laden Sie Ihre Cousine doch mal ein, ich würde mich freuen, sie kennenzulernen.«

»Gern, mach ich, danke Mrs. Jensen. Hatten Sie denn zu Ihrer Schwester in Schleswig, die gerade Witwe geworden ist, ein enges Verhältnis?«

»Ja, wir waren immer wie Freundinnen. Es war viel vertrauter und näher als zu unserer älteren Schwester Erika, die nie mitmachte beim Äpfelklauen und immer so etepetete war, wie aus dem Ei gepellt und fleißig, ganz die brave, ältere Tochter.«

Emma fiel Erikas zehnter Geburtstag wieder ein. Was die Schlacht bei den Düppeler Schanzen im deutsch-dänischen Verhältnis war, war dieser Tag im Verhältnis von Emma und Erika geworden.

»Es gibt da diese dumme Geschichte von Erikas zehntem Geburtstag, zu dem ihre Freundinnen eingeladen waren und natürlich meine kleine Schwester und ich. Wir waren vielleicht zehn Mädchen, die in hübschen Kleidern mit Schleifchen im Haar erst Kuchen aßen und danach im Garten Fangen und Blinde Kuh spielten. Es war ein heißer Augusttag, und da kam ich auf die Idee, die Füße in der kleinen Au hinter dem Nachbargrundstück zu kühlen, die anderen zögerten, zumal Erika heftig widersprach, aber einige folgten mir neugierig, und wir plantschten herrlich in dem kleinen Bächlein und spritzten uns nass und ja, es war auch etwas Schlamm darunter, der unsere hübschen Kleider mit Schlammspritzern versah. Als wir zurückkamen, gab es ein Riesendonnerwetter, vor allem ich, als die Anführerin, bekam mein Fett weg und wurde von meiner Mutter geohrfeigt und auf mein Zimmer zum Stubenarrest geschickt. Meine arme, große Schwester hatte sich schon weinend auf ihr Zimmer zurückgezogen und kam den ganzen Nachmittag nicht mehr heraus. Und sprach geschlagene sieben Tage kein Wort mehr mit mir, als hätte ich ihr nicht nur den Geburtstag verdorben, sondern ihr ganzes Leben. Dabei sollte jedes anständige Mädchen, das was auf sich hält, immer mal wieder in einer Au plantschen, das ist doch die reine Freude an einem heißen Sommertag. Also, wenn ich Töchter hätte, dann dürften die das.«

Emma seufzte.

»Sie waren der Wildfang von Ihnen dreien.« Blanche schmunzelte.

»Das hat mein Vater früher gesagt: ›Mit Emma hat der liebe Gott mir doch noch einen als Mädchen getarnten Jungen geschenkt.‹ Nicht, dass das für ihn wichtig war, die Sorte Mann, die bei der Geburt einer Tochter enttäuscht gewesen wäre, war er zum Glück nicht. Ist das nicht das eigentlich Traurige, liebe Blanche, dass die Abwertung der Frauen bereits im Moment der Geburt anfängt? Es ist »nur« ein Mädchen. Und wenn es denn ein Junge ist, dann ist die Welt in Ordnung für die Männer und infolgedessen auch für die Frauen.«

»Das stimmt«, sagte Blanche, »ich war auch froh, dass mit James ein Junge kam.«

»Aber wer kümmert sich im Alter und pflegt die kränklichen Eltern und Schwiegereltern? Na, das sind nicht die strammen kleinen Stammhalter, die den Nachttopf leeren.« Blanche musste lächeln. »Wie gut Sie es wieder auf den Punkt bringen, Mrs. Jensen. Scharfsinnig geradezu. So habe ich es noch nie betrachtet, aber Sie haben recht!«

»In hundert Jahren wird das sicherlich egal sein, ob es ein Junge oder Mädchen ist. Dann werden Mädchen auch endlich studieren können und alle Berufe ergreifen dürfen, ja vielleicht sogar Präsident werden. Wir leben einfach im falschen Jahrhundert, Blanche.«

»Welchen Beruf würden Sie denn gern ausüben, Mrs. Jensen, wenn es möglich wäre?«

»Wissen Sie, Blanche, in Eureka habe ich ein paar Monate als Sekretärin gearbeitet im Kontor von der Henriksen-Werft, der Besitzer, Hans, ist ein guter Freund und unser Trauzeuge, und er hat mich eingestellt. Es war eine wunderschöne Zeit, ich habe es geliebt, jeden Tag ins Kontor zu gehen.«

»Und Ihr Mann hat das erlaubt?«

»Ja, widerwillig und unter der Bedingung, dass ich keinen Lohn erhalte. Aber die Leute haben trotzdem drüber geredet, und ich musste wieder aufhören.«

»Scheint Ihnen viel bedeutet zu haben«, sagte Blanche.

Emma musste wehmütig lächeln, es kam ihr wie in einem anderen Leben vor, dass die Papierflieger durchs Kontor gesaust waren und Hans konzentriert über seinen Zeichnungen gesessen hatte.

»Es war schön, eine Aufgabe zu haben. Dadurch, dass wir keine Kinder bekommen konnten, war mein Leben doch sehr still dort, und das hat Hans vermutlich gesehen und sich gedacht, dann stelle ich Emma als Sekretärin ein. Er konnte allerdings auch jemanden für die Post gebrauchen. Beide Seiten hatten was davon. Und wissen Sie, Blanche, was ich als Lohn erhalten habe?« Diese zuckte mit den Schultern. »Ein Klavier, ach, das war zu schön, als das geliefert wurde. Ich durfte ja kein Geld annehmen, und da hat Hans mir ein Klavier geschenkt, ein gebrauchtes, aber in gutem Zustand, und es hatte wirklich einen schönen Klang.«

»Warum haben Sie es dann nicht mit hierhergenommen, Mrs. Jensen?«

»Weil ich einiges dort hinter mir lassen musste, Blanche. Und das Klavier hätte mich nur immerzu an das Kontor und die Werft erinnert.« Emma räusperte sich. »Auf jeden Fall ist der Schiffbau eine sehr interessante Branche, und es ist faszinierend mitzubekommen, wie Stück für Stück ein großes, ehrwürdiges Schiff entsteht. Es ist ja diese Art von Schiffen, auf denen Ihr Sohn anheuert. Und wenn dann der Stapellauf mit Schiffstaufe stattfindet, das ist geradezu erhebend.«

Emma geriet ins Schwärmen, und Blanche sah ihr ins Gesicht, als versuchte sie sich gerade auf alles einen Reim zu machen. Auf das zurückgelassene Klavier, Emmas plötzliches Strahlen und ihre Begeisterung für den Schiffbau.

»Warten Sie, ich möchte Ihnen etwas zeigen«, sagte Emma.

Blanche blickte neugierig, als Emma kurz darauf aus ihrem Zimmer im ersten Stock auf die Veranda zurückkam. Zuerst zeigte Emma ihr das Flaschenschiff.

»Das ist dasselbe Schiff in klein, genau solche Schiffe werden dort gebaut auf der Werft.«

Blanche betrachtete das Schiff in der Flasche ganz genau.

»Wie schön!«

»Das hat Hans mir geschenkt, als die *Alberte* getauft wurde. Da habe ich nicht mehr dort gearbeitet, aber sehen Sie hier, die Werft war durch ein Feuer zerstört.« Emma zeigte Blanche den Zeitungsartikel. »Es war ein beträchtlicher Schaden, und ich habe dem lieben Hans in der ersten Zeit des Wiederaufbaus mittags immer etwas Essen gebracht, dafür hat er mir dann das Flaschenschiff geschenkt.«

Blanche sah auf den Zeitungsartikel, das Foto von Hans.

»Ist das der Herr, dem die Werft gehört? Sieht elegant aus.«

»Ja, das ist Hans Henriksen, einer der besten Schiffbauer an der ganzen Küste und unser Trauzeuge. Na ja, ich wollte Ihnen vor allem das Flaschenschiff zeigen.«

»Das ist ja wirklich ein außergewöhnliches Geschenk, sehr kunstfertig. Wie viel Arbeit und Liebe zum Detail da drinsteckt«, sagte Blanche und sah Emma an.

»Warum stellen Sie es nicht hier ins Fenster zur Veranda oder im Wohnzimmer auf die Kommode?«

»Nein«, wehrte Emma etwas zu heftig ab. »Es erinnert mich zu sehr an die alten Zeiten, Blanche. Wie das Klavier. Man muss auch Dinge und Menschen zurücklassen können im Leben, so weh das manchmal tut. Aber wem sag ich das!«

Damit erhob sie sich und verschwand mit den Sachen wieder im Haus, um sie oben in ihrem Zimmer in den Koffer zurückzutun.

28.

Der Gast

Hans hatte sich für die große Parade zum hundertsten Bestehen der Unabhängigkeitserklärung der Union bei Lars und Emma angemeldet. Am 4. Juli, dem *Independence Day*, sollte sie stattfinden, und die ganze Stadt pulsierte schon Wochen vorher wegen der Vorbereitungen. Alle freuten sich auf das große Ereignis und wollten, wenn sie nicht direkt am Umzug teilnahmen, wenigstens am Straßenrand stehen und jubeln. Ganz San Francisco würde sich schmücken, es gab sogar schon Lieferengpässe bei Flaggen, Wimpeln und Girlanden in den Farben der Union, sodass Emma kurzerhand selbst Wimpelketten nähte aus rotem, weißem und blauem Stoff. Diese Stoffwimpelketten wurden im ganzen Erdgeschoss dekoriert, sie und Blanche putzten gemeinsam das Haus von oben bis unten, einschließlich des Silbers, und Jack kümmerte sich um eine patriotische Pflege des Gartens, und als Emma ihn dabei belauschte, staunte sie, dass er an dem Tag nicht wie ein Priester mit seinen Schäfchen redete, sondern wie ein wahrer, großer Politiker, der der Botanik glühende Reden hielt, gegen die Sklaverei und für den Zusammenhalt der Union und dass es nie wieder Krieg geben dürfe. Die Nachbarin, Mrs. Walker, beschwerte sich daraufhin bei Emma, was der Neger da ständig im Garten von sich gab, sie fühle sich gestört. Und ob der nicht eher in eine Irrenanstalt gehöre als in einen Garten in dieser guten Gegend. Daraufhin hatte Emma Mrs. Walker erwidert, dass wirklich jede Frau, die Ahnung vom Gärtnern hätte, sehen könne, wie großartig Jack als Gärtner und wie schön ihr Garten im Vergleich zu anderen sei, ob die Nachbarin dem nicht zustimmen müsse? Ja, das tat sie, kleinlaut. Und wenn es für Jack nun mal wichtig sei, mit den Pflanzen zu reden, dann werte sie, Emma, das nicht als Zeichen von Verrücktheit, auch wenn sie sich diese Frage ehrlicherweise ebenfalls bereits gestellt habe, sondern als ein Zeichen einer besonderen Beziehung, die Jack zu ihren Pflanzen habe. Und sie sei zu dem Schluss gekommen, dass das Jacks Geheimrezept sei, einfach mit den Pflanzen zu sprechen, und denen sei es herzlich egal, was ihnen genau gesagt werde. Mrs. Walker schnappte nach Luft, war zunächst sprachlos, doch Emmas Argumentation nötigte ihr offensichtlich Respekt ab, sodass sie am Ende anfragte, ob dieser Jack vielleicht auch ihren Garten ... worauf Emma entgegnete, das könne sie leider vergessen, Jack sei bei ihr und Mrs. Thompson der Gartengott und solle keine anderen Gärten haben neben sich.

Emmas eigene Aufgeregtheit, Hans nach fast einem Jahr das erste Mal wiederzusehen, war bestens getarnt inmitten des allgemeinen Trubels, der herrschte, und fiel nicht weiter auf. Dabei war Emma seit dem Moment, als Lars ihr Hans' Besuch für den dritten Juli angekündigt hatte, vollkommen durcheinander, und sie spürte, dass sie ihre Gefühle nur in einen Koffer weggeschlossen, aber bei Weitem nicht überwunden hatte. Sie bemühte sich, vor

Lars einfach nur erfreut zu erscheinen und unterbreitete ihm Vorschläge, was man alles mit Hans unternehmen und für das Wiedersehen kochen sollte. Doch Lars winkte schnell ab und sagte ihr, Hans habe noch ein paar geschäftliche Termine in der Stadt, müsse zur Bank und zum Anwalt, er werde nur den dritten Juli abends bei ihnen sein und dann am vierten mit ihnen zur Parade gehen, aber er müsse noch am selben Tag wieder nach Eureka zurück. Er nähme jedoch das Angebot, bei ihnen zu übernachten, gern an.

Auch Lars schien sich zu freuen, wirkte doch Hans' Besuch wie ein Beweis für ihre Versöhnung als Freunde. Sie würden also zu dritt das große Ereignis feiern, Mrs. Thompson wollte eventuell auch dazustoßen, nur fühlte sie sich in letzter Zeit manchmal etwas schwach, dann würde sie nicht zur Parade gehen, sagte sie Emma. Blanche sollte an dem Tag Besuch von James bekommen, der frei hatte, und wollte dann mit ihrem Sohn zur Parade gehen und dort auch ihre Cousine Lucy mit Familie treffen. Jeder hatte an diesem so besonderen vierten Juli etwas vor und freute sich, es war das große Ereignis in dem Jahr, wann erlebte man schon mal eine Hundertjahrfeier! Nur einmal in seinem Leben, und auch das nur mit viel Glück.

Emma merkte bei den ganzen Vorbereitungen, wie sehr sie sich inzwischen als Amerikanerin fühlte, als Kalifornierin. Sie war zwar aus Schleswig und sicher geprägt von gut zwanzig Jahren dort oben, es war ihre Heimat gewesen, aber jetzt fühlte sie sich hier zu Hause, in dem doch sehr gleichmäßigen, milden Klima, das die schönsten exotischen Früchte hervorbrachte, die man das ganze Jahr über essen und verkochen konnte. Es war in der Hinsicht wie im Paradies, und eine größere Vielfalt als im Norden Deutschlands mit dem vielen Kohl im Winter, den ewigen Kartoffeln und Rüben, dem etwas einfallslosen und deftigen Essen, wenn man ehrlich war. Und Emma liebte die Pazifikwinde, die immer herüberwehten. Sie genoss es, in der Nähe eines großen Meeres zu leben, das strahlte auf einen ab, fand sie. Und auch wenn sie manchmal etwas aus der Heimat vermisste, war die Erinnerung an zu Hause im Großen und Ganzen inzwischen eher mit Dunkelheit und viel Regen verbunden und mit den schmalen Lippen der Mutter, deren protestantischer Strenge und Freudlosigkeit. Hier in Amerika war alles freier, leichter, unangestrengter, der Ehrgeiz lag im Geschäfte- und Geldmachen, aber war spielerischer, nicht der hanseatische Geschäftssinn, hier konnte einfach jeder sein Glück versuchen. Wenn er genügend Geld zusammenhabe, so hatte Sam, der Briefträgerboy, Emma vor Kurzem anvertraut, dann wolle er am Hafen einen Holzkarrenhandel mit gekochten Taschenkrebsen auf die Hand aufmachen. Emma hatte ihn ermuntert und gesagt, das sei eine fantastische Idee, mit wenig Startkapital und sicher großer Nachfrage. Er müsse nur immer auf gute Ware achten und seinen Preis nicht zu hoch, aber auch nicht zu niedrig machen. Und einen guten Namen brauche er für sein Geschäft. Wie *Sam's Best Crabs*, das müsse er auf die Holzkarre pinseln. Sam war krebsrot geworden vor Aufregung und hatte sie mit leuchtenden Augen angesehen, als stünde die Geschäftseröffnung unmittelbar bevor. »*Sam's Best Crabs* – Mrs. Jensen, das ist großartig. Sie bekommen bei mir immer eine Portion gratis, wenn Sie vorbeischauen.«

»Ganz falsch, Sam.«

Erschrocken hatte der Junge sie angesehen.

»Dann wärst du ein schlechter Geschäftsmann. Ich bekomme zur Eröffnung eine Portion gratis, aber mit dem Wunsch, ich möge dich weiterempfehlen. Danach muss ich immer bezahlen, wie alle anderen.«

Sie und Blanche richteten das Gästezimmer im ersten Stock für Hans her, Emma pflückte ein paar Blumen im Garten und arrangierte sie in einer Vase, zudem füllte sie eine Schale mit Obst und stellte beides auf das Zimmer. Hans kam am Abend des dritten Juli, pünktlich um sieben, wie es ausgemacht war, mit der Droschke aus der Stadt. Lars und Emma traten an die Tür, Hans reichte Emma die Hand, drückte sie warm, fest und herzlich und strahlte sie an, dann gab er Lars die Hand, und die beiden Männer schlugen sich gegenseitig auf die Schultern, wie früher. Sie betraten das Haus, Hans überreichte Emma, zu ihrer großen Freude, als Gastgeschenk die berühmte, sagenhaft gute Ghirardelli-Schokolade, die er in der Stadt besorgt hatte, und Emma machte eine Führung, zeigte Hans im Erdgeschoss alle Räume, außer dem Zimmer von Blanche natürlich, das neben der Küche lag. Als sie ihm das Zimmer von Lars zeigte mit dessen Bett darin und erklärte, dass er wegen seines Beines keine Treppen steigen wolle und solle und deshalb im Erdgeschoss sein Zimmer habe, schien Hans für einen Moment zu stutzen, sagte aber nichts. Dann griff er seine Reisetasche, und Emma führte ihn die Treppe hoch in die erste Etage mit den Worten: »Hier oben am Ende des Flures habe ich meine Gemächer, und das hier ist unser Gästezimmer.«

Sie öffnete die erste Tür links im Flur, trat vor ihm hinein, er folgte ihr und stellte seine Reisetasche ab.

»Herzlich Willkommen«, sagte Emma, und Hans sah sie an, leicht wehmütig, wie ihr schien.

»Danke, Emma. Du siehst übrigens sehr gut aus.«

»Danke. Ach, Hans, ich kann dir gar nicht sagen, wie sehr es mich freut, dass du und Lars euch wieder versöhnt habt. Und Lars ist darüber glücklich wie nur irgendwas, es hat ihn doch sehr belastet.«

»Ja, mir ist damit auch ein Stein vom Herzen gefallen. Ich ... Emma, ich habe es aber auch unsretwegen getan. Du ...«

Emma wurde ganz heiß, und sie spürte, dass sie rigoros werden musste, um den Abend zu überstehen.

»Mach dich frisch, gleich gibt es Abendessen«, schnitt sie ihm daher das Wort ab und verließ schnell das Gästezimmer. Sie hielt sich am Treppengeländer fest, so sehr schwankte sie beim Heruntergehen. Als sie unten in den Flur trat, begegnete sie Blanche, die gerade aus der Küche kam und sie nur kurz ansah, und irgendwie hatte Emma das Gefühl, dass die liebe Blanche in nur wenigen Momenten das ganze Bild erfasst hatte.

»Sagen Sie mir Bescheid, wenn ich das Essen auftragen soll?«, fragte Blanche, und Emma nickte. Dann ging sie zu Lars auf die Veranda, der dort drei Gläser mit Sherry für sie eingeschenkt hatte. Als Hans herunterkam und sich zu ihnen gesellte, lobte er zunächst den fantastischen Garten, dann erzählte er von seinen Terminen in der Stadt.

»Ich habe heute tatsächlich mein Testament aufsetzen lassen, es wurde Zeit. Diese Dinge müssen geregelt werden, solange man noch mitten im Leben ist, vor allem bei Verstand. Auch wenn ich ja keine Nachfahren habe und meine Familie in Dänemark alles erben wird, ich will doch natürlich Vorsorge treffen, Baker soll zum Beispiel fünftausend Golddollar bekommen, und ich möchte auch ein paar karitative Einrichtungen bedenken.«

»Was für welche?«, fragte Emma.

»Es gibt da ein Waisenhaus in Thisted, und ich möchte, dass die Thisteder Witwen von Seemännern Geld bekommen und dass der kleine Ort ein Heimatmuseum bekommt und die lokale Geschichte erforscht und lebendig erhält.«

»Du vererbst Geld an deine Heimatgemeinde, nicht an die Leute in Eureka?«, fragte Lars, einigermaßen fassungslos.

»Ja, Lars. Am Ende bin ich dann wohl doch kein echter Amerikaner geworden, meine Seele ist da oben in Jütland zu Hause, nach wie vor. Und ich möchte die Menschen dort unterstützen. Findet ihr mich unpatriotisch? Darf ich morgen nicht mit auf die Parade?«

Sie lachten, aber Emma war nicht entgangen, wie dünnhäutig Hans schien.

»Nein, das war kein Vorwurf, lieber Freund«, sagte Lars. »Ich glaube, wenn ich so was täte, würde ich tatsächlich Institutionen hier in Kalifornien bedenken, aber bei mir erbt ja zunächst Emma, die kann das dann entscheiden, wenn sie mich überlebt, wovon ich ausgehe.«

»Meinst du, wir müssen auch ein Testament haben?«, fragte Emma, doch Lars winkte ab.

»Bei uns ist doch alles ganz einfach. Wenn ich sterbe, bist du eine reiche Witwe.« Lars lächelte und fügte dann hinzu: »So, jetzt will ich aber andere Themen, wenn wir schon so netten Besuch haben.«

»Wollen wir reingehen und was essen?«, fragte Emma, und beide Männer nickten.

»Gute Idee, ich hatte den ganzen Tag nichts Richtiges«, sagte Hans. Er sah tatsächlich etwas mager und blass aus. Emma fragte ihn beim Abendessen, was Doc Jenkins denn bei ihm diagnostiziert hätte. »Er sagt, ich bin überarbeitet und soll etwas kürzer treten«, antwortete Hans.

»Und öfter eine Hühnersuppe essen?«, fragte Emma und lächelte über den Tisch hinweg. Lars saß am Tischende, zu Emmas Rechten, Hans ihr gegenüber. Dieser nickte.

»Die Hühnersuppe hat er mir nach meiner Ohnmacht verschrieben, die hat er aber auch Mrs. Hunter nach ihrer komplizierten letzten Entbindung und Mrs. Miller bei Migräne verschrieben und dir nun auch. Tja, vielleicht hat der liebe Jenkins gar nicht Medizin studiert und tut nur so, als wenn er Arzt wäre. Das hört man doch immer wieder.«

Emma hatte Blanche freigegeben und ging in die Küche, um noch eine Flasche von dem Wein zu holen. Dort setzte sie sich einen Moment auf den Küchenstuhl und atmete tief durch. Es brachte sie ziemlich durcheinander, jetzt mit beiden Männern am Tisch zu sitzen, dem Mann gegenüber, mit dem sie sich vor knapp einem Jahr die Liebe eingestanden, der ihr die schönste Liebeserklärung ihres Lebens gemacht hatte. Ihr fiel wieder die Szene im Kontor ein, das Flaschenschiff, die Umarmung, ihr Kuss, sein Geständnis, dass sie die richtige Frau für ihn wäre. Emma spürte eine Gänsehaut, als sie daran dachte. Und wie er vorhin zu ihr sagte: »Ich habe es auch unsretwegen getan.«

Konnte man zwei Männer lieben? Jeden auf seine Weise? »Er ist unser Gast«, sagte sie sich. »Er ist zu Besuch, er ist unser gemeinsamer Freund, nichts weiter, Emma, nichts anderes ist möglich und wird es jemals sein. Du gehörst an die Seite von Lars, bis dass der Tod euch scheidet.«

Dann erhob sie sich und ging mit der Flasche Wein zurück zu ihren beiden Männern.

Nach dem Essen setzten sie sich rüber ins Wohnzimmer und redeten noch über neue Aufträge bei Hans, neue Märkte bei Lars, der plante, bald Richtung Südamerika zu reisen, um dort erste Kontakte zu knüpfen, und Emma hörte beiden gern zu und dachte: Männer haben Pläne und setzen sie um, und wir Frauen? Wir haben den Plan, eine Überdecke zu häkeln oder uns eine neue Garderobe nähen zu lassen. Wir haben den Plan, den Garten etwas anders anlegen zu lassen oder ein großes, schönes Paket an die Verwandtschaft nach Europa zu schicken.

Sie sah auf die beiden Männer und wie gut sie sich wieder verstanden und sich immer etwas zu erzählen hatten, Politik, Wirtschaft, gemeinsame Bekannte und deren geschäftliche Unternehmungen, und als die beiden auf die Loge zu sprechen kamen, da merkte Emma, dass sie müde wurde. »Ich ziehe mich mal zurück, morgen wird ein anstrengender Tag. Um halb neun gibt es Frühstück, in Ordnung? Gute Nacht.«

»Gute Nacht, Emma, schlaf gut«, antworteten sie mit ihren tiefen Stimmen und sprachen sogleich weiter.

In der oberen Etage angekommen, blieb Emma kurz vor der Tür des Gästezimmers stehen, und ihr fiel wieder ein, wie sie sich, nachdem sie Blumen und Obst am Nachmittag hingestellt hatte, auf das für Hans gemachte Bett gelegt und sich vorgestellt hatte, wie er dort liegen würde. Sie hatte sich ausgemalt, dass er nicht einschlafen konnte, weil er an sie denken musste, die ein paar Zimmer weiter schlief, und dann hatte sie sich vorgestellt, dass sie neben ihm lag, auf, in diesem Bett und sie gemeinsam an die Decke sahen und über alles redeten, was sie im vergangenen Jahr erlebt, gefühlt, ersehnt hatten, von ihren nächtlichen Träumen und von ihren geheimen Wünschen, und die Vorstellung davon hatte sie erbeben lassen. Dann war sie aufgestanden, hatte das Bett wieder gerichtet, alles glatt gezogen und das Gästezimmer verlassen.

Nun kam diese Erregung wieder in ihr hoch, als sie an der verschlossenen Tür innehielt, dann ging sie weiter in ihr Zimmer. Sie und Hans waren heute Nacht hier oben ganz allein.

»Jetzt reiß dich gefälligst zusammen!«, schimpfte Emma halblaut mit sich selbst, als sie ihr Zimmer betrat. Sie legte das Kleid ab und zog ihr Nachthemd an. Als sie sich die Haare bürstete, sah sie aus dem Fenster. Ein wunderschöner Sichelmond stand über dem Garten und den dunklen Palmen, es gab unzählige Sterne, und die Stimmung hatte etwas von einer Nacht im Morgenland. In Schleswig wäre um diese Zeit, Anfang Juli, noch blauer Himmel. Sie stellte sich vor, Hans wäre hier bei ihr im Zimmer, sie beide entkleidet auf dem Bett, in dieser herrlichen Dunkelheit, und sie würden ganz sanft und leise das tun, was sie sich beide bisher versagt hatten, keiner würde es mitkriegen, wie sie sich einmal in ihrem Leben mit ihrem ganzen Körper sagen würden, dass sie sich liebten. Die Sprache, die die Natur dafür erfunden hatte, die dafür sorgte, dass die Menschen immer wieder Nachwuchs bekamen, die Spezies nicht ausstarb. Wie wunderbar alles von der Natur eingerichtet war. Nur bei ihr und Lars hatten die Gesetze der Natur kläglich versagt. Emma fiel wieder ein, wie viel Lust sie sich gegenseitig beschert hatten, wie schön es mit Lars gewesen war, wild und sanft zugleich, routiniert, mit eingespielten Ritualen und doch immer offen für Neues, Varianten, wie sie sich gegenseitig überrascht und einander genossen hatten. Wie es ihnen beiden jedes Mal wieder Kraft für den Alltag und für die langen Phasen der Trennungen gegeben hatte, während derer Emma sich dann nachts im Bett daran wärmte, was mit Lars dort geschehen war. Und sie hatte in ihren erotischen Erinnerungen und Fantasien die Phasen ohne Lars gut durchgestanden, war dann umso ungeduldiger, wenn er zurückkam, und sie hatten ihr Wiedersehen eine Zeit lang immer sofort im Bett gefeiert. Lars hatte zwar das steife Bein, und bestimmte Dinge waren nicht möglich, aber alles andere hatten sie ausprobiert, bis an ihre Grenzen. Als Emma daran dachte, war sie auf einmal ganz erregt, und sie fragte sich, warum Lars und sie dieses schöne Geschenk ihrer aufregenden Erotik so einfach fallen gelassen hatten. War es nicht ein Geschenk Gottes?

Emma legte sich in ihr Bett, da hörte sie Schritte die Treppe hochkommen, eine Tür, die behutsam geöffnet und wieder geschlossen wurde. Hans nahm Rücksicht auf ihren Schlaf. Sie stellte sich vor, wie der geliebte

Mann sich einige Zimmer weiter gerade entkleidete, seine Sachen ordentlich auf den Stuhl legte, ein Nachthemd anzog, unter die Decke schlüpfte und dort vielleicht sein Nachtgebet sprach. Emma überlegte, ob sie es tun sollte, aufstehen, zu ihm gehen, ihn fragen, ob er sich zu ihr legen wolle.

Ich habe es auch unsretwegen getan!

Sie erhob sich aus ihrem Bett, trat ans Fenster. Sie zauderte, dann wiederum dachte sie: Ich bin zu jung dafür, nie mehr mit einem Mann zu schlafen. Ich betrüge Lars nicht, denn wir schlafen ja nicht mehr miteinander. Das hier ist die Gelegenheit, eine andere bietet sich vielleicht nie wieder. Eine bessere Tarnung gibt es nicht.

Emma sah auf die Palmen im Garten, den Sichelmond, meinte, einen Stern fallen zu sehen. Durfte man sich nicht etwas wünschen bei einer Sternschnuppe? Sie dachte an die hundert Jahre alte Verfassung und das jedem zugestandene Recht, *the pursuit of Happiness*. Dann ging sie zur Tür und öffnete sie leise.

29.

Unabhängigkeitstag

Beim Frühstück war Emma ganz die reizende Gastgeberin, Blanche trug alles auf, und es war nicht viel zu tun, sodass Emma keinen Vorwand hatte, in der Küche zu verschwinden. Sie musste am Tisch ausharren, Pancakes essen, etwas Rührei mit Bacon, Brot, dazu Kaffee, sie saßen in derselben Sitzordnung wie beim Abendessen, und Lars schlug Hans auf die Schulter: »Du siehst viel besser aus als gestern, hast wohl gut geschlafen?«

»Ja, das habe ich«, sagte Hans. »Ganz vortrefflich. Der gestrige Tag war sehr anstrengend, erst die lange Zugfahrt, dann nur Termine.«

»Und sein Testament zu machen, das ist sicher auch nicht gerade ohne, stell ich mir vor«, sagte Emma.

Hans blitzte sie von gegenüber an mit seinen Augen.

»Ja, es ist wie ein kleiner Tod.«

»Vielleicht tut es auch gut, wenn man all diese Dinge geregelt hat«, gab Lars zu bedenken. »Dann kann man das Leben einfach feiern. Carpe diem. Und das sollte man, nicht nur am Unabhängigkeitstag.«

Emma war erstaunt, wie aufgeräumt Lars war. Er schien so glücklich, mit ihnen beiden am Frühstückstisch zu sitzen und gleich mit seinem wiedergewonnenen, besten Freund und seiner Frau zur Parade zu gehen. Mrs. Thompson hatte für die Parade durch ihre nordfriesische

Gesellschafterin Fräulein Riewerts absagen lassen. Aber am Nachmittag käme man gern vorbei, wie ausgemacht.

»Noch mehr Kaffee, Hans?«, fragte Emma, und er sah ihr in die Augen: »Gern, Emma. Sehr liebenswürdig von dir.«

»Ich will nicht drängeln, aber wir sollten nicht zu spät aufbrechen«, sagte Lars. »Sonst kriegen wir keinen guten Platz mehr.«

»Hundert Jahre Amerika«, sagte Emma, »wie wenig ist das im Vergleich zu den alten Sumerern oder dem Römischen Reich. Ein Wimpernschlag.«

Hans musste lachen.

»Denk daran, wie jung noch euer Deutsches Reich ist, das bestand ja auch nur aus lauter Kleinstaaten«, sagte er an Emma gewandt.

»Und wenn ich unseren Kaiser auf der Briefmarke sehe mit seinem Helm auf dem Kopf, dann kommt mir das alles wie eine Opernaufführung und sehr weit weg vor. So unwirklich. Ein Reich, ein Volk, ein Gott! Du hast recht, dagegen sind hundert Jahre Amerika richtig viel.«

»Und wenn man bedenkt, dass noch vor wenigen Jahren dieser Bürgerkrieg gewütet hat, verrückt. Zum Glück nicht hier bei uns«, ergänzte Lars.

»Vor allem haben wir in Kalifornien nie die Sklaverei gehabt, darauf bin ich am meisten stolz. Wisst ihr was? Ich habe in den letzten Wochen gemerkt, dass ich inzwischen wirklich eine echte Amerikanerin geworden bin, ich kann nicht mal mehr sagen, dass zwei Herzen in meiner Brust schlagen. Zumindest nicht, was die Heimat angeht.«

Lars sah sie erstaunt an. Und Hans tupfte sich mit der Serviette den Mund ab.

Es war ihr rausgerutscht, aber Emma war schlagartig klar, dass sie es jetzt auf keinen Fall weiter erläutern oder zurücknehmen durfte.

»Du meinst, du hast Eureka immer noch ein bisschen nachgetrauert?«, insistierte Lars.

»Ja, aber es wird besser. Ich muss nur hier in den Garten sehen, dann weiß ich, was ich an den wärmeren Gefilden habe. Hans, stell dir vor, wir haben einen Gärtner, der mit den Pflanzen redet, ihnen wie ein Priester Predigten hält, das ist zu köstlich. Aber letzte Woche hat Jack nicht gepredigt, sondern wie ein Politiker Reden über die Union geschwungen. Unsere Nachbarin hat sich schon bei mir beschwert darüber.« Die Männer schüttelten den Kopf, Emma lachte und erhob sich, um in der Küche nach dem Rechten zu sehen und Blanche freizugeben, damit sie zur Parade gehen konnte.

Eine gute Stunde später standen sie unter Tausenden am Straßenrand und jubelten den vorbeiziehenden Soldaten zu. So viele Uniformen, Aufmärsche, Marschmusik, aber es war Frieden und eine feierliche, ausgelassene Stimmung, dabei durchaus getragen und dem Anlass angemessen. Die hier Versammelten waren allesamt stolze Amerikaner, stolze Kalifornier und stolze Bewohner von San Francisco, und Emma hatte noch nie ein solches Nationalgefühl, eine solche Euphorie verspürt wie an diesem Tag. Es wurde verstärkt durch die anderen, durch die Masse, durch die Musik, die Reden, durch die wunderschöne, festliche Dekoration überall, an allen Ecken und vor fast jedem Fenster hing die Fahne der Union mit ihren klaren Farben, Girlanden in blau-weiß-rot. Von einem Lieferengpass war nichts zu merken. Die Sonne schien, nichts anderes wäre erlaubt gewesen an diesem Tag. Unvorstellbar, dass die Flaggen und Fahnen und Umzüge der Hundertjahrfeier und all die gut gekleideten Menschen in Nebel gehüllt gewesen wären, das wäre einer Beleidigung der patriotischen Gefühle gleichgekommen.

Emma stand zwischen Lars und Hans und trug ihr Kleid vom Dezemberball in Eureka, mit der patriotischen Stola, versteht sich. Sie hatte sich auch von Blanche noch schnell die eigens für den Dezemberball geflochtenen Stoffbänder ins Haar hinten wickeln lassen, in einen lockeren, eher legeren Knoten im Nacken. Und sie trug ihren Strohhut, anders war es nicht auszuhalten. Nach außen hin war sie also ganz die repräsentative Gattin des Holzhändlers Jensen, die mit ihrem Trauzeugen gemeinsam die Parade besuchten, aber innerlich war sie noch durchdrungen von der Nacht, den Liebkosungen, den zärtlichen Worten und Gesten, die jede Faser ihres Körpers ausfüllten, von der Freude aneinander im Licht des Sichelmondes, dem stillen Sicherkennen. Und sie konnte nicht leugnen, dass die Heimlichkeit und das Verbotene dem Ganzen einen zusätzlichen Reiz gegeben hatte. Es war ihnen beiden klar gewesen, dass es das erste und letzte Mal zugleich sein würde, all das schwang mit, als sie sich, weit nach Mitternacht und am *Independence Day*, in Emmas Zimmer vereinigten und danach noch beieinanderlagen. Emma hatte Hans erzählt, wie sehr sie versucht hatte, ihn hinter sich zu lassen, aber dass es ihr nicht gelungen sei. Und wie durcheinander sie gewesen sei ab dem Moment, als Lars seinen Besuch angekündigt habe, und Hans hatte gelächelt, mit schimmernden Augen, er war sichtlich gerührt, sie in den Armen halten zu dürfen und hauchte immer wieder leise »Emma, meine Emma« in ihr Haar. Und Emma spürte in der Nacht, dass die Liebe zwischen Hans und ihr, die Flaschenschiffliebe, noch ganz andere Dimensionen besaß, von denen sie nicht mal zu träumen gewagt hatte. Aber diese Nacht und die Tatsache, dass sie beide etwas nachgegeben hatten, was stärker war als sie selbst, ja, so kam es Emma vor, fast einem göttlichen Willen gefolgt waren, all das würde es danach für sie nicht leichter machen, den Abschied, das Getrenntsein voneinander.

Die Menge bei der Parade drückte gewaltig, weil sich immer mehr Menschen von allen Seiten aneinanderschoben. Es war wie ein großes Schunkeln im patriotischen Sog, kein unangenehmes Gefühl, aber man konnte leicht auseinandergetrieben werden. Emma spürte Lars' Hand zu ihrer Linken, wie er sie festhielt, um sie nicht zu verlieren, und weil das Gedränge seinen Höhepunkt erreichte, griff sie instinktiv, und von niemandem zu sehen, zu ihrer Rechten und hielt die Hand von Hans fest, drückte, liebkoste sie mit ihren Fingern, und er erwiderte es. Sie wollte ihn nicht verlieren. Dann löste sie die Hand und fasste sich hinten in ihren Knoten, und sie zog unauffällig eines der Stoffbänder heraus und steckte es heimlich in die Jacketttasche zu ihrer Rechten.

Nach drei Stunden hatten sie genug vom Singen, Rufen und den Massen, von Trommelwirbeln und Musik, den Märschen, Uniformen und der kleinen Hysterie, deren

Teil sie gewesen waren, und sie kehrten als fröhliche, aber etwas erschöpfte Amerikaner nach Hause zurück. Jeder legte sich für eine kleine Mittagsstunde auf sein Zimmer. Um vier kam Mrs. Thompson mit Fräulein Riewerts vorbei, und sie stießen auf der Veranda, die jetzt ebenfalls mit Emmas Wimpelketten dekoriert war, mit Champagner an und aßen Häppchen, die Emma vorbereitet und mit kleinen Zahnstocherpapierflaggen dekoriert hatte.

»Ach, Emma, zu köstlich, Ihr Smørrebrød, sie kocht schon wie eine echte Dänin, oder, Herr Henriksen?«

»Emma hat uns heute Früh erklärt, dass sie sich als Amerikanerin fühlt. Aber Sie haben recht, Mrs. Thompson, Emma könnte glatt als Dänin durchgehen, oder Lars?«

»Absolut. Nur manchmal ist sie doch auch sehr preußisch und streng.«

»Ich bin keine Preußin, Lars! Ich bin eine Schleswiger Deern, die jetzt in Kalifornien lebt und Amerikanerin ist.«

»Fräulein Riewerts, wie steht es um *Ihr* patriotisches Gefühl?«, fragte Emma.

Diese errötete, weil sie es offensichtlich nicht gewohnt war, in größerer Gesellschaft zu sprechen.

»Ich vermisse meine Insel sehr. Kennen Sie Föhr?«, fragte sie Emma. Diese verneinte.

»Aber bei uns ist bald keiner mehr auf der Insel übrig, weil alle ausgewandert sind. Wir sind verstreut in alle Himmelsrichtungen, das ist unser Schicksal. Nur meine alten Eltern, Gott sei ihnen gnädig, und mein ältester Bruder leben noch dort auf dem kleinen Hof, aber wir waren neun Kinder, zwei sind gestorben, sechs sind weggegangen.«

Die Konversation bekam einen komischen Drall, fand Emma, dieses Fräulein Riewerts war dabei, allen die schöne Feierstimmung zu verderben.

»Umso wichtiger, dass Sie sich bald hier wohlfühlen und heimisch werden«, entgegnete Emma.

»Kindchen«, sagte Mrs. Thompson zu ihrer Gesellschafterin, »Sie sehen immer alles so schwarz. Als Emma bei mir war, wurde meine Gicht besser, mit Ihnen wird es wieder schlimmer.«

Fräulein Riewerts schien etwas erwidern zu wollen, stattdessen biss sie sich auf die Unterlippe, was sie nicht unbedingt schöner machte. Emma fand es allmählich unerträglich, mit dieser Person den so besonderen Tag verbringen zu müssen.

»Ich will nicht unhöflich sein, aber ich muss leider aufbrechen, um meinen Zug zu bekommen«, sagte Hans, und Lars stand mit ihm gemeinsam auf, um ihn zum Bahnhof zu begleiten. Emma erhob sich, sie hielt sich am Tisch fest, dann reichte sie Hans die Hand.

»Emma, vielen Dank für alles.«

»Tak for dit besøg«, sagte sie nur und sah ihm direkt in die Augen.

Mit denselben Worten hatte sie ihn nachts verabschiedet, bevor er schließlich in sein Zimmer zurückgeschlichen war.

Dann gab Hans Mrs. Thompson und Fräulein Riewerts die Hand, und die beiden Freunde verschwanden. Emma setzte sich wieder hin zu Fräulein Friesengriesgram und Mrs. Thompson, und sie schenkte den Champagner noch einmal nach, in der Hoffnung, dass er sie selbst besänftigte und diese völlig verklemmte Friesin vielleicht doch noch aus der Reserve lockte.

Mrs. Thompson schwärmte, vom Alkohol sichtlich gelöst, wieder von Mr. Henriksens schönen Händen, und Emma hörte wie von Ferne zu, lächelte, sagte das eine oder andere Bonmot, erzählte von Jacks Reden und der Beschwerde der Nachbarin, lobte Blanche, deren Feinfühligkeit und gute Gesellschaft und ließ keinen Seitenhieb auf die Friesin aus, die ab und zu an ihrem Kelch mit bestem Champagner nippte, als habe man ihr schlechtes Brunnenwasser hingestellt. Was für eine Verschwendung! Mit der Ausstrahlung eines zu trockenen Mürbeteigs würde Fräulein Riewerts niemals Anschluss finden, geschweige denn einen Mann, sofern sie dies vorhatte. Männerüberschuss in Kalifornien hin oder her, kein Mann wollte mit so einer Frau seine Zeit verbringen. Dabei war Fräulein Riewerts durchaus nicht hässlich, helle Haut und lange blonde Haare, die sie zu Zöpfen um den Kopf gebunden trug. Sie sah aus wie eine Friesin aus dem Bilderbuch. Sie hatte blaue Augen, aber Lippen, die sie stets fest aufeinanderdrückte, und man konnte sich nur vorstellen, dass sie alles andere an ihrem Körper genauso zusammendrückte, dass sie ein einziges, derart zusammengepresstes Wesen war, das niemals locker lassen, sich immer alles verkneifen würde, im wahrsten Sinne. Es musste eine harte Kindheit und Jugend auf Föhr gewesen sein, als eines von neun Kindern eines armen Bauern. Und natürlich war es bitter, dass alle Geschwister auf der Welt verstreut waren, es gab keine Familie mehr, keinen Anlaufpunkt, an dem man zusammenkam, die alten Eltern würden bald sterben, und jeder würde dort, wo er sich auf der Weltkugel gerade befand, seine Zelte neu aufschlagen. Aber dann besann Emma sich auf etwas und fragte Fräulein Riewerts direkt: »Haben Sie nicht auch schöne friesische Traditionen und Feste?« Und in das Gesicht kam ein Strahlen, und plötzlich lächelte diese tatsächlich, das erste Mal seit Emma sie kannte, und es sprudelte nur so aus ihr heraus. Sie erzählte vom Biikebrennen und von den Festen, wenn die Ernte eingeholt war, und welche Lieder dazu gesungen wurden. Auch wenn es die Hundertjahrfeier Amerikas war, an diesem Nachmittag wurden laut und mit glockenheller Stimme friesische Lieder in Emmas Garten vorgetragen, und der vom Bahnhof zurückkehrende Lars staunte, was da für eine Verwandlung vorgegangen war, und auch Emma war geplättet. Eine einzige harmlose Frage hatte das Fräulein von Föhr geknackt und zeigte sie von einer anderen Seite. Sie war überhaupt nur aus einem Grund ausgewandert: weil sie hungerten und arm waren und nicht, weil sie ihre Insel verlassen wollte. Das war doch ein großer Unterschied. Fräulein Riewerts hatte gehen *müssen*, und sie konnte Amerika nicht lieben, weil sie ihre Heimat so vermisste und im Heimweh stecken geblieben war wie in einem Morast.

»Vielleicht sollten Sie eine Gruppe ausgewanderter Friesen aufsuchen, in der die Tradition mit Gesang und Tanz erhalten wird. Entweder es gibt eine solche Gruppe schon in San Francisco, oder Sie werden sie gründen«, sagte Emma, und Fräulein Riewerts nickte begeistert. Mrs. Thompson meinte, sie werde mal Pastor Hollmann fragen, ob der was wisse. Und Lars, der sich über die ganze Wendung amüsierte, ergänzte, dass man zur Not auch eine Anzeige aufgeben könne, er wäre bereit, sie zu spendieren, weil er als Däne die friesische Kultur gleich jenseits der Grenze ab heute auch unterstützen wolle. Und da hatte Fräulein Riewerts Lars dermaßen keck angelächelt, dass Emma stutzte und dachte: Sie kann auch ganz anders, das friesische Früchtchen! Und sie tauschte einen Blick mit Mrs. Thompson, die unter ihren hochgezogenen Augenbrauen offensichtlich genau dasselbe in dem Moment dachte.

30.

Das Abschiedsmahl

Die Flaggen und Wimpelketten und alle Girlanden wurden wieder eingepackt und verstaut fürs nächste Jahr, für den nächsten vierten Juli, auch wenn der wieder ein ganz gewöhnlicher *Independence Day* werden würde. Es war, wie die Zeitung *The Daily Dramatic Chronicle* berichtete, während der Parade zu vielen Taschendiebstählen gekommen, bei den Feiern zu zahlreichen neuen Bekanntschaften, und es hieß, es werde voraussichtlich in neun Monaten eine Flut von Vierter-Juli-Babys geben, in patriotischer Hochstimmung gezeugte Amerikaner, wobei der reichlich geflossene Alkohol an dem Tag seinen Anteil gehabt haben dürfte.

Wenn Emma im Garten saß oder auf der Veranda, dann war für sie der vierte Juli die Nacht mit Hans, das Händedrücken bei der Parade und die Riewert'sche Aufführung in ihrem Garten, der ganz und gar unerwartete Abschluss der Hundertjahrfeier.

Wie das blasse Friesengesicht plötzlich geleuchtet hatte, als hätte jemand eine Laterne im Innern entzündet, und wie die helle Stimme erklang und diese eher schüchterne Person beim Singen keinerlei Scheu kannte. Emma war sich sicher, dass Fräulein Riewerts kurz davor gewesen war, durch den Garten zu tanzen.

Bald schon hatte diese eine Gruppe ausgewanderter

Friesen ausfindig gemacht, und Mrs. Thompson berichtete Emma, dass Fräulein Riewerts seitdem wie ausgewechselt sei. »Tja, dann ist es ja nur noch eine Frage der Zeit, bis sie dort vielleicht einen netten Friesenmann findet«, sagte Emma, und Mrs. Thompson lächelte.

»Ich werde nach ihr dann aber keine neue Gesellschafterin mehr einstellen«, sagte sie, »so viel Glück wie mit Ihnen, Emma, hat man nicht alle Tage. Ach, was haben wir oft gelacht.«

»Ich komme dann öfter mal vorbei bei Ihnen, wenn Sie mögen«, sagte Emma. Mrs. Thompson tätschelte Emmas Hand, was sie sich neuerdings angewöhnt hatte. Die Gute hatte etwas abgebaut in den letzten Jahren, sie war inzwischen über siebzig und wurde gebrechlicher.

Von Hans kam aus Eureka ein paar Tage nach seinem Besuch ein kurzer Brief, in dem er Emma und Lars für ihre Gastfreundschaft dankte und schrieb, wie gut ihm der Besuch bei Ihnen getan hätte und wie beschwingt er zurückgefahren sei. Emma las diese Zeilen, vor allem aber das deutlich Ungesagte dazwischen, natürlich ganz anders als Lars, aber war das nicht das Schöne an Geheimnissen?

Ein weniger doppeldeutiger Brief kam von der Mutter aus Schleswig. Bertha habe sich im April eine schwere Lungenentzündung zugezogen und sei noch sehr geschwächt von der ganzen Sache. Im Grunde müsste sie irgendwo in die Berge in ein Sanatorium, aber das sei zu kostspielig und ginge wegen der Kleinen auch nicht. Der Cousin der Mutter, Alfred, sei gestorben, der ewige Junggeselle habe drei Tage lang tot im Bett gelegen, bis jemand sie alarmiert hätte. Emma ließ den Brief sinken, als sie fertig gelesen hatte.

Onkel Alfred war Emma egal, er war schon zu Lebzeiten eine traurige Figur gewesen mit seinem geschwungenen Schnauzbart und der laut Bertha »weinenden« Wohnung. Und Onkel Alfred war immerhin achtundsechzig Jahre alt geworden, Bertha war noch jung! Bertha ging es schlecht, Bertha war geschwächt, Bertha, die doch jetzt Vater und Mutter sein musste für die kleine Emma. Es bedrückte Emma sehr. Sie überlegte, Lars zu fragen, ob er einen Sanatoriumsaufenthalt für ihre Schwester zu zahlen bereit wäre, aber dann dachte sie an die weite Reise von Schleswig in die Schweiz und dass man ein Kind vielleicht nicht mitnehmen durfte und die kleine Emma dann mit ihrer Großmutter allein wäre in Schleswig. Das war auch keine schöne Aussicht, und Bertha würde das sicher nicht wollen. Außerdem hatte Lars schon vor einigen Monaten zugestimmt, für die kleine Emma ein Sparbuch anzulegen, als Heinrich gestorben war.

So saß Emma hier, Tausende Kilometer entfernt, am anderen Ende der Welt unter Palmen, und ein paar Briefzeilen ließen sie weinen. Ach, könnte die Schwester doch bei ihr sein und sich im milden Klima Kaliforniens auskurieren, aber diese Reise war nun wirklich zu anstrengend für eine geschwächte Person. Emma ging seit langer Zeit am Sonntag mal wieder in einen Gottesdienst, und sie betete für ihre geliebte Schwester und bat Gott inbrünstig, der kleinen Emma nicht auch noch die Mutter zu nehmen.

Lars plante seine Reise nach Südamerika, zwei Monate würde er unterwegs sein, mindestens. Madsen sollte in der Zwischenzeit alles im Kontor regeln und wüsste auch, wann Lars wo zu erreichen wäre, und Emma solle sich nicht scheuen, ihm im Notfall ein Telegramm zu senden.

Emma wollte ihm für den Abend vor seiner Abreise noch etwas Besonderes kochen, und sie gab Blanche frei. Dann zauberte sie in der Küche eine Kraftbrühe mit viel Gemüse und Mehlklößen, und als zweiten Gang gab es einen Auflauf mit Fisch, und zum Nachtisch hatte sie eine Rote Grütze gekocht, die Lars so liebte wie sie, weil es sie beide an die Heimat und Kindheit gleichermaßen erinnerte. Sie deckte den Tisch besonders schön mit ein paar Blüten aus dem Garten und zündete Kerzen an. Lars staunte, als er ins Esszimmer trat.

»Damit du den letzten Abend nicht vergisst«, sagte Emma mit einem Lächeln, und Lars lächelte zurück, schien ganz verzaubert von der Stimmung. Dann aßen sie gemütlich Gang für Gang, und Lars kam aus dem Loben gar nicht mehr heraus, und die Rote Grütze verputzten sie vollkommen, weil sie frisch gemacht so lecker schmeckte und Emma dazu noch eigens eine Vanillesauce zubereitet hatte. Es gab guten Wein, und sie waren beide sehr animiert von dem Mahl, Emma hatte allerdings noch etwas anderes vor mit Lars. Sie wollte ihn an dem Abend verführen, es seit langer Zeit mal wieder probieren, mit ihm zu schlafen, sie wollte ihm zeigen, dass sie ihn nach wie vor begehrte, und dass auch sie begehrenswert war. Doch so gut sie das Essen vorbereitet hatte, für das Danach hatte sie noch keinen Plan geschmiedet, sie dachte sich, dass es sich ergeben würde. Weit gefehlt. Lars war schon so daran gewöhnt, dass sie keine gemeinsame Nacht mehr miteinander verbrachten, dass er nach dem Essen aufstand, ihr einen Kuss gab und für den schönen Abend dankte, an den er sicher während seiner Reise oft denken werde. Damit habe sie ihm ein schönes Abschiedsgeschenk gemacht.

»Bist du schon müde?«, fragte Emma. Er nickte. »Ja, morgen wird ein anstrengender Tag. Ich werde mich zum Schlafen hinlegen.« Sie sah ihn an, und er schien zu merken, dass da noch was war.

»Oder gibt es noch etwas Wichtiges?«

Emma zögerte einen Moment, dann sagte sie: »Geh nur schon ins Bett, ich räume ab, und dann komme ich und gebe dir noch einen Gutenachtkuss.«

Lars ging in sein Zimmer, und Emma brachte die Nachtischteller in die Küche und stellte alles ordentlich zusammen, damit Blanche am nächsten Tag den Abwasch machen konnte. Auf dem Weg zu Lars sah sie im Flur in den großen Spiegel. Sie war Mitte zwanzig, hatte eine rundliche, wohlgeformte Figur. Aber sie musste aufpassen, es gab die Gefahr des »Aus-der-Form-Gehens«, wie es ihre Mutter immer wieder betont hatte, durchaus bei ihr. Und Emma fragte sich: Warum guckt mir eigentlich immer, wenn ich in den Spiegel sehe, meine Mutter mit über die Schulter?

Dann fielen Emma die Nächte mit Lars in Eureka wieder ein, sie hatten jetzt eineinhalb Jahre nicht mehr miteinander geschlafen, hier in diesem Haus noch nie. Sie wollte es, sie wollte es heute Nacht, unbedingt. Ihre Augen glänzten, und ihr Teint war ganz rosig, es waren ihre fruchtbaren Tage, auch wenn das egal war, wie die Dinge nun mal standen. Aber nur weil sie keine Kinder bekommen konnten, mussten sie es doch nicht ganz sein lassen. Sie spürte, dass sie die Initiative ergreifen und Lars zeigen musste, dass sie Lust hatte, auf ihn, auf die Liebe, auf seinen und ihren Körper. Was, wenn er sie zurückwies? Ablehnte? Nicht wollte oder noch schlimmer, nicht konnte in der Nacht, nicht bei ihr konnte? Das wäre dann kein schöner Abschied vor seiner langen Reise.

»Wer nicht wagt, der nicht gewinnt«, sagte Emma sich, und dann klopfte sie an der Zimmertür von Lars, und dieser rief freundlich »Herein«.

Sie trat ein und schloss die Tür hinter sich. Er lag in seinem Pyjama im Bett, der Stock hing ordentlich am stummen Diener, wie die soeben noch getragenen Kleidungsstücke. Lars lächelte sie an wie ein Kind seine Mutter. Er wirkte in diesem Moment so zerbrechlich, so sehr wie ein kleiner Waisenjunge, dass es Emma zutiefst rührte. Und sie verstand, dass der Verlust beider Eltern für ein Kind der Verlust eines schützenden Himmels bedeutete, eine elementare Erschütterung war. Der da im Bett lag, war nicht siebenunddreißig Jahre alt und erfolgreicher Holzhändler, sondern der kleine Lars, der darauf wartete, dass ihm Tante Stine Gute Nacht sagte. Vielleicht hatte sie ihn vor dem gemeinsamen Nachtgebet dafür gelobt, dass er seine Kleidung ordentlich zusammengelegt hatte. Tante Stine mit dem Silberblick am Abend, die Lars ein neues Zuhause und Geborgenheit gegeben hatte. Er sprach immer so voller Liebe von ihr, sodass Emma von Anfang an klar war, dass er diese Liebe auch empfangen hatte. Emma setzte sich auf den Bettrand, und sie streichelte Lars durch die Haare und über die Wange, wie eine Mutter, wie es Tante Stine vielleicht bei ihm getan haben mochte. Alle Anwandlungen, die sie soeben im Flur noch gehabt hatte, waren wie weggefegt.

»Gute Nacht, Lars«, sagte sie, und sie gab ihm einen Kuss auf den Mund, und dabei liefen ihr Tränen über die Wange. Er rührte sie, sein Blick, der kleine und der große Lars in ihm, all der Kummer, den er in seinem Leben gehabt hatte, die Entbehrungen und Verluste, den Schmerz, das steife Bein, seine Tapferkeit, die tiefe Treue, die in seinen Augen lag, das Hartherzige war seit der Rückkehr nach San Francisco verschwunden. Sie sah auf ihren Mann, den sie von Herzen liebte, und diese Gefühle wurden überhaupt nicht getrübt von der Tatsache, dass da noch Hans war. Beides hatte seine Berechtigung, so empfand Emma es, mit einer Klarheit wie noch nie.

Lars wischte ihr liebevoll mit seinem Handrücken die Tränen ab. »Weine nicht, meine liebe Emma, ich komme ja bald wieder zurück zu dir.«

»Lars, du sollst wissen, dass ich dich liebe«, sagte sie. Er nahm ihre Hand und küsste sie.

»Das weiß ich, Emma. Und ich liebe dich auch, so sehr man einen Menschen nur lieben kann.«

Dann küssten sie sich erneut, dieses Mal innig und leidenschaftlich, und es war, so empfand Emma es, ein im wahrsten Sinne vielversprechender Kuss, der in Aussicht stellte, dass sie sich nach seiner Rückkehr auch wieder als Mann und Frau gegenseitig begehren würden. Emma erhob sich, und im Türrahmen drehte sie sich noch einmal zu ihm und lächelte.

»Gute Nacht, schlaf gut, Liebster.«

31.

Wie viel Welt auch zwischen uns

San Francisco, 15. Juli 1876

Meine liebe Bertha,
von Mutter erfuhr ich von Deiner Lungenentzündung und dass Du noch geschwächt bist. Ich wollte schon viel eher schreiben, aber der Brief stand mir etwas bevor, wenn ich ehrlich bin. Ich schreibe Dir also heute endlich, in großer Sorge, die Nachricht hat mich doch sehr bedrückt, und ich kann nur hoffen, dass Dir die rasche Genesung, auch abseits des Bergklimas, im schönen Schleswig, gelingt, damit die kleine Emma bald wieder eine kraftvolle und humorvolle Bertha-Mutter hat und ich, das schreibe ich ganz eigensüchtig, bald wieder meine so wunderbare Bertha-Schwester bei bester Gesundheit habe. Du bist zu jung, um zu sterben, meine Liebe! Und Du bist meine jüngere Schwester, der liebe Gott darf Dich niemals vor mir gehen lassen. Erst Erika, dann ich, dann Du, wehe, der Allmächtige hält sich nicht an diese Reihenfolge. Auch auf die Gefahr hin, dass ich mich wiederhole, ich muss ein weiteres Mal beklagen, dass wir so weit voneinander entfernt sind. Ich könnte Dir sonst eine Hühnersuppe kochen, die bekanntlich gegen alles hilft, zumindest wenn man unserem Doc Jenkins in Eureka Glauben schenkt, und ich könnte mich um die kleine

Emma etwas kümmern, während Du Dich erholst. Ach, Bertha, ich überlege ernsthaft, ob ich nicht kommen sollte?

Gerade ist Lars aufgebrochen zu einer zweimonatigen Reise nach Südamerika, wir haben uns gestern voneinander verabschiedet, sehr liebevoll. Und seit Heinrichs Tod muss ich öfter daran denken, wie glücklich ich mich doch schätzen kann, meinen Mann zu haben, auch wenn wir Krisen in der Ehe hatten, Wüstenzeiten, letztlich haben wir uns beide doch sehr lieb und leben voller Wertschätzung miteinander. Das ist ja schon viel mehr als andere haben. Und Du hast niemanden mehr, der jetzt an Deinem Bette sitzt und Dir die Hand halten kann. Keinen Ehemann, meine ich. Die Mutter wird sich sicher um Dich kümmern, aber ich erinnere mich, dass sie uns gegenüber selbst bei Krankheiten früher nie weich wurde. Sie kam ins Zimmer, fühlte unsere Temperatur und bemerkte manchmal: »Ich sag Gertraud, dass sie einen Haferbrei kochen soll.«

Wie geht es denn der kleinen Emma? Ich möchte Dir gern zu Deiner Beruhigung sagen, dass wir ein Sparbuch für die Kleine angelegt haben. Gleich nach der Nachricht von Heinrichs Tod und als sie Halbwaise wurde, habe ich mich dazu entschlossen, und Lars war sofort einverstanden und hat alles in die Wege geleitet. Ich will nur, dass Du weißt, dass auf jeden Fall von unserer Seite für sie materiell gesorgt sein wird und wir sie auf keinen Fall vergessen werden. Vielleicht beruhigt Dich das ein bisschen und die Tatsache, dass ich nach Amerika ausgewandert bin, bekommt dadurch für Dich, Euch noch eine lohnende Wendung, auch wenn ich weit weg bin und inzwischen gar nicht mehr weiß, wie Du aussiehst. Ich warte ja noch ungeduldig auf ein Foto von Dir und der Kleinen, aber nun verstehe ich den Grund, warum mein Wunsch bisher noch nicht erfüllt wurde. Ach, liebste Bertha, ich vergehe vor Kummer, je länger ich schreibe, desto mehr. Lass es mich einmal gesagt haben, auch wenn ich natürlich hoffe, dass Du wieder genesen wirst von der Lungenentzündung und die Sache überstehst. Aber durch die Nachricht merke ich doch, dass Du für mich die wichtigste Person in meinem Leben bist, das sage ich ohne jede Einschränkung. Nicht die wichtigste Schwester, Verwandte, Frau oder die wichtigste Person in Europa, Deutschland, im Kaiserreich, in der alten Heimat, nein, ich schreibe und meine: die wichtigste und geliebteste Person überhaupt auf der Welt. Da reichen die Gefühle für meine beiden Männer nicht heran, bei Weitem nicht an das, was ich für Dich empfinde. Man kann es vermutlich aber nicht vergleichen, die Schwesterliebe und die Liebe zu einem Mann (oder zu zweien, denn dass ich meine beiden Dänen liebe, Lars und Hans, ist mir klarer denn je, jeden auf seine Weise, und das ist auch gut so).

Seit Mutters Brief muss ich viel an früher denken. An den Apfelbaum, unsere riskanten Klettereien, Du manchmal erst noch zögerlich, aber dann fast mutiger als ich, sorgloser. Denk auch an unsere Spiele und Wettkämpfe mit den Nachbarskindern, wie Du beim Apfelbeißen stets gewonnen hast oder beim Wettlaufen. Du warst flink wie ein Wiesel! All diese Fähigkeiten und Kräfte schlummern in Dir, da wäre es doch gelacht, wenn so eine dahergelaufene Lungenentzündung ausgerechnet Dich dahinraffen sollte. Zeig der Krankheit die Stirn oder, noch besser, die kalte Schulter! In welchem Zimmer Du im oberen Stock wohl jetzt liegst, frage ich mich. In unserem alten Mädchenzimmer? Dann wirst Du sicher auch oft an früher denken, wie viel wir gelacht haben da oben und wie ausgelassen es oft war, vermutlich als Gegenpart zur Humorlosigkeit und Strenge der Mutter, die immer wie ein Schatten über dem Haus lag. Das wird mir mit zunehmendem Alter und Abstand immer deutlicher, dass Mutter, für mich zumindest, wie ein Schatten war. Und ich muss Dir ehrlich sagen, dass ich es für die kleine Emma nicht sehr schön finde, im näheren Umkreis von Ottilie Callsen zu sein. Unsere Mutter ist, wie sie ist, aber für ein kleines Kind ist dieses Strenge und das Herbe nur schwer verständlich, nicht nachvollziehbar. Man dachte ja immer, man selbst habe etwas ausgefressen, man selbst sei verkehrt, nicht richtig, das hat Mutter ja immer ausgestrahlt, ob sie wollte oder nicht. Ich glaube, diese Tatsache war mit ein Grund, warum ich ausgewandert bin. Ich hatte vielleicht auch das Gefühl, ich müsse weit weggehen, um den Schatten der Mutter hinter mir zu lassen. Zumindest das ist mir gelungen, auch wenn mein Leben hier natürlich ganz anders verläuft, als mal geplant, von wegen vier Kinder, die ich alle niedlich ausstaffieren möchte … die gute Fee gibt es wohl nicht, wie ich inzwischen weiß, und nun bin ich Mitte zwanzig, wohlhabend, sitze in einem großen Haus mit schönem Garten und weiß nicht so recht, was meine Bestimmung auf der Welt ist, was der liebe Gott noch so mit mir vorhat, außer, dass er mein Herz zwei Männer lieben lässt. Liebe Bertha, ich bin so hilflos hier am anderen Ende der Welt und kann nur hoffen, dass Dich diese Zeilen sehr bald erreichen und vor allem in einem genesenen Zustand und Du demnächst aufstehst und zur kleinen Emma sagst: »Heute gehen wir zum Fotografen und machen ein Foto für Tante Emma in Amerika.« Die von Tränen verwischte Tinte ist Dir Beweis meiner Gefühle, meiner großen Liebe für Dich, die beste Schwester, die ich mir wünschen kann! Schreib mir, wenn ich Dir einen Wunsch erfüllen darf, Dir irgendetwas von der Seele nehmen kann, ich tue es sofort!

Deine Emma, auf die Du Dich immer verlassen kannst, egal, wie viel Welt auch zwischen uns liegt

Teil IV

32.

Hiobsbotschaft

Es hatte einen Platzregen gegeben an diesem Augustmorgen, und Sam war völlig durchnässt, als er gegen acht an der Haustür klopfte und ein Telegramm brachte, das an Mr. und Mrs. Jensen gerichtet war. Es war das zweite Telegramm in ihrem Leben, dachte Emma, während sie hastig den Umschlag öffnete.

MR. HENRIKSEN HERZKRANK – LIEGT IM STERBEN.
A. BAKER.

Emma schwankte leicht, lehnte sich an den Türrahmen, Sam sah sie besorgt an.
»Schlechte Nachrichten?«
Emma nickte.
»Ja, Sam. Ein guter Freund liegt im Sterben.«
»Oh, das tut mir leid.«
Emma wandte sich um und rief nach Blanche, die kurz darauf erschien.
»Blanche, würden Sie Sam bitte ein Handtuch für seine Haare und einen halben Dollar geben für sein zukünftiges Business am Hafen.«
»Oh, danke, Mrs. Jensen.«
»Wiedersehen, Sam.«

Kurz darauf saß Emma mit Blanche im Wohnzimmer. Das Telegramm lag auf dem Tisch, und Emma sah immer wieder darauf, als könnte sich die Nachricht dadurch verändern, die Buchstaben sich zu einer anderen, besseren Nachricht umstellen, doch alles blieb gnadenlos genau so stehen wie noch vor einigen Minuten. Kein einziger Buchstabe dachte auch nur daran, sich zu verändern und seinen Platz zu räumen. Es gab nichts zu wünschen und zu rütteln an der Nachricht. Hans lag im Sterben. Emma fragte sich, ob Hans Baker beauftragt hatte, ein Telegramm zu schicken oder ob dieser das selbstständig entschieden hatte. Zuzutrauen war dem guten Adam Baker das.

»Ich muss da hin, Blanche. Er … Hans darf nicht so allein sterben. Das hat er nicht verdient.«

Blanche sah Emma an, nickte nur.

»Ich wünschte, ich hätte von Jeffrey Abschied nehmen können. Ich verstehe Sie gut.«

»Mein Mann hätte bestimmt nichts dagegen, im Gegenteil, ich bin mir seiner Zustimmung aus der Ferne sicher«, sagte Emma, dann erhob sie sich, entschieden.

»Gut, ich packe schnell ein paar Sachen, und dann nehme ich den Vormittagszug. Sie halten hier die Stellung, Blanche. Es kann sein, dass ich ein paar Tage weg bin, vielleicht muss ich mich dort dann auch noch um die Beerdigung kümmern. Wissen Sie, wo mein Mann den Schlüssel von unserem Haus in Eureka aufbewahrt haben könnte?«

Vor der Abfahrt hatte Emma noch an Mr. Baker ihre Ankunftszeit am Nachmittag telegrafiert. Sie erkannte ihn sofort am Bahnhof. Kein Hut der Welt konnte diese

Ohren verdecken. Mr. Baker gab ihr die Hand, sie begrüßten sich. Er lächelte Emma traurig an, schien aber froh über ihr Kommen.

»Danke für das Telegramm, Mr. Baker.«

»Schön, dass Sie es gleich möglich machen konnten, es sieht leider nicht gut aus mit Mr. Henriksen, er hat eine Gelbsucht, und dazu kam dann noch das geschwächte Herz. Jenkins gibt ihm nicht mehr viel Zeit.«

»Aber er weiß, dass ich komme?«

»Ja, das habe ich ihm ausgerichtet.«

»Das Telegramm – war das seine Idee?«

»Nein, mit Verlaub, das war meine Idee, genauer gesagt, die von meiner Frau und mir. Wir waren der Meinung, dass Sie und Ihr Mann als seine besten Freunde informiert werden müssten.«

»Das haben Sie sehr richtig entschieden, gut, dann bringen Sie mich bitte zu ihm.«

In der Droschke dachte Emma daran, dass sie gleich das erste Mal Hans' Haus betreten würde. Es bedurfte eines solchen Anlasses. Und ihr fiel unweigerlich wieder ein, wie sie ihn von außen gesehen hatte im Licht abends beim Basteln, und sie musste lächeln. Sie war noch unsicher, wo sie übernachten sollte, ob bei ihnen im Haus oder bei Hans, das hing alles von seinem Zustand ab. Sie reichte Baker einen Zettel mit einer Einkaufsliste, die sie im Zug verfasst hatte, und bat ihn, diese Lebensmittel im Ort zu besorgen. »Am besten gehen Sie zu Mr. Macey Ecke Second und Third Street und sagen ihm einen schönen Gruß von mir. Er weiß schon, was ich will, wenn Sie ihm die Liste zeigen.« Sie verabschiedete Baker an der Droschke und ging auf das rote Haus zu, sie klopfte, aber als sie kein Herein hörte, trat sie ein. Sie war sehr gespannt, was sie gleich erwartete, in welcher Verfassung sie den lieben Hans vorfinden würde. Im Windfang standen ordentlich seine geputzten Stiefel, sein Mantel und Hut hingen an einer Garderobe, daneben der von ihr gestrickte Schal und die Mütze. Emma rief bemüht fröhlich: »Hans! Ich bin es, Emma!« Dann ging sie ins Wohnzimmer, doch dort war niemand. Es war karg eingerichtet, aber nicht ungemütlich, und einen gepolsterten Ohrensessel gab es auch, auf dem die Bibel lag. Emma hörte Geräusche, sie trat vom Wohnzimmer durch eine Tür in einen weiteren, kleinen Flur. Die Aufteilung der Räume war anders als bei ihrem Haus, obwohl es denselben Grundriss hatte, das verwirrte Emma zutiefst. Im hinteren Flur klopfte Emma an eine Tür. »Hier ist Emma!« – »Herein«, sagte eine Stimme, die ihr nur noch von ferne die von Hans zu sein schien. Sie wischte sich rasch eine Träne aus dem Auge, räusperte sich, dann drückte sie den Rücken durch und die Klinke herunter.

Er lag in seinem Bett, die gelbliche Gesichtsfarbe im Kontrast zur weißen Bettwäsche, unrasiert, schmal. Seine Kleidung hing ordentlich über einem stummen Diener. Auf dem Nachttisch standen kleine braune Fläschchen mit Medizin und ein Glas mit Wasser, seine Taschenuhr lag daneben. Es roch nach Schweiß, Krankheit, verbrauchter Luft und Hoffnungslosigkeit, ja, vielleicht auch schon ein wenig nach dem Unausweichlichen.

»Hans, was machst du nur für Sachen.«

»Emma, dich schickt der Himmel.«

»Eher die kalifornische Bummelbahn.«

Sie setzte sich auf den Bettrand und nahm seine Hand

in ihre Hände. Strich darüber. Er sah sie an, hatte Tränen in den Augen, stammelte mit geschwächter Stimme: »Emma, dass du gekommen bist ...«

»Das war doch klar, dass ich sofort komme. Ich lasse dich doch nicht allein.«

»*Tak for dit besøg*«, sagte Hans, und sie mussten beide lächeln.

»Zum Glück hatte Baker die Eingebung, uns zu telegrafieren. Lars ist ja gerade in Südamerika.«

Hans schüttelte lächelnd den Kopf.

»Der liebe Lars, immer in Geschäften unterwegs. Unermüdlich. – Emma, ich habe Jenkins gesagt, er soll mir reinen Wein einschenken und nicht wieder mit seiner Hühnersuppe kommen!«

Emma lachte auf, aber im selben Moment kippte ihr Lachen in ein Weinen.

»Er sagt, ich habe nicht mehr lange zu leben. Mein Herz macht nicht mehr mit, und der Körper ist von der Gelbsucht geschwächt.«

Emma sah auf ihn, er hüstelte, sie reichte ihm das Glas Wasser. Er trank. Dabei wurden ihr zwei Dinge bewusst. Erstens: Sie wollte nirgendwo anders auf der Welt sein als hier in diesem Zimmer an diesem Bett und bei diesem Mann. Und Zweitens: Es gab keine Hoffnung, und das hieß, sie würde ihm den Abschied so erträglich wie möglich machen.

»Hans, ich würde gern mal lüften, hier muss dringend frische Luft rein, ja?«

Er nickte, lächelte, schien sich, wie sie, an ihre Durchzüge im Kontor zu erinnern, den frischen Wind, den sie damals in die Bude gebracht hatte.

Als Emma aufstand, um die Fenster weit zu öffnen, sah sie auf die Bucht und das Meer, das heute ganz friedlich dalag.

Dann öffnete sie die Zimmertür und stellte einen Stuhl davor. Hans zog die Bettdecke bis zum Kinn.

»Wie wäre es, wenn wir gleich das Bett so rücken, dass du das Meer sehen kannst?«

Er strahlte, so sehr das aus diesem schmalen, bärtigen Gesicht mit der seltsamen Farbe zu erkennen war. Da lag zwar noch Hans Henriksen, aber er war schon dabei, ein anderer zu werden, sich zu verändern. Das war es, was die Krankheit mit einem machte, und Emma musste an Heinrich in Schleswig denken und sein monatelanges Martyrium, und sie musste an ihre Schwester Bertha denken. Ihr Brief an sie war ja immer noch unterwegs, und Emma hoffte, dass er Bertha bald, vor allem aber eine gesunde Bertha erreichte. Von ihr aus sollte sich die Schwester im nächsten Brief ruhig mokieren über Emmas pathetische Worte, das war ihr egal.

Emma schloss Fenster und Tür wieder, dann half sie Hans aus dem Bett, er trug ein Nachthemd aus gestreiftem Flanell, das ihn wie einen alten Mann aussehen ließ. Sie setzte ihn auf den Stuhl. Emma hob mit aller Kraft das Bett an und drehte und schob es zugleich um neunzig Grad, sodass es nicht mehr mit der Kopfseite in der Ecke stand, sondern mittig an der Längsseite des Raumes und Hans von dort aus wunderbar hinaussehen konnte.

»Wenn man schon ein Haus am Meer hat, dann sollte man es auch aus allen Zimmern und in allen Lebenslagen sehen können, der Meinung bin ich ganz entschieden.«

Sie hatte auf einmal eine Idee, ging rüber ins Wohnzimmer, und sie schob den Sessel, samt Bibel, über den Flur ins Schlafzimmer und stellte ihn neben das Bett, und zwar so, dass sie ebenfalls aufs Meer sehen konnte. Da klopfte es an der Haustür.

»Das wird Baker sein, ich habe ihn gebeten, ein paar Einkäufe zu machen.«

Emma ging zur Haustür und gab Baker das Geld, das er ihr ausgelegt hatte.

»Sagen Sie, Mr. Baker, ist denn wegen der Werft das Wichtigste geregelt, oder müssen Sie da noch einiges klären?«

»Mr. Henriksen und ich, wir haben schon seit vorgestern das meiste besprochen. Ich habe ja Prokura.«

»Gut. Und danke für die Einkäufe.«

»Ich komme morgen Vormittag wieder, Sie können mir auch wieder einen Zettel schreiben, wenn Sie etwas brauchen.«

»Danke, und einen schönen Abend, Mr. Baker. Grüßen Sie Ihre liebe Frau herzlich.«

»Danke, sie wird sich freuen. Und Sie grüßen bitte Mr. Henriksen von mir.«

Emma ging mit den Einkäufen in die Küche und packte alles aus. Tee, Kaffee, Brot, Äpfel, Milch, Käse, Haferflocken. Tod und Krankheit hin oder her, sie würde jetzt zunächst mal einen Haferbrei kochen, der nicht nur Kranken schmeckte, und dazu ein schönes Apfelkompott.

Sie hatte Hans ein Kissen in den Rücken gestopft, sodass er aufrecht saß, und sie stellte ihm das Holztablett, das sie in der Küche gefunden hatte, auf die Bettdecke mit dem duftenden Haferbrei samt Kompott. Er aß ein paar Happen, sagte, dass es köstlich schmecke, aber dann hatte er keinen Hunger mehr, und Emma schämte sich dafür, dass sie ihre eigene Portion in sich hineinschaufelte. Und als sie Hans fragte, ob er sicher sei, dass er keinen Hunger mehr habe, verputzte sie auch noch seinen Rest. Sie hatte seit dem Frühstück, das noch vor dem Erhalt des Telegramms gelegen hatte, nichts mehr gegessen. So einen Tag hatte es in ihrem Leben noch nie gegeben.

Es dämmerte bereits, und Emma fragte Hans, ob er müde sei und schlafen wolle oder sie ihm etwas vorlesen solle.

»Ja, Psalm 23.«

Sie entfernte das Kissen aus dem Rücken, und er legte sich wieder hin, dann griff sie zu der alten, in Leder gebundenen Bibel, die Hans schon auf der Überfahrt um Kap Hoorn begleitet, eines der wenigen Dinge, die er damals von zu Hause mitgenommen hatte. Das hatte er Emma und Lars mal an einem Abend erzählt, wie sein Vater ihm die deutsche Familienbibel seiner verstorbenen Mutter überreicht hatte mit den Worten »Geh mit Gottes Wort und in Gottes Namen, Hans Ditlev!« Emma schlug den Psalm auf. Hans atmete hörbar, Emma hielt seine Hand, die auf der Decke lag, und sie nahm sich fest vor, beim Lesen nicht zu weinen.

»Der gute Hirte, der Psalm Davids«, begann sie. Dann las sie laut und deutlich »Der Herr ist mein Hirte, mir wird nichts mangeln. Er weidet mich auf einer grünen Aue und führet mich zum frischen Wasser. Er erquicket meine Seele.

Er führet mich auf rechter Straße um seines Namens willen, dein Stecken und Stab trösten mich ...«

Während sie las, sah Emma immer wieder auf Hans, der die Augen geschlossen hatte, aber seine Lippen fast unmerklich bewegte, alles auswendig konnte, der das Gebet zu seinem Gott suchte und mit ihr gemeinsam diese tröstlichen Worte sprach. Wenn er seine Lippen nicht bewegt hätte, hätte man ihn für tot halten können. Aber sie hörte sein leises Murmeln, und sie endeten beide mit »und ich werde bleiben im Hause des Herrn immerdar.«

Emma klappte die Bibel leise zu, legte sie beiseite und nahm Hans' Hände. »Hat eure Mutter euch eigentlich deutsche Lieder abends am Bett vorgesungen, wie ›Der Mond ist aufgegangen‹?«, fragte sie ihn. Er nickte, lächelte. »Meine Schwester Bertha und ich, wir haben die Lieder immer eingeteilt in Lieder des Himmels und der Erde. Das war auf jeden Fall ein Lied des Himmels.«

»Sing es«, flüsterte er, und Emma räusperte sich und hob an, nach vielen Jahren, das Abendlied, das sie früher in den Schlaf begleitete, für Hans zu singen. Weil ein Lied tröstete, andere und einen selbst, weil es die Seele anders erreichte als Worte, über andere Kanäle. Emma sang die ersten drei Strophen und auch noch »So legt euch denn ihr Brüder, in Gottes Namen nieder, kalt ist der Abendhauch«, und sie endete mit der Zeile, »und unsern kranken Nachbarn auch«. Es war einen Moment lang still im Zimmer, während das Lied ausklang, und Hans flüsterte: »Danke, das war schön.« Emma blieb noch bei ihm und streichelte seine Hand, bis sie ihn ganz leise schnarchen hörte.

Dann stand sie auf und ging aus dem Sterbezimmer

rüber ins Wohnzimmer. Das erste Mal wurde ihr die Bezeichnung *living room* ganz bewusst. Sie entzündete einen dreiarmigen Kerzenleuchter, der auf der Fensterbank stand, neben dem gerahmten Familienfoto aus Dänemark. Dann setzte sie sich an seinen Schreibtisch an den Erkerfenstern, ein Buch von Søren Kierkegaard lag da, auf Dänisch, aber als Lesezeichen benutzte Hans ihr geflochtenes Haarband, was Emma rührte, und ein anderes Buch war auf Englisch von Rumi, Emma blätterte hinein. Hans hatte ihr und Lars gegenüber mal erwähnt, dass er den persischen Mystiker sehr schätze. Mit Bleistift waren Stellen angestrichen, die ihm offensichtlich gefallen hatten, und an einer Stelle im Buch war als Lesezeichen ein kleiner Zeitungsausschnitt. Emma las das Zitat auf der Seite. »Jenseits von Richtig und Falsch liegt ein Ort. Dort treffen wir uns.« Emma musste lächeln, las es noch einmal laut. Das war gut. Das gefiel ihr. Sie drehte den Zeitungsausschnitt um und sah erstaunt auf sich selbst, es war das Foto von Miss Liberty und Beste-Torten-Bäckerin, keck lächelnd. Es rührte sie, dass Hans den Zeitungsausschnitt aufbewahrt hatte und sie zwischen diesen so klugen und weisen Zeilen lag. Doch die da stolz in die Kamera lächelte, kam ihr vor wie eine andere, eine Emma, die sie mal gewesen war, vor langer Zeit. Sie spürte, dass sie jetzt auf diese alte Emma blickte wie auf eine kleine Schwester, liebevoll, gnädig, aber auch etwas von oben herab. Wie Erika oft auf sie geblickt hatte. Gleichzeitig fühlte sie sich der anderen Emma verbunden, es war eine seltsame Mischung an Gefühlen. Sie musste wieder an den Abend denken, an dem Hans und sie so schön miteinander getanzt hatten,

Emma spürte wieder dieses Wonnegefühl der Drehungen, sah Hans' Gesicht vor sich, sein glückliches Lächeln. Das Schweben miteinander im Walzerschritt hatte perfekt gepasst. Sie hatte sich so vollkommen gefühlt, so eins mit der Welt. Es war verrückt, wie schnell etwas kippen konnte. Das pure Glück und dann der Brand, alles innerhalb einer Stunde, in derselben Nacht. Höchste Seligkeit, tiefe Verzweiflung.

Nebenan lag nun derselbe Mann, den sie von Herzen liebte, und doch war er bereits ein anderer. Er war dabei, von dieser Welt zu gehen, sie waren dabei, sich für immer zu verabschieden, ja, das Lesen und Sprechen des Psalms soeben war schon eine Art Abschied gewesen. Emma hatte dabei das Gefühl gehabt, dass Hans vielleicht sogar kurz davor gewesen war, ins andere Reich hinüberzutreten, loszulassen von der hiesigen Welt, denn ein Loslassen war es ja wohl. Oft wurde noch gewartet, bis jemand von weit her zurückkehrte und ans Sterbebett geeilt kam, ein letztes Lebewohl, ein letzter Blick, Umarmung, Händedruck, ein Verzeihen oder Bitten um Vergebung, und dann konnten die Sterbenden gehen. Es war vielleicht auch deswegen wichtig, dass sie gekommen war. Es ging nicht nur um Beistand, sondern um die Chance für ihn, sich zu verabschieden, von ihr, von der Welt.

Tränen strömten aus Emma, als ihr das bewusst wurde, all die Tränen, die sie drüben an seinem Bett zurückgehalten hatte. Was für ein Tag, der wie jeder andere begonnen hatte! Mit der Routine im Haus in San Francisco und einem gemeinsamen Frühstück mit Blanche, wie immer, wenn Lars unterwegs war. Ein Telegramm hatte alles verändert, den Ablauf des Tages, den Verlauf der Welt. Hans war knapp vierzig Jahre alt, er war doch noch viel zu jung, um zu gehen. Entkräftet, überarbeitet, vermutlich hatten auch die Sorgen um die Werft seine Gesundheit mehr mitgenommen, als man ahnte. Aber sie war hier, bei ihm, und sie würde heute Nacht drüben im Sessel bei ihm Wache halten, vielleicht die eine oder andere Stunde schlafen.

Emma blickte hinaus in die schwarze, sternlose Nacht, sie hörte das Rauschen der Brandung. Von wegen stiller Ozean, es war, als raunte er in seinen Tiefen ein uraltes Lied. Emma musste an die melancholischen Seemannslieder an Bord bei ihrer Überfahrt denken. Waren all die Melodien und Texte der Wehmut, Sehnsucht und des Abschieds nicht Ausdruck der Lebensreise des Menschen und des großen Abschieds am Ende? Wir waren nur zu Gast hier auf der Erde, bis wir abberufen wurden, dachte Emma, und sah auf die Kerzen und ihr warmes, flackerndes Licht. Der dreiarmige Leuchter, die drei Masten des Schiffes der Ehe, drei Schwestern, die drei Fragen von Lars, das Dreieck zwischen ihr und Lars und Hans. Wo landeten wir, wenn es vorbei war? War es dort dunkel oder hell? Gab es das Paradies wirklich, oder war es eine Metapher für Geborgenheit? Traf man alle seine Lieben dort? Das war doch eine zu schöne, tröstliche Idee, den Vater noch einmal wiederzusehen. Hans jedenfalls, das war das Gute und das Beruhigende für Emma, hatte seinen Glauben und seinen Gott. Hans glaubte an ein Jenseits. Wie er leicht gelächelt hatte bei der letzten Zeile des Psalms. »Und ich werde bleiben im Hause des Herrn immerdar.«

33.

Heimaterde

Emma war in der Nacht immer wieder wach geworden, aber Hans schlief. Er murmelte manchmal vor sich hin, ganz leise, sie hörte ihn »Mutter« sagen und einmal auch dänische Sätze, die sie nicht verstand. Er schien in einem Zwischenreich, nicht mehr ganz da und noch nicht dort. Doch als er am Morgen erwachte und sie ihm ein Kissen in den Rücken schob, damit er aufrecht sitzen konnte, sah er aus wie jemand, der noch nicht vorhatte, so bald abzutreten. Ja, ihr schien, dass seine Energie zurückgekehrt war. Sie kochte ihm einen Tee und eine Hafersuppe, beides nahm er zu sich. Dann lüftete sie wieder das Zimmer und setzte sich zu ihm.

»Hast du schon was von Lars aus Südamerika gehört?«, fragte Hans leise.

»Nein, aber das werte ich eher als gutes Zeichen.« Emma lächelte.

»Grüße ihn von mir«, flüsterte Hans.

»Mach ich. Was mich bekümmert, ist meine Schwester Bertha in Schleswig. Sie hat ja gerade ihren Mann verloren, und nun hatte sie eine schwere Lungenentzündung, von der sie sich nur mühsam erholt. Das macht mir große Sorgen, zumal sie ja eine kleine Tochter hat, die auch Emma heißt.«

Hans nahm ihre Hand, streichelte sie.

»Das tut mir leid, sie ist doch …«, er räusperte sich, die Stimme brach ab. Emma gab ihm das Glas mit dem Wasser, er trank einen Schluck.

»Meine Lieblingsschwester, ja, genau. Ach, und diese Briefe, die immer so lange brauchen. Hans, es ist furchtbar, diese Ungewissheit!« Sie stellte das Glas wieder ab. »Aber wer weiß, vielleicht geht es ihr inzwischen ja auch besser.«

Hans sah sie an, seine Augen wirkten farblos und wässrig, es war der Blick von jemandem, der schon in die Ferne schaute.

»Emma, ich bin so dankbar, dass ich dich getroffen habe und … dass du jetzt gekommen bist. Ich … ich habe noch einen letzten Willen.«

Emma streichelte seine Hand, wie um ihn zu ermutigen weiterzureden, denn er sprach, so spürte sie es jetzt ganz deutlich, mit seiner letzten Kraft.

»Ich will in Thisted meine letzte Ruhestätte finden, nirgendwo anders möchte ich begraben sein als in heimatlicher Erde. Emma, es lässt mir keine Ruhe!« Er drückte ihre Hand bei diesen Worten, als hielte er sich an ihr fest.

Emma fuhr es kalt über den Rücken und die Arme, und sie spürte mit jeder Faser, dass es das war, was ihm noch auf der Seele lastete. Er hatte sonst keine irdischen Wünsche mehr und keine Dinge zu erledigen. Er hatte keine Rechnung offen mit irgendjemandem, er hatte nur noch diesen einen sehnlichen Wunsch. Er wollte zurückkehren. Emma sah sich vor ihrem inneren Auge auf ein Schiff steigen, den Sarg überführen, sie sah sich durch Panama mit dem Zug fahren und dort auf ein anderes Schiff steigen, sie sah sich in Europa ankommen, mit dem Zug nach Dänemark fahren, und sie sah sich in Schleswig, wo sie unbedingt Bertha sehen wollte, musste. Und die kleine Emma das erste Mal umarmen.

Tränen rannen ihr über die Wange, aber sie sagte ganz gefestigt: »Hans, ich verspreche dir bei all meiner Liebe, dass ich deinen Sarg nach Thisted bringen werde. Du wirst dort in deiner alten Heimat dein Grab finden, in der Landschaft, von der du all die Jahre immer geträumt hast. Deine Familie wird bei deiner Beerdigung sein und für dich beten. Es soll so sein, dass sich der Kreis schließt für dich, und mit Mr. Bakers und Gottes Hilfe werde ich es schaffen.«

»Danke«, er hauchte es fast unhörbar, aber sie sah in seinem Gesicht auf einmal ein seliges Leuchten, eine Entspannung und ein Lächeln, das wie ein Regenbogen die Brücke ins Unendliche schlug.

»Bist du müde?«, fragte Emma. Die Kraft, die er noch vor einer halben Stunde ausgestrahlt hatte, war wieder verschwunden. Er nickte. Sie half ihm, sich wieder hinzulegen. Sie gab ihm einen Kuss auf die Stirn und ging rüber in die Küche. Die Nacht war anstrengend gewesen, und sie fühlte sich etwas gerädert. Ein Kaffee würde sie wach machen. Jenkins wollte an dem Tag vorbeischauen, und Baker würde auch sicher bald kommen. Sie brauchte aber nichts, was er besorgen sollte. Emma nahm ihre Tasse mit dem Kaffee, trank einen Schluck, dann ging sie wieder rüber ins Schlafzimmer. Sie öffnete leise die Tür, um Hans nicht zu wecken. Doch als sie ihn mit geschlossenen Augen und einem Lächeln daliegen sah, hatte sie sofort eine Ahnung. Sie setzte sich auf die Bettkante, stellte ihren Kaffee ab und fühlte seinen Puls, doch da war nichts mehr. Sein Herz hatte aufgehört zu schlagen, nachdem sie ihm diese Last abgenommen hatte. Sie nahm seine Hand und führte sie an ihr Herz, das laut pochte. Dann legte sie ihr Gesicht an seinen Hals und weinte ins Kopfkissen, das noch etwas von seiner Wärme gespeichert hatte.

Mr. Bakers lautes Klopfen an der Haustür holte sie zurück. Emma wusste nicht, wie viel Zeit vergangen war. Sie erhob sich, wischte sich mit ihrem Ärmel die Tränen von Gesicht und Hals und eilte an die Haustür, öffnete sie.

»Guten Tag, Mrs. Jensen.«

»Guten Tag, Mr. Baker. Es ist vorbei, er ist soeben verstorben.«

Baker senkte den Kopf, nahm seinen Hut ab.

»Kommen Sie bitte herein«, sagte Emma. »Legen Sie doch ab. Sie wollen sich sicher von ihm verabschieden.«

Er nickte. Zehn Jahre lang war er die rechte Hand gewesen von Mr. Henriksen, beide hatten so viel Zeit miteinander verbracht wie mit niemand anderem. Baker hängte seinen Mantel an einen Haken, neben den von Hans, dann führte Emma ihn hinüber ins Schlafzimmer.

»Sehen Sie, wie friedlich er aussieht?«

Baker nickte, aber es rannen ihm ein paar Tränen über die Wangen. Er trat näher heran, sah auf seinen verstorbenen Boss, dann faltete er die Hände und schloss die Augen, betete stumm. Emma blieb hinter ihm stehen. Als Baker fertig war, sagte sie: »Ich bin so froh, dass Sie mir telegrafiert haben und ich bei ihm sein konnte in seinen letzten Stunden. Er ist eingeschlafen, allerdings erst, nachdem er mir seinen Letzten Willen mitgeteilt hat und ich ihm versprochen habe, dass ich mich darum kümmere. Mr. Baker, wir müssen den Sarg mit dem Leichnam nach Dänemark kriegen! Ich werde mitfahren und den Sarg begleiten, aber das ganze Drumherum, das müssen Sie jetzt organisieren. Wir müssen erst mal in Erfahrung bringen, wie die Modalitäten sind.«

»Ich vermute, Mrs. Jensen, dass man den Sarg auf einem Frachtschiff nach Dänemark bringen lassen könnte, andererseits bringen ja Leichen an Bord nach dem Aberglauben großes Unglück. Auf einem Passagierschiff ist es auf jeden Fall nicht erlaubt, einen Leichnam mitzuführen.«

»Jetzt muss er einbalsamiert und konserviert werden, und dann muss ein Metallsarg her, den man ganz dicht verschließen kann. Können Sie das als Erstes organisieren?«

Er nickte. »Ich informiere den Bestatter Mr. Williams. Und ich kläre das mit dem Transport, ganz diskret, ich kenne da jemanden, den ich das fragen kann, ohne dass es schlafende Hunde weckt.«

»Sehr gut, Mr. Baker. Ach, ich weiß schon, warum Hans immer auf Sie gezählt hat. Und das kann er nun auch nach seinem Tod.«

Baker lächelte traurig.

»Vielleicht werden Sie ja von einem Nachfolger der Werft übernommen, etwas anderes kann ich mir eigentlich nicht vorstellen«, sagte Emma, doch Adam Baker schüttelte den Kopf.

»Ich werde höchstens noch einen Nachfolger einarbeiten in alles, aber dann höre ich auf.«

»Gut, Sie klären das jetzt alles, und ich warte auf Jenkins, damit er den Totenschein ausstellen kann.«

Nachdem Jenkins da gewesen war, machte Emma mittags einen kleinen Spaziergang in den Ort und klopfte bei Suzette. Diese fiel fast in Ohnmacht, als sie Emma vor der Tür sah. Jack stand neben ihr, jetzt ein strammer, kleiner Junge, und George gab Emma höflich die Hand, woran sie merkte, dass auch er größer geworden war.

»Emma! Zwick mich mal jemand! Ich fasse es nicht, ohne Ankündigung kommt sie einfach mitten am helllichten Tag vorbei!«
Sie umarmten sich.
»Suzette, Mr. Baker hat telegrafiert, dass Hans im Sterben liegt, deswegen bin ich gestern Nachmittag sofort gekommen, und heute früh ist der liebe Hans eingeschlafen.«
Suzette schlug sich die Hand vor den Mund.
»Nein! Er ist tot? Mein Gott. Komm erst mal rein, Emma, darauf brauche ich einen Likör. Du auch?«
Emma nickte.

Kurz darauf saßen sie und Suzette zusammen in der kleinen, gemütlichen Küche der Hunters. Suzette hatte George gebeten, mit Jack zu spielen und sie und Emma ganz in Ruhe reden zu lassen. Er tat es, und nun saßen sie sich gegenüber, tranken einen Kirschlikör und dann noch einen.

Emma erzählte Suzette alles, vom Telegramm bis zum Letzten Willen.

»Du willst seinen Sarg nach Dänemark bringen? Das ist ja Wahnsinn. Kein Schiff der Welt transportiert einen Toten. Das bringt Unglück!«

»Ich weiß, liebe Suzette, aber darüber werde ich mich hinwegsetzen. Es war sein Letzter Wille und das Einzige, was noch auf ihm lastete, und ich habe es ihm versprochen. Ich werde es tun! Außerdem möchte ich meine Schwester in Schleswig besuchen, der es gesundheitlich nicht gut geht. Es fügt sich also alles ganz gut.«

»Du musst den Sarg tarnen, meine Liebe! Er muss irgendwie verpackt sein in etwas, eine große Kiste, bei der niemand etwas vermutet.«

»Aber was kann das sein?«

Suzette wollte noch mal nachschenken, doch Emma winkte ab. Ihr fiel auf einmal die Kiste am Hamburger Hafen ein, die bei ihrer Abfahrt verladen wurde.

»Suzette, ich hab's! Als Klaviertransport!«

Emma strahlte die Freundin an.

»Emma, das ist genial, natürlich, genau so musst du es machen. Der Sarg wird in einer Holzkiste als Klaviertransport deklariert.«

»Dann kann ich ihn vermutlich auch auf einem Passagierschiff mitnehmen.«

»Wieso ihn? ES, das Klavier!«

Sie mussten lachen, doch bei Emma ging das Lachen in ein Weinen über, und Suzette streichelte ihr über den Arm. Es tat gut, hier bei der Freundin zu sein, in der heimeligen Küche, die Kinder nebenan spielen und etwas zanken zu hören.

»Habt ihr eigentlich Interesse an einem Klavier?«, fragte Emma. »George war doch immer so begeistert, als ihr bei mir wart. Ich würde George gern mein hart verdientes Klavier schenken, das noch drüben im Haus steht.«

»Wirklich?« Suzette schien erfreut.

»Zahlt ihr ihm ein paar Klavierstunden?«

»Ich rede mit meinem Mann, aber ich denke mal, ja. Sonst lerne ich Klavier, davon habe ich immer schon geträumt.«

»Gut, dann lasse ich es von ein paar Werftarbeitern bringen, in einer Kiste verpackt und dieselbe Kiste wird dann für den Sarg von Hans genutzt. Ich gehe gleich zu Baker ins Kontor und erzähle ihm davon. Er soll mir eine Passage mit einem Klaviertransport an Bord buchen.«

»Du fährst um die halbe Welt mit ihm, was für ein Letzter Wille! Das ist doch alles verrückt.«

»Ja, aber ich sehe auch meine Schwester wieder und das erste Mal meine kleine Nichte Emma.«

»Für die du das entzückende Kleid genäht hast?«

Emma nickte. »Leider ist mein Schwager gestorben, und meine Schwester hatte eine Lungenentzündung. Nun mache ich mir Sorgen, weil die Kleine ja nur noch ihre Mutter hat.«

»Das arme Ding!«

Emma erhob sich, Suzette ebenfalls, und sie umarmten und drückten sich, wie gute alte Freundinnen, die keine Entfernung der Welt voneinander trennen konnte.

»Komm doch heute Abend zu uns zum Essen«, sagte Suzette, und Emma antwortete: »Gern.«

Als sie Richtung Werft ging, sah sie, dass alle Flaggen am Wasser auf Halbmast standen, es hatte sich also bereits herumgesprochen wie ein Lauffeuer, die Nachricht, dass der große Schiffbauer Hans Henriksen gestorben war.

Am nächsten Tag fuhr Emma nach San Francisco zurück. Sie hatte den Band von Kierkegaard und Rumi und Hans' Bibel mitgenommen, für sie und Lars zur Erinnerung, auch die Taschenuhr und wertvolle Manschettenknöpfe, die sie Hans' Familie übergeben wollte. Bevor der Sarg verschlossen wurde, hatte Emma ihr Haarband noch mit hineingelegt und den Zeitungsausschnitt. Emma informierte Mr. Madsen in Lars' Kontor von ihren Plänen, nach Europa zu fahren. Dazu hatte sie sich im Zug einen Text für ein Telegramm an Lars überlegt und bat Madsen, das zu telegrafieren.

LIEBER LARS, HANS IST VERSTORBEN, ICH WAR BEI IHM. SEIN LETZTER WILLE BEERDIGUNG IN THISTED. ICH BEGLEITE DEN SARG AUF DEM SCHIFF NACH EUROPA – WERDE IN SCHLESWIG FAMILIE BESUCHEN. IN LIEBE EMMA.

Mr. Baker hatte eine Schiffspassage 1. Klasse für Emma gebucht, mit einem Dampfschiff, das fünf Tage später von San Francisco ablegen würde. Sie würde ihre große Reise von damals rückwärts antreten, erst den Pazifik herunter nach Panama, dann mit dem Zug rüber an den Atlantik und dort weiter mit einem anderen Schiff nach Hamburg.

Baker telegrafierte an Hans' Familie in Dänemark, dass Hans verstorben sei und sein Sarg mit dem Schiff und dann mit dem Zug von Hamburg nach Dänemark käme, und Emma telegrafierte nach Schleswig und kündigte der Mutter und Bertha ihren baldigen Besuch an.

Es gab so viel zu bedenken und zu erledigen, auch

Papierkram und Frachtpapiere wegen des Klaviers. Dieses war mit einem von Hans' Schiffen von Eureka nach San Francisco gebracht worden. Aber irgendwann war alles gebucht, zwei Koffer gepackt, und Emma hatte sich von Mrs. Thompson verabschiedet und mit Mr. Madsen alles abgesprochen, wann sie wo war und erreichbar sein würde. Lars hatte bisher noch nicht auf ihr Telegramm geantwortet, aber kurz bevor Emma an einem strahlend sonnigen Tag Mitte August auf das Schiff stieg und sich gerade von Blanche am Hafen verabschiedete, kam Mr. Madsen mit rotem Gesicht angelaufen und winkte mit einem Telegramm für sie. Emma öffnete es sofort.

LIEBE EMMA, DANKE DIR VON HERZEN, DASS DU FÜR UNSEREN FREUND LETZTEN WILLEN ERFÜLLST. GUTE REISE UND GOTTES SEGEN FÜR DICH! IN LIEBE DEIN LARS

Glücklich stieg Emma an Bord, sie hatte ihren Mann richtig eingeschätzt, und darüber freute sie sich wie ein Schneekönig. Blanche stand am Kai, neben ihr Mr. Madsen, und für einen kleinen Moment dachte Emma, dass die beiden doch ein schönes Paar abgeben würden, und sie winkten ihr zu, und Emma fragte sich, ob bei ihrer Rückkehr hier vielleicht Lars stehen und auf sie warten würde. Dann wäre es vermutlich Oktober, November. Eine Fahrkarte für die Passage zurück hatte sie noch nicht buchen können, weil sie nicht absah, wie lange die Angelegenheiten in Dänemark und der Besuch in Schleswig dauern würden.

Das Schiff legte ab, und am Kai flatterten die Taschentücher wie Flügel weißer Tauben auf, eine Ehrbezeugung vor den Abreisenden, die sich dem Meer und seinen Launen anvertrauten. Es war doch immer ein besonderer Moment, wenn ein Schiff ablegte, langsam davonfuhr, sich immer mehr vom Festland entfernte und die Winkenden, darunter die liebe Blanche und Mr. Madsen, kleiner wurden. Aber so wie damals das Ablegen in Hamburg für Emma ein großer Schritt gewesen war, hatte es nun etwas anderes. Sie fuhr zu Besuch nach Europa. Sie hatte eine Mission, einen Auftrag, einen Plan, den sie erfüllen musste. Die Klavierkiste, das hatte Madsen ihr bei seiner verstorbenen Mutter geschworen, sei vor seinen eigenen Augen an Bord verladen worden. Er hatte ihr alle Frachtbriefe für die Überfahrt im Zug in Panama und für das weitere Schiff ab Port Colón in einem eigenen Umschlag ausgehändigt, alles war in bester Ordnung. Sie, Mrs. Emma Jensen aus San Francisco, schenkte einer Familie in Dänemark ein Klavier, ein altes Familienerbstück der Familie Jensen. Emma dachte in Etappen. Sie war froh, wenn sie erst mal samt Klavierkiste an Bord des zweiten Schiffes war, auf dem Atlantik.

34.

Das Pfeifen der Matrosen

Alles lief reibungslos, bis Port Colón. Dort brauchte Emma am Hafen in einem kleinen schäbigen Büro den Stempel eines nicht minder schäbigen Zollbeamten, damit die Klavierkiste an Bord der *Borussia* für die Atlantikpassage verladen werden konnte. Für dieses Schiff hatte Emma an diesem Tag ihre Überfahrt gebucht, von besagtem Stempel hing alles ab. Das witterte der untersetzte Beamte, das Stempelmachtmännchen, wie Emma ihn für sich gleich genannt hatte, sofort. Er würde Emma in große Schwierigkeiten bringen, wenn er ihr den Stempel verweigerte, für heute Feierabend machte, erst übermorgen wieder mit seinem Stempel hier saß, vielleicht noch später. Und niemand anderes war ansonsten berechtigt, mit diesem Stempel in das Stempelkissen und dann auf das Papier zu drücken. Während er seine Fingernägel studierte und schmierig grinste unter einem reichlich ausgeblichenen Foto von Simón Bolívar, dessen Autorität ihm im wahrsten Sinne am Allerwertesten vorbeizugehen schien, dabei minutenlang nichts sagte und sich förmlich an Emmas immer größerer Unruhe weidete, dachte Emma fieberhaft nach, wie sie einem Mannsbild wie ihm beikommen konnte. Schmiergeld, das war klar. Wie viel? Es war ihr zutiefst zuwider, dass ein Mensch die Notlage und Abhängigkeit eines anderen nicht nur ausnutzte, sondern regelrecht auskostete, sich daran förmlich labte, einen anderen in der Hand zu haben. Aber so funktionierte Macht, Bestechung. Sicher machte Lars in Südamerika auch so seine Erfahrungen. *Wat mutt, dat mutt*, dachte Emma und schob dem Stempelmachtmännchen fünf Dollar rüber. Sie lächelte ihn, ganz gegen ihren Willen, dabei an und verfluchte ihn innerlich. »Der Teufel soll dich hellrosa besticken! Ich wünsche dir, dass dich zehn Malariamücken gleichzeitig in deinen Hintern stechen, dass du an deiner nächsten Tortilla erstickst und dich ein tollwütiger Hund beißt.« Doch er sah weiter auf seine Fingernägel, pfiff dabei jetzt ein Lied, es klang wie eine panamaische Volksweise. Sie tat es für Hans. Emma legte weitere fünf Dollar dazu, aber mit einer Bestimmtheit, die ihm sagen sollte: »Vorsicht, Freundchen!«

Er steckte das Geld in die Brusttasche seines Hemdes, alles vor den Augen von Emma und Simón Bolívar, grinste, zögerte immer noch einen Moment, doch dann nahm der Mann den Stempel in die Hand, drückte ihn ins Stempelkissen und haute ihn unten rechts auf das zarte Papier, unbeholfen, grob, ohne jede Ehrerbietung vor Stempeln, der Macht, die dahintersteckte, der ganzen Ordnung. War ihm doch egal, er hatte diese Tätigkeit als Zollbeamter am Hafen bekommen, und nun nutzte er sie für seine Zwecke, und es lief gut, denn die, die etwas auf ein Schiff verladen haben wollten, waren in der Regel gewohnt, sich dafür bei Menschen wie ihm erkenntlich zu zeigen. Ein kleiner Obolus für die große Familie, die zu ernähren war. Fluchtartig verließ Emma das schäbige Büro, ohne zu grüßen und kam sich vor, als wenn auch an ihr Schäbigkeit kleben geblieben war. Sie fühlte sich elend.

Emma war jedenfalls erleichtert, als sie mit eigenen Augen sah, wie ein paar panamaische Hafenarbeiter an einem Kran die Klavierkiste an Bord hievten, und sie erinnerte sich an ihren Abschied in Hamburg und die dortigen fluchenden Arbeiter. Diese hier fluchten auch, aber auf Spanisch, was Emma zum Glück nicht verstand. Gleichzeitig dachte sie: Das Bedürfnis zu fluchen, ist wirklich universell.

Emma bezog ihre Kabine, die sehr schön war, und machte sich bereit für das erste Abendessen, mal sehen, was die 1. Klasse so zu bieten hatte an interessanten Gesprächspartnern! Sie würde sich jedenfalls nicht verbiegen und allen erzählen, dass sie vor vier Jahren in der 2. Klasse hinübergefahren sei. Auf die Gesichter freute sie sich schon. Im Zwischendeck fuhren dieses Mal keine Menschen mit, sondern es war beladen mit Säcken voller Kaffee, Zucker und Gewürze.

Sie saß am Tisch mit einem älteren, britischen Ehepaar, das in Panama gelebt hatte und auf dem Rückweg nach England war. Er, Mr. Middleton, war Bankier gewesen und hatte es im Aktienhandel zu etwas gebracht. Mrs. Middleton hatte mit einigen Landsleuten Bridge gespielt und beschwerte sich ansonsten über das furchtbare Klima dort, sie freue sich schon wieder auf England und den herrlichen Regen. Woher Emma denn stamme. Aus Schleswig, sagte diese, und dass sie sich nicht unbedingt auf den Regen in ihrer Heimat freue, der wie der englische Regen recht ergiebig sein könne. Sie freue sich vielmehr auf ihre

Schwester. Ob denn ihre Eltern noch lebten, wollte Mrs. Middleton wissen, und als Emma sagte, dass ihre Mutter noch lebe, und Mrs. Middleton insistierte, dass sie sich doch sicher auch auf ihre liebe Frau Mutter freue, da lächelte Emma und sagte über den wunderbar saftigen Rinderbraten hinweg: »Ehrlich gesagt: Nein.«

Mr. Middleton hüstelte, und Mrs. Middleton nahm sogleich einen kräftigen Schluck von ihrem Rotwein. An diese Tischgefährtin, die so geradeheraus war, musste sie sich noch gewöhnen.

Die Sache hatte jedoch einen großen Haken. Seit diesem ersten Abend kam Mrs. Middleton jetzt immer auf Emma zu mit den Worten: »Mrs. Jensen, sagen Sie mir bitte mal ehrlich: Finden Sie, dass ich alt aussehe?« Oder: »Finden Sie, dass ich Krähenfüße habe?« Oder: »Mrs. Jensen, mal ganz ehrlich, finden Sie, dass mein Mann zu viel trinkt?«

Als Emma das auf die Nerven ging, bestach sie am vierten Tag der Passage den Obersteward mit etwas Geld und einem Lächeln und bat ihn, ihr einen neuen Tisch zuzuweisen. Jetzt saß sie bei Herrn und Frau Overbeck, Hamburgern, die es in Kalifornien mit Obstplantagen zu Geld gebracht hatten und seit fünfzehn Jahren das erste Mal zurück in die Heimat fuhren. Vor allem Frau Overbeck sprach deutsch mit starkem Hamburger Einschlag, was Emma ohnehin schon schwer erträglich fand, aber gemischt mit einem amerikanischen Akzent noch weniger. Emma sah es als die gerechte Strafe des lieben Gottes für ihren Tischwechsel an. Die Overbecks hatten auch mitbekommen, dass Emma die Dame war, die ein Klavier an Bord hatte verladen lassen.

»Handelt es sich denn um ein besonderes Klavier, meine Liebe?«, fragte Frau Overbeck neugierig. »O ja, es ist ein echtes, indianisches Hammerklavier, vom Stamm der Sioux. Die Tasten sind mit Büffeltrommelfellen bezogen«, sagte Emma.

»Nein, hör doch bloß, Henry! Die Rothäute ein Klavier?«

Henry Overbeck, der Emma gegenübersaß, verschluckte sich fast an seinem Champagner.

»Es ist eine Rarität. Ich bringe es in ein Museum für Musikinstrumente«, ergänzte Emma und prustete dann selbst los.

»Minna, du bist immer so leicht zu veräppeln«, sagte Henry Overbeck, und Minna Overbeck stimmte mit ein ins Gelächter, und sie mussten für Passagiere der 1. Klasse viel zu laut lachen, und Emma sah, dass die Middletons aus der Ferne des Speisesaals empört herüberguckten, so wie es nur die britische Upperclass vermochte, als habe sie die Regeln und Gebote für gutes Benehmen von Gott auf einem Berg erhalten und ein für alle Mal und für alle Welt festgeschrieben. Ab jetzt grüßte Mrs. Middleton Emma auch nicht mehr an Deck, sie schnitt sie regelrecht, tat so, als wenn die liebe Emma Seeluft für sie wäre. Das hatte wenigstens den positiven Effekt, dass Emma nun auch nicht mehr mit deren Sagen-Sie-mal-ehrlich-Fragen behelligt wurde. Ach, die Overbecks waren gar nicht so verkehrt. Man teilte einen norddeutschen Humor, und die Abende wurden richtig lustig. Vor allem Herr Overbeck besaß die Gabe, kleine Szenen, die er tagsüber erlebt und belauscht hatte, am Abend aufs Köstlichste wiederzugeben. So hatte er an einem Vormittag den Bereich der ersten Klasse verlassen und war in der Nähe des Decks gelandet, wo ein paar Matrosen gerade Schiffstaue reparierten.

»Die sitzen da, und der eine regt sich auf, dass die in der 1. Klasse viel besseres Essen kriegen und wie ungerecht die Welt sei. Sie bekämen immer nur denselben Fraß, mault der eine, aber dann sagt der andere: ›Weißt du, meine Freund, wir haben bei uns in Neapel eine schöne Sprichwort: Wenn die Schachspiel zu Ende ist, kommen alle Figuren, König, Dame, Bauern, Läufer wieder in dieselbe Kiste‹.« Sie mussten lachen, zumal Overbeck den italienischen Akzent wunderbar nachgemacht hatte.

Leider erinnerte Emma das Stichwort »Kiste« daran, dass im Unterdeck des Schiffes eine falsch deklarierte Kiste mit dem Sarg des Mannes stand, den sie geliebt hatte und immer noch liebte, auch nach seinem Tod. Ihre Liebe zu Hans würde immer Teil von ihr und ihrem Leben bleiben, ein kostbarer Teil und nichts, aber auch gar nichts daran war für sie mit Schuld besetzt.

Sie waren noch einen Tag entfernt von der englischen Küste, als das bis dahin ruhige Wetter umschlug. Erst kam Regen, dann Wind, und Emma ging am Nachmittag an Deck, um das bewegte Meer zu sehen, das tagelang immer gleich ausgesehen hatte. Jetzt bauten sich Wellen auf und bildeten erste Schaumkronen. Der Schiffskoch, den Emma, die gern den 1. Klasse Bereich verließ, an Deck traf, sprach davon, dass das ein sehr schwerer Sturm werden würde. Es war derselbe Koch wie damals bei ihrer Hinfahrt über den Atlantik, der mit der Kartoffelnase, die jetzt noch röter und größer geworden zu sein schien, und der auch als Clown ausgeholfen hatte damals bei der kleinen Aufführung für die Kinder. Emma sagte ihm, dass sie ihn wiedererkenne. Da lächelte er. »Entschuldigen Sie, ich kann mir nicht alle Gesichter merken. Aber ich rate Ihnen, gnädige Frau, essen Sie ab jetzt nichts mehr, und legen Sie sich einfach nur in Ihre schöne Kabine, und stellen Sie sich einen Eimer neben die Koje. Da kommt was ganz Großes auf uns zu. Möge Gott uns beistehen!«

Emma fand, dass er etwas sehr wie ein Spökenkieker sprach und sich damit wichtigmachen wollte.

»Sehen Sie, wie Rasmus Schaum vorm Mund hat? Da hat wohl einer der Matrosen gepfiffen, anders ist das nicht zu erklären«, sagte der Koch. »Sie wissen, dass Pfeifen auf einem Schiff Unglück bringt?«

»Ach, sagen Sie mir lieber, was auf einem Schiff kein Unglück bringt, die Liste ist vermutlich sehr viel kürzer. Der Aberglaube in der Seefahrt scheint mir so endlos wie die Meere, die ihn nähren.«

»Oder wir haben einen Toten an Bord, irgendwo in der 1. Klasse ist jemand von den feinen Pinkeln gestorben und liegt da noch.« Er kratzte sich am Bart. »Das wird es sein, so ein feister Bankier, der von seiner Witwe beweint und nicht hergegeben wird ans Meer.«

Emma musste schlucken. Der Schiffskoch war ihr unheimlich, und mit einem »Hoffen wir, dass es nicht gleich die Apokalypse wird!« verabschiedete sie sich in die Kabine. Erstaunt stellte sie fest, dass der Kabinensteward in der Zwischenzeit die Möbel befestigt hatte.

Sie legte sich in ihre schöne, breite Koje, aber der Koch sollte recht behalten. Es wurde ein sehr schwerer Sturm, und das Schiff schlingerte und rollte in der schweren See. Emma wurde auf ihrer Matratze von Backbord nach Steuerbord geworfen, und nur die Schlingerleiste verhinderte, dass sie aus der Koje hinausfiel. Ihr war schlecht, aber sie musste sich nicht übergeben, und der widerliche Gestank von Erbrochenem blieb ihr erspart. Wie es wohl den Overbecks erging und Miss-Sagen-Sie-mal-ehrlich-Middleton? Heute Abend würde es ja wohl kein Dinner geben. Emma hatte das Gefühl, dass die Schräglage zugenommen hatte. Sie schloss die Augen und versuchte, sich mit schönen Gedanken abzulenken. Sie dachte an ihren Garten in San Francisco, Zitronenlimonade und die Palmen, sie dachte an das Kontor, sie sah die arbeitenden Männer an ihren Tischen, Papierflieger durch den Raum sausen und das strahlende Gesicht von Hans, wenn er gewann. Sie dachte an die Sichelmondnacht mit ihm in ihrem Zimmer. Sie dachte an den letzten Abend mit Lars, an dem sie ihre Liebe zu ihm so stark wie lange nicht mehr gespürt hatte. Ihr Abschied war besonders schön und innig gewesen, und sie fragte sich, wie es Lars wohl in Südamerika ergehen mochte. Und dann dachte Emma voller Vorfreude daran, wie es wäre, Bertha in Schleswig wiederzusehen, dort im Garten unterm Mirabellenbaum zu sitzen und mit der kleinen Emma zu spielen. Ach, nicht mehr lange, dann wäre es so weit.

Da hörte Emma Kommandos von draußen, laut, streng und mehrmals gerufen, damit sie bei dem Sturm verstanden wurden. Irgendetwas war da oben nicht in Ordnung, und Emma schreckte hoch. Ihr Instinkt sagte ihr, dass sie aufstehen und nachsehen musste. Sie band sich die Haare rasch zu ihrem Windbeuteldutt, steckte ihn mit Klammern fest, dann torkelte sie duun wie ein Matrose auf Landgang Richtung Tür, drückte den Griff herunter. Im Kabinengang traf sie auf Herrn Overbeck, der schräg an der Wand mit der farngrünen Tapete lehnte, sein sehr gerötetes Gesicht stach vor dem Grün umso mehr hervor.

»Herr Overbeck, Guten Abend.«

»Frau Jensen, der Sturm hat das Ruder beschädigt! Wir sind in großer Not, aber ich will nichts meiner Frau sagen. Ich versuche, mich gerade zu beruhigen, damit ich gleich wieder in die Kabine gehen kann.«

»Wir liegen ganz schön schräg«, sagte Emma besorgt.

»Ja, deswegen ist Ladung verrutscht, und nun hat Käpitän Ehlers veranlasst, dass Ladung ins Meer abgeworfen wird. Sie sind schon an Deck dabei. Die kostbaren Kaffeesäcke, alles über Bord!«

»O Gott, das Klavier!«, entfuhr es Emma, und sie ging, so schnell es die Schieflage der Welt zuließ, zur Treppe und stapfte gegen alle Gesetze der Schwerkraft und gegen alle Widerstände, die sich ihr boten, Stufe für Stufe nach oben, ohne Mantel, ohne Tuch, und als sie an Deck ankam, fegte ihr der Sturm entgegen, und Regen klatschte ihr aufs Gesicht. Das Erste, was sie in der Dämmerung erblicken konnte, war die Klavierkiste, die noch mit Seilen gesichert dastand, aber sicher als Nächstes dran war.

»Nicht das Klavier!«, rief sie mit ganzer Emmakraft, gegen den Sturm und alle Kommandos der Welt an.

Sie ging ein paar Schritte weiter, doch sie musste sich an einem der Rettungsboote festhalten, so schräg lag das Schiff. Der Sturm hatte ihren Windbeutel vollkommen aufgelöst, und die nassen Haare flogen ihr um das Gesicht.

Ein Matrose kam auf sie zu und schrie sie an: »Sie haben hier oben nichts zu suchen! Das ist gefährlich!« Eine hohe Welle brach sich an der Reling und rollte mit aller Wucht über Deck. Emma bekam nasse Füße. »Das Klavier darf nicht über Bord!«, schrie sie.

»Alle unter Deck, das ist ein Befehl vom Kapitän! Sie haben zu gehorchen!«

»Ich muss den Kapitän sprechen, bitte, es ist ganz dringend!«

Emma sah ihn an, sie versuchte ein Trotz-Regen-und-Sturm-Lächeln. Da packte der Matrose sie kräftig am Arm, und gemeinsam kämpften sie sich über das Deck bis zur Kapitänskajüte. Dort klopfte er. Kapitän Ehlers schickte den Matrosen wieder fort, nachdem dieser ihm erklärt hatte, dass die gute Frau nicht von Deck zu bewegen war und sich seinen Anweisungen widersetzt habe. Emma war nun mit Ehlers allein in seiner Kajüte.

»Die Klavierkiste darf nicht über Bord, bitte, ich flehe Sie an!«, wandte Emma sich an den Kapitän.

»Frau Jensen, wir sind in einer großen Notlage, weil der Sturm das Ruder beschädigt hat. Die Schlagseite gefährdet das Schiff, ich muss Ladung abwerfen lassen. Die Hapag wird Ihnen den Schaden ersetzen.«

»Kapitän Ehlers, das kann man nicht ersetzen. In der Klavierkiste befindet sich … ein versiegelter Sarg. Mit meinem Mann, der in der Heimat beerdigt werden wollte.«

Ehlers wurde über seiner dunkelblauen Uniform blass, soweit Emma das in dem fahlen Licht der Petroleumlampe erkennen konnte. Fassungslos schüttelte er den Kopf, dann sah er Emma sehr streng in die Augen.

»Sie wissen, dass Sie sich damit strafbar machen, weil Sie Ladung falsch deklariert haben und Sie dafür belangt werden können?«

Emma nickte, Tränen rannen ihr jetzt über die Wange, sie wischte sie mit ihrem nassen Ärmel aus dem Gesicht.

»Es war der Letzte Wille meines geliebten Mannes. Erst, als ich ihm das versprochen hatte, konnte er friedlich einschlafen. Ich *musste* es tun!«

Ehlers schaute auf sie, und sein Ausdruck bekam etwas Väterliches und, so schien es Emma, auch ein Hauch Bewunderung schwang mit.

»Gut, Frau Jensen. Folgendes: Sie sagen es niemandem, denn alle werden Sie und Ihren toten Mann für den Sturm verantwortlich machen. Ob ich es tue, das entscheide ich später.« Dann ging er zur Tür, öffnete sie und rief laut: »Herr Hansen, das Klavier wieder zurück in den Laderaum!«

»Tausend Dank!« Emma wollte Ehlers umarmen, stattdessen nahm sie seine Hand und drückte sie an ihr Herz. Er lächelte milde: »Und jetzt gehen Sie bitte unter Deck in Ihre Kabine. Ich muss mich wieder um die Lebenden an Bord kümmern.«

»Das vergesse ich Ihnen nie!«, sagte Emma und verschwand.

Sie torkelte den Weg und die Treppe wieder zurück in ihre Kabine, wo es ihr schwerfiel, die nassen Sachen auszuziehen, es gelang schließlich nur im Liegen, auf dem Bett. Als sie es endlich geschafft hatte, schlüpfte sie bibbernd unter die warme Decke. Sie konnte natürlich nach all der Aufregung nicht schlafen und blieb noch eine Weile liegen, von Rasmus geschaukelt und durchgerüttelt. Die Macht des Meeres, diese Urgewalten, es war beängstigend, aber auch beeindruckend. Dann faltete Emma die Hände und betete erst das Vaterunser, und dann fügte sie noch hinzu: »Lieber Gott, ich danke dir für deine Güte und Größe und dass du mir geholfen hast, Hans' Sarg vor dem Wasser zu retten. Er soll nicht dort unten auf dem Meeresgrund sein. Bitte lieber Gott, steh mir auch weiterhin bei auf meinem Weg nach Dänemark, und mach, dass der Sturm bald vorbei ist und wir alles gut überstehen! Und sei mir bitte nicht böse, dass ich dich auch noch für Bertha bitte, mach, dass es ihr gut geht und sie diese verdammte Lungenentzündung überwunden hat und inzwischen gesund ist! Ich danke dir, lieber Gott, Amen.« Und irgendwann schlief Emma ein.

Als sie erwachte, fiel Emma sofort auf, dass das Schiff nicht mehr schaukelte. Sie zog sich an und ging zuerst an Deck. Dort war alles wieder aufgeräumt und am Platze, und es kam Emma fast absurd vor, dass hier am Vorabend die Klavierkiste im Regen und Sturm gestanden hatte. Als wäre alles ein schlechter Traum gewesen. Über den Himmel jagten graue Wolken. Es herrschte immer noch starker Wind, und das Schiff hatte leicht Schlagseite, aber längst nicht mehr so schlimm wie zuvor. Sie machten wenig Fahrt, obwohl die Segel gesetzt waren. Möwen schwebten über den Masten, Englands Küste war also nicht mehr weit. Eine Möwe ließ, nicht gerade die feine englische Art, wie Emma fand, ihre Verdauung soeben aufs Deck plumpsen.

Emmas Magen knurrte, sie wandte sich um und ging

zum Frühstück. Alle Anwesenden hatten einen Mordshunger, und der Koch kam mit dem Rühreimachen gar nicht hinterher.

Herr und Frau Overbeck strahlten sie fröhlich an.

»Was für eine Nacht!«

»Ja, das ist wohl wahr«, erwiderte Emma.

»Wie heißt es doch so schön: Vor Gericht und auf hoher See ist man in Gottes Hand«, sagte Minna Overbeck.

»Wir werden in England im Hafen bleiben, wo das Schiff repariert wird. Kommen zwei Tage später an in Hamburg«, wusste Herr Overbeck.

»Besser spät als nie«, ergänzte seine Frau, und Emma gab ihr recht. Und doch hatte sie in dem Moment ein ganz komisches Gefühl.

35.

Annäherung unter Feinden

Emma stand an der Reling, als sie drei Tage später die Elbe hinauffuhren und sich Hamburg näherten. Ein paar Schönwetterwolken dekorierten den blauen Himmel, hanseatische Möwen kreischten über dem Schiff eine etwas schräge Begrüßungsmusik. Es roch aber immer noch nach Nordsee, fand Emma. Ihr war durchaus etwas feierlich zumute, anders konnte sie es nicht sagen. Nach über vier Jahren kam sie zurück nach Deutschland, in ihre alte Heimat. Ihr Herz klopfte. Ganz bald würde sie Bertha, die kleine Emma, die Mutter, Gertraud, Erika, Schleswig, das Elternhaus wiedersehen, die Schlei! Sie freute sich schon auf die Spaziergänge gemeinsam mit Bertha, auch wenn diese vielleicht noch geschwächt war. Etwas frische Luft würde ihr sicher guttun. Emma freute sich auch unbändig auf ihre Nichte Emma, sie hatte ihr auf der Überfahrt ein Jäckchen aus grüner Wolle gestrickt, mit einem feinen Zopfmuster, hoffentlich war es nicht zu groß geraten. Aber gut, die Ärmel konnte man umkrempeln, die Kleine würde reinwachsen, und die Strickjacke würde sie im norddeutschen Herbst und Winter, im oft noch eisigen Frühling immer schön warmhalten. Etwas von der Wolle war übrig, und falls die kleine Emma eine Puppe hatte, konnte Emma dieser dasselbe Jackenmodell auch noch stricken, das liebten Kinder doch so.

Sie lächelte, voller Vorfreude auf Schleswig. Aber zuvor musste sie noch ihre Mission zu einem guten Ende bringen und Hans' Sarg nach Dänemark überführen.

Kapitän Ehlers hatte Emma nach der Sturmnacht immer respektvoll gegrüßt und sie nicht mehr auf die Sache angesprochen. Er schien sie auch nicht für den Sturm verantwortlich gemacht zu haben, offensichtlich hatte der Aberglaube in der Seefahrt die höheren Ränge nicht ganz so durchdrungen. Emma selbst fühlte sich nicht schuldig am Sturm, für sie war er nichts weiter als das Zusammenspiel mehrerer meteorologischer Faktoren. Dass ein Pfeifen an Bord ihn hervorrufen konnte oder ein Toter, das glaubte sie einfach nicht, und es kam ihr absurd vor. Wenn Leichen sofort in einer Seebestattung von Bord gebracht wurden, hatte das doch mit der Hygiene zu tun. Sie wiederum hatte dafür gesorgt, dass Hans einbalsamiert und in einem verlöteten Metallsarg war und somit keinerlei Bedenken diesbezüglich bestanden.

Als Emma endlich im Hamburger Hafen landete und mit ihren zwei Koffern im Kontor der Reederei eintraf, um alles für ihre Weiterreise nach Dänemark samt Klaviertransport zu veranlassen, erwartete sie dort ein Telegramm von Erika.

LIEBE EMMA – BERTHA VERSTORBEN – BEERDIGUNG AM FREITAG 1.9. – DEINE SCHWESTER ERIKA

Emma ließ sich auf den erstbesten Stuhl fallen, jemand brachte ihr ein Glas Wasser, sie verlor zwar nicht das

Bewusstsein, aber es kam ihr vor wie bei einer Ohnmacht, nur ohne die Gnade der Dunkelheit. Emma trank, sah immer wieder auf den großen Zettelkalender vor ihr auf dem Schreibtisch, es war Freitag, 1. September, nachmittags halb drei. Sie schaffte es nicht von Hamburg nach Schleswig, sie war nicht bei der Beerdigung von Bertha dabei. Bertha war tot. Emma weinte, ohne es zu merken, erst, als der Stehkragen ihres Kleides durchnässt war, spürte sie es. Der Angestellte im Kontor war reizend zu ihr, er reichte ihr sogar sein gebügeltes Taschentuch mit Hapag-Emblem, das sie erst noch ablehnte, dann schließlich ergriff, und sie wischte sich die Tränen aus dem Gesicht. Dann veranlasste er, dass das Klavier zum Bahnhof in einen Güterwaggon gebracht wurde, und buchte für sie ein Billett nach Thisted in Dänemark im selben Zug. Sie würde am frühen Abend losfahren, am nächsten Mittag wäre sie dort.

Emma ließ ihn noch an Hans' Bruder Christian die Ankunftszeit telegrafieren.

Ihre zwei Koffer durfte Emma im Kontor unterstellen, und sie entschloss sich, ein wenig am Hafen zu spazieren, sie hatte ja noch Zeit bis zur Abfahrt. Sie wollte eine Kirche aufsuchen und beten. Der liebe Gott hatte Bertha zu sich gerufen, sie war zu spät gekommen. Ohne diesen Sturm und den Schaden wäre sie am Mittwoch da gewesen und hätte wenigstens zu Berthas Beerdigung da sein können.

Emma ging am Wasser entlang, sie bekam nicht viel mit von der Hektik und der Betriebsamkeit, sie war in Gedanken ganz bei Bertha. Der ihr liebste Mensch der Welt war tot, und sie erfuhr es hier, in Hamburg, wo sie gerade wieder deutschen Boden betreten hatte. Es war zum Heulen! Wütend stampfte Emma auf. Warum? Warum Bertha? Was tat der Allmächtige der kleinen Emma an, ihr beide Eltern so früh zu nehmen? Emma zürnte und fluchte vor sich hin. Es war das erste Mal in ihrem Leben, dass sie mit ihrem Gott haderte. »Das kannst du nicht wollen, so ein kleines Wesen ohne Vater und ohne Mutter, Gott! Warum hast du Bertha denn nicht wieder gesund gemacht? Gerade Bertha war von uns dreien immer am ehesten ein Geschöpf nach deinem Bilde. Sie hat nie jemandem etwas zuleide getan, und all ihre Vergehen und kleinen Diebereien in der Kindheit, zu denen habe nur *ich* sie verführt! Bertha wäre doch niemals von allein auf die Idee gekommen, wurmstichige Äpfel zu klauen, die auch noch sauer waren. Warum hast du ihr erst so grausam ihren Mann genommen und nun sie selbst zu dir gerufen? Ich verstehe dich nicht, Herr, deine Wege sind nicht immer nachzuvollziehen und gerecht, nein, gerecht bist du wirklich nicht!«

Während Emma ihrem Gott diese Standpauke hielt, sah sie, wie mancher der Hamburger Hafenarbeiter, die vermutlich nichts so leicht erschüttern konnte, sie verwundert anguckte, als wäre sie plemplem. Da marschierte eine Frau im eleganten Kleid und Mantel, die eigentlich wie eine von der feineren Gesellschaft aussah, am Hafen entlang wie ein schimpfender Rohrspatz. Nachdem Emma noch eine kleine Weile ihrem Herrn die Leviten gelesen hatte, setzte sie sich auf einen Poller und sah auf die Elbe. Möwen flogen über ihr als wäre nichts geschehen, und Emma kam es vor, als verhöhnten sie sie mit ihrem Geschrei. Ihr fiel ein, wie Bertha und sie als Kinder die Möwen als verzauberte Prinzen bezeichnet hatten. Ihre Fantasie war grenzenlos, ihre Spiele, deren Erweiterungen und Varianten, ihnen war nie langweilig. Es war etwas ganz Besonderes gewesen zwischen ihnen. Auch wenn Emma als drei Jahre Ältere den Ton angab, hatte Bertha durchaus eigene Akzente gesetzt und sich behauptet, auf ihre Weise. Und sie hatten sich die letzten Jahre auch über die Meere hinweg immer einander verbunden gefühlt. Sie waren mehr als Schwestern, sie waren Freundinnen fürs Leben gewesen. So eine große Nähe und auch Seelenverwandtschaft, es war doch ein Glück, das erlebt zu haben. Und neben der schmerzhaften Trauer konnte Emma jetzt noch etwas anderes fühlen, nämlich eine ganz große Liebe und tiefe Dankbarkeit. Die Wut war weg, hatte sich in Hamburger Luft aufgelöst. Bertha war erlöst von ihrem Krankenlager und großem Leid, denn das musste es gewesen sein. Der liebe Gott hatte sie zu sich gerufen, sie war nun bei Heinrich. Sie, Emma, hatte mit dieser Schwester ein wunderschönes, ein seltenes Geschenk erhalten, in dessen Genuss die wenigsten kamen, und es stand ihr nicht zu, über den Verlust dieses Geschenkes zu zürnen. Sie war undankbar! Natürlich war sie sehr traurig, dass sie zu spät kam und Bertha nicht noch einmal in ihrem Leben hatte sehen können, sprechen, mit ihr lachen, aber es war nicht an ihr, darüber zu urteilen. Gott, der Allmächtige entschied diese Dinge, und die Menschen hatten ihr Schicksal weniger in der Hand als sie immer meinten. Wie schnell konnte das Leben kippen! Bertha, deren geliebter Heinrich so bald nach der Hochzeit schwer krank wurde und starb, der Brand in der Werft, von einem Moment auf den anderen fackelte ein Lebenswerk ab, und man fing bei Null an. Auch Hans' Tod war so überraschend gekommen. Sein Letzter Wille hatte sie jetzt nach Europa geführt, zurück nach Deutschland. Und noch vor wenigen Tagen auf dem Schiff hätten sie alle sterben können, die gesamte Besatzung samt Koch, Kapitän, Mrs.-Nervensäge-Middleton, die reichen Overbecks und sie selbst, sie hätten alle auf dem tosenden Meer untergehen können, wenn der Sturm noch mehr gewütet hätte. Es war Glück, sie waren in Gottes Hand gewesen, anders konnte man es nicht sagen. Und nun war Bertha bei Gott, erlöst von ihrer Krankheit, vom Kampf, denn wie Emma ihre Schwester kannte, hatte diese sich sicher mit aller Kraft gegen den Tod gestemmt, um der Kleinen willen. Im Grunde war Bertha immer die Stärkste von ihnen dreien gewesen, auch wenn man es bei ihr, dem blonden Nesthäkchen, am wenigsten vermutet hätte. Bertha war zäh, ausdauernd und kraftvoll gewesen und gleichzeitig so feinfühlig und von großem Herzen, eine ganz wunderbare und seltene Mischung.

Mit diesem Gedanken erhob Emma sich. Sie brauchte nun keine Kirche mehr aufzusuchen. Sie hatte sich hier am Hamburger Hafen wieder eingenordet. Sie fuhr jetzt nach Thisted, und anschließend würde sie nach Schleswig fahren. Es gab keine Eile mehr, Bertha war gestorben, und soeben war sie in Schleswig von Pastor Ehlers neben Heinrich beerdigt worden. Ob man die kleine Emma mitgenommen hatte zum Begräbnis ihrer Mutter?

Als Emma am nächsten Tag in Thisted am Bahnhof ankam, standen zwei elegant gekleidete Menschen dort zur

Begrüßung. Christian und Alberte waren gekommen, Hans' ältester Bruder und seine zwei Jahre ältere Schwester. Beide sprachen so gut Deutsch, wie Hans es getan hatte, was alles erleichterte. Sie staunten nicht schlecht, als eine Klavierkiste aus dem Güterwaggon entladen wurde.

Emma sagte, dass sie mit dem besten Freund von Hans, Lars, verheiratet sei und bei Hans gewesen war, als er starb. Und dass es sein Letzter Wille gewesen sei, in Thisted begraben zu werden. Sie habe eine geplante Reise nach Europa dann vorgezogen, um seinen Sarg begleiten zu können. Man sprach sich gleich mit Vornamen an.

»Emma, ich kann dir im Namen der Familie gar nicht sagen, wie dankbar wir dir dafür sind! Du bist es doch auch gewesen, die Hans dazu bewogen hat, sich bei uns zu melden«, sagte Christian, der mehr Ähnlichkeit mit Hans hatte, als es auf dem Foto schien.

Emma lächelte.

»Ja, das war ich, und es hat ihn so glücklich gemacht. Er hat mir das Familienfoto von euch am Strand gezeigt und mir genau erklärt, wer wer ist. Und nach dir, Alberte, hat er ein Schiff benannt, das jetzt dort an der Pazifikküste Holz transportiert.«

»Liebe Emma, du bist mein Gast und wirst bei mir in meinem Haus logieren, wenn ich darum bitten darf«, sagte Alberte, die Emma sofort sympathisch war.

Arbeiter der Tabakfirma hatten die Holzkiste auf dem Bahnhofsvorplatz geöffnet und die Bretter weggeschlagen. Hans' Sarg stand in der Mittagssonne. Emma sah auf den Sarg. Sie hatte es geschafft, sie hatte ihn in seine Heimat gebracht. Eine große Last fiel von ihr, eine Leichtigkeit kam in ihr Herz. Sie war so stolz und glücklich! So froh, es getan zu haben.

»Wisst ihr was? Ich möchte gleich am liebsten einen Spaziergang ans Meer machen. Hans hat so viel erzählt von der Gegend hier.«

»Oh ja, gern«, sagte Alberte. »Und dabei berichtest du mir von seiner Werft und wie er in Eureka gelebt hat.«

Christian wollte mit dem Pastor alles wegen der Beerdigung klären. Er fuhr mit einer Kutsche davon, die Arbeiter luden den Sarg auf einen Anhänger und folgten ihm.

Es war ein ganz milder Wind, wie Emma es von früher aus Angeln kannte. Septembertage, die noch sommerlich waren, mild, aber abends dann schon herbstlich. Sie hatten bei Alberte eine Buttermilchkaltschale gegessen, die Emma an die Heimat erinnerte, und waren dann losgestiefelt, beide eingehakt unterm Sonnenschirm von Alberte. Emma hatte ihr gleich erzählt, dass gerade eine ihrer Schwestern in Schleswig nach einer schweren Lungenentzündung und monatelanger Krankheit gestorben und sie in Trauer sei. Alberte besaß, das wusste Emma schon vom Foto, viel Ähnlichkeit mit Hans, und nun war es zwischen den beiden Frauen ein Tausch, die eine erzählte von früher und wie es war, Hans' große Schwester zu sein, von der glücklichen Kindheit, bis die Mutter starb, von der Stiefmutter und wie es in den letzten Jahren alles so gelaufen war. Die andere erzählte von Eureka, der Werft, was für ein berühmter Schiffbauer Hans gewesen war, dessen Schiffe über alle Weltmeere segelten, wie viel ihm der Glaube bedeutete. Emma erzählte von der Loge, von seinem Geschäftsmodell und seinem Ruin und wie er sich wieder berappelt hatte, aber dass diese Phase der Anspannung seine Gesundheit wohl doch ruiniert hätte. Emma erzählte auch von Lars und Hans und deren Freundschaft und dass Hans der Trauzeuge war und wie gern sie zu dritt in Eureka gefeiert hatten, und sie erzählte vom Zerwürfnis der beiden Männer und der Versöhnung und von ihrer Mitarbeit im Kontor und dass sie daher so einen genauen Einblick gehabt habe. Sie erzählte vom Familienfoto, wie glücklich Hans gewesen sei über den wiederhergestellten Kontakt und dass er ihr gesagt habe, dass er fast jede Nacht von der alten Heimat träume. Sie erzählte von Bakers Telegramm und dass sie am Ende bei Hans sein konnte und von seinem Letzten Willen und wie erleichtert und friedlich er danach eingeschlafen sei.

Alberte blieb stehen und drückte Emmas Hand.

»Emma, dafür bin ich dir so dankbar!«

Sie sahen sich in die Augen.

»Du hast ihn geliebt?«, fragte Alberte, und Emma nickte.

»Ja, und er mich, aber Hans war unser Trauzeuge und der gute Freund von Lars, es sollte nicht sein.«

Alberte sah auf Emma, nickte.

»Emma, ich weiß, dass Hans dich geliebt haben muss, du bist alles, was er immer ersehnt hat. Du hast viel von unserer Mutter, aber bist kraftvoller, sie war recht zartbesaitet. Also unsere Mutter hätte niemals ein Klavier um die Welt befördert. Sagenhaft. Du bist eine Heldin!«

Sie lachten. Es war verrückt für Emma, im Gesicht von Alberte so viel von Hans zu sehen, seine Augenform, seine Nase, das schmale Gesicht. Und sie hatte ebenfalls schmale Hände mit langgliedrigen Fingern.

»Von wem habt ihr denn die schönen Hände?«, fragte Emma, und Alberte sagte: »Von unserem Vater.«

Und dann traten sie an den Strand, und Emma sah auf die Nordsee. Was für eine Reise! Sie war von Kalifornien über Panama den Atlantik hoch nach England gefahren, gestern noch Hamburg, jetzt war sie hier gelandet – in Hans' Heimat. Und sie verstand, dass man diese Gegend lieben und vermissen musste. Den Wind, die Dünen, den Geruch von Sand und Strandhafer, die leicht salzige Meerluft. Emma atmete sie tief ein. »Herrlich, dieser Duft, wenn du mich fragst, ist das das schönste Parfum der Welt!« Alberte betrachtete sie von der Seite, dann schüttelte sie den Kopf und sagte: »Ist es nicht verrückt, dass eine Deutsche, noch dazu eine aus Schleswig, einen Dänen nach Hause bringt?«

Emma lachte und antwortete: »Meine liebe Mutter weiß nichts von meinem dänischen Ehemann, und wenn sie wüsste, was ich hier tue, hätte sie dafür auch kein Verständnis. Aber sie hatte im Grunde nie Verständnis für mich, egal, was ich tat. Von daher ist das auch egal.«

Alberte guckte nachdenklich, bevor sie erwiderte: »Sie hat eine Tochter an Amerika verloren, und nun ist eine weitere gestorben. Sie hat auch kein leichtes Schicksal.«

»Das stimmt, ich sollte etwas mehr Milde ihr gegenüber walten lassen«, sagte Emma, und sie gingen runter ans Ufer, um am Wasser weiter entlangzuspazieren. Die Nacht im Zug war nicht sehr erholsam gewesen, und Emma hatte viel an Bertha denken müssen. Sie war etwas müde, aber die frische Meeresluft machte sie wieder wach. Und die angenehme Gesellschaft von Alberte. Es war wie so oft im Leben, man mochte sich auf Anhieb oder nicht. Die Sache mit Suzette war die große Ausnahme gewesen, Freundschaft auf den zweiten Blick. Da Emma in Albertes Art so viel von Hans wiederfand, kam es ihr vor, als wenn sie ein Stück weit mit ihm hier am Ufer ginge. Alberte wiederum sagte Emma, ihr käme das Leben ihres Bruders wie ein buntes Bleiglasfenster vor, in dem nun durch Emmas Erzählungen die fehlenden Teile ergänzt würden. Sie hatten ihn ja schon für tot gehalten. Nur der Vater hätte immer gesagt: »Nein, Hans Ditlev lebt, das spüre ich. Der Herr sorgt für meinen Jungen!« »Er war der festen Überzeugung, dass Hans nicht tot sei. Wir anderen aber schon, sonst hätte er uns doch mal einen Brief geschrieben! Du glaubst nicht, was für eine Freude uns dieser Brief gemacht hat. Schreibt er da nach den vielen Jahren das erste Mal, wir konnten es alle nicht fassen. Und in diesem Brief erwähnte er eine sehr liebe Freundin Emma, die ihm den Kopf gewaschen habe, dass er sich doch mal bei seiner Familie melden müsse, sie würde ja sonst denken, er sei tot.«

Emma fiel wieder der Regensonntag ein, kurz nach der Hochzeit, als Hans sie besucht hatte und es so vertraut zwischen ihnen gewesen war.

»Du und Lars, ihr habt keine Kinder?«, fragte Alberte.

»Nein, leider. Das ist wirklich schade, denn ich bin mir sicher, dass Lars ein guter Vater wäre.«

»Und du eine gute Mutter!«, sagte Alberte. Sie gingen schweigend weiter und sahen auf das Meer.

»Heute Abend gebe ich bei mir ein Abendessen, dir zu Ehren habe ich die Familie eingeladen.«

»Auch deine Stiefmutter?«, fragte Emma.

»Ja, aber sie hat abgesagt, weil du Deutsche bist und sie ihren Bruder bei den Düppeler Schanzen verloren hat.«

»Wie meine Mutter, das hat ihren Dänenhass für alle Zeiten besiegelt. Ich glaube, wenn ich einen geliebten Bruder hätte, der einem Krieg zum Opfer gefallen wäre, ich würde auch die Gegenseite hassen.« Alberte zuckte mit den Schultern und nickte zustimmend. Dann erhellte sich ihr Gesicht wieder. »Doch durch die Absage meiner Stiefmutter steht einem fröhlichen Abend nichts im Wege. Trotz aller Trauer um Hans, wir wollen feiern, dass er zu uns zurückgekommen ist, und wir wollen die Person feiern, die das ermöglicht hat.«

»Danke.«

»Und wie ich meinen Bruder Hans kenne, will er auf keinen Fall, dass wir seinetwegen Trübsal blasen. Er will, dass wir essen und trinken, singen und auf ihn anstoßen, da bin ich mir sicher. So sind wir Henriksens.«

36.

Mutter und Tochter

Emma konnte sich gar nicht sattsehen an der Landschaft, die schon in Dänemark vertraut anmutete, aber die Strecke von Flensburg nach Schleswig war für sie wie ein Rausch. Heimat! Die grünen Weiden mit den Kühen darauf, kein Wunder, dass die Butter von hier so gut war, die satten Knicks, die Wälder. Grün in allen Schattierungen. Emma hatte sich schon so sehr an ihre Palmen in San Francisco gewöhnt, dass sie ganz vergessen hatte, wie schön ein Mischwald, ein Buchenwald, wie schön Eichen waren. Sie musste unbedingt in den Wäldern um Schleswig spazieren gehen. Zu schade, dass sie es nicht mehr mit Bertha gemeinsam tun konnte.

Die Tage in Thisted waren voller Ablenkung gewesen, aber die Trauer um Bertha schwang in allem mit, auch beim fröhlichen Abendessen ihr zu Ehren, das ja im Grunde auch ein Abendessen für den toten Bruder gewesen war. Als Alberte einen Toast auf Emma ausgesprochen hatte, erwähnte sie dabei auch Emmas Trauer um ihre Schwester in Schleswig, und sie hatten auch Bertha in ihr Gedenken mit aufgenommen. Sie, Emma und zehn Dänen und Däninnen. Alberte und ihr Mann und deren zwei Kinder und Christian und Frau mit drei Kindern und der Bruder Johann. Die ganze Familie hatte sie wie eine von ihnen aufgenommen, sie behandelt, als habe sie schon immer zur Familie gehört. Sie fragten Emma nach Amerika, nach Hans, der Werft, den Schiffen, sie erzählte ihnen alles, was sie wusste, und sie merkte, dass sie eine Menge über Schiffe wusste, deren Bauweise, Hans' Geschäftsmodell. Und sie erzählte, wie er Anfang Juli zu Besuch gewesen war und von seinem Testament erzählt hatte und dass er sein Vermögen in Thisted für karitative Zwecke spenden wollte. Und wie darüber eine Diskussion aufkam und er gesagt habe, dass er sich seiner Heimat immer verbunden gefühlt habe.

Der Pastor hatte bei der Beerdigung auch genau das hervorgehoben. Emma konnte ja nicht viel Dänisch, aber das bisschen verstand sie, zumal Alberte ihr hinterher die Predigt noch einmal auf Deutsch zusammengefasst hatte. Es ging darum, wie schwer Hans es letztlich gefallen war, in der Fremde Wurzeln zu schlagen, und dass der große Erfolg im fernen Amerika ihm auch Opfer abverlangt hatte. Aber dass er dafür immer im Glauben Wurzeln gehabt habe und sein Vater ihm eine Bibel mit auf den Weg gegeben hatte. Emma erzählte Alberte, wie sie mit Hans den Psalm 23 auf Deutsch gesprochen hatte, er alles auswendig konnte. Doch trotz seiner tiefen Verwurzelung im Glauben, hätte er darauf bestanden, zu Hause beerdigt zu sein. Das fanden beide Frauen einerseits widersprüchlich, als wäre das Aufsteigen ins Paradies nicht von jedem Ort der Welt aus für einen Christen möglich, aber auf der anderen Seite war es auch wieder nachvollziehbar. Für Hans schloss sich der Lebenskreis mit seiner Beerdigung in Thisted, wo er getauft und konfirmiert worden war. Vielleicht wollte er auch nicht einfach allein in Eureka begraben liegen, sondern im Familiengrab der Henriksens bei seinen Ahnen, dort, wo auch seine Angehörigen das Grab besuchen und pflegen konnten. Alberte und Emma redeten viel über den Tod, das Danach, ihren Glauben. Sie hatten einander versichert, dass sie sich schreiben und den Kontakt nicht abbrechen lassen wollten. Alberte versprach, sich auch um das für die wohltätigen Zwecke eingesetzte Vermögen zu kümmern, dass das Geld in Hans' Sinne eingesetzt würde. Zum Abschied und als Dank für alles hatte Alberte Emma ein Bernsteinarmband ihrer Mutter vermacht, das Emma nun trug. Das Gold des Nordens, es waren wunderschön geschliffene, kleine Bernsteine nebeneinander gereiht, und sie erinnerten sie an Thisted und Hans' Heimat, vor allem aber an seine wunderbare Schwester, mit der sie jetzt so eng verbunden war.

Und dann fuhr der Zug in Schleswig ein, an dem Bahnhof, von dem sie alle zusammen vor über vier Jahren aufgebrochen waren, Vater, Mutter, Erika, Bertha und sie.

Emma nahm eine Droschke, und diese setzte sie nun am Grünen Grund vor ihrem Elternhaus ab. Es hatte sich überhaupt nicht verändert, das alte Haus aus roten Ziegeln mit den Kastanien davor, es stand da, als wenn Emma nie weggegangen wäre, als wenn der Vater und Bertha noch leben würden. Das Haus war geblieben, doch in ihm war viel passiert, Bewohner waren weggegangen, gestorben, wieder zurückgekehrt, neu hinzugekommen wie die kleine Emma. Wenn Ziegel, wenn Mauern, Wände reden könnten, dachte Emma. Der Droschkenkutscher reichte ihr die beiden Koffer, fragte, ob er sie ins Haus tragen solle, doch sie lehnte ab. Da sie keine Ahnung hatte, wie viel Trinkgeld sie ihm geben sollte, rundete sie auf, was ihm zu genügen schien. Dann trat sie mit den beiden Koffern auf das Haus zu, das Herz schlug ihr bis zum Hals. Gleich würde sie ihre Mutter nach so vielen Jahren wiedersehen. Sie klopfte laut mit der Hand an die Tür, einfach einzutreten, erschien ihr zudringlich. Elternhaus hin oder her, sie war zu Gast. Emma hörte Schritte im Hausflur, kurz darauf ging die Tür auf, und eine schwarz gekleidete Ottilie Callsen stand vor ihr in der Tür, älter geworden, mit grauen Strähnen im stramm zurückgebundenen Haar, aber ein Lächeln im Gesicht.

»Emma!«

»Mutter!«, rief Emma und stellte ihre Koffer ab.

Sie breitete die Arme aus und drückte die Mutter an sich, doch es war, als wenn man ein Brett umarmte. Und dabei selber zu einem Brett wurde. Schnell ließ Emma wieder ab von der Mutter.

»Komm rein, Kind«, sagte diese, und als Emma den dunklen Hausflur betrat, sah sie ein kleines, entzückendes Wesen in dem von ihr genähten Kleid sich hinter den Beinen von Gertraud verstecken, dann wieder neugierig hervorgucken.

»Gertraud!«

»Emma!«

Emma konnte nicht anders, aber sie musste auch Gertraud umarmen, die sich nicht wie ein Brett, sondern wie ein warmer Hefeteig anfühlte und die in den letzten Jahren auch wie ein solcher aufgegangen war. Es stand ihr aber gut, diese Fülle. Und während sie Gertraud umarmte, stand die kleine Emma staunend da und sah auf diese Person, die soeben das Haus betreten hatte und alle umarmte. Mit ihren blauen Augen, dem klugen Blick und den blonden Locken sah sie Bertha noch ähnlicher als schon auf dem Babyfoto. Emma ging das Herz über vor Liebe, aber auch vor Trauer.

»Na, wen haben wir denn da?«

Emma ging in die Hocke und zeigte auf die Biesen der Passe.

»Das Kleid habe ich für dich genäht, drüben in Amerika. Das steht dir aber sehr gut. Weißt du, dass ich auch Emma heiße? Wie du. Ich bin deine Tante. Tante Emma.«

Das Kind schob die Lippen etwas schmollend aufeinander und lächelte doch gleichzeitig, das sah zu niedlich aus. Sie war noch etwas schüchtern, aber Emma war sich sicher, dass sich das schon bald geben würde. Kinder musste man von sich aus kommen lassen, und Emma hielt sich zurück und gab der Kleinen keinen Tantenschmatzer auf die Wange, sondern streichelte ihr nur ganz zärtlich über die Haare.

»Und die schönen Locken hast du von deiner lieben Mama Bertha.«

»Wir wollen sie dem Kind gegenüber nicht erwähnen!«, sagte die Mutter streng.

Doch Emma scherte sich nicht darum. Sie hielt jetzt die kleine, weiche Hand ihrer Nichte.

»Wo ist meine Mama?«, fragte das Kind und guckte mit einer solchen Bertha-Ernsthaftigkeit, dass Emma dieser Frage nicht ausweichen konnte und wollte.

»Deine Mama ist jetzt im Himmel und guckt von oben auf uns herab«, sagte Emma, dabei rollten ihr ein paar Tränen über die Wange. Es war zu viel für sie. Die Brettumarmung der Mutter, der dunkle Hausflur, das Elternhaus ohne Bertha und ohne die Leichtigkeit, die die Schwester immer in Emmas Leben gebracht hatte. Und dann ihre Nichte, die aussah wie die wiedergeborene Bertha, die in ihrem ganzen Ausdruck für eine nicht mal Dreijährige schon viel zu viel Ernsthaftes hatte.

Emma und Emma sahen sich an, dann erhob sich Emma wieder und wischte sich mit ihrem Taschentuch die Tränen weg. Auch Gertraud musste sich eine Träne aus dem Augenwinkel wegwischen, dann räusperte sie sich.

»Ich habe dein Lieblingsessen gekocht, zumindest war es das früher.«

»Birn, Bohn und Speck?«, fragte Emma, und Gertraud nickte.

»Und zum Nachtisch gibt es ›Errötende Jungfrau‹.«

»Gertraud, ich nehme dich als Köchin mit nach Kalifornien! Hast du Lust, auf deine alten Tage noch mal was Neues zu sehen?«

»Emma, immer noch wie früher, eine große Genießerin. Hat sich da drüben nicht geändert, was?«, sagte die Mutter, leicht spitz und doch auch liebevoll.

»Warum sollte man das auch ändern? Es ist doch schön, wenn man gutes Essen genießen kann«, erwiderte Emma.

»Außerdem gebe ich Gertraud nicht weg, niemals!«, sagte die Mutter und lächelte zu dieser hinüber, und Gertraud schien geschmeichelt, dass man sich um sie riss und grinste ihr typisches Gertraudengrinsen.

»Dein altes Zimmer oben ist dein Gästezimmer«, sagte die Mutter nun wieder an Emma gewandt.

»Gut, dann geh ich mal hoch und packe aus. Kommst

du mit?«, fragte Emma ihre Nichte. Diese zögerte erst, aber als Emma schon auf der fünften Stufe war, hörte sie leichte Trippelschritte, die ihr folgten, und sie lächelte in sich hinein. Was für ein goldiges Kind!

Oben erzählte Emma beim Auspacken der kleinen Emma zu jedem Gegenstand etwas und zeigte ihr das ein oder andere, was die Kleine aufmerksam verfolgte. Sie sagte nichts, aber lief zwischen dem Bett mit den Koffern und dem Schrank, in den Emma alles einräumte, immer hinter ihrer Tante her und sah neugierig auf die Kleidungsstücke, die sie aus dem Koffer herausholte. Emma nahm auch die kleine grüne Strickjacke heraus, deren Fäden sie noch vernähen und die sie noch mit Knöpfen versehen musste. »Die ist für dich.« Sie hielt sie dem Kind an und war zufrieden. Das Grün stand der Kleinen gut. Dann setzte Emma sich auf die Bettkante und sagte: »Hier in diesem Zimmer haben deine Mama und ich immer geschlafen, unsere ganze Kindheit und Jugend. Wir waren ja Schwestern und haben uns sehr lieb gehabt. Du glaubst gar nicht, wie traurig ich bin, dass Bertha jetzt nicht mehr hier bei uns ist, sondern da oben beim lieben Gott.«

Das Kind hörte ihr mit großen Augen genau zu, das spürte Emma, und es schien ihr, der Fremden, die doch gerade erst unten durch die Tür getreten war, zu vertrauen. Offensichtlich hatte Bertha der Kleinen schon öfter von Emma erzählt, anders war das nicht zu erklären.

»Wo ist dein Zimmer?«, fragte Emma. Da nahm die Kleine Emmas Hand und führte sie über den Flur in Erikas ehemaliges Zimmer, das zum Garten lag. Dort stand ein kleines, ordentlich gemachtes Bettchen mit einer

Puppe und einem Teddybären darauf. Es waren Emmas alter Teddy Friedrich und Berthas Puppe Lilli von früher.

»Oh, Lilli und Friedrich leisten dir Gesellschaft, wie nett von ihnen«, rief Emma aus, und sie entdeckte auf dem kleinen Nachttisch neben dem Kinderbett ein gerahmtes Foto von Emma und Bertha aus früheren Tagen, das mal beim Fotografen gemacht worden war.

»Na, das ist ja ein schönes Foto«, sagte Emma. Die Kleine zeigte darauf und sagte: »Mama und Emma.«

Ein Schwall von Tränen trat Emma in die Augen, sie sah alles nur noch verschwommen, das Kinderbett, Lilli, Heinrich, Nichte, Foto. Und dann spürte sie, wie sich zwei Arme um ihre Beine schlangen und sich ein Lockenkopf an ihren Oberschenkel drückte. Und nichts auf der Welt hatte sich je schöner angefühlt.

Ab diesem Moment wich die kleine Emma nicht mehr von ihrer Seite. Sie wollte am Esstisch neben ihr sitzen, und Emma fütterte sie ein wenig mit dem Essen, und die Mutter sah vom Tischende auf die beiden und lächelte dabei sogar ein wenig. Gertraud saß Emma gegenüber und freute sich sichtlich, dass es der Heimkehrerin gut schmeckte.

»Nimm zu und lang bei«, sagte sie, und Emma freute sich, diesen Ausspruch mal wieder zu hören. Heimat waren doch auch bestimmte Sätze und Redewendungen, die man nur dort kannte.

»Schade, dass du keine Kinder bekommen hast«, sagte die Mutter und strich Emma dabei über ihre Hand.

»Dat löppt sik allens torecht«, sagte Gertraud nur, und Emma musste lächeln, weil sie nun das erste Mal seit

Ewigkeiten diesen Spruch wieder hörte, mit dem Gertraud sie und ihre Schwestern in Kindheit und Jugend und in allen Lagen immer getröstet hatte. Und Emma schien, dass in diesen plattdeutschen Worten die ganze Mentalität und Weisheit Angelns gebündelt war.

»Wie geht es denn Erika?«, wollte Emma wissen, und die Mutter erzählte, wie sehr Erika unter dem Regiment der Schwiegermutter litt, die auch nicht verstand, dass Erika sich weigerte, weitere Kinder zu gebären, und ihrer Pflicht nicht nachkommen wollte, für einen Stammhalter zu sorgen. Der liebe Alfred dagegen habe damit seinen Frieden gemacht, überhaupt werde der gute Alfred mit zunehmendem Alter immer angenehmer. Er würde jetzt auch nicht immer nur von seinem Geschäft reden. Auch Erika wirke glücklicher in der Ehe.

»Wie schön«, sagte Emma. »Ich freue mich schon, sie alle zu sehen!«

»Sie lädt uns für morgen zum Mittagessen und Kaffeetrinken ein«, sagte die Mutter. »Bertha hat übrigens einen Brief für dich hinterlassen, ich gebe ihn dir nach dem Essen.«

Emma brachte die Kleine nach dem Nachtisch auf ihr Zimmer zur Mittagsstunde. Sie zog ihr das Kleidchen aus, und in Unterwäsche durfte sie dann in ihr Bett, Emma saß noch etwas bei ihr, aber keine fünf Minuten später schlief das Kind tief und fest. Mit geröteten Wangen, es war aber auch ein aufregender Vormittag für sie gewesen. Und umgekehrt war auch Emma ganz angerührt von all den Gefühlen, die sie seit der Rückkehr überwältigt hatten.

Da das Wetter schön war und auch die Mutter ihre Mittagsstunde machte, setzte Emma sich in den Garten auf einen Korbstuhl, den sie in die Nähe des Mirabellenbaumes rückte. Im Stamm war noch ein verwittertes »E+B« eingeritzt. Von dort sah Emma auch auf den Nachbargarten von Marxens, die Apfelbäume, die ihre hellgrünen Kläräpfel trugen. Wie verlockend ihnen die Äpfel als Kinder erschienen waren, wie hoch und gefährlich die Bäume. Emma musste schmunzeln. Der Reiz des Verbotenen. Ihr fiel wieder ein, wie sie Bertha immer erst überreden musste und wie tadelnd Erika aus ihrem Zimmer vom Schreibtisch am Fenster auf sie und Bertha geblickt hatte, wenn diese ihr aus der Krone des Marx'schen Apfelbaumes fröhlich herüberwinkten.

Für meine geliebte Schwester Emma stand auf dem Umschlag in Berthas Handschrift, mit schwungvoller Feder unterstrichen, zumindest noch zu Beginn der Zeile, doch dann brach der Schwung ab, vermutlich weil die Tinte ausgegangen war – oder die Kraft. Gespannt brach Emma das Siegelwachs und holte Berthas Brief heraus, den diese wenige Tage vor ihrem Tod verfasst hatte. Da war Emma noch auf dem Atlantik unterwegs gewesen.

Schleswig, den 25. August 1876

Meine liebe Emma!
Du bist unterwegs nach Europa und kannst bald in Schleswig eintreffen. Das, was ich jahrelang erträumt habe, wird wahr. Aber es kann sein, dass ich nicht mehr unter Euch bin, wenn Du kommst, denn ich spüre, dass es bald zu Ende geht mit mir. Wie gern würde ich Dich noch einmal sehen und umarmen, aber es ist uns wohl leider nicht mehr vergönnt.

Du würdest aber auch eine sehr hinfällige Bertha antreffen, vielleicht ist es besser so und Du behältst mich anders in Erinnerung.

Dein letzter Brief, der nur vier Wochen unterwegs war, hat mich zu Tränen gerührt, und ich kann Dir nur versichern, dass ich die Zuneigung, wie von Dir beschrieben, genauso empfinde und Du umgekehrt für mich, abgesehen von Heinrich und Emma, der wichtigste Mensch auf der Welt bist! Du hast mir auch über alle Welt hinweg immer Kraft gegeben, allein an Dich zu denken und mich zu fragen: Was würde Emma dazu sagen? Oder: Was würde Emma jetzt an meiner Stelle tun?, wirkte manchmal schon Wunder.

Gegen diese Krankheit hat nun aber nichts helfen können, schon um der Kleinen willen habe ich gekämpft wie »Calamity Jane« gegen die Indianer, aber der Wille des Allmächtigen ist stärker. Da das Schicksal Dich nun aber ausgerechnet jetzt nach Europa führt, bitte ich Dich heute um Folgendes, und ich kann mir nicht vorstellen, dass Du es ablehnst: Nimm Emma mit Dir nach Amerika. Du hast keine Kinder und wirst Dich, das weiß ich mit Gewissheit, reizend und liebevoll um die Kleine kümmern und ihr auch immer wieder mal von ihrer Mutter Bertha erzählen. Sie in der Obhut unserer alten Mutter zu lassen, erschiene mir falsch, und sicher würde Erika sie auch zu sich nehmen, aber dann wäre die Kleine geduldet, ein Anhängsel, das vierte Mädchen neben drei leiblichen Töchtern, und würde das immer zu spüren bekommen. Ich habe unserer Mutter und Erika meinen Wunsch und Letzten Willen bezüglich Emmas Zukunft schon mitgeteilt.

Ich möchte, dass die Kleine unter Deinen Fittichen zu einer starken Persönlichkeit heranwächst, die das Herz am rechten Fleck hat. Wie ihre Tante Emma. Aus all Deinen Briefen sprach schon aus der Ferne eine große Liebe und Verbindung zu ihr, sodass ich mir Euch zwei Emmas sehr gut zusammen vorstellen kann. Ich werde dann von oben aus dem Himmel zu Euch im kalifornischen Palmengarten herunterblicken, gemeinsam mit Heinrich. Denn die Gewissheit, dass ich ihn dort wiedertreffe, macht es mir leichter, von hier zu gehen, und dass wir beide uns eines Tages drüben wiedersehen, das halte ich für ausgemacht. Weißt Du noch, wie wir Schillers »An die Freude« umgedichtet haben? Statt »Brüder« haben wir gesagt: »Schwestern – überm Sternenzelt muss ein lieber Vater wohnen.«

(Und unterm Sternenzelt wohnt eine strenge Mutter, hast Du immer hinzugefügt, ach, Emma!)

Geliebte Schwester, ich vertraue Dir das Kostbarste an, was ich habe! Gott segne Euch, Tante und Nichte, Mutter und Tochter!

In Liebe, für und von wo aus auch immer
Deine Bertha

37.

An der Schlei

»Emma! Kinder, eure Tante aus Amerika!«

Erika hatte etwas zugelegt und war viel hübscher dadurch, fand Emma. Sie umarmten sich und drückten sich herzlich, und Emmas Nichten guckten sie neugierig aus blauen Alfred-Augen an, sie standen neben ihrer Mutter, nach der Größe sortiert. Amalie, neun, Auguste, sieben, und Luise war jetzt fast drei Jahre alt. Die kleine Emma hatte gleich Luise an der Hand gefasst, das sah zu drollig aus. Das genähte Emmakleid war ein Kontrast zu den feinen Kleidern der Cousinen, auch Emmas schlichte, halblange Lockenfrisur fiel auf im Vergleich zu den mit edlen Haarbändern hochgebundenen Haaren der anderen drei. Emma musste lächeln, sie nahm ihre Kleine schon in Schutz, verglich sie mit den anderen Kindern, wie sie es immer bei Müttern etwas belächelt hatte. Erikas ältere Töchter waren Emma schon vor der Auswanderung etwas fremd geblieben. Sie lebten in ihrem Kokon, waren durch und durch Töchter eines Fabrikanten, auch mit einem gewissen Dünkel, leider. Amalie und auch Auguste schienen sich weniger über die Ankunft ihrer Tante zu freuen, als ihr Aussehen und ihr Erscheinungsbild genau zu mustern. Die Mädchen hatten wenig Natürliches, vielleicht war es dieses Puppenhafte, was Emma innerlich so fernhielt von den beiden.

Ihr Schwager trat in den Salon und kam lächelnd auf Emma zu, reichte ihr die Hand, und sie sah, dass sich seine Haare gelichtet und die Jahre auch an Alfred, der auf die vierzig zuging, nicht spurlos vorbeigegangen waren, aber durchaus nicht zu seinem Nachteil. Es war mehr Güte im Gesicht, weniger Verbissenheit. Seine Mutter weilte noch zur Sommerfrische in Glücksburg, entschuldigte er diese. Und begrüßte seine Schwiegermutter und bot ihr einen Sherry an. Doch Ottilie Callsen lehnte ab. Sie hatte sich gleich auf ein Kanapee gesetzt und sprach jetzt mit ihrer ältesten Enkelin Amalie über den Fortschritt beim Klavierunterricht und ob sie denn auch immer schön brav übe.

»Ich zeige meiner Schwester mal das Haus«, sagte Erika, fasste Emma bei der Hand und zog sie mit sich. Sie und Alfred hatten vor zwei Jahren die Villa mit Blick auf die Schlei bezogen, doch während sie durch die schönen, stattlichen Räume gingen, sagte Erika gar nichts weiter zum Haus, sondern nutzte die Gelegenheit, um mit Emma allein zu sprechen. Ach, dass die Wochen ohne die Schwiegermutter immer die schönsten im Jahr seien, stöhnte sie, auch Alfred sei merklich lockerer, wenn seine strenge Mutter nicht immer auf alles achte. Sie seien dann eine wahrhaft glückliche Familie und ein viel glücklicheres Ehepaar. Emma musste lachen. Erika war wirklich geschlagen mit dieser Schwiegermutter. Und obwohl die Villa über viel Platz verfügte und Alfreds Mutter ihre eigenen Räumlichkeiten hatte, war sie doch immer präsent.

»Selbst wenn wir im Ehebett liegen, ist sie mit dabei«, sagte Erika und rollte mit den Augen. »Aber neulich hat ihr der liebe Alfred gesagt, dass sie mich nicht mehr drangsalieren soll wegen des Stammhalters.«

»Ach, Erika, lass uns nach dem Essen gemeinsam einen Spaziergang machen, dann reden wir über alles in Ruhe. Es gibt so viel zu erzählen.«

»Gute Idee. Mutter macht dann ihre Mittagsruhe auf dem Kanapee, die Kinder spielen im Garten, und wir zwei könnten gemeinsam zum Friedhof gehen und danach an die Schlei runter. Es ist so schön, dich wiederzusehen nach all den Jahren, wenn auch die Umstände so traurig sind. Die arme kleine Emma, das Kind kann einem wirklich leidtun. Wir hätten sie natürlich zu uns genommen, aber Bertha hat ja anders entschieden.«

Es klang nur ein kleines bisschen pikiert, ganz eindeutig auch etwas erleichtert.

»Und du hast ja keine Kinder, insofern fügt sich doch alles.«

Emma nickte.

»Die Lütte sieht aus wie Bertha.«

»Ein Glück! Heinrich war ja nun wirklich nicht der schönste Mann, den unsere Schwester sich da ausgesucht hat.«

Sie mussten lachen.

»Wie war er?«, fragte Emma, während Erika ihr in der oberen Etage die Kinderzimmer zeigte, wohlmöblierte Mädchenzimmer mit edelsten Spielsachen. Emma schien, dass sich der Reichtum von Alfred und Erika in den Kinderzimmern am deutlichsten zeigte. Hier hätte die kleine Emma also gelebt, wenn ihre Tante aus Amerika nicht gekommen wäre. Und bei jedem Streit hätten ihr die Cousinen an den Kopf geworfen, dass sie ja keine richtige Tochter sei. Nein, das wäre keine gute Lösung gewesen, das hatte die kluge Bertha richtig eingeschätzt.

»Heinrich war ein sanfter Mann mit einer wunderschönen Stimme. Seine Schüler sind ihm wohl ganz schön auf der Nase herumgetanzt, was man so gehört hat. Typisch! Sobald einer nicht ständig den Rohrstock schwingt, wird er schlecht behandelt. Er wurde dafür auch vom Direktor ermahnt, dass er mehr züchtigen müsse, um die Blagen zu zähmen und um sich Respekt zu verschaffen. Aber Heinrich hat Bertha mal erzählt, dass er es nicht über das Herz bringt, den Jungen die Gebote und Psalmen nahezubringen und sie gleichzeitig mit dem Stock zu verprügeln.«

»Das fiel unserem Vater doch auch immer schwer«, erinnerte sich Emma.

»Der liebe Heinrich war ein bisschen verträumt, nicht ganz von dieser Welt, ein Bücherwurm, ein kluger Mann. Und mit einem großen Herzen.«

»Wie haben sich denn Alfred und er verstanden?«

»Erstaunlich gut, wie so oft, wenn Menschen so verschieden sind«, lachte Erika.

»Ich habe aber den Eindruck, dass Alfred sich zu seinem Guten verändert hat«, sagte Emma, und Erika zwinkerte ihr zu.

»Oh, ja. Wir erleben gerade den zweiten Frühling, ich muss aufpassen, dass ich nicht schwanger werde, eine vierte Geburt überstehe ich nicht, das habe ich im Gefühl, und das konnte ich Alfred auch deutlich machen.« Erika räusperte sich. »So, jetzt gibt es gleich einen schönen Braten, und zum Kaffee habe ich eine Trümmertorte bei unserer Köchin bestellt, mit Stachelbeeren, die magst du doch so gern.«

Sie verließen die Edelkinderzimmer, die Emma eigenartig berührt hatten, und gingen wieder hinunter, wo am Treppenabsatz ungeduldig vier Mädchen warteten, und Amalie fragte vorwurfsvoll: »Wo wart ihr denn so lange?«

»Meine liebe Amalie, wenn meine Schwester aus Amerika, die ich vier lange Jahre nicht gesehen habe, zu Besuch kommt, dann werde ich mich doch wohl etwas mit ihr unterhalten dürfen.«

»Hast du uns aus Amerika etwas mitgebracht?«, fragte Auguste.

»Auguste! Wie ungezogen!«, ermahnte Erika sie streng.

»Leider nein«, sagte Emma, »aber ich habe soeben eure Zimmer gesehen und hatte den Eindruck, dass es euch wirklich an nichts fehlt.« Auguste zog eine Schnute, und Emma ging in die Hocke und stupste der kleinen Emma die Nase.

»Na, min Schietbüdel, ist das schön, mit Luise zu spielen?«

Die Kleine nickte und strahlte, und dann jagte Emma die beiden Lütten durch die großen Räume, und quietschend vor Lachen landeten sie alle am schön gedeckten Tisch, wo Alfred und die Mutter schon auf sie warteten. Emma nahm den Platz neben Alfred ein, und er strich ihr über die Hand: »Emma, du siehst gut aus. Etwas erwachsener als vor vier Jahren, wenn ich das so sagen darf. Und es steht dir.«

»Danke, Alfred. Wie geht es dir, lieber Schwager?«

Und das erste Mal antwortete der gute Alfred ihr nicht

mit Problemen bei der Arbeit und in der Fabrik und der schwierigen Lage des Zuckers am Weltmarkt, sondern sprach von sich. »Bis auf ein Reißen im Knie, kann ich nicht klagen, und ich bin sicher einer der glücklichsten Ehemänner von ganz Schleswig!«

Er lächelte zu Erika hinüber, und sie erwiderte es auf eine Art, dass Emma sofort dämmerte, dass die beiden in der letzten Nacht oder in den Morgenstunden ein Schäferstündchen gehabt hatten. »Ach, nur von ganz Schleswig? Nicht auch noch von Holstein?«, fragte Erika über den Tisch hinweg. Amalie und Auguste, die am Tischende saßen, riefen laut: »Vater ist der glücklichste Ehemann vom ganzen Kaiserreich und von den Kolonien!«

»Genau, entschuldigt bitte meine geografischen Schludrigkeiten«, entgegnete Alfred, und alle mussten lachen, sogar Ottilie Callsen. Am meisten aber freute sich Emma, dass die gute Partie mit Alfred sich in den Jahren ihrer Abwesenheit doch noch zu einer Liebesheirat gemausert hatte. Dann aßen sie den wunderbaren Braten vom Angeliter Rind mit Gemüse und Kartoffeln und tranken zur Feier des Tages ein Glas besten Rotweins, den Alfred eigens aus seinem Weinkeller heraufgeholt hatte.

Nach dem Essen wurden auch Luise und Emma zu einer gemeinsamen Mittagsstunde hingelegt und schliefen nebeneinander selig ein. Emma und Erika machten sich auf zu ihrem Spaziergang Richtung Friedhof.

»Wie ist denn dein Ehemann Lars so?«, fragte Erika auf dem Weg. »Ich fand ihn auf eurem Hochzeitsfoto recht schneidig.« – »Ja, das ist er. Er hat ein steifes Bein, aber geht damit mit Bravour um. Beklagt sich nie, jammert nicht. Lars ist ein guter Geschäftsmann und ein guter Ehemann. Er selbst ist Vollwaise und bei einer kinderlosen Tante groß geworden, ich bin mir sicher, dass er für die kleine Emma daher sehr viel Verständnis aufbringen und ihr ein guter Vater sein wird. Zu schade, dass sich Luise und Emma dann trennen müssen, die verstehen sich ja prächtig.«

»Ja, das stimmt, aber bei kleinen Kindern ist das auch schnell vergessen. Trotzdem sollten wir eure bevorstehende Reise den Kindern gegenüber nicht erwähnen.«

Sie betraten den schönen, alten Friedhof und gingen durch die schattige Allee als Erstes zum Grab von Bertha und Heinrich. Dort blieben sie stehen. Heinrich Henningsen, Bertha Henningsen, geb. Callsen. Hier lag sie jetzt seit einer Woche, ihrer beider Schwester, die Grabinschrift noch ganz frisch. Emma kamen die Tränen beim Anblick des Grabsteins, der beiden Namen, von der Mittagssonne beleuchtet. Im Tode vereint. Sie fasste Erika unter.

»Unsere arme kleine Schwester, was für ein Schicksal! Nicht mal zehn Monate nach Heinrich zu sterben.«

»Emma, ich hätte nie geglaubt, dass ich den lieben Gott mal darum bitte, dass er jemanden zu sich ruft. Aber der Zustand von Heinrich war so schlimm, dass ich es getan habe. Er ist regelrecht verfallen, man hat ihm die Erlösung gewünscht und auch Bertha als seiner Ehefrau. Sie wirkte nach seinem Tod so gefasst.«

»Ja, das hat sie mir geschrieben damals, dass die Zeit seines Martyriums für sie viel schlimmer war als der Tod

Heinrichs. Und wie war Berthas Ende? Habt ihr euch noch verabschieden können voneinander?«

Erika begann auf einmal zu schluchzen, sie lehnte sich an Emma an und weinte an deren Schulter. Emma war zutiefst irritiert. Sie konnte sich nicht daran erinnern, ihre große Schwester jemals weinen gesehen zu haben. Emma umarmte Erika und strich ihr mit der einen Hand beruhigend über den Rücken, der förmlich bebte. Dann fasste sich Erika wieder und sah Emma an.

»Wir waren zu einem Abendessen mit Hauskonzert eingeladen bei Landrat Hinrichsen, und ich musste vorher noch zur Schneiderin, wo der Saum meines Kleides geändert werden sollte. Eigentlich wollte ich an dem Tag noch bei Bertha vorbeisehen, wenigstens kurz, aber Amalie war krank, und ich bin nach Hause und dachte dann, ach, ich kann auch am nächsten Tag zu Bertha gehen.« Sie schluchzte noch einmal auf, dann fuhr sie fort. »An dem Abend ist sie verstorben, Mutter war bei ihr. Bertha und Mutter wussten, dass ich gesellschaftliche Verpflichtungen hatte, wollten mich nicht stören. Während meine Schwester stirbt, sitze ich in Schapptüch beim Landrat und seiner furchtbaren Von-Randow-Schnepfen-Frau im Salon und lausche einem Streichquartett. Und Hinrichsen selbst schläft dabei ein und schnarcht. Es war so peinlich.«

Erika löste sich aus der Umarmung und holte ein sehr feines Taschentuch aus ihrer Manteltasche. Sie wischte sich die Tränen weg und putzte sich die Nase.

»Erika, die Krankheit zog sich doch Monate lang hin, du hast keine Schuld, du wolltest doch am nächsten Tag hingehen.«

»Ja, aber ich fühle mich trotzdem schlecht. Ich war fast jeden Tag bei ihr, Emma, wenigstens jeden zweiten. Unsere kleine zähe Schwester, sie war so tapfer, aber man konnte sehen, wie sie von Tag zu Tag weniger wurde. Wenn es die Kleine nicht gegeben hätte, wäre Bertha schon viel früher gestorben, da sind Mutter und ich uns einig. Und sie hat natürlich auch auf dich gewartet und gehofft, dich noch einmal zu sehen.«

Beide sahen wieder auf den Grabstein.

»Sie hat mir ja einen Brief hinterlassen, in dem sie mich bittet, die kleine Emma zu mir nach Amerika zu nehmen. Da schreibt sie auch, dass es vielleicht besser ist, ich behalte sie anders in Erinnerung als so krank und schwach. Weißt du, das Verrückte ist, dass gerade ein sehr guter Freund von uns und unser Trauzeuge gestorben ist und ich bei ihm war, als es zu Ende ging. Lars befindet sich zur Zeit auf einer Geschäftsreise in Südamerika, und ich habe Hans in den letzten Stunden begleitet und auch versprochen, seinen Letzten Willen zu erfüllen. Er wollte gern in seiner Heimat in Dänemark seine letzte Ruhestätte finden. Das ließ ihm einfach keine Ruhe.«

»Ihr seid mit einem Dänen befreundet?«

»Ja, in Amerika sind wir alle von irgendwoher vom Globus, das ist eine bunte Mischung, Erika, das kann man sich hier in Schleswig nicht vorstellen. Gerade in Kalifornien sind ja Menschen aus der ganzen Welt gelandet, wegen des Goldes damals. Und ich muss dir sagen: Mir gefällt das. Lars ist übrigens auch ein Däne.«

»Was? Du bist mit dem Feind verheiratet?!«

»Ja, Erika. Ich habe es euch nie geschrieben, weil ich

wusste, dass Mutter und Vater das nicht verstehen und gutheißen würden.«

Erika schüttelte fassungslos den Kopf.

»Am besten sagen wir es Mutter auch jetzt nicht«, fügte sie hinzu.

»Sie hat mich im Grunde nie verstanden«, sagte Emma.

»Zu mir hat sie nach deiner Auswanderung mal gesagt, sie habe sich zwar oft über dich und deine Sturheit geärgert, aber sie müsse anerkennen, dass die liebe Emma ihren Weg gehe, wie sie es für richtig halte, und sich dabei treu bleibe. Und dass sie dich bewundert für deinen Mut.«

Emma wandte sich überrascht an Erika. »Das hat Mutter gesagt?«

»Ja. Ich war auch erstaunt. Es war spät am Weihnachtsabend, und sie hatte schon zwei Sherry intus, mindestens.«

Sie mussten lachen.

»Wollen wir zu Vaters Grab?«, fragte Erika.

»Gern.«

Nachdem sie der Toten gedacht hatten, gingen sie an die Schlei runter, und Emma freute sich, den guten alten Fjord mit seinen wunderschönen Nooren und den verträumten Schilfgürteln nach so vielen Jahren wiederzusehen. Die Schlei lag da wie immer, als wäre Emma nie weg gewesen. Sie hakten sich ein und gingen am Ufer entlang, das Wasser kräuselte sich nur ganz leicht im Wind. Emmas Heimat zeigte sich in diesen Altweibersommertagen von der schönsten Seite.

»Vermisst du denn das hier alles gar nicht?«, wollte Erika wissen.

»Manchmal, ja, doch. Die Schlei, unsere Wälder, die grünen Weiden, die Knicks, diesen doch sehr speziellen Humor hier oben. Aber ich kann mir inzwischen nicht mehr vorstellen, hier zu leben. Nimm es mir nicht übel, Erika, aber ich fühle mich tatsächlich als Kalifornierin.«

»Ist doch gut, wenn du dort heimisch geworden bist. Und nun wird unsere kleine Nichte auch bald Kalifornierin, verrückt, wie das Leben so spielt. Die große und die kleine Emma, von Schleswig nach San Francisco, viel weiter geht es wirklich nicht.«

»Ja, und ich bin nun im wahrsten Sinne von einem Tag auf den anderen Mutter und trage Verantwortung für ein Kind. Es wird mein Leben verändern und unsere Ehe auch. Ich hoffe, ich schaffe das mit dem Muttersein.«

»Natürlich schaffst du das, Emma! *Dat löppt sik allens torecht*. Du wirst der Kleinen eine ganz wundervolle Mutter sein, darin waren Bertha und ich uns einig, als wir darüber sprachen. Aber ihr dürft noch nicht sofort nach Amerika zurückfahren, ein bisschen will ich es noch genießen, dass du da bist. Ich habe deinetwegen alle meine Verpflichtungen für die nächsten Tage abgesagt.«

»Wie schön«, sagte Emma. Sie freute sich darüber wirklich und war selbst erstaunt, auf welch andere Weise sie und Erika sich begegneten.

Es war sehr warm geworden in der Mittagssonne, und als sie auf dem Rückweg an einer Au vorbeikamen, da war es Erika, die sagte: »Wollen wir uns die Füße etwas kühlen?«

Emma stutzte einen Moment, doch Erika war schon dabei, ihre Schuhe aufzuschnüren.

»Das ist jetzt aber nicht sehr kaiserlich«, nahm Emma sie hoch, und Erika sagte nur, während sie das Strumpfband löste und ihre Strümpfe herunterrollte: »Ist mir egal, ich brauche keine Vorbilder mehr, ich bin jetzt ich.«

»Du siehst übrigens viel besser aus mit ein paar Pfunden mehr als so mager wie früher.«

»Das sagt Alfred auch. Und meine Laune ist viel besser, seit ich mir nicht mehr alles versage.«

Kurz darauf stapften sie durch die herrlich kühlende Au, deren Wasser ihnen bis zu den Waden reichte. Und es war Erika, die begann, Emma mit den Füßen nass zu spritzen, und Emma ließ das nicht unerwidert, und dann nahmen sie die Hände und tauchten sie in das klare Wasser und kühlten sich das Gesicht. Erika stieß ein sattes »Kinners, nee, ist das herrlich« aus, und Emma musste einsehen, dass Menschen sich zwischen ihrem zehnten und ihrem neunundzwanzigsten Lebensjahr durchaus verändern konnten.

Epilog

Der Wind war zärtlich. Als Emma Anfang Oktober an Deck stand und auf den Pazifik sah, strich ihr der Nord-Ost über Wangen und Nacken, und der Himmel war von einem Blau, das alles andere auf der Welt zu relativieren schien. Ein Blau, das stumm machte, weil es so schön war. Da fuhr die *Alberte* vorbei, sie hatte alle Segel gehisst, und Emma hob die kleine Emma, die an ihrer rechten Hand neben ihr stand, hoch auf den Arm und zeigte auf den Dreimaster. »Guck mal, das Schiff hat Hans gebaut. Es heißt *Alberte*, wie seine Schwester in Dänemark, und zu Hause habe ich es noch in klein in einem Flaschenschiff. Das zeige ich dir dann, wenn wir da sind.« Die Lütte guckte neugierig in die Ferne, der dunkelblaue Wollmantel, den Emma ihr noch in Schleswig genäht hatte, mit den großen, runden Perlmuttknöpfen vorne und die dunkelblaue Ballonmütze ließen sie wie ein Kind von Welt aussehen. Am nächsten Tag würden sie in San Francisco eintreffen. Emma hatte Lars, der aus Südamerika zurückgekehrt war, telegrafiert, was passiert war, und er hatte ihr zurücktelegrafiert, dass er sich auf seine beiden Emmas freue und sie sehnsüchtig erwarte.

Nun standen sie da und sahen die *Alberte* stolz in ihrer ganzen Anmut und Schönheit vorbeisegeln. Es war ein prachtvolles Schiff, vor dem Blau des Himmels und dem des Meeres fiel das noch mehr auf als an Land.

Emma spürte förmlich Hans' Geist, der in diesem eleganten Holzschiff verkörpert schien. Aufrecht, solide, ehrlich. Und sie dachte, Hans Ditlev Henriksen war nicht tot, solange seine Schiffe auf den Weltmeeren fuhren, mit ihrer Fracht an Bord. Er war nicht tot, solange sie noch an ihn dachte, wie er über seine Zeichnungen gebeugt im Kontor saß und überlegte, wie ein Schiff noch schneller, noch sicherer, mit noch mehr Fracht über die Meere segeln konnte. Und wenn er dann aufsah, war er stets in Gedanken ganz weit weg gewesen. Sie hatte gespürt, dass er nicht im Kontor saß, sondern sich gerade vorstellte, auf diesem Schiff zu sein, sich ausmalte, wie es bei fünf Windstärken reagierte und im Wasser lag. In solchen Momenten war er nicht der Konstrukteur des Schiffes gewesen, sondern die Seele des Schiffes selbst. Niemand außer Emma wusste daher so gut, wie sehr er in all seinen Schiffen steckte. Und als die *Alberte* vorüberfuhr, da war es, als sagte Hans zu ihr: »Danke, Emma, für alles!«

Emma drückte ihre Nichte, die sie von Tag zu Tag mehr als ihre Tochter empfand, an sich. Glücklich und ganz erfüllt sah sie dem Schiff hinterher, bis es auf der Weite des Meeres verschwunden war.

Nachwort und Dank

Dieser Roman wurde inspiriert von Menschen, die vor langer Zeit gelebt haben, über die aber niemand viel weiß und die daher von mir als Autorin ganz neu erschaffen werden mussten. Ich habe mir erlaubt, aus dem Leben meiner im 19. Jahrhundert ausgewanderten Ur-Ur-Großtante das zu nehmen, was mir für einen Roman geeignet erschien und es neu anzuordnen. Tatsächliche Abläufe und handelnde Personen, auch was die Nebenfiguren und die Verwandtschaft sowohl in Schleswig als auch in Dänemark angeht, sind komplett erfunden oder stark verändert, Fakten und Fiktion zu einer untrennbaren Einheit verschmolzen.

Ich bin vielen Menschen zu Dank verpflichtet, ohne die es diesen Roman nicht gäbe. An erster Stelle meiner Großtante Ingrid, die mir im Sommer 2019 am Ostseestrand von unserer Vorfahrin Emma und deren Auswanderung erzählt und damit den Anstoß für das Buch gegeben hat. Ich ahnte sofort, dass das ein interessanter neuer Stoff sein könnte. Letztlich waren es aber gerade die vielen Fragezeichen, Leerstellen und die Tatsache, wie wenig die Familie wusste, die in mir rumort und mich dazu bewogen haben, mich an eine im 19. Jahrhundert spielende Geschichte heranzutrauen. Helga, Jochen und Axel haben mich auf vielfältige Weise bei der Recherche und beim Gegenlesen des Manuskripts unterstützt, wofür ich ihnen von Herzen danke sowie auch Barbara, Pia, Katrin, Ursula, Katharina und Inge, die das Manuskript oder Teile davon gelesen haben und deren Feedback sehr wichtig für mich war. Ebenso danke ich meiner Nichte Henrike als Erstleserin, vor allem aber für ihre schnellen Übersetzungen wichtiger Aufsätze aus dem Dänischen. Hans-Günter und Alfred in Hamburg haben mir netterweise Dokumente, darunter unter anderem Emmas Testament, zur Verfügung gestellt, wofür ich ihnen sehr danke.

Wertvolle Informationen, interessante Gegenstände und Zitate habe ich im »Deutschen Auswandererhaus« in Bremerhaven gefunden. Die dort nachgestellte Abschiedsszene am Hafen mit den O-Tönen war beeindruckend, und die offenen, gepackten Koffer der Auswandernden haben mich zu meinem Prolog angeregt. Ebenfalls im »Auswandererhaus« entdeckte ich in der Familienrecherche am Computer die Passagierliste mit dem Namen meiner Vorfahrin. Jetzt wusste ich auch, welche Route sie genommen hatte, um nach Kalifornien zu kommen.

Ich danke dem »Archiv der Hapag-Lloyd AG« in Hamburg dafür, dass mir freundlich und schnell Auskünfte erteilt und Fotos geschickt wurden von der *Borussia*. Michael Vandet vom Museum in Thisted hat mich auf wichtige Aufsätze hingewiesen. Auch Bildmaterial, darunter ein Foto vom Wohnhaus, das mir als Vorbild für das Haus in Eureka im Roman diente, habe ich durch ihn gefunden. Mange tak!

Prof. Dr. Karl H. Schneider hat mir postwendend die unter seiner Leitung von Student*innen transkribierten Briefe der Sophie Meinecke zukommen lassen, eine wichtige historische Quelle, da Sophie Meinecke 1858 auf dem Weg nach Kalifornien dieselbe Route gefahren ist wie meine Emma, nur vierzehn Jahre vorher. Sophie war eine Bauerntochter aus dem Oldenburger Land, und ihre Briefe an die geliebte Mutter, in denen sie von der Überfahrt, einer Seebestattung, dem Fremden und Exotischen berichtet, und ihre wunderbare Art zu beschreiben, waren wertvolle Dokumente für mich, handelt es sich doch dabei um eines der eher seltenen Zeugnisse von Auswanderungsbriefen einer Frau.

Vom »Clarke Historical Museum« in Eureka bekam ich auf meine Fragen von Katie Buesch und Alexandra Cox sofort Antworten und hilfreiche Links.

Ich danke Uwe herzlich für die fachliche Beratung in allen nautischen Belangen und bei den Szenen des Romans, die auf See spielen, und Gerd für seine Expertise zum Thema Klavierstimmen. Meinem großen Bruder bin ich dankbar, dass er mir die ihm als kleiner Junge von unserer Oma überlieferte, wahre Geschichte von Emmas stürmischer Überfahrt mit der Klavierkiste an Bord erzählt hat, die ich natürlich sofort einbauen musste. So etwas kann sich eine Autorin gar nicht besser ausdenken.

Das »Autorenforum Berlin« war in Coronazeiten über Zoom für mich eine wichtige Stütze. Dort habe ich immer wieder Auszüge vorgelesen und konstruktive Rückmeldung, aber auch sehr viel Zuspruch für den Stoff an sich bekommen. Dank an alle »Kacheln«, es war schön, mal eure Küchen, Wohnzimmer und Bücherregale zu sehen und eure Katzen kennenzulernen. Natürlich möchte ich auch meiner Agentin Meike Herrmann und meiner Lektorin Maren Arzt danken, dass sie unterwegs bei dieser literarisch herausfordernden Reise an meiner Seite standen, mitgelesen und mich bestärkt haben, vor allem aber auch meine Begeisterung teilten.

Zu guter Letzt danke ich von Herzen meiner Familie und meinen Freundinnen für ihre Unterstützung. Ohne eure Liebe und Güte hätte ich niemals mit so viel Freude dieses Buch in all seiner Heiterkeit und in seinen dunklen Facetten schreiben können.

Berlin, im Oktober 2021

Penguin Random House Verlagsgruppe FSC® N001967

1. Auflage
Copyright © 2022 Penguin Verlag
in der Penguin Random House Verlagsgruppe GmbH,
Neumarkter Str. 28, 81673 München

Umschlaggestaltung: © Favoritbuero, München,
unter Verwendung von Bildmaterial von
shutterstock/Marzufello, mamita, Stocksnapper
Satz: Leingärtner, Nabburg
Druck und Bindung: Friedrich Pustet KG
Printed in Germany
ISBN 978-3-328-60192-0
www.penguin-verlag.de

ANNE MÜLLER

»Wer in den 1970er Jahren jung war, wird dieses Buch lieben!«
Wetzlarer Neue Zeitung

Schallerup, nahe der Ostsee, in den Siebzigerjahren. Hier wächst Clara mit vier Geschwistern in einer Landarztfamilie auf. Der Vater hält die schönen Momente auf Super-8-Filmen fest. Dort wirkt alles perfekt. Doch Clara spürt die tiefen Risse in der Fassade. Warmherzig, humorvoll und mit psychologischem Feingefühl erzählt Anne Müller von den Höhen und Tiefen des Erwachsenwerdens in der Provinz.

»Ein Familienroman, bei dem man permanent salzigen Meeresduft in der Nase hat.«
freundin

Ada liebt ihr Elternhaus mit dem herrlichen Bauerngarten, von dem aus man das Meer glitzern sieht. Doch ohne die Mutter ist es nicht mehr das, was es immer war. Beim Ausräumen des Hauses mit ihrer Schwester werden längst vergessene Erinnerungen wieder wach. Aus einem schmerzlichen Abschied wird ein mutiger Aufbruch.